DESTINADA AO LYCAN

Os Reinos das Sombras

REGINE ABEL

CAPA
Regine Abel

ILUSTRAÇÕES
Tommy
Atenebris
Niklas Cloister
Vvevelur
Lau_Isa_Sen
Hojolabor
Pleko

Direitos Autorais © 2025

CONTENTS

Ela confia sua vida a ele.

Em estado terminal e sem possibilidade de cura médica ou mágica à vista, Amara recorre desesperadamente à Tecelã. Para sua infelicidade, a solução que ela oferece a envia em uma missão ainda mais mortal do que a doença que a está matando lentamente. Ela convoca Remus, o único guia Lycan que concorda em levá-la nessa jornada perigosa. Embora afligido por sua própria maldição, Remus é forte, destemido e o protetor mais feroz que Amara poderia esperar. A alma gentil por trás de sua aparência intimidadora a toca profundamente e lhe dá uma razão ainda maior para querer viver.

Ele morreria de bom grado para salvá-la.

Amaldiçoado desde o nascimento e tratado como um pária por sua matilha, Remus se resigna a viver como um lobo solitário. Quando Amara aparece em busca de ajuda, sua alegria ao descobrir que ela é sua Chama Gêmea é rapidamente destruída. Amara está morrendo e a única cura é pura insanidade. Contra toda a lógica, Remus promete salvar a doce e corajosa mulher que o vê como um homem digno, não como uma fera selvagem a ser banida.

Depois de uma vida inteira de miséria, Remus lutará contra os próprios deuses para proteger a única coisa boa que o destino lhe deu... ou morrerá tentando.

DEDICATÓRIA

Para aqueles que nunca desistem, não importa quantas bolas curvas a vida lhes lance. Mesmo quando a situação estiver contra você, mesmo quando você parecer enfrentar uma tempestade atrás da outra, lembre-se de que o sol sempre brilha. E quando isso inevitavelmente acontecer, sua luz brilhará ainda mais forte para você que lutou para sair da escuridão.

Para aqueles que demonstram empatia por si só, não por elogios, não por lucro e não em troca de algum tipo de benefício. A gentileza que você demonstrar hoje será retribuída, muitas vezes de maneiras inesperadas e no momento em que você mais precisa.

Para aqueles que escolhem não ser monstros, especialmente quando esse é o caminho de menor resistência.

CAPÍTULO 1

AMARA

O som suave dos sinos balançando no alto ressoou pela loja de Ronika quando abri a porta. Ela servia tanto como farmácia quanto como clínica médica. Antes de me mudar para Willow Grove, eu ouvi falar de uma bruxa comum que, de repente, adquiriu poderes tremendos e se tornou a curandeira mais renomada da região. O fato dela também ser a única pessoa conhecida a vencer uma batalha contra o infame necromante Cornelius aumentou ainda mais o mistério que a cercava.

Após a morte do homem imundo, alguns meses atrás, muitos se perguntaram se ela havia tido alguma participação. Mas o tipo de magia negra usada para aprisioná-lo em um tormento sem fim não poderia ter vindo dela. Somente um semideus – ou talvez até mesmo um dos próprios Anciões – lhe daria o merecido castigo por toda a dor e o mal que ele infligiu aos outros por gerações.

Ronika acenou de trás do balcão, onde enchia pequenos potes com uma variedade de ervas medicinais. O sorriso que iluminou seu lindo rosto me aqueceu de dentro para fora. Desde a primeira vez que a conheci, eu me lembro de pensar que ela poderia ser um anjo caminhando entre os mortais. Embora eu soubesse que não era o caso, não havia dúvida de que algo aconteceu quando ela ganhou aquela onda repentina de poder, e que agora ela era mais do que uma humana comum.

Não havia nada de estranho nisso, já que os humanos cada vez mais abraçavam práticas arcanas. A questão sempre girava em torno de se eles se aventuravam no lado da luz ou das trevas. Ronika irradiava luz e compaixão.

Eu retribuí o sorriso, inalando profundamente a fragrância agradável que sempre pairava na parte da frente da loja. Era leve e floral, com um toque de especiarias e doçura. Acima de tudo, isso despertava uma sensação instantânea de paz e bem-estar. Considerando que nos fundos da loja havia uma sala de consulta e cura, fazia todo o sentido que ela usasse a mistura perfeita de runas de cura e incenso para criar a atmosfera apropriada para seus pacientes e clientes.

— Olá, Amara! Entre — Ronika disse calorosamente, enquanto jogava uma mecha de seu longo cabelo por cima do ombro.

Ele apresentava uma cor incomum, um azul-meia-noite deslumbrante que gradualmente se transformava em um roxo mais claro em direção às pontas. Ele combinava lindamente com sua pele levemente bronzeada, um tom claro de marrom. Enquanto eu adorava me vestir com as cores vibrantes da minha herança Beninense – em forte contraste com a maioria dos moradores de Willow Grove – Ronika geralmente usava tons suaves, neste caso um vestido verde-floresta.

Ela estendeu as mãos para mim — Vejo que você está bastante carregada. Que produtos você tem para mim hoje?

Eu reduzi a distância entre nós, meus saltos médios estalando no piso de madeira escura da loja.

— É um conjunto novo de vinte velas criado especialmente para você — eu respondi entusiasticamente enquanto entregava a cesta a ela.

— Para mim? — Ronika repetiu, com as sobrancelhas erguidas de curiosidade enquanto olhava para dentro da cesta.

Eu concordei — Mmhmm. Elas são feitas com cera de soja e penas de Caladrius.

Ronika ficou boquiaberta, e a empolgação iluminou seu belo rosto. Ela acenou com a mão sobre uma das velas, e uma magia poderosa a envolveu. Eu não consegui conter a onda de inveja que me percorreu. Embora nascida em uma longa linhagem de talentosas Mambos – sacerdotisas do Vodu – minha mãe fez questão de não me deixar desenvolver meus poderes. Eventos trágicos a fizeram dar as costas ao que antes era uma herança da qual minha família se orgulhava muito.

— Isso é fantástico! Você é realmente a melhor na sua área! — Ronika exclamou — Sabe há quanto tempo eu estou procurando alguém que consiga usar os poderes curativos do Caladrius em parafernália arcana? Mesmo sem acendê-las, eu consigo sentir sua potência. Isso fará maravilhas no tratamento dos meus pacientes. Mas vejo que também faria muito bem ao povo comum, simplesmente usando-as em casa. Você devia vendê-las na sua própria loja.

Eu sorri e assenti — É a minha intenção. Mas como você é minha cliente favorita e mais valiosa, eu queria trazê-las até você primeiro.

Seu rosto se derreteu em uma expressão afetuosa que mais uma vez me comoveu profundamente. Ela era pouco mais de dez anos mais velha do que eu, e ainda assim o jeito como ela me olhava me lembrava da minha mãe. Não pela primeira vez, eu desejei que ela tivesse me acompanhado até aqui quando me mudei para Willow Grove alguns meses atrás.

— Assim como você é uma das minhas parceiras de negócios e clientes favoritas — ela respondeu gentilmente, antes de assumir uma expressão preocupada — Como você está se sentindo ultimamente?

Meus ombros caíram, e uma sensação familiar de desespero e derrota cresceu dentro de mim.

— Não muito bem, infelizmente — eu respondi desanimada.

— Aquilo voltou?! — Ronika perguntou com uma expressão desanimada.

Eu concordei — Comecei a me sentir mal de novo. Comer é uma luta, e eu me sinto constantemente fraca e tonta. Em momentos completamente aleatórios, eu começo a suar e minha visão fica turva.

Ronika franziu a testa, com um ar de genuína confusão — Isso não faz sentido. Você tossiu sangue de novo?

Eu balancei a cabeça — Não. No entanto, os mesmos sintomas que eu senti da primeira vez estão voltando, mas ainda mais rápido do que antes. Pelo menos é o que parece...

Toda essa situação fazia ainda menos sentido porque eu sempre tive uma saúde perfeita. Quando eu me mudei para Willow Grove, dois meses atrás, tudo estava bem. Os primeiros sintomas apareceram no final da quarta semana. Inicialmente, eu pensei que o estresse e a exaustão de me mudar para outro estado e começar um novo negócio estavam finalmente me afetando. Mas, assim que eu comecei a tossir sangue, não pude mais negar que algo muito mais sério estava acontecendo.

— Minha mãe acha que eu estou amaldiçoada — eu disse com escárnio.

Ronika balançou a cabeça com firmeza, rejeitando claramente essa possibilidade — Não vejo nenhuma maldição em você. Seja lá o que for que a está afligindo, não é de natureza mágica, isso eu quase posso jurar. Venha, vamos para a minha sala de exames.

Embora ela tenha feito um gesto para que eu fosse em direção à sala, ela marchou até a porta da frente para colocar a placa de que estava dando uma consulta, para que qualquer novo cliente soubesse que era preciso ter paciência.

Ao entrar na sala, eu não pude deixar de olhar para a porta à esquerda. Ronika sempre a mantinha fechada. Eu suspeitei que ela tivesse um altar ou santuário ali. O boato dizia que ela realizava alguns exorcismos, o que exigiria uma configuração bem diferente da sala médica tradicional em que estávamos entrando. A loja inteira era, na verdade, uma extensão de sua casa, que também abrigava uma poderosa Árvore Guardiã no jardim.

— Por que sua mãe acredita que você está amaldiçoada? — Ronika perguntou com genuína curiosidade enquanto fechava a porta atrás de si.

Ao mesmo tempo, ela gesticulou para que eu me sentasse na mesa de exames no meio da sala. Para minha agradável surpresa, eu notei que ela trouxe uma das minhas velas de Caladrius. O pássaro mítico cujas penas eu havia usado para fazê-las era um poderoso curandeiro. Se tivesse a bênção de encontrar um, uma pessoa doente só precisaria permanecer imóvel enquanto o pássaro branco como a neve a encarava. Ele absorveria a doença da pessoa e então voaria em direção ao sol para queimá-la. Mas se o pássaro não fizesse contato visual, ou isso significava que não poderia curar sua doença, ou que escolheu não fazê-lo porque você não merecia.

Eu tive a sorte de encontrar um Caladrius, mas ele não fez contato visual comigo.

— Ela não sabe que eu estou doente — eu confessei timidamente — Isso a deixaria arrasada.

— Estou confusa — Ronika disse cuidadosamente.

— Eu estou apresentando os mesmos sintomas da doença misteriosa que matou meu pai quando eu ainda era criança — eu expliquei sombriamente — Quando os médicos e curandeiros não conseguiram identificar a causa ou curá-lo, minha mãe recorreu aos Houngans e Mambos, na esperança de que os espíritos ajudassem. Afinal, minha família serviu fielmente aos loás por gerações. Mas eles também não tinham respostas para nós. Mamãe ficou arrasada e deixou Benin logo depois para recomeçar aqui. E embora tenha me ensinado sobre nossa cultura, ela tem sido inflexível em não permitir nenhuma magia em nossas vidas. Ela mal tolera o fato de eu criar velas de bruxa. Mas elas colocam comida na mesa.

— Eu entendo por que ela se sente assim — Ronika respondeu com compaixão — Foi por isso que você deixou seu estado para se mudar para cá, em Willow Grove?

Eu balancei a cabeça — Meu tio – o irmão mais velho da minha mãe – faleceu recentemente. Em seu testamento, ele me deixou sua mansão. Ele só tem uma filha que ficou no país de origem e não tem intenção de se mudar para cá.

Ronika franziu a testa — Sinto muito pela sua perda. Ele teve a mesma doença?

— Não — eu respondi com firmeza — Foi um acidente idiota com o cavalo. Alguma coisa assustou a montaria dele. Meu tio caiu da sela e atingiu o chão em um ângulo ruim, quebrando o pescoço. Eu fiquei chocada ao descobrir que tinha parentes de sangue aqui e, acima de tudo, que ele me colocou em seu testamento, já que eu não me lembrava dele. Eu era muito jovem quando partimos.

— Sua mãe sabia? — Ronika perguntou.

Eu concordei — Nós tivemos uma grande briga por causa disso. Por muito tempo, eu disse à minha mãe que queria voltar para casa para uma visita e me reconectar com a nossa família. Mas ela sempre tinha uma desculpa para adiar. Para falar a verdade, ela nos mantinha bem isoladas. Se não fosse pelo meu negócio de velas, eu dificilmente conheceria alguém. Nem preciso dizer que ela perdeu a cabeça quando eu disse que queria aceitar o presente do meu tio. Ela jurou de pés juntos que o presente era amaldiçoado e que, se eu fosse para lá, teria uma morte terrível.

A expressão chocada no rosto da curandeira refletiu a angústia que eu senti quando percebi que os sintomas que se manifestaram logo após minha chegada pareciam confirmar a terrível previsão da minha mãe.

— É mesmo? — Ronika perguntou, cautelosa — A casa está amaldiçoada?

Eu balancei a cabeça — Infelizmente, não. Teria sido fácil

demais se fosse o caso. Willow Grove é o lar de alguns dos feiti-
ceiros e exorcistas mais poderosos. Eu trouxe três diferentes para
tentar determinar se alguma força maligna lá dentro estava me
matando lentamente. Mas eles não detectaram nenhum feitiço
maligno ou presença malévola.

Ronika franziu os lábios, seus lindos olhos castanhos escuros
ficaram fora de foco enquanto ela refletia sobre minhas palavras.

— Eu me lembro de você ter mencionado que adoeceu pela
primeira vez cerca de um mês depois de chegar aqui — ela
refletiu em voz alta — Se a casa não estiver te deixando doente,
você consegue pensar em algum lugar incomum que possa ter
visitado em busca de ingredientes para suas velas, ou simplesmente enquanto explorava a região?

— Acredite, eu também me perguntei sobre isso. Mas eu não
fui a nenhum dos lugares amaldiçoados sobre os quais todos nos
alertam, muito menos a um lugar bizarro como Hemdell. Quanto
aos meus ingredientes, eu só os comprei aqui mesmo no Distrito
dos Encantadores, além do que eu já tinha e trouxe comigo. No
entanto, eu adquiri alguns reagentes exóticos dos comerciantes
de artefatos da cidade. A princípio, eu pensei que talvez estivesse
tendo uma reação adversa a um deles. Mas eles não são nada que
alguém não tenha usado antes. Se eles fossem a causa, certamente alguém teria reconhecido os sintomas.

Ronika assentiu lentamente, com uma expressão preocupada.
Ela gesticulou para que eu me deitasse na mesa. Eu obedeci
prontamente. Apesar do medo que falar sobre meus problemas
de saúde sempre me causava, eu não consegui conter um sorriso
orgulhoso quando ela encurtou o pavio da minha vela de Caladrius antes de acendê-la. Então, ela começou a passá-la lentamente alguns centímetros acima de mim, como se estivesse
examinando algo com uma lupa.

De muitas maneiras, ela agia exatamente assim para alguém
com seus poderes arcanos. Para os plebeus, usar esta vela apenas
curaria algumas doenças ou ferimentos leves, como acalmar uma

dor de cabeça particularmente desagradável, aliviar dores musculares e articulares graves, curar um resfriado ou baixar a febre. Mas, nas mãos de uma curandeira mestre como Ronika, ela lhe daria uma janela aberta para o que estava me afligindo.

Deitada como eu estava, tudo o que eu conseguia ver era o ar se turvando ao redor da vela. A chama mudava de cor e intensidade dependendo de onde Ronika movia a vela acima de mim. Ela teria uma visão clara, quase como um raio-X. Eu não tinha a magia para fazer o mesmo, mas as cores da chama indicavam inegavelmente que algo estava realmente errado comigo.

— Pelos deuses — Ronika sussurrou baixinho, com um ar de descrença.

— É tão ruim assim? — eu perguntei com uma risada nervosa para esconder o quanto me sentia perturbada.

— A doença realmente voltou. Mas, desta vez, está se espalhando muito mais rápido do que antes. Parece um caso de exposição frequente a algum tipo de toxina ou veneno. Só que eu nunca vi nada parecido antes. Eu não sei o que poderia atacar seu corpo dessa forma. Tem certeza de que não está exposta a nada?

— Sinceramente, eu não consigo pensar em nada — eu respondi, derrotada — Os arcanistas e eu vasculhamos a casa inteira e não encontramos nada. E eu só fui a lugares que outras pessoas também frequentam regularmente. Eu não tenho a mínima ideia do que seja isso.

Ronika me lançou um olhar triste — Eu não vou mentir para você, Amara. Sua doença está além da minha compreensão.

— Você não pode estar falando sério! — eu exclamei em um sussurro desanimado — Você é minha única esperança. O Dr. Osborne também desistiu de mim. E nenhuma das bruxas pôde me ajudar. Você conseguiu curar a doença da última vez. Não pode fazer isso de novo?

Ela me lançou um olhar de desculpas — Eu não posso te curar, Amara. Eu devo conseguir remover parte da infecção e reparar os danos aos seus órgãos. Mas isso não é uma cura. Seja lá o que for que esteja te afetando, ainda permanecerá e crescerá novamente. Infelizmente, agora isso sabe como te atacar e continuará a se espalhar cada vez mais rápido.

— Então eu estou condenada? — eu perguntei, arrasada.

Uma réstia de esperança surgiu dentro de mim quando ela hesitou. O fato dela não ter dito não de cara significava que ainda havia uma opção.

— Eu não tenho a mínima ideia de por onde começar a investigar o seu caso. Neste momento, essa toxina dentro de você está fadada a matá-la mais cedo ou mais tarde. Tudo o que eu posso fazer é adiar isso — Ronika disse cautelosamente — Você precisa de alguém com mais poder.

— Alguém como quem? — eu perguntei, como se ela tivesse feito uma declaração ridícula.

— Cliona Nox, a Tecelã — ela disse em um tom quase solene.

Eu recuei e a encarei, chocada — A Tecelã?! — eu exclamei — Ela rejeita todos que batem à sua porta. Pelo que entendi, a menos que você tenha algo de extremo valor para ela, ela não lhe dará a mínima importância. O que eu poderia ter que ela pudesse querer? Eu sou apenas uma fabricante de velas.

— Eu não vou mentir e fingir que ela tem uma política de portas abertas. Ninguém sabe ao certo por que ela concede assistência a alguns e não a outros. Você ficaria surpresa com o que ela pode considerar valioso. Enfim, o que você tem a perder? Se os portões dela se abrirem, você está com sorte. Se não, nós continuaremos buscando outras alternativas. Mas, pelo menos, teremos certeza de que exploramos todas as opções.

A vontade de discutir queimou minha língua. Eu ouvi tantas coisas sobre a Tecelã, a maioria delas assustadoras. Ninguém sabia exatamente o que ela era. Embora o povo comum frequentemente se referisse a ela como a Bruxa, corria o boato de que ela era, na verdade, uma das Anciãs, e talvez até mesmo uma deusa que desceu entre os mortais para se entreter.

O problema era que os poucos sortudos que se beneficiavam de sua assistência nunca falavam sobre o que havia acontecido entre eles ou sobre o custo de seus serviços. Naturalmente, isso levou as pessoas a espalharem todo tipo de declarações absurdas, insinuando que era preciso vender a alma a ela, sacrificar alguém querido – especialmente uma criança – ou se submeter a algum tipo de ritual profano em troca de sua ajuda.

Ronika nunca disse – muito menos insinuou – que se beneficiou pessoalmente da ajuda da Tecelã. Isso não impediu que todos em Willow Grove – inclusive eu – pensassem que seus impressionantes poderes de cura recém-descobertos tinham sido um presente da Tecelã. Mas qual foi o preço disso?

— Muito bem — eu admiti finalmente — Como você disse, a esta altura, eu não tenho nada a perder. A pior coisa que pode acontecer é eu ser dispensada.

Ronika sorriu e começou a me curar o melhor que pôde com uma mistura de magia e poções. Quando ela terminou, a dor lancinante que eu não tinha percebido que estava me consumindo desapareceu completamente. Ela havia aumentado tão gradualmente e de forma tão sutil que eu me acostumei e a empurrei para o fundo da minha mente. Mas agora eu podia ver a diferença quando a repentina sensação de estar livre, saudável e cheia de energia me invadiu. Era apenas um alívio temporário, mas um que eu pretendia usar da melhor maneira possível para buscar uma cura antes que voltasse com força total.

Antes de me liberar, a curandeira me entregou vários frascos contendo um tônico potente para me dar um apoio sempre que meu nível de energia caía. Era estranho que ela me pagasse pelas velas, sendo que eu sentia que lhe devia ainda mais pelo tratamento. Mas ela cobrava preços ridiculamente baixos, no mínimo simbólicos. Ela era realmente uma curandeira de coração, na profissão com o objetivo de melhorar a vida de seus pacientes, e não como um plano para enriquecer.

Durante toda a jornada até meu novo lar, eu fiquei pensando

em quando ir até a casa da Tecelã e, acima de tudo, o que eu poderia oferecer a ela como compensação caso ela me abençoasse abrindo seus portões. O que uma deusa poderia querer de alguém como eu?

Eu atravessei a pequena ponte sobre o fosso que levava à entrada e parei minha carruagem bem em frente à minha mansão. Eu havia herdado uma casa gótica bem conservada em um amplo terreno particular. Quatro torres se erguiam acima da casa de três andares. Frontões negros adornavam os chapéus de bruxa que as encimavam. As telhas, colunas e grades decorativas ao redor das varandas de cada um dos andares superiores, assim como na varanda da frente, apresentavam a mesma cor escura. Felizmente, o tom mais claro de arenito das paredes de pedra iluminava o estilo um tanto sinistro da casa.

Um bando de pássaros alçou voo ao longe, sobrevoando as árvores altas da floresta pacífica que cercava a propriedade. Era possível caçar alguns animais pequenos, principalmente coelhos, veados e, ocasionalmente, faisões.

Suspirando, eu subi os curtos lances de escada, acompanhada pelo som suave da água fluindo lá embaixo e pelo canto dos sinos de vento pendurados na varanda. Eu fui direto para minha oficina guardar os suprimentos que comprei no Distrito dos Encantadores. A perspectiva de finalmente trabalhar com pó de casco de centauro e veneno de quimera me emocionou além das palavras. Eu jamais teria conseguido colocar as mãos em tais reagentes na pequena cidade de Harmstead, onde cresci. Eu olhei para o meu caldeirão, ansiosa para começar a trabalhar. Mas eu precisava ir primeiro ao estábulo do meu cavalo.

Não, você precisa ir ver a Tecelã primeiro.

Meus ombros caíram e meu estômago se contraiu de apreensão. Não era preciso ser um gênio para saber que eu estava procrastinando. A perspectiva de conhecer a Tecelã me assustava. Sinceramente, eu não conseguia dizer se era a própria mulher ou o que ela potencialmente me diria que eu mais temia.

Meu instinto gritava que o veredito dela – supondo que ela me recebesse – seria um golpe devastador.

Adiar não fará com que isso desapareça. Na verdade, adiar só fez com que a doença progredisse ainda mais. Cada minuto desperdiçado poderia ser mais um prego no meu caixão.

Resmungando por dentro, eu saí da oficina e voltei para a carruagem. Por mais animada que estivesse para experimentar novas receitas de velas, eu não viveria o suficiente para ver como as pessoas as receberiam se eu partisse.

Por uma fração de segundo, eu fiquei em dúvida se deveria simplesmente cavalgar ou usar minha carruagem novamente. No final, eu optei pela segunda opção. Era uma pena admitir que o fato da carruagem andar mais devagar influenciou muito essa decisão.

A viagem de uma hora até a casa da Tecelã levou uma eternidade e passou rápido demais. Isso me deu tempo demais para imaginar os piores cenários possíveis quanto ao que ela poderia querer como pagamento por sua ajuda. Até onde eu estava disposta a ir? O que eu consideraria um preço alto demais em troca de salvar minha vida? A parte de mim que mal podia esperar para estar lá e acabar com toda aquela provação lutava contra a parte que temia o que estava prestes a acontecer. Eu quase torci para que os portões não se abrissem.

A silhueta dos portões surgiu ao longe, ladeada por altos pilares sobre os quais criaturas com aparência de gárgulas vigiavam. Ao que tudo indica, ninguém deveria se deixar enganar por sua aparência pétrea. Elas não eram estátuas, e sim guardiões poderosos que poderiam despedaçar qualquer invasor que não obedecesse ao aviso para recuar.

Para minha surpresa, muito antes de eu chegar perto, as portas se abriram silenciosamente, como se empurradas por uma mão invisível. Meu coração disparou, minhas emoções conflitantes se intensificaram enquanto medo e esperança guerreavam dentro de mim em igual medida. Eu suspirei baixinho quando os olhos de ambas as criaturas se iluminaram com um brilho amarelo. Elas não emitiram um único som, mas viraram a cabeça para me encarar enquanto eu passava pelo portão. A única coisa que me impedia de urinar nas calças era a completa ausência de qualquer comportamento ameaçador da parte delas.

Com os olhos arregalados, eu atravessei o caminho de duzentos metros até a casa, emoldurada pela floresta mais exótica que já vi. Embora reconhecesse algumas plantas e árvores, outras me eram completamente desconhecidas. Uma coisa era certa: pouquíssimas pessoas podiam se gabar de ter acesso ao que devia ser uma imensa fortuna em vegetação. Mesmo dali, eu conseguia sentir a poderosa magia contida nelas. O que eu não daria por apenas algumas folhas, pétalas ou seiva daquele tesouro?

Eu franzi a testa, confusa, ao me aproximar da humilde e clichê cabana de bruxa que me recebia no final do caminho. Não havia como um ser tão poderoso viver em tal casa. Certamente, aquilo era algum tipo de ilusão. Mas a porta se abrindo com vontade própria antes mesmo de eu parar a carruagem expulsou todos aqueles pensamentos errantes da minha mente.

Eu engoli em seco enquanto outra onda de preocupação me revirava por dentro. Mas recuar deixou de ser uma opção no momento em que cruzei os portões. Fosse o que fosse, eu estava comprometida. Eu desci da carruagem, distraidamente acariciei o pescoço do meu cavalo de forma reconfortante e segui em direção à casa. Apesar da luz suave que emanava da porta aberta, ela ainda parecia uma bocarra escancarada, ansiosa para me engolir por inteiro.

Com uma segurança que certamente não sentia, eu entrei na casa e encontrei a Tecelã sentada atrás de uma mesa de frente para a entrada. Se não fosse por sua aparência um tanto sobrenatural e pelo poder inegável que irradiava dela, alguém poderia pensar que ela era uma recepcionista.

Ela era linda, sua idade indefinível diante da maciez de sua pele levemente bronzeada, e ainda assim, indubitavelmente anciã. Suas pupilas se estreitaram em fendas verticais no mar roxo de suas íris enquanto ela me observava aproximar. Ela inclinou a cabeça para o lado e, distraidamente, passou a mão pela extensão infinita de seus cabelos brancos prateados, trançados em uma única trança que se acumulava até o chão.

— Saudações, Amara Sanni. Eu estava esperando por você — disse a Tecelã com uma voz rouca e levemente sedutora que me arrepiou.

Atordoada demais por ela já saber meu nome completo, eu parei de repente e a encarei boquiaberta, enquanto minha mente se esforçava para acompanhar. Esse comportamento desajeitado não fazia sentido vindo de mim. Eu não era do tipo que simplesmente congela ou entra em pânico diante da adversidade. Qualquer que fosse a turbulência interior que eu sentisse, eu normalmente a reprimia e me elevava até que a situação se resolvesse.

Mas eu nunca tinha estado na presença de uma deusa antes.

Um sorriso irônico surgiu em seus lábios. Com uma convicção que não consegui explicar, eu percebi que ela sabia exatamente quais pensamentos estavam passando pela minha cabeça.

— Sente-se — ela disse, acenando levemente para minha esquerda.

Antes que eu pudesse perguntar onde, um rangido vindo de trás me assustou. Eu fiquei de queixo caído quando olhei por cima do ombro e vi uma cadeira que eu não tinha notado perto da porta deslizando sobre o piso de madeira e parando em frente à mesa. Embora eu já tivesse visto magos e conjuradores usarem habilidades telecinéticas, nunca era assim tão fácil.

Engolindo em seco, eu obedeci.

— Obrigada, Tecelã — eu disse, finalmente recuperando a voz — E obrigada por concordar em me receber. Como você sabe meu nome, parece que os boatos são verdadeiros quando afirmam que você sabe de tudo.

Ela bufou, um brilho divertido percorrendo seus olhos roxos enquanto suas pupilas dilatavam novamente para um formato mais redondo – o que honestamente a fazia parecer menos intimidadora.

— Tudo, não. Eu queria que fosse assim. Mas a maioria das coisas, sim. Por exemplo, eu não sei o seu destino final, apenas os resultados potenciais — ela respondeu.

Eu me animei na hora — Algum positivo? — eu perguntei, um pouco envergonhada pela ansiedade excessiva na minha voz.

Ela franziu os lábios e me lançou um olhar avaliador — Sim — a Tecelã disse por fim.

— Então você sabe a causa da minha doença, ou seja lá o que for? — eu perguntei, me inclinando para a frente.

— Não é uma doença, mas sim um veneno que está te matando lentamente — ela declarou com naturalidade.

Eu recuei — Veneno?! Qual deles? Onde e como eu fui infectada?

Uma expressão especulativa passou pelo rosto dela antes de retornar a um estado neutro — Isso é você quem tem que descobrir.

Eu pisquei e a encarei, confusa — O quê? Se você sabe o que é, por que não me conta?

— Eu não posso resolver as coisas por você — ela respondeu cuidadosamente, seu rosto assumindo um ar de intensidade que quase me fez contorcer na cadeira — Você precisa de uma cura, e eu posso lhe dizer onde encontrá-la. Mas garanti-la é um fardo seu. Embora eu possa lhe dizer que você está envenenada, você precisa encontrar a fonte e eliminá-la.

Eu levei um momento para digerir suas palavras. Quaisquer dúvidas que pudessem persistir em minha mente quanto ao fato de ela ser uma deusa ou um dos Anciões desapareceram completamente. Somente deuses e semideuses estavam vinculados a

Pactos. Alguns demônios e familiares também podiam se enquadrar nessas restrições, mas ela não era nenhum desses seres inferiores.

— Muito bem — eu respondi hesitante, com a mente ainda a mil — Eu tentei em vão encontrar a fonte da minha doença. Mas o que acontece se eu conseguir a cura primeiro, sem encontrar a fonte?

Ela fez um gesto de desdém — Você vai ficar bem. Se conseguir a cura, ficará imune para sempre.

— É a mesma coisa que matou meu pai? — eu perguntei, com a tensão transparecendo em minha voz.

— Sim — ela respondeu factualmente.

Meu peito se apertou quando o pensamento desagradável que me atormentava desde que os primeiros sintomas se manifestaram voltou à tona.

— Você disse que é um veneno que está me matando. Então não é algo genético, certo? Não é alguma doença hereditária que me foi passada?

— Não é.

Eu cerrei os dentes enquanto a raiva me invadia — Isso significa que alguém está atrás da gente.

— É uma suposição justa — ela respondeu de forma evasiva.

Isso também me irritou. Eu queria gritar com ela e exigir que me desse respostas adequadas. Ela tinha a informação de que eu precisava. Eu não duvidei por um momento que ela soubesse a identidade exata da pessoa que havia tirado a vida do meu pai e que agora estava atrás de mim. Mas quem eram eles e por quê? Acima de tudo, por que agora?

Até onde eu sabia, meu tio não tinha outros filhos ou pessoas importantes que morassem aqui nas Américas. Ninguém contestou seu testamento ou sequer manifestou o menor interesse em se mudar para cá ou reivindicar a casa. Portanto, não fazia sentido que essa herança pudesse ser o motivo do ataque. Mas se não fosse, por que esperar até eu vir para cá em vez de muitos anos atrás, enquanto eu ainda morava em Harmstead?

Eu quase a questionei sobre tudo isso, mas então me dei conta. Ela não conseguia responder a nenhuma dessas perguntas. Pressioná-la sobre elas não só seria inútil, como também arriscaria aliená-la. Como precisava desesperadamente da ajuda dela, eu formulei cuidadosamente minhas perguntas seguintes.

— Eu encontrarei o culpado?

— É um caminho em potencial — ela admitiu, com um brilho de aprovação passando por seus olhos incomuns.

Isso só pareceu reforçar ainda mais minhas suspeitas de que ela conseguia ler minha mente. Como eu estava um desastre emocional naquele momento, isso não era o ideal. Eu podia simplesmente me consolar com o fato de que ela não parecia descontente com a forma como eu estava lidando com as coisas até então.

— E se eu não conseguir encontrá-los, quão ruim as coisas ficarão para mim?

Ela hesitou por um longo tempo. Por uma fração de segundo, eu me perguntei se ela não tinha ouvido a pergunta. Então eu percebi que seus olhos estavam levemente desfocados. A Tecelã estava, sem dúvida, sondando a complexa rede do futuro antes de responder.

— Há muitos resultados potenciais de um extremo ao outro. As escolhas que você faz enquanto tenta encontrar a cura ajudarão a reduzir os resultados prováveis — ela disse finalmente, sem se comprometer.

Eu abri a boca para insistir mais, mas a expressão no rosto dela deixou claro que ela considerava o assunto encerrado e que era hora de eu seguir em frente.

Eu pigarreei e me mexi, inquieta, na cadeira de madeira.

— Então o que devo fazer para adquirir essa cura? — eu perguntei em tom baixo.

Mais uma vez, uma expressão estranha surgiu em seu rosto.

Por um motivo que eu não consegui explicar, minhas costas se enrijeceram instantaneamente. Eu odiaria a resposta dela.

— Você deve receber um veneno ainda mais forte para matar aquele que está se espalhando dentro de você.

Eu quase pulei da cadeira, meu corpo inteiro estremeceu como se tivesse sofrido o impacto de um golpe físico.

— O QUÊ?! Um veneno ainda mais forte vai me matar ainda mais rápido! — eu exclamei em tom autoexplicativo.

— Não exatamente — ela disse calmamente — O que você precisa é ser mordida pela cauda de cobra do Lobo Demônio Amaldiçoado.

Eu fiquei boquiaberta como se ela tivesse perdido o juízo.

Aparentemente imperturbável diante da minha expressão horrorizada, a Tecelã continuou explicando em tom de conversa — O veneno atacará primeiro o veneno que está te corroendo por dentro. Somente depois de erradicado, o veneno começará a te prejudicar. Quando isso acontecer, você precisará de uma segunda mordida das presas do lobo doente. Desta vez, a saliva neutralizará o veneno.

— Isso é suicídio! — eu exclamei — O Lobo Demônio Amaldiçoado é raivoso! Pelo que tudo indica, ele mata qualquer um que seja tolo o suficiente para se aproximar. E você espera que eu me submeta voluntariamente à mordida dele, não uma, mas duas vezes?!

Ela curvou a cabeça em concordância — Ranael está realmente raivoso por causa da maldição. Mas ele também é filho de Marchosias. Lobos demônios são protetores. Está no DNA deles. No caso de Ranael, você está certa ao dizer que ele ataca qualquer um que encontre aleatoriamente porque sua loucura o domina. No entanto, se ele for invocado, seus instintos protetores assumirão o controle.

Eu pisquei enquanto lutava para aceitar suas palavras.

— Eu entendi corretamente que invocá-lo anulará sua maldição? — eu perguntei, incrédula.

Ela balançou a cabeça, me confundindo ainda mais — Isso não vai *anular* a maldição, apenas pausar temporariamente o lado selvagem dele. Você deve invocar a proteção dele enquanto o invoca. Ele ficará preso a ela. Mas quando ele vier, você precisa se apressar. O vínculo protetor durará pouco tempo antes que a loucura o tome novamente.

Eu assenti lentamente, percebendo que ele estaria efetivamente sujeito às mesmas restrições que qualquer outro demônio invocado. E então, meus olhos se arregalaram de repente quando um pensamento me ocorreu.

— Espere, os lobos demônios também não são limitados pela verdade? — eu perguntei.

Um sorriso discreto se abriu em seus lábios — Sim. Lobos demônios sempre responderão a qualquer pergunta com sinceridade. Mas lembre-se, você tem pouco tempo. Não o desperdice com futilidades. Garanta uma mordida segura de Ranael rapidamente.

— Mas como eu o invoco? Eu só tenho um conhecimento básico do arcano — eu respondi timidamente — Tudo relacionado à magia com velas eu domino, mas invocação definitivamente não é uma delas.

— Não tenha medo, criança. Eu vou lhe mostrar o ritual — ela respondeu com um gesto de desdém.

Eu lambi os lábios, nervosa — Tudo bem, obrigada. Como eu faço para encontrá-lo? Eu já ouvi falar da lenda do Lobo Demônio Amaldiçoado, mas não muito mais do que isso.

— Contrate os serviços de um guia na Montanha Lua-de-Lobo — Cliona disse com firmeza — A Estalagem Uivante é um excelente lugar para encontrar um. Mas esteja avisada de que a jornada é perigosa. Portanto, escolha seu guia com sabedoria. Depois de ser mordida pela cauda da cobra, você precisará do seu guia para levá-la de volta à segurança.

Eu engoli em seco e assenti lentamente — Como eu vou saber quando estou pronta para a segunda mordida?

— Os capilares sob sua pele começarão a ficar pretos — a Tecelã disse com um brilho quase malicioso em seus olhos roxos.

Uma parte de mim percebeu que ela estava tentando me assustar deliberadamente, pois parecia que isso a divertia.

Eu engoli em seco novamente, me recusando a mostrar quanto sucesso ela estava tendo nessa façanha.

— Isso parece bastante doloroso — eu disse cautelosamente — Eu estarei em condições de voltar para Ranael para a segunda mordida?

Uma expressão estranha percorreu seu rosto. Ela não respondeu de imediato. Embora seu rosto não revelasse nada sobre os pensamentos que lhe passavam pela cabeça, eu compreendi, visceralmente, que aquela seria uma parte fundamental do julgamento que me aguardava.

— Escolha um guia em quem você literalmente confie sua vida, e tudo ficará bem — ela respondeu em um tom misterioso.

— Confiar a minha vida? — eu repeti, incrédula — Como eu vou fazer isso com alguém que acabei de conhecer?

Ela deu de ombros com uma expressão provocadora — Isso é você quem tem que descobrir. Mas faça isso rápido. O tempo não está do seu lado. Só para você saber, Ronika não poderá te ajudar de novo.

Meu estômago embrulhou, e uma sensação de pavor e quase desespero tomou conta de mim. O fato dela saber disso sem que eu tivesse sequer insinuado a ajuda que a curandeira havia me dado realmente mexeu com a minha cabeça. Mas essa confirmação de que eu não tinha mais essa rede de segurança me destruiu.

— Quanto tempo eu tenho? — eu sussurrei, com a voz um pouco trêmula.

Para minha surpresa, a Tecelã não respondeu de imediato. Em vez disso, ela olhou para a parede atrás dela, à sua esquerda. Eu não consegui ver nada além de uma parede vazia. Pelo modo como ela a examinou, eu percebi que havia algo além da minha capacidade de percepção. Só então eu parei um momento para observar a grande sala onde eu havia passado os últimos vinte minutos.

Ela parecia mais espaçosa por dentro do que se esperaria de fora. Isso reforçava ainda mais minha teoria de que o exterior era uma ilusão. O lado esquerdo da sala tinha uma infinidade de pergaminhos, grimórios e vários livros que, sem dúvida, continham o tipo de magia avançada pela qual a maioria dos conjuradores, magos e arcanistas venderiam suas almas. O lado oposto da sala tinha inúmeros frascos contendo poções e líquidos. Eu não conseguia nem imaginar para que serviam. Ele também ostentava uma coleção impressionante de ervas e reagentes que provavelmente valeriam uma quantia absurda de dinheiro no mercado.

Mas foi a roca de fiar ao lado da parede que prendeu minha atenção. Só então eu finalmente notei que um fio dourado da roca apontava para a parede antes de desaparecer. Isso só podia significar que o que quer que ela estivesse fiando estava exposto naquela parede, mas invisível aos meus olhos leigos.

Antes que eu pudesse me aprofundar mais no assunto, a Tecelã voltou sua atenção para mim.

— Se você embarcar nesta missão para procurar Ranael, seu destino será decidido nas próximas seis semanas. Mas se não for, você morrerá em menos de dois meses — ela disse de forma factual.

Isso me atingiu como uma pedra no peito. Eu coloquei as mãos no colo, apertando-as com força para evitar que tremessem. Eu respirei fundo, sem nem perceber que estava balançando a cabeça lentamente, como se reconhecesse o inevitável.

— Entendo. Não há outra maneira senão me expor à mordida do Lobo Demônio Amaldiçoado? — eu perguntei, odiando o tom suplicante e esperançoso da minha voz.

— Há sim. Mas não crie muitas expectativas. Você nunca

viveria o suficiente para ver os caminhos alternativos. Se tivesse vindo até mim há um mês, quando notou os primeiros sintomas, teria tido outras opções. Essa janela se fechou. No entanto, mesmo que tivesse vindo naquela época; eu teria sugerido fortemente que procurasse Ranael. Este caminho é o que garante o melhor resultado possível para você.

Meus ombros caíram e eu assenti novamente, desta vez com resignação — Então eu devo ir agora?

Ela balançou a cabeça e assumiu uma expressão séria — Não hoje, mas daqui a três dias. Só vá à Estalagem Uivante no dia seguinte à lua cheia.

— *Depois* da lua cheia? — eu repeti desconfiada.

— Ela é chamada de Montanha da Lua do Lobo por um motivo — respondeu a Tecelã, como se eu tivesse dito algo idiota — Várias matilhas de Lycans compartilham o território.

— Sim, eu já tinha ouvido falar disso. Mas eu achava que essa história da lua cheia eram só lendas e contos populares que os pais contam aos filhos quando eles se comportam mal, como uma espécie de bicho-papão?

Ela me lançou um sorriso indulgente e levemente zombeteiro — Todas as lendas e contos populares têm raízes na realidade. Os Lycans realmente não são afetados pela maldição dos lobisomens. A lua cheia não os afeta. Mas *existem* lobisomens. Você não quer ser pega por um deles na lua cheia. Vá para a estalagem no dia seguinte.

— Entendi — eu disse antes de pigarrear e lançar-lhe um olhar cauteloso — Então... Quanto você cobra pela sua ajuda? Eu duvido que minhas velas de bruxa mais raras a atraiam.

Seu bufo desdenhoso ardeu.

— Eu tenho uma quantia respeitável de economias e poderia vender...

— Seu sangue — a Tecelã disse, me interrompendo.

— Como é? — eu perguntei, atordoada.

— Depois de curada, você me dará um frasco de seu sangue — a Tecelã disse firmemente.

Eu recuei e a encarei, indignada — O quê? Isso está fora de questão!

— Relaxe, sua tola! — ela disse severamente — Eu não o usarei para te machucar, controlar ou prender. Se você sobreviver a esta provação, seu sangue terá o soro do veneno mais virulento que existe. Eu o quero.

A tensão que apertava minhas costas se dissipou instantaneamente, mas só parcialmente — E se eu não sobreviver? — eu desafiei.

Ela deu de ombros — Então eu não terei conseguido ajudá-la, o que anulará sua dívida.

— Então minha família sobrevivente não seria responsabilizada? — eu insisti.

— Não — ela disse em um tom que não admitia discussão — O contrato é entre você e eu. Se você for curada, me deverá um frasco do seu sangue. Se você morrer, nós duas perdemos, e o contrato será anulado.

Eu apertei os lábios, minha mente ainda pensando em todas as maneiras pelas quais isso poderia dar errado.

Para minha surpresa, a Tecelã revirou os olhos com um ar de exasperação — Eu prometo que seu sangue será usado exclusivamente para produzir um soro de cura. De forma alguma, ele será usado para prejudicar a você ou qualquer outra pessoa.

Eu fiquei de queixo caído. Você não brincava com uma promessa. Era como um juramento de sangue. Quebrar a palavra tinha consequências graves que ninguém queria enfrentar. Você só precisava ter cuidado com os termos da promessa. Um trocadilho inteligente bastaria para te enganar e te fazer pensar que a promessa lhe garantia muito mais proteção do que realmente garantia.

Mas neste caso, eu não consegui encontrar nenhuma falha ou brecha.

— Muito bem. Então temos um acordo — eu disse suavemente.

O sorriso triunfante que se abriu nos lábios sensuais da Tecelã me surpreendeu. Foi tão breve e rapidamente disfarçado que me perguntei se eu o havia imaginado. Como eu duvidava que salvar minha vida fosse uma de suas prioridades, eu só pude presumir que o soro em meu sangue realmente tinha um grande valor para ela.

Ela passou os vinte minutos seguintes me ensinando a invocar Ranael. Quando eu saí da casa dela, uma luz brilhou sobre mim, afastando o desespero esmagador que me dominava.

Por mais impossíveis que fossem as probabilidades, agora eu tinha esperança.

CAPÍTULO 2

AMARA

E u parti pouco antes do meio-dia na manhã seguinte à lua cheia. Meu plano inicial era partir ao nascer do sol, mas uma forte tempestade atrasou minha partida. Mais uma vez, eu fiquei em dúvida se deveria simplesmente cavalgar ou usar uma carruagem. No final, meu faetonte fez mais sentido, pois a cobertura me protegeria caso o tempo piorasse novamente, além de ter mais espaço para levar roupas extras, equipamentos básicos de caminhada e os apetrechos que me auxiliariam no ritual de invocação.

A viagem até Kairn – a pequena vila turística na entrada da Montanha Lua de Lobo – se estendeu indefinidamente. Além de me dar tempo demais para pensar em todas as maneiras pelas quais as coisas poderiam dar errado, ver o sol se pondo no horizonte aumentou ainda mais minha cautela. Felizmente, minha viagem foi tranquila, pois a estrada até lá era bastante segura. Cruzar com um número cada vez maior de outros turistas e viajantes em ambas as direções à medida que me aproximava do meu destino ajudou muito. Eu finalmente cheguei à estalagem um pouco antes das 21h.

O albergue de três andares, feito de madeira escura e tijolos bege, dominava as outras construções bem menores da vila. À primeira vista, eu contei cerca de vinte estabelecimentos, a maioria me lembrando armadilhas para turistas, além da loja de conveniência e do ferreiro. Com base na pesquisa que eu realizei nos últimos três dias, enquanto esperava o fim da lua cheia, apenas algumas famílias realmente moravam em Kairn. A estalajadeira Misty Starlight e sua família, assim como o xerife Darion Lovell. Todos os outros moravam com uma das matilhas de Lycans que possuíam sua própria parte do território ao redor.

As grandes portas da pousada se abriram, me permitindo vislumbrar a movimentada sala de jantar. O delicioso aroma de carne assada chegou até mim, acompanhado pelo som da música e pelo ruído indefinido de conversas animadas. Um homem grande imediatamente veio direto até mim e acenou com uma mão enorme em cumprimento.

Eu fiquei surpresa ao perceber que ele era apenas um adolescente. A cor prateada incomum de seus olhos e a ponta peluda de uma orelha pontuda aparecendo por entre seus cabelos negros e sedosos revelavam que ele não era humano. Eu nunca tinha conhecido um Lycan antes. Mas não era preciso ser um gênio para reconhecer aquele garoto como um.

— Saudações, senhorita. Vai passar a noite aqui? — ele perguntou, com a voz um pouco mais aguda, confirmando ainda mais sua juventude.

— Sim. Está ficando tarde demais para me aventurar na natureza — eu disse com uma risada nervosa.

— Sábia decisão — ele concordou, com um sorriso cada vez maior.

Embora não tivesse presas, seus caninos brancos e imaculados eram claramente mais afiados e proeminentes do que os de um humano comum. Eu aceitei de bom grado a mão que ele estendeu para me ajudar a descer da carruagem. Suas narinas se dilataram, e uma expressão preocupada rapidamente disfarçada surgiu em suas feições infantis, ofuscando a alegria calorosa que ele havia demonstrado inicialmente. Eu quase perguntei o que havia acontecido, mas ele rapidamente se virou para pegar meus pertences e levá-los para dentro.

Eu dei um tapinha no pescoço do meu cavalo e segui o jovem para dentro. Embora as conversas não parassem quando entrei, algumas diminuíram o ritmo, pois muitos clientes me olhavam com indisfarçável curiosidade. A maioria eram homens, com menos de um quarto delas sendo mulheres. Para minha surpresa, apenas um punhado de humanos se misturava aos convidados. De repente, eu me dei conta de que os Lycans usavam aquele lugar como seu ponto de encontro habitual. Isso era um bom presságio, pois era sempre um bom sinal quando os moradores locais frequentavam um estabelecimento regularmente. Isso significava bom serviço e qualidade.

Sendo um tanto introvertida, tanta atenção voltada para mim me deixou constrangida. Pelo menos, nenhum dos olhares era intimidador. Embora a curiosidade dominasse, alguns homens me olhavam com uma admiração descarada, sem aquele tom lascivo que a tornaria vulgar ou desrespeitosa.

Por um motivo que eu não consegui explicar, em vez de ir até o balcão e falar com a estalajadeira, eu simplesmente parei alguns passos dentro da sala, de frente para a multidão.

Eu pigarreei e todas as conversas cessaram, até mesmo os músicos que entretinham. Com todos os olhares fixos em mim, eu engoli em seco e reuni toda a minha coragem antes de projetar em voz alta para que todos pudessem ouvir.

— Desculpe interromper sua noite, mas estou procurando um guia para me levar em uma missão arriscada. Eu pagarei bem — eu disse.

Muitas pessoas se animaram, é ergueram as sobrancelhas interessadas enquanto me lançavam um olhar avaliador.

— Quão arriscada? — gritou um homem, chamando minha atenção.

Ele estava sentado atrás da maior mesa da estalagem, cercado por outras oito pessoas, duas delas mulheres. Mesmo sentado, eu podia dizer que ele era extremamente alto. Seus ombros largos e músculos definidos demonstravam uma força tremenda. Embora todos os homens Lycans envergonhassem a maioria dos humanos com seus físicos impressionantes, este se destacava dos demais. Eu suspeitei que ele fosse o alfa da matilha.

— Muito perigosa — eu respondi.

Ele me examinou lentamente e gesticulou para que eu me aproximasse. Mais uma vez, não havia nada de inapropriado na maneira como seus olhos prateados me percorreram. Eu descreveria como clínico, como se ele estivesse tentando reunir informações sobre mim que lhe dessem uma ideia melhor de com quem estava lidando.

Como comerciante, eu costumava fazer o mesmo com os clientes, especialmente aqueles que me perguntavam sobre o tipo de vela usada em rituais arcanos avançados. Embora eu fosse uma forte defensora de "cuidar da minha própria vida", eu não venderia um produto para alguém que eu acreditasse que pretendia usá-lo para propósitos malignos ou prejudiciais. Magos negros frequentemente usavam algum tipo de símbolo de poder ou artefatos para aprimorar sua magia. Isso dava uma boa ideia do tipo de arte que eles praticavam. Da mesma forma, havia os sovinas, que se vestiam com trajes extravagantes, mas sempre tentavam pechinchar por um preço mais barato.

No entanto, enquanto eu me esgueirava por entre as mesas movimentadas, alguns dos clientes Lycans ficaram tensos, alguns até recuaram, torcendo o nariz ou franzindo o rosto. Antes que eu pudesse questionar aquela reação estranha, um deles se dirigiu a mim com uma voz chocada, me fazendo hesitar.

— Você está doente! — exclamou o homem — O fedor da morte está em você.

Eu estremeci, com o peito apertado pelo veneno ter se espalhado tanto dentro de mim a ponto de ser tão facilmente detectável por seres com olfatos extremamente sensíveis. Recusando-me a ceder ao desespero, eu ergui o queixo em desafio enquanto encarava o homem mais jovem. Ele parecia ter mais ou menos a minha idade, entre 20 e 30 e poucos anos. Embora um pouco menos imponente do que aquele que eu suspeitava ser o Alfa, este homem ainda era robusto. Seus cabelos loiro-escuros se enrolavam gloriosamente em torno de seu belo rosto. Ele também tinha os olhos prateados de um lobo, mas com um rosto mais longo e oval em vez do maxilar mais quadrado de sua contraparte.

— Sim, eu estou morrendo. Daí a necessidade urgente desta missão. Eu preciso do veneno que neutraliza aquele que está me matando.

— E que veneno seria esse? — perguntou o primeiro homem mais velho, chamando minha atenção novamente.

Eu reduzi a distância que me restava até ele e, nervosa, passei os dedos pelos meus cabelos cacheados. Suas narinas se dilataram enquanto ele inalava meu cheiro, imitado pelas outras pessoas ao redor, as mais distantes se inclinando para sentir melhor. O ar de pena que pairava sobre muitos rostos fez minhas entranhas se contorcerem ainda mais.

— Você está atrás das flores de Orestan do Vale Sombrio? — ele perguntou quando eu não respondi imediatamente.

Eu balancei a cabeça e lambi os lábios, me preparando para como eles reagiriam à minha resposta.

— Não, é algo muito mais desafiador de se conseguir. Eu preciso ser mordida pela cauda de cobra do Lobo Demônio Amaldiçoado Ranael — eu disse com a maior firmeza possível.

Um silêncio ensurdecedor se instalou na sala enquanto todos me encaravam, incrédulos. Eu não sabia dizer se segundos ou minutos se passaram. Parecia uma eternidade para mim. E então o som estrondoso de uma voz masculina rindo atrás de mim desencadeou um efeito dominó, com todos os outros rapidamente se juntando a mim.

— Você está louca! — exclamou o rapaz atrás de mim — O veneno atual claramente quebrou seu cérebro, mulher!

— Chega, Ulric — disse o homem mais velho severamente, silenciando todos os outros.

— Eu não quero desrespeitar, Rolf — Ulric disse em um tom um tanto conciliador — Mas essa pobre mulher obviamente não está pensando com clareza. Quem em sã consciência procuraria Ranael deliberadamente?

— Eu não estou louca — eu respondi energicamente antes de voltar minha atenção para o homem mais velho que ele chamou de Rolf — O veneno dele é a única cura para o que me aflige. Eu recebi a confirmação da própria Tecelã.

Um suspiro geral se elevou na sala, seguido por alguns sussurros incrédulos entre os clientes. Rolf estreitou os olhos para mim, seu rosto exibindo uma mistura de suspeita e curiosidade.

— A Tecelã lhe concedeu uma audiência? — ele perguntou em um tom duvidoso.

— Sim, ela fez isso — eu respondi, mantendo o olhar fixo nele.

— Como diabos você conseguiu fazer isso? — ele me desafiou, aparentemente ainda sem saber se estava impressionado ou ainda duvidando da veracidade da minha declaração — E a que custo? A Tecelã não ajuda ninguém a menos que tenham algo de grande valor para ela.

— De fato — Ulric interrompeu — O que ela poderia querer de uma garota moribunda, por mais bonita que você seja? Ela pediu sua alma?

Mordendo a língua para não mandá-lo se ferrar, eu lancei-lhe um olhar irritado — A compensação pela sua ajuda é entre mim e ela. Não é da conta de ninguém. Tudo o que eu quero saber é se alguém entre vocês será meu guia.

Ao mesmo tempo, todos se viraram para olhar para Rolf, confirmando minha suspeita de que ele era um dos Alfas. Meu coração apertou quando ele balançou a cabeça com uma expressão de compaixão.

— Receio que isso não seja possível — ele disse em um tom suave, quase paternal — Levá-la até ele seria um assassinato seguido de suicídio. Ranael a comerá como aperitivo e seu guia como prato principal. Só um tolo embarcaria em tal missão. Sinto muito. Eu posso marcar um encontro para você falar com um de nossos xamãs. Talvez eles possam lhe oferecer uma cura alternativa com a qual teremos prazer em ajudá-la. Mas não esta.

— Esta é minha única esperança — eu disse em um tom suplicante.

A maneira como seu rosto se fechou enquanto ele sustentava meu olhar sem pestanejar me arrasou. Eu conhecia aquele olhar. Rolf não se deixaria abalar. Desesperada, eu olhei ao redor da sala, tentando fazer contato visual com todos os presentes. Mas todos desviaram o olhar.

— Ninguém mais vai me ajudar? — eu perguntei aos outros.

— Não perca seu tempo — Ulric disse com uma voz gentil, porém firme — Nós nos solidarizamos com a sua situação, mas nenhuma das matilhas participará dessa loucura. O melhor que podemos oferecer é levá-la a um xamã.

Eu abri a boca para discutir, mas a fechei, derrotada. Não haveria como fazê-los mudar de ideia, pelo menos não naquele instante. Eu precisava me recompor, organizar meus pensamentos e pensar em uma alternativa que pudesse convencê-los. A Tecelã não teria me enviado aqui em vão. Havia uma solução, e eu a encontraria.

Apesar da multidão considerável, eu avistei algumas mesas livres ainda disponíveis. Cerrando os dentes, eu acenei com a cabeça para os dois homens e me dirigi a uma mesa no fundo do amplo salão. Antes mesmo de me acomodar no banco de madeira, os músicos começaram a tocar aparentemente de onde pararam quando eu entrei, e a conversa recomeçou como se eu nunca tivesse interrompido a noite deles.

Isso me fez sentir ainda mais abandonada e sem importância. Quem se importava com uma humana qualquer? Minha morte não faria diferença em suas vidas. E meus clientes logo encontrariam um concorrente para me substituir. Em poucos meses, eu me tornaria uma daquelas anedotas "engraçadas" que os guias compartilhavam com seus clientes sobre o pedido mais estranho que já receberam. Com o tempo, a história se tornaria mais elaborada. Eles provavelmente me descreveriam como louca, com as roupas quase rasgadas, espumando pela boca, andando pelas ruas de terra batida, gritando a plenos pulmões para que Ranael viesse me buscar.

Lágrimas brotaram em meus olhos e minha garganta se apertou. Eu não conseguia decidir se queria me afundar em autopiedade ou gritar com todos ali, para denunciá-los por sua covardia e crueldade. E, no entanto, a parte racional de mim não conseguia culpá-los. No lugar deles, eu provavelmente também teria recusado. Mas o que eu deveria fazer?

A Tecelã me disse para vir aqui. Então, o que eu estou deixando passar?

Um movimento no canto da minha visão me assustou. Eu estava tão absorta em meus pensamentos sombrios que não notei uma senhora idosa se aproximando. Era uma mulher asiática com olhos azuis elétricos. Eu me lembrava vagamente de vê-la parada atrás do balcão quando eu entrei. Para meu choque, ela segurava uma bandeja com uma enorme tigela de pão. Ela a colocou na minha frente, e o aroma delicioso do ensopado espesso que a enchia chegou até mim.

Meu estômago roncou em aprovação imediatamente. Eu não tinha percebido o quanto estava faminta.

— Obrigada — eu sussurrei, dando-lhe um sorriso triste, mas grato.

— De nada, querida — ela disse em um tom maternal que fez meu peito apertar.

— Meu nome é Misty — ela disse calorosamente — Eu sou a dona deste lugar. Posso me sentar com você?

Surpresa e um pouco confusa, eu assenti e gesticulei para que ela prosseguisse. Ela sorriu e obedeceu. Apesar de sua constituição esguia, quase delicada, Misty não era frágil. Uma força inegável se escondia por trás de sua aparência enrugada. Além da cor incomum dos olhos, suas orelhas pontudas de lobo e seus caninos levemente proeminentes a denunciavam como uma Lycan também. O contrário teria sido chocante, considerando que este parecia ser o principal refúgio de sua espécie.

— Meu nome é Amara — eu respondi enquanto ela se acomodava no banco em frente a mim.

— Um nome lindo para uma jovem adorável — ela disse gentilmente.

Eu me peguei sorrindo. Havia algo incrivelmente reconfortante naquela mulher. Para minha surpresa, uma vontade imensa de ser abraçada e consolada por ela me atingiu como uma tonelada de tijolos. Embora eu fosse inegavelmente uma pessoa que adorava abraços, eu não sentia vontades aleatórias de abraçar e ser abraçada por estranhos.

— Sinto muito pela sua situação — ela disse cuidadosamente — Como você provavelmente percebeu, não faz sentido continuar discutindo o assunto com as pessoas daqui. Ninguém vai te aceitar. Mas há outro que pode aceitar.

Eu fiquei paralisada, enquanto levava uma colherada de ensopado de carne à boca — Outro?! Quem?

— O nome dele é Remus — ela disse em um tom conspiratório.

— Misty! Não envolva o Amaldiçoado nisso! — Rolf gritou.

A mulher mais velha virou a cabeça em direção ao Alfa para encará-lo — Ele não é amaldiçoado. Ele é apenas um lobo doente.

Eu fiquei paralisada e meus olhos se arregalaram ao ouvir aquelas palavras.

— Um lobo doente? — eu repeti, com tensão audível na minha voz.

Ela assentiu com uma expressão sombria — Remus nasceu "doente", embora nem isso seja totalmente exato. Durante a gravidez, sua mãe foi infectada por Ranael, o verdadeiro Lobo Amaldiçoado. Ela morreu por causa do veneno, que infelizmente passou para Remus. Ele nasceu com o mesmo veneno correndo em suas veias, mas isso não o afeta. Você nunca saberia que o sangue dele é tóxico se o visse andando por aí.

— Então ele não está doente de verdade — eu respondi cautelosamente — Ele só tem sangue venenoso, certo?

Ela hesitou — Isso está correto 99% das vezes. Mas o veneno fica mais tóxico quando a lua cheia nasce, o que também afeta a... mente dele.

Meu queixo caiu com a compreensão repentina — Ele fica raivoso na lua cheia?!

Ela apertou os lábios e assentiu relutantemente — Sim. Mas é só nessa noite. Tirando isso, ele é o homem mais gentil que você poderá conhecer — ela acrescentou rapidamente, em um tom tranquilizador — Remus, na verdade, é especialista no tipo de missões difíceis e perigosas que outros não aceitam. Eu não tenho dúvidas de que ele estará disposto a ajudá-la.

Eu franzi a testa, perplexa com sua óbvia ânsia de me convencer, mas também com as falhas aparentes em sua lógica.

— Por que ele se especializa em missões perigosas? Ele tem tendências suicidas? — eu questionei.

Para minha surpresa, em vez de ficar surpresa ou tentar encontrar uma resposta, Misty sorriu com aprovação, como se esperasse que eu fizesse aquela pergunta específica.

— Ele não tem tendências suicidas, muito pelo contrário. Sua situação o ajudou a apreciar a vida e as dificuldades que as pessoas enfrentam com ainda mais intensidade. Remus sabe o que é estar desesperado por uma solução para um problema que parece insolúvel. Sua condição o tornou ousado, determinado e destemido — Misty disse com convicção.

— Por que diabos Remus aceitaria isso? Ranael o amaldiçoou e matou seus pais! Por que diabos ele iria querer participar de uma missão que o levaria de volta à criatura que causou sua condição? Ele é a última criatura de quem Remus gostaria de se aproximar! Você está dando falsas esperanças a essa pobre garota — Rolf interrompeu.

Misty bufou e fez um gesto de desprezo.

— Eu não estou! Remus foi infectado pelo lobo demônio. Seus sangues têm semelhanças. Ranael vê Remus como um membro de sua matilha... quase como um parente. Ele não o atacará.

Meus olhos se arregalaram em compreensão.

— Se essa avaliação estiver correta, então esse Remus parece de fato o guia ideal para me levar até lá — eu pensei em voz alta.

— Ele com certeza é! — Misty respondeu entusiasticamente.

— Ele está amaldiçoado! — Ulric protestou — Não...

— Chega! — Misty retrucou — Nenhum de vocês vai ajudar essa garota, e agora estão tentando espalhar mentiras sobre a única pessoa que pode ajudar? O ódio de vocês pelo pobre garoto é tão profundo que vocês vão condená-la à morte certa?!

Os dois homens recuaram, visivelmente magoados com as palavras dela.

— Nós não o odiamos — Rolf retrucou, ofendido — E definitivamente não desejamos mal a esta mulher. Mas esta missão...

— Você pode não odiá-lo, mas suas palavras são igualmente prejudiciais — Misty disse severamente, interrompendo-o também.

— Eu também não o odeio — Ulric protestou — Mas eu experimentei em primeira mão o quão letal pode ser confiar nele.

— Você está misturando situações completamente diferentes, ignorando convenientemente sua própria responsabilidade naquele infeliz incidente e se apegando a algo que aconteceu décadas atrás. Deixe isso pra lá, seu tolo! — Misty rosnou.

Apesar do desejo óbvio de continuar discutindo, os dois homens mantiveram a calma, e o brilho severo nos olhos da mulher mais velha os desafiava a desafiá-la ainda mais. Parecendo satisfeita quando os dois homens desviaram o olhar a contragosto, ela voltou sua atenção para mim.

— Onde está esse Remus? — eu perguntei — No fim das contas, é ele quem pode confirmar se vai fazer isso ou não.

— Ele foi caçar — ela respondeu em um tom mais suave, retornando à sua postura amigável — Ele deve chegar aqui de manhã ou depois de amanhã para vender o que capturou e ver se há algum cliente precisando de um guia.

— Perfeito — eu disse, com uma ponta de esperança transparecendo em minha voz — Eu vou precisar de um quarto por alguns dias, então, e também tenho um faetonte que seu cavalariço cuidou.

— Claro, querida. Vamos garantir que você fique confortável enquanto espera. Remus é um bom homem — ela repetiu.

O carinho em sua voz levantou um milhão de perguntas em minha mente. Será que eles tinham algum parentesco? Ela não era mãe dele, mas o jeito protetor e os elogios que ela fazia sugeriam um vínculo profundo.

Por algum motivo, isso me tranquilizou. Eu não conhecia aquela mulher e não tinha nenhum motivo específico para confiar nela. E, no entanto, eu confiava. No fundo, eu a considerava honrada.

Misty estendeu a mão sobre a mesa e apertou a minha de um jeito quase maternal, depois se levantou e voltou às suas tarefas atrás do balcão. Por mais incertas que as coisas permanecessem, eu tinha esperança novamente.

CAPÍTULO 3
REMUS

Puxando delicadamente as rédeas do meu cavalo, eu parei a carruagem em frente à estalagem. Um sorriso orgulhoso se abriu em meus lábios enquanto eu observava a impressionante carga que eu estava levando para Misty. Embora suprimentos de carne nunca tenham sido um problema na Montanha da Lua do Lobo, as carnes raras que eu consegui obter eram muito procuradas e difíceis de encontrar. Era preciso caçar em territórios perigosos que os sábios evitavam.

Não foi arrogância, estupidez ou ganância que me levaram a me aventurar naquelas áreas perigosas para caçar. Mas os monstros se reconheciam. Eles me temiam mais do que eu os temia. Ou melhor, eles temiam meu sangue contaminado. Me morder causaria mais dano a eles do que a mim, me dando passe livre para praticamente qualquer lugar que eu fosse.

Essa era a única bênção da maldição que atormentou toda a minha existência.

Eu desci habilmente da carruagem e tirei dois dos grandes animais da carroça, colocando um em cada ombro. Eu peguei dois animais menores – embora ainda do tamanho de um cachorro grande – e os carreguei nas mãos. Por um motivo que eu não consegui explicar, não era tanto para reduzir o número de viagens necessárias para trazer tudo para dentro. Eu só queria fazer uma entrada impressionante. Não fazia sentido, pois eu nunca fui do tipo fanfarrão.

Como essa aquisição me renderia uma boa grana, eu poderia tirar uma folga considerável caso não aparecesse nenhum contrato interessante de caça ou escolta guiada. Eu nunca tive muita fome de dinheiro. Com minhas habilidades, eu poderia acumular uma fortuna enorme. No entanto, um teto confortável sobre minha cabeça, uma barriga cheia e a capacidade de pagar todas as minhas contas sem preocupações eram mais do que suficientes para mim.

Mas meu coração apertou assim que eu me aproximei das grandes portas da pousada. A julgar pelo som de várias vozes lá dentro – muitas das quais eu reconhecia – o lugar estava lotado. Eu esperava que a maioria estivesse caçando ou guiando clientes pela montanha ou pelas florestas vizinhas. Eu realmente não estava com disposição para os comentários passivo-agressivos e a intimidação quase velada dos meus detratores.

Com o passar dos anos, a situação melhorou, com a maioria das matilhas me deixando em paz. Até mesmo os mais desagra-dáveis não eram tão agressivos e implacáveis como quando eu era mais jovem. O tamanho e a força enormes que eu desenvolvi enquanto crescia, sem dúvida, desempenharam um papel signifi-cativo em sua nova contenção. Ainda assim, olhares silenciosos, porém hostis, muitas vezes me incomodavam tanto – se não mais – do que comentários abertamente sarcásticos e depreciativos.

Apesar do peso que carregava, eu abri sem esforço as pesadas portas da estalagem. O som alto das conversas diminuiu pela metade. Isso não deveria ter me chocado. Embora minha presença frequentemente causasse esse tipo de reação, nunca foi a esse ponto. Algumas conversas paravam ou diminuíam o ritmo enquanto me observavam entrar, antes de me dispensarem de seus pensamentos e retomarem exatamente de onde pararam.

Desta vez, foi um silêncio quase ensurdecedor que saudou minha entrada, e não teve nada a ver com a carga impressionante que eu carregava. Mas meu cérebro não conseguia se concentrar naquele comportamento estranho.

Assim que as portas se abriram, um aroma sedutor atingiu meu nariz. Minha boca salivava, minha pele esquentava enquanto meu sangue fervia, e meus passos vacilavam enquanto uma onda de tontura me invadia.

Impossível!

E, no entanto, essa resposta fisiológica não podia ser negada. Algo – ou melhor, alguém – havia levado meu calor de acasalamento ao frenesi.

Minha Chama Gêmea esteve aqui.

Minhas narinas se dilataram enquanto eu inspirava profundamente, minha cabeça balançando para um lado e para o outro enquanto eu buscava a fonte daquele aroma divino. Levou meio segundo, que pareceu uma eternidade, até que meu olhar se fixasse na bela estranha sentada no canto mais distante do refeitório da estalagem.

Por Ferazan, ela era de tirar o fôlego!

Os cachos negros e densos de sua juba lustrosa emolduravam seu rosto deslumbrante, com olhos de obsidiana, um nariz nobre e lábios generosos que me atraíam. Ela estava perdida em pensamentos, com o queixo levemente pontudo apoiado na palma da mão. Minha boca se encheu de água enquanto meu olhar percorria sua pele impecável, da cor escura das pedras de Kalena quando elas realizam um desejo.

Ela é meu desejo impossível se tornando realidade?

Na fração de segundo que eu levei para registrar todos esses detalhes sobre a estranha encantadora, o silêncio ao meu redor se tornou ainda mais ensurdecedor. Desviando o olhar dela, eu me forcei a ir em direção ao balcão onde Misty estava ocupada servindo algumas bebidas. Mas a blusa imaculada sem mangas da minha Chama Gêmea e sua longa saia laranja-fogo gritavam para que eu recuperasse minha atenção.

Embora as conversas tenham retomado gradualmente, inúmeros olhares pesavam sobre mim.

— Remus! Aí está você, meu amor! — exclamou Misty, seu rosto assumindo aquela expressão maternal que sempre me fazia derreter de dentro para fora.

— Estou sim! — eu respondi com sincero entusiasmo, apesar de ainda estar completamente distraído com a estranha — E trago presentes!

— Entendi! Embora presentes normalmente sejam de graça — ela acrescentou, provocante — Estes vão acabar com as minhas economias, mas é uma despesa que farei com prazer. Você não poderia ter me trazido esta abundância de javalis do crepúsculo em melhor hora!

— Ah? Tem alguma coisa grande acontecendo? — eu perguntei enquanto contornava o balcão e colocava as duas cabras do rio em uma carroça grande que Misty apontou.

Ela assentiu com um sorriso largo — Tem um grande grupo de caçadores humanos vindo do exterior esta semana. Eles querem provar algumas das caças e peixes mais exóticos da região — ela explicou.

— Por favor, me diga que eles não estão planejando caçar javalis do crepúsculo? — eu perguntei, horrorizado.

Ela riu baixinho — Relaxa, filho. Eles não são tão loucos assim. Eles só querem experimentar o que é perigoso demais para eles capturarem. Mas eles vão querer caçar.

— Ótimo — eu disse, a tensão transbordando dos meus ombros — Algum outro cliente interessante procurando um guia?

Embora eu tenha dito as palavras com indiferença, o olhar que Misty me lançou indicava que ela não se deixou enganar nem um pouco. Os olhares que eu lançava furtivamente na direção da bela estranha não me ajudaram em nada.

— Nós tivemos alguns visitantes nos últimos dias. Todos eles conseguiram um guia, exceto um. Um caso muito especial — ela acrescentou em um tom estranho enquanto tirava o javali do meu ombro esquerdo.

— Um caso especial? — eu repeti, curioso.

Ela assentiu. No entanto, a forma como seu comportamento alegre se esvaiu deixou todos os meus sentidos em alerta máximo.

— Sim. Ela é uma cliente sua.

Minha sobrancelha se ergueu — Minha? Por quê?

Embora eu soubesse instintivamente que ela estava falando da bela desconhecida, não fazia sentido que ela dissesse que ela era especificamente minha. A menos que você fosse um Vidente, não conseguiria adivinhar que uma pessoa era a Chama Gêmea de outra. Claro, testemunhar suas reações fisiológicas na presença daquela pessoa entregaria isso. Mas Misty ainda não tinha me visto perto daquela mulher. Então, o que poderia levar a tal afirmação?

— Ninguém mais irá aceitar — Misty disse com naturalidade — A missão dela não é apenas difícil, ela pode ser considerada suicida.

Eu me enrijeci, tomado por uma sensação de pavor. É claro que, no dia em que eu encontrasse minha Chama Gêmea, haveria algum tipo de drama que a levaria ao perigo. Para minha consternação, apesar da preocupação se instalar na boca do meu estômago, minha boca salivava, e o fogo queimando em minhas veias aumentou ainda mais. Eu engoli em seco e forcei meu olhar de volta para Misty.

Minhas bochechas esquentaram de vergonha quando eu vi a mulher mais velha me encarando em choque, com as narinas dilatadas.

— Por Ferazan! Remus, você está no cio?!

Eu estremeci e desviei o olhar, me sentindo mortificado. Não havia motivo para me envergonhar por ter encontrado minha

Chama Gêmea. E, no entanto, uma vida inteira ouvindo que eu era uma abominação que deveria ter sido sacrificada ao nascer deixou cicatrizes inapagáveis. As matilhas sempre deixavam claro que eu tinha que ficar longe de nossas mulheres para não machucá-las ou contaminá-las. Até hoje, qualquer envolvimento que eu tivesse com uma mulher – ou mesmo a mera consideração de um – me fazia sentir como um criminoso.

— Eu não estou no cio — eu murmurei, desejando poder desaparecer.

— Então por que você está...?

A voz de Misty foi sumindo à medida que a compreensão se aprofundava lentamente. Uma onda de emoções percorreu seu rosto enrugado: choque, descrença e, finalmente, euforia. Naquele instante final, eu percebi que estava prendendo a respiração, me preparando para o inevitável ar de desgosto e indignação de alguém como eu ousar imaginar que poderia ser o companheiro predestinado de alguém. Meu coração se encheu de amor pela mulher mais velha quando seu rosto se iluminou de pura alegria por mim.

— Sua Chama Gêmea! Aquela doce jovem é sua alma gêmea! — ela sussurrou com uma emoção na voz. Antes que eu pudesse responder, seus olhos se moveram de um lado para o outro enquanto ela parecia perdida em reflexões intensas — Como as estrelas se alinham. Tudo faz sentido agora. Estava destinado.

— O quê? O que você quer dizer? — eu perguntei, confuso.

Ela franziu a testa, me olhou criticamente e, visivelmente descontente com minha aparência, a estalajadeira me arrastou para a cozinha dos fundos.

— Misty, o que você está fazendo?! — eu exclamei quando ela pegou um pano limpo, o molhou e começou a me esfregar como uma mãe limparia uma criança indisciplinada que tivesse se sujado de terra por brincar demais lá fora.

— Você precisa falar com sua companheira. Mas eu preciso

te preparar primeiro — Misty respondeu distraidamente, enquanto ainda me esfregava.

Eu não conseguia decidir se ria ou se ficava indignado. Ela nem parecia perceber o que estava fazendo. Eu não estava realmente sujo. Na melhor das hipóteses, eu tinha talvez uma pequena mancha de sangue seco e alguns pelos por carregar as feras nos ombros.

— O nome dela é Amara, e ela está morrendo — Misty disse brutalmente.

Eu fiquei paralisado, toda a agitação esquecida enquanto meu sangue congelava — O quê? — eu suspirei.

— Ela está envenenada e precisa de um antídoto raro que só pode ser encontrado nestas montanhas — ela disse severamente.

— Eu vou encontrar para ela — eu respondi sem hesitar — Do que ela precisa?

O olhar triste que ela me lançou me fez sentir um nó nas entranhas. Misty jogou o pano – basicamente ainda limpo – na pia e segurou minhas duas mãos. Quando ela me encarou, eu me preparei para o que seriam notícias terríveis.

— Você precisa ser forte, filho. A cura... envolve Ranael — ela disse em tom de desculpas.

Eu dei um passo para trás, e suas palavras me atingiram como um golpe físico. Balançando a cabeça, eu tentei me afastar dela, mas ela apertou minhas mãos com mais força e diminuiu a distância entre nós.

— Ouça-a, Remus. Amara não é tola e nem uma louca em busca de uma cura falsa — ela acrescentou rapidamente em um tom suplicante — Você é a única esperança dela. Eu só o avisei para que você estivesse preparado. Mas, por favor, ouça-a com a mente aberta.

— Isso é loucura, Misty! Ranael destrói tudo o que toca. Ele tirou meus pais de mim, e agora você quer que eu entregue minha companheira para ser massacrada?! — eu gritei, arrancando minhas mãos das dela.

— Claro que não, bobinho. Eu quero que você seja feliz, Remus — Misty disse em um tom razoável, porém firme — Você pode não ser do meu sangue, mas eu sempre te amei como se fosse fruto do meu corpo. No momento em que eu vi essa garota, soube que ela era uma alma linda e especial. Agora eu entendo o porquê. O destino enviou Amara até você. Sejam quais forem os desafios que a aguardam, quem melhor do que você para ajudá-la a superá-los? Ouça o que ela tem a dizer. E se ainda discordar, você pode argumentar com ela sobre por que uma ação diferente seria melhor.

Eu olhei fixamente para ela, dilacerado por emoções conflitantes. Todos os meus instintos gritavam que ela estava completamente louca por sequer sugerir que eu considerasse tal missão, quanto mais que minha Chama Gêmea se empenhasse em uma empreitada obviamente suicida.

Voss, aproximando-se timidamente com uma grande tigela de vinho temperado fumegante, nos interrompeu. Aos dezessete anos, o jovem já era um homem enorme. Eu mal podia esperar para ver em que fera magnífica ele se transformaria quando atingisse a maturidade plena. Pena que ele tinha um temperamento doce e gentil demais. Ele teria sido um alfa formidável.

— Obrigada, querido — Misty disse calorosamente ao neto, parecendo aliviada pela distração oportuna.

Ela correu até o menino e pegou a tigela com as duas mãos antes de trazê-la para mim.

— Aqui, traga isso para sua amiga. Ela pediu enquanto esperava você chegar. Vá, filho. E, por favor, mantenha a mente aberta — Misty insistiu enquanto me empurrava delicadamente para fora da cozinha dos fundos.

Eu quase resisti para argumentar mais um pouco, mas ela não era a cliente que precisava ser convencida. E isso me deu a desculpa necessária para abordar minha Chama Gêmea sem revelar que meu interesse por ela ia muito além de qualquer transação comercial.

Para minha surpresa, assim que eu saí da cozinha, encontrei Amara me encarando, com uma expressão esperançosa no rosto deslumbrante. A decepção que tomou conta dela no momento em que viu a tigela em minhas mãos quase me fez sorrir. Em outras circunstâncias, eu teria achado graça se ela me confundisse com um garçom. Mas as revelações de Misty estavam me deixando maluco.

Eu não conhecia essa mulher, mas ela era minha companheira de vida. Eu não deixaria algum veneno me roubar a única coisa boa que me aconteceu em décadas.

Um sorriso educado se instalou nos lábios sensuais de Amara quando eu parei em frente à sua mesa. Ela estendeu as mãos delicadas em minha direção para pegar a tigela. Meus olhos se voltaram para seus dedos longos e finos enquanto se fechavam em volta da xícara, e não pude conter um sorriso de apreciação ao ver o esmalte perolado que adornava suas unhas bem cuidadas. Eu sempre tive uma obsessão inexplicável por mãos bonitas, especialmente com unhas ou garras bem cuidadas.

Infelizmente, meus companheiros Lycans frequentemente se mostravam bastante negligentes nesse aspecto. Eles justificavam isso dizendo que, no minuto em que assumiam a forma de lobo para correr ou caçar, sujeira ou sangue inevitavelmente acabavam se infiltrando sob suas garras. Por mais verdade que isso fosse, levava segundos para limpar.

— Obrigada — Amara disse de forma amigável.

Nove Infernos! O som da sua voz me causou um arrepio delicioso. Era suave e um pouco gutural enquanto deslizava sobre minha pele como uma brisa quente de verão. Ela era ainda mais deslumbrante de perto. Meus dedos se contraíram novamente com a necessidade de me afundar nos cachos brilhantes de seus cabelos volumosos. Eu queria mergulhar fundo nas profundezas insondáveis de seus olhos de obsidiana, explorar os recantos mais íntimos de sua psique e descobrir todas as belezas ocultas da deusa que me foi destinada.

— O prazer é meu — eu respondi em um tom gentil, surpreso por conseguir falar, e então gesticulei para o banco do outro lado da mesa — Posso me sentar?

Ela recuou um pouco e olhou para mim com um olhar reservado e confuso.

— Meu nome é Remus Beltaine. Misty me disse que você precisava de um guia? — eu perguntei.

O rosto dela se iluminando com compreensão e alegria me causou uma sensação estranha. Eu podia contar nos dedos de uma mão o número de pessoas que já demonstraram tamanha felicidade ao descobrir minha identidade.

— Ah, Remus! Sim! Sim, por favor, sente-se! — ela exclamou com a voz emocionada — Meu nome é Amara... Amara Sanni. E eu estou de fato procurando desesperadamente por um guia para uma missão desafiadora. Misty só lhe elogiou. Então, espero que esteja disposto a me acompanhar até o meu destino.

Ela pronunciou a última frase com uma risada levemente nervosa. A vulnerabilidade com que ela me encarou e o brilho quase suplicante em seus olhos me deixaram com vontade de simplesmente dizer sim a qualquer coisa que ela desejasse.

Mas isso seria pura loucura.

Ao me acomodar no longo banco da mesa, eu inalei discretamente seu aroma inebriante. Eu fiquei tonto e minha pele esquentou um pouco mais. No entanto, o odor adocicado e enjoativo da morte iminente me corroía o coração, confirmando as palavras ameaçadoras de Misty. Por mais chocante que sua admissão brutal tivesse sido, eu fiquei grato pelo aviso, que agora me permitia lidar com mais estoicismo com qualquer coisa que Amara me lançasse.

— Eu farei tudo o que estiver ao meu alcance para ajudá-lo a atingir seu objetivo — eu respondi cautelosamente — No entanto, preciso saber mais sobre essa missão antes de me comprometer com qualquer coisa. Misty deu a entender que ela é bem perigosa.

Uma pontada de medo percorreu seu rosto. Eu instintivamente sabia que não era a missão em si que a assustava, mas a possibilidade de eu me recusar a levá-la quando ela me revelasse. Mais uma vez, a necessidade irracional de simplesmente dar a ela o que ela quisesse queimava fundo em minhas entranhas. Mas, por mais que meus instintos protetores exigissem que eu a tranquilizasse e apaziguasse, mantê-la segura – mesmo contra seu bom senso – era minha nova prioridade.

Amara assentiu e passou a mão nervosamente pelos cabelos.

— É sim — ela admitiu — Eu estou doente. Ou melhor, de alguma forma eu fui infectada por um veneno letal que está me matando lentamente. A cura só pode ser encontrada nestas montanhas.

— Sinto muito pela sua condição. Mas por que você precisa de um guia para te levar até a cura? Não seria mais seguro ficar aqui e contratar alguém como eu para ir buscá-la? — eu perguntei, fingindo que Misty ainda não tinha jogado aquela bomba em mim.

A mesma ponta de medo surgiu nos olhos de Amara, e rapidamente se dissipou. Ela lambeu os lábios e endireitou os ombros antes de começar a relatar detalhadamente as circunstâncias que a levaram a deixar sua vida pacífica em Harmstead e se estabelecer em Willow Grove. Como os sintomas se manifestaram um mês após sua chegada e como eles correspondiam à misteriosa doença que havia tirado a vida de seu pai quando ela era apenas uma criança.

— Deixa eu ver se entendi — eu desafiei, com um toque de descrença na voz — Você está infectada por um veneno, mas não sabe qual. Você também não sabe quem te envenenou ou como. Mas sabe qual antídoto precisa e onde encontrá-lo?!

Ver Amara estremecer, por causa do meu tom de voz ao dizer aquelas palavras, da minha expressão incrédula, ou de uma mistura de ambos, me envergonhou profundamente. Eu não queria dar a ela a impressão de que a achava estúpida ou imprudente. Mas não se pode curar algo sem saber contra o que se está lutando.

Eu abri a boca para me desculpar, mas ela não me deu a oportunidade de fazê-lo.

— Eu sei como parece — ela respondeu em tom defensivo, erguendo o queixo em desafio — Mas eu não sou uma cabeça de vento em missão inútil. Há alguns dias, eu consultei Ronika, a melhor curandeira da região – se não do país. Ela recomendou que eu procurasse a ajuda da Tecelã, e eu o fiz. Foi a própria Cliona Nox quem me disse qual era a cura e onde encontrá-la.

Minhas costas ficaram rígidas enquanto eu olhava para ela em choque e descrença.

— A Tecelã lhe concedeu uma audiência?! — eu exclamei.

Ela assentiu — Para ser sincera, eu fiquei impressionada. Nunca imaginei que os portões dela se abririam para mim. Mas eu não tinha nada a perder em pelo menos tentar...

Eu continuei a encará-la, sem palavras e com a mente em polvorosa. Tantas vezes ao longo dos anos, eu busquei a ajuda da Tecelã, mas sem sucesso. Isso significava que eu não podia ser ajudado ou simplesmente que eu não tinha nada a oferecer que valesse a pena?

— Mas... o que ela pediu em troca do conselho? — eu perguntei, envergonhado pela inveja que me revirava o estômago.

— Um pouco do meu sangue, quando eu estiver curada. Ela poderá extrair um antídoto potente dele — Amara explicou, e então ergueu rapidamente as palmas das mãos em um gesto apaziguador ao ver minha expressão escandalizada — Não se preocupe. Eu estou ciente de que meu sangue nas mãos dela poderia ser usado de maneiras extremamente prejudiciais contra mim. Mas ela prometeu não me prejudicar e usar exclusivamente meu sangue para extrair um soro, que também será usado apenas para o bem.

— Uma promessa?! — eu exclamei, estupefato — Você extraiu uma promessa da Tecelã?!

Amara balançou a cabeça — Eu não extraí nada, ela ofereceu. Minha reação ao pedido dela deixou claro que eu não me sentiria confortável em dar um ingrediente contra mim para uma arcanista do calibre dela. Quem ela pretende curar com aquele soro deve ser de grande importância para ela — ela acrescentou, pensativa.

— Hmmm — eu respondi sem me comprometer — E qual é o antídoto que você procura nas montanhas?

Minha Chama Gêmea se remexeu inquieta na cadeira. Distraidamente, ela estendeu a mão para o medalhão do seu colar. Eu não conhecia a pedra âmbar em forma de lágrima, mas observar seus dedos delicados brincando com ela me hipnotizou.

— Eu preciso receber dois venenos diferentes para neutralizar o que está me matando. O primeiro é uma mordida da cauda de cobra do Lobo Demônio Amaldiçoado para destruir o veneno em minhas veias. E quando isso acontecer, eu preciso que ele me morda com suas presas. Sua saliva neutralizará seu veneno. E então eu estarei curada.

Apesar do aviso de Misty, eu olhei boquiaberto para Amara. Aquilo não só era pior do que eu esperava, como também era insano.

— Eu sei como parece loucura — Amara acrescentou, enquanto eu continuava a encará-la como se ela tivesse enlouquecido – o que eu estava começando a acreditar que pudesse ser o caso — Mas a Tecelã me ensinou um ritual de invocação que vinculará Ranael temporariamente como meu protetor. Durante esse curto período, ele não poderá fazer nada que possa me prejudicar.

— Injetar veneno de cobra em você vai lhe fazer mal! — eu respondi de forma evidente.

Ela me deu um sorriso indulgente e respondeu em um tom razoável — Tecnicamente, isso vale para qualquer outra pessoa. Mas, no meu caso, vai me fazer bem, pois vai eliminar o veneno que está me prejudicando.

— Tudo bem — eu concordei com relutância — Lobos demônios são de fato protetores. Mas Ranael é raivoso. Não se pode esperar que ele responda normalmente a uma convocação de proteção.

Sem hesitar, Amara me repassou tudo o que a Tecelã lhe disse sobre o assunto. Quando ela parou, eu me senti completamente indeciso sobre como responder. Todo aquele plano gritava pura loucura. Assim como meus colegas, minha reação instintiva foi rejeitar seu pedido de ajuda nessa empreitada. Aquilo me parecia genuinamente um assassinato seguido de suicídio. No entanto, ela não era apenas uma cliente em potencial aleatória. Amara era minha Chama Gêmea. Só por isso, eu tinha o dever de apoiá-la, acontecesse o que acontecesse.

Por mais que eu não acreditasse que esta missão tivesse a menor esperança de sucesso, eu não podia ignorar o fato de que a Tecelã a colocou neste caminho. Cliona Nox nunca se envolvia a menos que realmente acreditasse que a tarefa poderia ser cumprida. Ela também só ajudava se houvesse algo em troca, algo único que ela cobiçasse ferozmente. Ela queria que minha mulher tivesse sucesso.

E isso pode salvar a vida de Amara...

Eu passei os dedos nervosamente pelos cabelos enquanto continuava a encará-la, profundamente dividido. E, no entanto, algo no meu rosto deve ter revelado que meu coração já havia cedido, mesmo que meu cérebro continuasse lutando para lidar com o inevitável. O sorriso tímido que se instalou em seus lábios e o brilho esperançoso que iluminou seus lindos olhos denunciaram isso.

— Eu fui até a Tecelã quatro vezes, mas seus portões nunca

se abriram para mim — eu refleti em voz alta com uma ponta de autodepreciação.

Amara olhou para mim com uma curiosidade misturada à compaixão — Posso perguntar por que você foi até ela? — ela perguntou em voz baixa.

Eu lancei-lhe um olhar avaliador — Você provavelmente já ouviu falar que eu tenho certos... problemas?

Para meu alívio, ela não se fez de boba nem pareceu desconfortável com isso. Apenas assentiu, com uma expressão ainda acolhedora e atenciosa.

— Algumas pessoas dizem que você é amaldiçoado, mas Misty diz que você está doente.

Foi a minha vez de concordar — Sinceramente, acho que é um pouco dos dois. Trinta e três anos atrás, meus pais foram caçar, mas encontraram Ranael. Isso nunca deveria ter acontecido, pois o lobo demônio estava à espreita bem fora de sua área de atuação habitual. Ele os atacou e, embora meus pais tenham conseguido escapar, meu pai ficou gravemente ferido. Eles me conceberam nos dias seguintes ao ataque. E então a saúde do meu pai começou a piorar de repente.

— Oh, não — Amara sussurrou com compaixão.

Nos três primeiros dias após o ataque, ele só achava que não estava se sentindo bem por causa dos hematomas e dos espancamentos. Mas, no quarto dia, seu estado de saúde piorou exponencialmente. A morte o levou no décimo segundo dia.

— Sua pobre mãe deve ter ficado arrasada.

— Ao que tudo indica, ela estava arrasada. Ela não havia sido arranhada, mas sua saúde começou a piorar nas semanas seguintes. As pessoas inicialmente presumiram que era depressão e uma gravidez difícil ao mesmo tempo. Mas então, no quinto mês, eles sentiram o cheiro de Ranael nela – ou melhor, ao redor de seu útero.

— O veneno de Ranael também infectou a semente do seu pai! — Amara sussurrou com compreensão horrorizada.

Eu assenti, com os dentes cerrados pela velha raiva que sempre ressurgia toda vez que eu pensava em como aquele único encontro terrível havia destruído nossas vidas.

— Eles buscaram a ajuda de todos os curandeiros e xamãs possíveis, mas sem sucesso. Minha mãe morreu no início do oitavo mês de gravidez. Tiveram que me tirar do corpo dela. Os Lycans geralmente saem do útero em nossa forma humana. Eu saí na minha forma de lobo, cheirando a Ranael. Em uma decisão quase unânime, a matilha decidiu me expulsar e me deixou na floresta para morrer de frio ou ser devorado.

— O QUÊ?! Mas você era uma criança inocente! — Amara exclamou indignada.

— Eu era — eu respondi em um tom conciliador — Mas eu entendo o medo deles. Eu era um perigo que provavelmente traria morte e destruição para a matilha. Para muitos, eu era uma abominação, a prole profana do Lobo Amaldiçoado.

Amara balançou a cabeça, visivelmente enojada — Apesar da crueldade deles, você sobreviveu — ela acrescentou, admirada.

Isso me causou um efeito estranho. As pessoas geralmente viam minha sobrevivência como mais uma prova de que eu era algum tipo de criatura sobrenatural que não deveria existir. Elas acreditavam que eu desfrutava da proteção de alguma entidade inominável, determinada a me libertar no mundo no momento certo.

— De fato, contra todas as probabilidades. Uma gata selvagem me acolheu. Eu nunca entendi por que ela fez isso. Afinal, não é como se ela não sentisse o cheiro de Ranael em mim também. E, no entanto, ela me criou junto com seus filhotes como se eu fosse dela — eu disse, a antiga afeição ressurgindo pela fera selvagem que havia demonstrado mais compaixão por mim do que meu próprio povo.

— Isso é incrível! — Amara disse, maravilhada — Acho que nada supera o instinto maternal de proteger e cuidar de um filhote necessitado. Mas como você se reconectou com a matilha?

— Pouco depois de eu completar dois anos, a matilha veio caçar no território dela. Minha mãe tentou proteger a mim e aos meus irmãos, mas eu acabei protegendo todos eles — eu disse, melancolicamente, e ri da sua expressão confusa — Mesmo não sendo da mesma espécie, eu sempre pensarei nela e em seus filhotes como minha família, já que eles tecnicamente estiveram presentes nos primeiros anos cruciais da minha vida.

— Eu entendo — Amara respondeu com aprovação, o que me comoveu ainda mais — Mas como você os protegeu? Você atacou a matilha?

Eu balancei a cabeça — Eu simplesmente assumi uma postura ameaçadora na frente deles, e a matilha meio que surtou quando me viu. Como eu nunca tinha aprendido a falar, não fazia ideia do que estavam dizendo. Mas eu descobri depois que eles achavam que eu era um demônio ou um fantasma. Eles simplesmente saíram correndo dali. Como uma das Sábias da matilha, Misty veio investigar. Ela levou muitos dias se aproximando cuidadosamente e me convencendo para ganhar minha confiança.

— Nossa! Então o relacionamento de vocês vem de muito tempo!

Eu concordei — Se não fosse por ela, eu teria permanecido uma fera selvagem. Depois de alguns meses, ela finalmente me convenceu a ir com ela — eu disse, com o coração transbordando de amor pela mulher mais velha — Acho que eu não teria conseguido sem a bênção da mamãe. Mas uma parte dela entendia que eu precisava ir ao encontro do meu povo para atingir meu potencial máximo. Eu continuei a visitá-la até seu falecimento, alguns anos atrás.

— Você ainda vê seus irmãos? — ela perguntou gentilmente.

— Não. A maioria deles seguiu em frente assim que atingiu a maturidade. Eles também estavam ficando desconfortáveis comigo à medida que eu me tornava mais "humano" — eu expliquei pensativamente — Para me adaptar melhor, eu estava quase sempre na minha forma humana, enquanto havia passado os primeiros anos exclusivamente na minha forma de lobo. Não foi fácil aprender a falar, andar sobre duas pernas, usar as mãos e utensílios, cozinhar e todas essas outras coisas estranhas que as pessoas fazem. Usar roupas era definitivamente a parte mais irritante.

Amara bufou, e seus olhos ficaram um pouco fora de foco, pois ela provavelmente estava tentando imaginar a versão mais jovem de mim fazendo birra ao ser forçado a vestir roupas.

— Mas como foi a vida para você aqui depois que a matilha o aceitou? — ela perguntou cuidadosamente.

Eu bufei com autodepreciação — Até hoje, nenhuma das matilhas me aceitou completamente. Eles me toleram principalmente por causa da Misty. Agora, as coisas estão melhores do que antigamente, mas eu ainda sou meio rejeitado. Eles têm medo de mim.

— Por que isso? — ela perguntou com a mesma voz suave, felizmente isenta de qualquer condenação ou suspeita.

— Meu sangue e todos os meus fluidos corporais contêm uma baixa concentração do veneno do lobo demônio. É mais fraco na minha urina e saliva, o que significa que nenhum dos dois pode causar danos a quem for exposto a eles. Mas a exposição frequente a qualquer um dos meus outros fluidos resultaria em morte.

— Hmmm... Eu entendo por que isso preocupa as pessoas, mas, a menos que você esteja planejando sangrar ou suar em cima delas, o medo parece um pouco excessivo — Amara refletiu em voz alta.

A maneira como eu me mexi, inquieto, não passou despercebida. Minha Chama Gêmea imediatamente me lançou um olhar intenso enquanto esperava que eu continuasse.

— Com o passar dos anos, eles foram gradualmente relaxando perto de mim até eu chegar à puberdade. Daquele momento em diante, a lua cheia me afetou negativamente. Eu meio que... fico raivoso até o nascer do sol.

Meu peito se apertou e eu engoli em seco quando Amara recuou levemente, com uma expressão de choque se espalhando por seu rosto. Embora ela não demonstrasse o horror que tal confissão geralmente provocava nos outros, minhas palavras claramente a atingiram profundamente. Eu simplesmente não conseguia interpretar as emoções que a percorriam. Mas uma vida inteira de rejeição me fez temer que as dela viessem de um lugar semelhante.

— A lua cheia? — ela repetiu, com as engrenagens girando — Será que foi por isso que a Tecelã me disse para esperar até depois da lua cheia? O que acontece com você depois? O que você faz?

Isso também mexeu com meus nervos. Será que a Tecelã previu que ninguém além de mim consideraria levá-la naquela missão? Será que ela pediu especificamente para Amara adiar sua chegada até que fosse seguro estar perto de mim?

— Nada — eu respondi energicamente — Eu tenho muitos lugares seguros onde me tranco até o sol nascer. Quando estou enfurecido, eu sou insensato demais para destrancar a porta da minha jaula. E, como segunda medida de segurança, há um círculo mágico em volta de cada um deles que não me deixará sair até que minha mente esteja em paz novamente. Assim, ninguém precisa se preocupar com a possibilidade de eu causar algum mal durante essa noite.

Meu coração disparou quando seus ombros relaxaram quase imperceptivelmente de alívio.

— Então está ótimo. Parece que você tem tudo sob controle — ela hesitou, e lambeu os lábios nervosamente antes de fazer cuidadosamente a pergunta que eu esperava — Já houve algum incidente?

Eu balancei a cabeça — Nunca, nem mesmo da primeira vez.

Há sinais suficientes de que a transformação já está acontecendo horas antes, o que me permite ir para um lugar seguro primeiro. De qualquer forma, a matilha já teria me eliminado há muito tempo se minha raiva tivesse machucado alguém.

O sorriso radiante que ela me deu me fez derreter de dentro para fora.

— Então está tudo bem por mim. A questão é se você concorda em ser meu guia. Eu não me importo em implorar. Eu preciso desesperadamente da sua ajuda — ela disse, com os olhos alternando entre os meus.

Eu dei um suspiro.

— Cada fibra do meu ser grita para que eu dispense um pedido tão insano. A lógica exige que eu diga não — eu respondi gentilmente.

— Mas? — ela insistiu com uma voz cheia de esperança.

Eu hesitei e a encarei com um olhar crítico — Você consegue chegar lá? Ranael mora em um planalto além da Floresta Sombria. É uma estrada difícil, e só conseguiremos cavalgar até certo ponto antes de termos que partir a pé. Isso envolve uma subida longa e difícil. Nenhuma montaria voadora nos levará até lá. Com sua saúde atual, talvez você não consiga lidar com isso. O clima pode ser muito instável nessas áreas. E, às vezes, podemos nem encontrar uma caverna para nos abrigar.

— Eu continuarei mesmo que tenha que rastejar — ela afirmou com determinação — Eu estou morrendo, Remus. A Tecelã disse que eu preciso chegar ao Lobo Amaldiçoado pelo menos uma semana antes da lua cheia. Custe o que custar, mesmo que eu tenha que partir sozinha, eu chegarei lá. Eu me recuso a ficar parada enquanto minha vida se esvai.

Suas palavras me fizeram franzir a testa — Por que uma semana antes da lua cheia?

— Até agora, eu ainda me perguntava sobre isso. Eu acredito que ela sempre quis que você fosse meu guia. O que explica por que ela queria que eu viesse depois da lua cheia e por que precisamos completar a missão pelo menos uma semana antes da próxima. Ranael precisa me morder duas vezes, a segunda mordida alguns dias depois da primeira.

— Eu terei mais alguns dias para levá-la de volta à segurança antes de me trancar — eu sussurrei com compreensão repentina.

Ela assentiu com firmeza, mantendo o olhar fixo em mim — Sim. Não pode ser coincidência. A Tecelã sempre quis que fosse você.

Eu não sabia como me sentir em relação a isso. Uma parte de mim se alegrou. Certamente, este era mais um sinal do Destino. Mas e se eu falhasse com ela?

— Muito bem — eu admiti finalmente — Mas eu vou precisar de um tempo para me preparar. Nós partiremos depois de amanhã.

— Obrigada! — Amara exclamou.

Em seu entusiasmo, ela inconscientemente pegou minha mão direita e a apertou entre as suas. O fogo em meu sangue – que havia esfriado durante nossa conversa – reacendeu, incendiando minha pele. Eu engoli em seco e apertei sua mão delicadamente de volta, de forma reconfortante.

Naquele instante, eu soube que nada nem ninguém me impediria de ajudá-la a alcançar seu objetivo. Nós lhe daríamos a cura que ela precisava, mesmo que custasse a minha própria vida.

CAPÍTULO 4

AMARA

Depois de uma primeira noite agitada, o dia seguinte se arrastou sem parar, sem um único sinal de Remus. Mais de uma vez, eu me forcei a silenciar a vozinha em pânico que gritava que ele havia sumido e não apareceria pela manhã. E, no entanto, outra voz muito mais alta me dizia para parar de ser boba.

Aquele completo estranho despertou em mim uma confiança profunda que eu não conseguia explicar. É verdade que Remus era incrivelmente bonito, alto e musculoso de um jeito que quase me fazia sentir frágil. A aura bestial que emanava dele era ao mesmo tempo intimidante e sedutora. Uma criatura realmente selvagem espreitava dentro dele, contida por um homem gentil e altamente protetor.

O fato dele ficar raivoso durante a lua cheia deveria me aterrorizar e automaticamente eliminá-lo como um candidato em potencial. No entanto, embora eu também não a conhecesse, eu também confiava implicitamente em Misty. Sua garantia por ele e as palavras da Tecelã sobre encontrar alguém em quem eu confiasse minha vida no dia seguinte à lua cheia reforçaram minha crença de que ele era o cara certo.

Para meu desgosto, eu não reservei tempo para visitar a vila nem para ficar na sala comum. Os grupos de visitantes me incomodavam. A pena e a desaprovação em seus olhos me irritavam. Por mais que eu apreciasse o fato de que eles vinham do desejo de me proteger do homem que eles percebiam como uma ameaça – para não dizer uma abominação – a forma como eles o tratavam me irritava.

Durante toda a nossa conversa naquela primeira noite, seus olhares não se desviaram de nós, todos nos condenando, muitos visivelmente resistindo à vontade de intervir. Eu quase desejei que um deles realmente o fizesse quando Remus finalmente consentiu em ser meu guia. Por mais que eu detestasse confrontos, eu os teria repreendido de bom grado por se recusarem a me ajudar e, ainda assim, tentarem impedir aquele que o faria.

Considerando a longa jornada que nos esperava, eu descansei o máximo possível na cama confortável que Misty colocou à minha disposição e fiz a maioria das minhas refeições no meu quarto.

No segundo dia, eu desci para o refeitório, com o estômago embrulhado de nervosismo e empolgação. Remus disse que sairíamos por volta das 8h. Eu queria um café da manhã reforçado antes de pegar a estrada e pedir alguns lanchinhos para levar.

No meio da escada, eu ouvi o som de uma conversa acalorada. Eu quase bati os pés para deixar claro que estava me aproximando, para que eles fossem avisados caso fosse um assunto particular. No entanto, eu reconheci imediatamente a voz de Ulric se dirigindo furiosamente a Misty. Aquela única frase deixou claro que estavam falando de mim.

— Ele não pode levá-la! — Ulric sibilou — Você sabe tão bem quanto eu que tudo isso é suicídio!

— Deixa pra lá, Ulric — Misty disse severamente — A decisão está tomada.

— Você sabe que ele só quer transar com ela! — Ulric retrucou.

Eu mal consegui conter um suspiro, me sentindo indignada em nome de Remus.

— Pare com isso! — Misty rosnou.

— É verdade! — Ulric insistiu teimosamente.

— Não é. E mesmo que fosse verdade, que diferença faz? Remus jamais forçaria uma mulher. Ou você está insinuando o contrário?

— Claro que não — ele disse com raiva, o que me surpreendeu e tranquilizou — Mas a semente dele é ruim. Ele deveria ter sido sacrificado décadas atrás.

— Por Ferazan, por que você não pode simplesmente deixá-lo em paz?! — Misty exclamou, desanimada.

O mesmo pensamento me passou pela cabeça enquanto uma raiva protetora surgia dentro de mim. Tal ataque contra Remus parecia pessoal. O que havia acontecido entre os dois homens para despertar tamanho ódio?

— Remus vai arruiná-la — Ulric disse energicamente, como se essa fosse toda a justificativa de que precisava.

— Você esqueceu a parte em que ela está morrendo? — Misty desafiou, irritada — E se ele conseguir salvá-la? Não seria uma coisa boa? Pelo menos ele está dando uma chance a ela.

— Não, ele só vai adiar o inevitável, pois vai matá-la com sua semente — Ulric argumentou teimosamente — E mesmo que ela sobreviva – o que eu duvido muito – ela lhe dará filhotes amaldiçoados. Você realmente quer mais deles por aí?

Outra onda de raiva tomou conta de mim ao ouvir o desprezo com que ele disse a palavra "deles". Justamente quando eu me perguntava por que ele se sentia tão inflexível em relação a algum tipo de envolvimento romântico entre nós dois, Misty me deu a resposta.

— Primeiro, eu amo esse garoto. Ter mais dele por perto seria uma bênção, não uma maldição — Misty disse com uma convicção que encheu meu coração de afeição por ela e gratidão em nome de Remus — Segundo, você e todos os outros sabem que ela é a Chama Gêmea dele. Vocês viram os sintomas no momento em que ele entrou na sala. O vínculo de companheirismo é sagrado. Nós temos o dever de honrá-lo.

— Aquele demônio não deveria ter uma Chama Gêmea! — Ulric sibilou.

— Chega! — Misty retrucou em um tom baixo, enquanto lançava um olhar nervoso em direção à escada.

Meu estômago deu um nó. Eu não tinha a intenção de bisbilhotar. Considerando o tempo que eu fiquei ali, só podia presumir que inconscientemente reagi de uma forma que denunciava minha presença. Por outro lado, talvez meu cheiro finalmente tenha chegado até eles. De qualquer forma, não havia sentido em tentar esconder ainda mais minha presença.

Dando de ombros com desdém, Ulric virou-se para encarar corajosamente a escada, com um olhar determinado no rosto.

— Não me faça calar. Ela merece saber a verdade!

— E que verdade é essa? — eu desafiei enquanto descia os degraus restantes, todos os pensamentos de desculpas por ficar bisbilhotando desaparecendo.

— Remus é perigoso!

— Perigoso como? Por me ajudar quando ninguém mais o fez?! — eu perguntei, desafiadora.

— Te desejando quando ele está doente! — Ulric exclamou como se fosse evidente.

Eu dei de ombros enquanto parava a uma distância respeitável na frente dele — Supondo que você esteja certo, nenhuma dessas coisas é crime. Pelo menos, ele está disposto a me ajudar enquanto o resto de vocês me deixaria morrer.

— Só para ele poder dormir com você!

Eu revirei os olhos — E daí? Sejam quais forem seus motivos, ele foi o único que se manifestou na minha hora de necessidade. A questão é: por que você se importa tanto? Por que você está tão determinado a atrapalhar?

— Remus acha que vocês são Chamas Gêmeas — Ulric articulou lentamente, como se estivesse começando a achar que eu era burra demais para entender o que de outra forma seria óbvio — Ele vai, portanto, tentar seduzi-la e reivindicá-la.

— Mais uma vez, por que isso é ruim? Ele é bonito, habilidoso, respeitoso e foi muito bem recomendado — eu acrescentei, lançando um olhar significativo para Misty — Eu poderia pensar em homens muito piores para formar um par, supondo que ele e eu sejamos almas gêmeas. E você pode me poupar do comentário sobre ele estar doente. Eu também estou, lembra?

— Você não entende — Ulric suspirou, frustrado.

— Você é quem não entende — eu interrompi, irritada — Se ele e eu realmente somos Chamas Gêmeas, então o Destino cuidará para que tudo dê certo para nós. Se não formos, então nós simplesmente nos separaremos. Se esta missão resultar na minha morte, que assim seja. Eu já estou morrendo. Não tenho nada a perder, mas muito a ganhar. Então, a menos que você conheça outra pessoa que me leve até o fim, eu realmente não quero ouvir nada do que você tem a dizer. Apenas fique fora da minha vida.

Ulric ficou ali, furioso, com os dedos tremendo como se estivesse lutando contra a vontade de me agarrar pelos ombros e me dar uma boa sacudida para me fazer recobrar a razão. Depois de alguns instantes, ele rosnou de frustração e proferiu uma série de palavrões enquanto saía furioso da estalagem, que de resto estava vazia.

Eu olhei para as costas dele, confusa, até que uma risadinha suave de Misty chamou minha atenção. Ela sorria para mim com uma expressão tão terna que imediatamente me fez desejar um abraço da minha mãe. Era estranho a forte conexão que eu havia desenvolvido com aquela mulher em tão pouco tempo.

— Qual é a dele? — eu perguntei à mulher mais velha, genuinamente perplexa.

— É uma longa história — ela respondeu com um suspiro desanimado — Pergunte ao Remus sobre ele. É a história dele para contar.

Eu abri e fechei a boca algumas vezes, hesitando sobre como formular minha pergunta antes de dizê-la.

— O Remus é seguro? — eu perguntei timidamente.

— Sim — Misty respondeu com uma convicção e firmeza que dissiparam qualquer dúvida que eu pudesse ter — Você nunca encontrará um homem mais nobre e confiável do que o meu Remus.

A possessividade maternal com que ela disse aquela última frase me fez sorrir. Por mais incomum que o relacionamento deles tivesse se tornado, aquela mulher o amava de verdade como se fosse seu.

— É verdade o que ele alegou? — eu perguntei de novo — Remus acha que nós somos Chamas Gêmeas?

O rosto de Misty se suavizou, embora eu não tenha deixado de notar a ponta de preocupação em seus olhos prateados. Eu não conseguia explicar o porquê, mas acreditava que a preocupação com a minha reação à resposta dela desencadeou aquela reação.

— É verdade — ela confirmou cuidadosamente — Há sinais claros quando os Lycans encontram sua outra metade.

— Você quer dizer febre, boca seca, pulso acelerado, pupilas dilatadas e esclera mais escura — eu perguntei.

Os olhos de Misty se arregalaram de surpresa — Isso mesmo. Embora você não tenha percebido as presas doloridas e a mudança de cheiro. Ainda assim, você sabe muito sobre o meu povo.

Eu dei de ombros para esconder o quanto me senti lisonjeada com sua expressão impressionada — Eu tinha alguns dias antes de partir para cá. Então, li tudo o que pude sobre Lycans para ter uma ideia melhor do que enfrentaria.

— Garota esperta — Misty disse em tom de aprovação — Mas deixe de lado qualquer medo que você possa sentir. Remus é um bom homem. Ele é realmente como um filho para mim. Você não poderia ter esperado por um guia melhor para te guiar nesta jornada perigosa. Não há dúvida para nenhum de nós de que vocês são Chamas Gêmeas. Ele não deve tocar no assunto até que a missão termine. Ele não vai te pressionar de forma alguma. Apenas siga seu coração e seus instintos. O Destino resolverá o resto. Nada disso é coincidência.

— Obrigada — eu disse, genuinamente grata.

— Chega de papo furado. Sente-se para que eu possa alimentá-la adequadamente antes de partir — Misty disse em um tom que não admitia discussão.

Eu dei uma risadinha quando ela me empurrou em direção a um dos bancos do bar antes de desaparecer dentro da cozinha. Ela voltou momentos depois com uma montanha de comida. Eu comi descaradamente, devorando muito mais do que eu imaginava ser capaz. O meu lado guloso queria continuar, mas passar mal por comer demais seria contraproducente.

No momento em que eu estava empurrando meu prato para trás, o gemido discreto da porta da frente chamou minha atenção. Meu coração disparou ao ver Remus entrar. Pelos deuses, ele parecia gostoso o suficiente para comer. Eu estava perturbada demais na primeira vez que nos encontramos para apreciar plenamente sua beleza, mas aquele homem era realmente deslumbrante.

Ele devia ter pelo menos 1,95 m e 104 kg de puro músculo. O cabelo castanho-escuro e sedoso que caía em ondas suaves abaixo dos ombros fez meus dedos coçarem de vontade de me aconchegar neles. O brilho possessivo, porém protetor, em seus olhos dourados enquanto me percorriam fez meus dedos dos pés se arrepiarem instantaneamente. Ver sua esclera branca escurecer conforme ele se aproximava mexeu com minha cabeça. Essa resposta fisiológica confirmava, sem sombra de dúvida, que nós éramos realmente compatíveis. Lycans não tinham controle sobre isso.

Em vez de me assustar, isso fez com que um calor agradável se espalhasse pelo meu peito. Eu não estava procurando por amor e não podia negar que minhas circunstâncias desespera-doras provavelmente influenciaram minha resposta positiva a essa situação. Mas isso só me deu algo a mais pelo qual viver e lutar. Eu não conhecia esse homem, mas estava feliz e disposta a explorar o que poderia ser.

Ele veio direto até mim, com um sorriso gentil abrindo seus lábios generosos. Eu nunca gostei muito de homens peludos. Embora ele tivesse um bigode e uma barba bem aparados ador-nando seu queixo quadrado, havia apenas algumas manchas de pelo nas bordas externas de seus ombros e braços e alguns fios aparecendo através da gola frouxa de sua camisa sem mangas. Minha mente desavergonhada imediatamente se perguntou se aquilo continuava em um caminho da felicidade sob sua roupa.

Sim, Remus é realmente um homem de aparência deliciosa. E ele é meu...?!

Eu desci nervosamente do meu banco para ficar em pé diante de Remus enquanto ele diminuía a distância entre nós.

— Bom dia, Amara — Remus disse parando na minha frente.

— Bom dia, Remus — eu respondi, me sentindo estúpida enquanto tentava reprimir uma vontade inexplicável de rir como uma colegial.

— Fico feliz em ver que você já comeu — ele disse, aparentemente alheio à minha agitação interior — Espero que esteja bem descansada, pois eu gostaria que partíssemos imedi-atamente. O ideal seria cavalgarmos rápido e com força hoje, pois a previsão do tempo é, na melhor das hipóteses, duvidosa, e eu sinto o cheiro de chuva forte no ar. Se chegarmos a tempo, conseguiremos chegar ao Alojamento dos Caçadores antes do anoitecer e, com sorte, antes que a tempestade comece.

Eu assenti e lancei um olhar furtivo para fora através de uma das grandes janelas antes de voltar minha atenção para ele.

— Parece um bom plano. Mas e se não conseguirmos?

— Há cavernas ao longo do caminho onde podemos nos abrigar. Não será tão confortável, mas nos manterá secos e aquecidos — ele explicou em um tom gentil.

— Perfeito — eu respondi aliviada.

Obviamente, eu dormiria onde fosse preciso, mas nunca gostei muito de ficar ao ar livre. Eu e bichos rastejantes não nos dávamos muito bem.

Misty saiu da cozinha com algumas sacolas de couro e as estendeu para Remus.

— Aqui está um pouco de comida para vocês se alimentarem na primeira parte da viagem — ela disse naquele tom maternal ao qual eu já estava me acostumando — Não é nada sofisticado, só alguns pães, carnes secas, nozes e frutas.

— Obrigado, Misty — Remus disse antes de beijar sua testa.

Eu sorri, comovida ao vê-la bagunçar seus longos cabelos como se ele fosse apenas um menino. Era ainda mais cativante que ela parecesse tão pequena e frágil em comparação com sua altura e massa impressionantes.

— Cuide bem da minha garota lá fora — Misty disse a ele com falsa severidade — Eu terei um banquete esperando para celebrar seu retorno.

Minha garganta se fechou quando eu sorri de volta para a mulher mais velha. Ela acariciou minha bochecha e nos conduziu para fora da estalagem. Para minha surpresa, apenas dois cavalos nos aguardavam do lado de fora. Eu olhei para os estábulos, esperando que Voss trouxesse minha carruagem, mas Remus me lançou um olhar de desculpas.

— Não podemos usar sua carruagem. Além de ser muito lenta, nós deixaremos os cavalos no alojamento quando chegarmos lá, em quatro dias. Precisamos viajar com pouca bagagem. Eu já arrumei tudo o que precisamos — Remus explicou com uma voz gentil.

Embora eu devesse ter esperado, ainda me sentia um pouco perturbada por ter tão poucas coisas comigo. Além das velas, dos reagentes para a invocação e de algumas mudas de roupa, eu não pude levar nenhum dos outros confortos que esperava levar comigo, incluindo um colchonete enrolado.

Enquanto nos despedíamos, os primeiros rostos familiares começaram a se dirigir à estalagem. Eu levantei o queixo, desafiadoramente, diante dos olhares de desaprovação, e segui Remus enquanto saíamos da pequena vila. Para meu desgosto, ele imediatamente acelerou o passo, algo nada propício para conversas, enquanto rumávamos para o norte, em direção ao nosso destino.

CAPÍTULO 5

REMUS

Pela milésima vez, eu lancei um olhar culpado para Amara. Nós cavalgávamos há horas, diminuindo o ritmo apenas para que nossas montarias descansassem um pouco, além de breves paradas para comer e beber. Apesar do desconforto evidente em alguns momentos, minha mulher demonstrou uma resiliência impressionante sem reclamar. Eu detestei que sua primeira experiência explorando as Montanhas Lua de Lobo fosse em circunstâncias tão terríveis e de forma tão extenuante.

No entanto, olhar para o céu que escurecia reforçou a validade do ritmo extenuante que eu havia estabelecido. As nuvens que se acumulavam me perturbavam mais do que palavras poderiam expressar. Eu esperava que tivéssemos viajado muito mais longe antes que a tempestade nos atingisse. Normalmente, eu teria adiado nossa partida até que o tempo cooperasse melhor. Mas minha mulher estava com o tempo contado.

Naquele único dia separado dela, o cheiro de morte que a acompanhava havia aumentado visivelmente, apesar de sua sutileza. A necessidade de proteger e salvar Amara queimava em minhas entranhas. Eu só queria ter asas para levá-la diretamente ao nosso destino e acabar com tudo isso por ela.

Quando eu me desviei da estrada de terra batida que seguíamos desde que saímos da vila, minha companheira me lançou um olhar curioso. Eu reduzi a velocidade do meu cavalo para um trote lento, e ela imediatamente ajustou a velocidade da sua montaria à minha.

— A tempestade vai começar em breve — eu expliquei, gesticulando com o queixo para as nuvens escuras que pairavam ameaçadoramente no céu — Precisamos encontrar abrigo antes que ela comece.

— Ok — Amara respondeu com uma voz suave que não conseguiu esconder o alívio óbvio que ela sentia.

Outra onda de culpa me invadiu. Eu não consegui identificar se o medo de ser pega ao ar livre, exposta aos elementos, ou o cansaço da nossa jornada difícil até então motivaram aquela reação. Mas, por outro lado, poderia muito bem ser uma mistura dos dois.

— Há uma caverna a menos de um quilômetro daqui. Se nos apressarmos, chegaremos lá em breve — eu disse, apontando na direção geral.

— Mostre o caminho — ela respondeu com um sorriso agradecido.

Eu acelerei o passo, cortando caminho pela mata até chegarmos ao nosso destino. A área era segura, e a vida selvagem local era composta principalmente de herbívoros e pequenos mamíferos, mais propensos a fugir de nós do que a atacar.

Ver o rosto de Amara se iluminar enquanto as árvores se abriam para revelar um alto afloramento rochoso me fez sorrir. Embora este lugar não fosse nada chique ou confortável, eu adorava a sensação de estar cuidando da minha companheira.

Eu parei os cavalos do lado de fora da entrada da caverna natural. Ao longo dos anos, meus colegas modificaram a abertura para formar uma parede protetora que impedia a entrada de ventos fortes ou chuva sempre que precisávamos nos refugiar.

Eles esculpiram uma seção adicional para servir de estábulo temporário para nossas montarias.

Eu desci do cavalo e corri até Amara para ajudá-la a descer. O jeito como ela sorriu para mim me deixou tonto. Como alguém poderia reunir tanta gentileza, gratidão e calor em um único sorriso? Mas foi a sensação de sua cintura fina sob minhas palmas enquanto a erguia da montaria que mexeu com minha cabeça. A lembrança de suas mãos segurando as minhas voltou à tona. Eu não queria soltá-la depois de colocá-la no chão. Eu só queria puxá-la para o meu abraço e enterrar meu rosto nos cachos volumosos de seus cabelos.

Minha pele esquentou e minha visão se iluminou enquanto eu me obrigava a soltá-la. Para meu choque, uma expressão quase tímida surgiu no lindo rosto da minha companheira. Mas foi o tom satisfeito – quase presunçoso – em seu sorriso que prendeu minha atenção.

Ela sabe o que está acontecendo comigo?

A julgar pelas minhas respostas fisiológicas, eu não duvidava que minha esclera tivesse escurecido. Será que ela sabia o que isso significava? Será que ela notava como minha pele ficava mais quente sempre que eu estava perto dela? Se sim, seria muita ousadia da minha parte presumir que aquele sorriso satisfeito significava que ela não se oporia a um relacionamento com alguém como eu?

Mas agora não era hora de especular. Um estrondo alto ao longe indicava que a tempestade começaria a qualquer momento. Rapidamente, eu prendi nossos cavalos no recanto que dava para a área principal por uma porta do lado esquerdo e os aliviei do fardo enquanto Amara os alimentava.

Ela se juntou a mim logo depois na sala principal. Sua forma orgânica lembrava vagamente algo oval, com um teto alto no centro que se inclinava em direção às bordas. As matilhas haviam suavizado as estalactites e as bordas mais afiadas que tornavam a estadia ali um pouco perigosa. Cinco arandelas iluminavam o cômodo com chamas mágicas roxas, criando um ambiente íntimo e relaxante. Embora em grande parte árida, a caverna oferecia uma mesa e bancos improvisados, esculpidos diretamente na pedra.

— Sente-se e coma — eu ofereci amigavelmente enquanto pegava um pouco da comida que Misty havia preparado — Amanhã, eu caçarei para nós e servirei uma refeição fresquinha assim que chegarmos ao alojamento.

— Não se preocupe com essas coisas — Amara disse — Este não é um passeio guiado para lazer. Eu não espero refeições gourmet e acomodações luxuosas. Contanto que eu vá para a cama com algo na barriga e não estejamos tomando chuva, eu ficarei feliz.

— Essas duas coisas eu posso prometer com certeza — eu provoquei — Mas um pouco de conforto extra é sempre bem-vindo.

— Concordo — Amara respondeu — Mas eu não quero que você se preocupe com isso nem se esforce para fazer acontecer. Eu só estou grata por você ter concordado em me levar nessa jornada.

— Você é gentil, mas eu sempre me preocuparei com o bem-estar das pessoas sob meus cuidados — eu respondi, me mantendo neutro quando na verdade eu queria dizer que faria qualquer coisa pelo conforto de minha companheira.

— Entendi — ela respondeu, acenando para a caverna — Esta não é uma formação aleatória. Esta mesa e estes bancos são claramente artificiais, embora ainda sejam rústicos.

Eu concordei — Caçadores e excursionistas costumam usar este lugar. Normalmente, eles colocam uma esteira de dormir nesta laje para passar a noite.

Ela franziu a testa enquanto olhava para a grande seção de pedra para a qual eu apontava. Duas outras lajes semelhantes haviam sido esculpidas grosseiramente no formato retangular de uma cama de solteiro.

— Se as pessoas usam isso aqui com frequência, por que você não me deixou trazer meu próprio colchonete nesta viagem? — ela perguntou, confusa — Dormir diretamente na rocha ou no chão será bastante desconfortável esta noite.

— Porque ele ficaria muito pesado mais tarde na nossa jornada — eu expliquei em tom de desculpas — Eu realmente esperava que chegássemos ao alojamento esta noite para que você ficasse mais confortável. Como eu mencionei antes, o caminho que teremos que percorrer se tornará cada vez mais acidentado. Aliás, eu vou te carregar no último trecho da viagem.

Os olhos dela se arregalaram em choque — Me carregar?!

Eu assenti com uma expressão provocadora — Tecnicamente, você vai montar no meu lobo.

Enfiando o pedaço de carne seca que eu segurava na boca para soltar a mão, eu me inclinei para pegar o arnês de uma das minhas bolsas encostadas na lateral do banco. Amara olhou incrédula enquanto eu o desdobrava para mostrar a ela.

— Esse foi um dos motivos pelos quais eu precisei de um dia extra antes da nossa partida — eu expliquei presunçosamente, embora um pouco de nervosismo se manifestasse diante da sua potencial reação — Eu fiz este arnês para você ontem.

Sem palavras, o olhar de Amara se moveu incrédulo entre o arnês e meu rosto.

— Te montar como um cavalo? — ela perguntou com uma voz hesitante.

— Sim — eu respondi, me sentindo repentinamente constrangido.

Ela me encarou por mais um segundo, parecendo insegura sobre como se sentia em relação a isso — Você costuma fazer isso com as pessoas?

Eu recuei e olhei para ela como se ela tivesse dito algo ultrajante. Embora a pergunta fosse justa, dadas as circunstâncias, ainda assim me incomodou.

— Nunca! Será a primeira vez que eu farei isso — eu disse, parecendo um pouco ofendido.

— Mas você fará isso por mim? — ela insistiu, com uma expressão estranha passando por seu rosto.

Eu respondi com um grunhido e um aceno firme.

— Por quê? — Amara perguntou com sincera confusão.

— Porque você está doente e vai precisar disso se quisermos chegar ao nosso destino. A viagem será um fardo muito grande para você sem a minha ajuda. Eu prometi levá-la à sua cura e sou um homem de palavra — eu disse.

A mesma expressão estranha passou pelo seu rosto. Ela mordeu o lábio inferior como se estivesse pensando se deveria fazer a pergunta que claramente lhe queimava a língua.

— Você faria isso por outro cliente doente? — ela perguntou finalmente.

— Não.

Suas sobrancelhas se ergueram diante da maneira rápida e definitiva com que eu respondi.

— Você levaria outra pessoa moribunda para Ranael, se ela pedisse? — Amara insistiu quando eu não me aprofundei mais.

Eu hesitei — Provavelmente não.

Ela franziu o rosto quando eu peguei outro pedaço de carne seca e comecei a mastigar em vez de dar mais explicações para minha postura.

— É pelos motivos que Ulric alegou?

Eu fiquei paralisado, parei no meio da mastigação e estudei seu rosto como se isso revelasse o que ela queria dizer. Minha mente acelerou enquanto eu especulava sobre o horror que ele poderia ter dito sobre mim.

— O que ele disse? — eu perguntei cautelosamente.

Ela sustentou meu olhar firmemente, seu rosto ilegível.

— Ele disse um monte de coisas malucas — ela respondeu de forma evasiva.

— Como o quê? — eu insisti, irritado por ela ter me dado um gostinho do meu próprio veneno.

— Ele disse que você é perigoso e que só quer me levar para a cama.

Eu me levantei com um pulo, com raiva e indignação crescendo dentro de mim — Eu não sou um estuprador! Eu jamais seguraria uma mulher ou a atrairia para a floresta só para transar com ela!

Amara levantou a palma da mão em um gesto apaziguador e fez sinal para que eu voltasse ao meu lugar.

— Eu sei, Ulric confirmou isso. Por favor, sente-se — ela disse com uma voz suave.

Meu queixo caiu e eu fiquei paralisado, minha mente girando até que ela mais uma vez gesticulou para que eu me sentasse.

— Ele fez isso? — eu perguntei, confuso, enquanto me acomodava novamente no banco.

Ela assentiu — Ele disse que você acredita que somos almas gêmeas.

Uma onda de calor subiu às minhas bochechas, que pareciam prestes a explodir em chamas. Eu me remexi no assento e cocei a nuca, me sentindo mortificado.

— Aquele idiota fala fora de hora — eu resmunguei — Ele precisa aprender a cuidar da própria vida.

— Você está dizendo que ele mentiu? — ela insistiu, claramente sem vontade de deixar para lá.

Eu queria mudar de assunto, principalmente porque a expressão dela era indecifrável. E se eu desse a resposta errada? E se eu confessasse e isso a desanimasse?

— Eu só estou dizendo que não é importante — eu respondi evasivamente.

— É importante para *mim* — Amara disse, com a voz um pouco mais dura.

Eu amaldiçoei Ulric por dentro até o poço mais escuro dos

Nove Infernos enquanto minha mente corria para encontrar uma resposta adequada.

— Amara, eu farei tudo o que estiver ao meu alcance para curá-la e protegê-la de qualquer mal, inclusive de mim mesmo — eu disse, escolhendo as palavras com cuidado.

Meu estômago embrulhou ao ver como seu rosto se fechou, seu ar de decepção me cortando mais fundo do que a faca mais afiada. Eu suspirei fundo e meus ombros se curvaram em derrota. Não era assim que eu queria abordar o assunto do vínculo que nos unia.

— Minhas reações fisiológicas em sua presença dizem que você é de fato minha Chama Gêmea — eu murmurei, com os olhos baixos de vergonha.

Eu me preparei para uma explosão de indignação que nunca aconteceu. Durante toda a minha vida, me disseram que seria blasfêmia e até criminoso para alguém como eu ter uma parceira e, pior ainda, procriar.

— Viu? Não foi tão difícil — Amara disse em voz baixa.

Atordoado, eu levantei o olhar para encará-la. Eu fiquei de queixo caído ao vê-la sorrindo quase timidamente para mim.

— Foi por isso que você concordou em me ajudar? — ela insistiu, inclinando a cabeça para o lado.

Ainda espantado com a reação dela, eu assenti distraidamente — No geral, sim. Embora eu provavelmente tivesse tentado convencê-la a seguir um caminho diferente se você não tivesse sido designada para essa missão pela Tecelã.

— Então, sem esses dois fatores, você teria me rejeitado como os outros? — ela insistiu.

Naquele instante, eu percebi que essa linha de questionamento ia além da mera confirmação de um boato que ela ouviu. Minha companheira estava avaliando o tipo de homem que eu era. Eu reprimi minha reação instintiva de tentar adivinhar que resposta ela queria de mim. Se o destino quisesse que ficássemos juntos, nós nos apaixonaríamos por quem éramos, e não por quem fingíamos ser.

— Você ser minha Chama Gêmea significa que eu faria qualquer coisa ao meu alcance por você. Mas, se não fosse, eu ainda teria tentado ajudá-la. Eu provavelmente não chegaria aos mesmos extremos que estou disposto a ir por você. Mas, honestamente, não posso dizer com certeza o que teria feito. O que eu posso dizer sem sombra de dúvida é que, sem o envolvimento da Tecelã, acho que não teria concordado em ir até o fim. Até mesmo agora, parece uma tarefa insana — eu admiti.

Amara franziu os lábios e assentiu lentamente enquanto ponderava minhas palavras — Eu entendo. Verdade seja dita, eu vim aqui acreditando que ninguém concordaria. Então, fico feliz que você tenha concordado.

Eu dei-lhe um sorriso tímido, e um silêncio um tanto constrangedor se instalou entre nós. Pelo jeito como me olhava, minha companheira parecia esperar que eu dissesse mais alguma coisa. Eu pigarreei e fui em frente.

— Você se incomoda com o fato de estarmos... predestinados? — eu perguntei cuidadosamente, me preparando para a resposta dela.

Para minha surpresa, Amara sorriu, com o mesmo ar de adorável timidez voltando ao seu lindo rosto. Ela balançou a cabeça.

— De jeito nenhum. Na verdade, acho isso muito lisonjeiro — ela disse timidamente — Você é um homem muito bonito. E, pelo que tudo indica, as chamas de lobo são extremamente leais e muito protetoras com suas companheiras. Que mulher não desejaria isso para si?

— Eu estou doente — eu desafiei.

Ela deu de ombros — Eu também.

— Mas você não estará mais quando nós a curarmos — eu argumentei.

— Se me curarmos — ela respondeu.

— Quando a curarmos — eu disse severamente enquanto lhe lançava um olhar desaprovador.

Ela riu baixinho e abaixou a cabeça em sinal de concordância — Quando me curarmos, nós daremos um jeito de te curar.

Eu dei-lhe um sorriso triste — Infelizmente, não parece haver cura para mim. A Tecelã nem me recebeu.

Amara fez um gesto de desdém — Porque não era a hora certa. Afinal, ela me mandou até você. Não pode ser coincidência.

Por mais que eu não quisesse criar falsas esperanças, eu não pude evitar que elas criassem raízes profundas no meu coração.

— No final das contas, o destino decidirá — eu respondi sem me comprometer.

Ela assentiu, seu olhar ficando fora de foco enquanto refletia sobre algo antes de voltar sua atenção para mim com um brilho especulativo em seus olhos escuros.

— Supondo que nossa missão seja bem-sucedida e que gostemos um do outro, nós seríamos capazes de levar uma vida normal juntos?

Meu coração disparou, e uma emoção poderosa quase me sufocou por ela parecer tão aberta a um possível futuro comigo.

— Eu sou normal na maioria dos aspectos — eu respondi, um pouco ansioso demais — Se construíssemos uma vida juntos, eu só ficaria fora na noite de lua cheia, e também não poderíamos ter filhos.

Minha companheira mordeu o lábio inferior pensativamente e assentiu lentamente — Eu me lembro de você mencionar algo sobre sua semente, assim como Ulric.

Minha raiva explodiu diante da interferência daquele homem miserável em meus assuntos pessoais. Mas eu a silenciei. Agora não era hora de deixá-lo arruinar o que poderia ser o começo do resto da minha vida.

— Correto. A exposição à minha semente e ao meu sangue seria perigosa. Mas todo o resto é seguro — eu confirmei.

— Então seremos apenas um casal normal que usa proteção — Amara disse com naturalidade.

Eu olhei para ela com admiração, com tantas emoções se chocando dentro de mim. Ela parecia tão reservada e recatada que eu jamais imaginaria que ela fosse discutir tais assuntos comigo tão abertamente. Mas, mais uma vez, foi a facilidade com que ela pareceu aceitar que éramos realmente feitos um para o outro que me tirou o fôlego. Obviamente, ela não estava mais apaixonada por mim do que eu por ela já que havíamos acabado de nos conhecer. E, no entanto, ela reconhecia nosso vínculo como qualquer outro Lycan faria, mesmo sem sentir as mesmas reações fisiológicas que eu.

Seja qual for o motivo, eu aceitei.

— Sim, seremos — eu disse, envergonhado pela emoção audível na minha voz.

Ela sorriu novamente, mas o sorriso desapareceu rapidamente quando uma carranca se formou em sua testa — Eu estou curiosa para saber por que Ulric te odeia tanto.

Eu estremeci, a tristeza que eu havia reprimido anos atrás reaparecendo.

— É uma longa história — eu disse, sem dar importância.

Ela levantou uma sobrancelha, me lançando aquele olhar que eu estava começando a reconhecer, que significava que ela não me deixaria desviar da pergunta.

— Temos tempo — ela respondeu, sem expressão.

Eu bufei e assenti em derrota.

Ela rasgou outro pedaço de pão com um pouco de queijo e começou a mastigar enquanto eu organizava meus pensamentos.

— Essa confusão toda remonta a muitos anos. Começou antes do meu nascimento. Ulric é, na verdade, meu primo. Você conheceu o pai dele, Rolf, que é o atual líder da nossa matilha. Só o Alfa Ápice pode ocupar esse papel. Minha mãe era irmã do Rolf. Ele culpa meu pai por matá-la, e a mim também.

— Você?! Mas foi o veneno que a matou, não a gravidez! — Amara exclamou.

— Sim, mas esse veneno foi transferido para ela através da semente do meu pai. E, à medida que eu crescia, a troca de fluidos entre mãe e filho a envenenou ainda mais. Então ele não está totalmente errado, embora eu tenha sido tão vítima em tudo isso quanto ela e meu pai. Apesar de tudo, ele nunca foi ruim comigo. Mas ele não consegue silenciar o ressentimento que sente por isso.

— Eu posso ver isso.

— Mas ele também não gostava do meu pai. Veja bem, não é incomum que a liderança da matilha passe de pai para filho. Uma competição acontece sempre que é hora de mudar a liderança, ou se um dos membros quiser desafiar o Alfa pela posição. Meu pai venceu o tio Rolf. Ele foi o líder da matilha até sua morte prematura, o que permitiu que meu tio ascendesse.

— O que significa que você teria sido o Alfa se seu pai estivesse vivo! — Amara disse com compreensão repentina.

— Eu teria sido o primeiro na fila para o cargo e teria sido criado de acordo — eu corrigi gentilmente — Eu ainda precisaria derrotar desafiantes para isso, e de fato derrotei. Só que eu não queria ser o Alfa por causa da minha doença. Então, eu abandonei essa honra.

— Se não fosse pela sua doença, você *gostaria* de liderar a matilha? — minha companheira perguntou com genuína curiosidade.

Eu balancei a cabeça sem hesitar — Naquela época, eu teria dito sim. Mas não mais. Muitas pessoas ficariam ressentidas em me seguir. E, verdade seja dita, eu me apeguei à minha liberdade e a ser um lobo solitário.

— Então Ulric se ressente por você estar evitando o papel que provavelmente será dele? Deve ser constrangedor para ele saber que existe um lobo melhor por aí?

Eu dei um sorriso triste para ela — Não. Não é incomum que

alguns alfas poderosos não queiram assumir esse papel. Nem todo mundo é feito para liderar pessoas. O problema ocorreu quando nós éramos filhotes. Depois que Misty me trouxe de volta para a matilha, meu primo era meu único amigo. Na verdade, ele me tratava como um irmão de sangue. Infelizmente, filhotes tendem a brincar com violência. As pessoas o avisaram para não brincar comigo e, principalmente, para não me morder. Mas ele mordeu... Todos os filhotes fazem isso.

— Ah, não! — Amara sussurrou, pressionando a palma da mão contra o peito — Ele ficou doente?

Eu assenti, sentindo meu peito apertar enquanto as lembranças daqueles dias sombrios voltavam à tona.

— Ele já tinha feito isso inúmeras vezes, mas naquele dia fez um corte na pele pela primeira vez. Foram apenas algumas gotas do meu sangue, mas foi o suficiente para quase matá-lo. Durante anos, Ulrich mancou. Seus pulmões estavam fracos demais para que ele conseguisse correr ou realizar qualquer tipo de esforço. Ele não tinha equilíbrio, sofria de problemas de visão e tinha um nariz defeituoso. Ele passou de um caçador promissor a um fardo completo... ou pelo menos era o que ele se considerava. E ele tinha apenas oito anos de idade.

— Pelos deuses... deve ter sido horrível, especialmente para uma idade tão jovem — Amara disse, com a voz cheia de compaixão — Mas não foi sua culpa. Você não teve a intenção de machucá-lo de propósito.

— Eu não. Mas, quando filhote, Ulric acreditava que eu nunca lhe faria mal, porque éramos irmãos. E irmãos não machucam uns aos outros.

— Mas você não tinha poder sobre sua doença do sangue! — Amara exclamou em um tom evidente.

— Eu sei. Mas ele era apenas uma criança. Ele se sentiu traído. E como os adultos me proibiram de vê-lo, eu nunca tive a chance de lhe explicar o quanto eu sentia, que não tinha controle sobre isso e que o amava. Em vez disso, ele acreditou que eu o havia envenenado e depois o abandonado.

— Ninguém lhe explicou a verdade! — Amara disse, com indignação audível.

Eu cerrei os dentes e balancei a cabeça enquanto o antigo ressentimento ressurgia — Eles não só não explicaram a ele, como também alimentaram sua raiva. Eles nunca aprovaram nossa amizade. Esta era a oportunidade deles de acabar com ela de uma vez por todas. O fato dos outros filhotes o terem intimidado nos anos seguintes por ser fraco e inútil para a matilha só aumentou sua raiva contra mim. Me ver prosperar e me destacar em todas as coisas físicas enquanto ele definhava fez com que ele me odiasse ainda mais.

— Mas ele parece totalmente bem agora e forte — Amara argumentou.

Eu assenti — Ele está realmente bem agora, graças aos deuses. A mãe dele o levou a todas as bruxas, curandeiros e xamãs que conseguiu encontrar. Eles finalmente o curaram, mas foi uma jornada longa e dolorosa. Ele só sobreviveu porque estava saudável e engoliu apenas algumas gotas. Se tivesse recebido mais, teria morrido.

Amara franziu a testa, parecendo lutar com alguma coisa.

— Eu entendo por que ele talvez tenha ficado ressentido com você quando criança. Mas não entendo por que ele ainda te odeia tanto hoje. Tem certeza de que ele não fica ressentido por você ser ainda mais forte?

Eu franzi os lábios e pensei cuidadosamente no assunto — Sinceramente, eu não sei. As pessoas o provocaram dizendo que o "lobo amaldiçoado" é melhor que ele, e que terão que se contentar com o Alfa inferior. Mas esse tipo de zombaria não é incomum. Lycans podem ser uns babacas na maneira como brincam uns com os outros. Ele ficou bravo com isso uma vez e me desafiou para um duelo, que eu venci.

— Provando assim que os rumores estavam corretos — minha companheira disse suavemente.

Eu suspirei fundo, me sentindo derrotado — Talvez eu devesse tê-lo deixado vencer.

— Não — Amara disse energicamente, me pegando de surpresa — Se você tivesse feito isso, e alguém tivesse notado, teria sido ainda mais humilhante para ele. É melhor que Ulric enfrente a verdade. No fim das contas, ele continua mais forte do que todos os outros, incluindo os idiotas que tentam irritá-lo. Seja como for, sempre tem alguém melhor do que nós por aí. Eu só acho o ressentimento dele por você mesquinho.

— Não pense tão mal dele — eu disse suavemente, e então sorri diante de sua expressão atordoada — Por mais que eu às vezes fique irritado com o comportamento dele comigo, eu não o odeio. Ulric é um bom homem, apesar de tudo. Ele está profundamente magoado e se sente traído por causa do veneno que todos lhe deram durante o momento mais difícil de sua vida. Ele era meu amigo quando eu não tinha nenhum. No meu coração, ele sempre será meu irmão. Eu ainda sinto falta dele.

— Você tem um bom coração — Amara disse, pensativa, com um brilho estranho nos olhos — Você acha que o relacionamento de vocês pode ser consertado?

Eu dei de ombros enquanto guardava o resto da comida — Não faço ideia. Mas, pelo que me diz respeito, a porta continua aberta. Dito isso, provavelmente deveríamos nos recolher para dormir. Eu quero que a gente saia ao amanhecer.

Minha companheira assentiu. Ela se levantou e foi até uma de suas malas, que estava na plataforma da esquerda, usada como cama improvisada. Ela a vasculhou e encontrou uma vela grossa, esbranquiçada, com manchas escuras. Para minha surpresa, ela a colocou sobre a mesa de pedra. Eu olhei para ela com curiosidade, confuso com suas ações. Enquanto nos preparávamos para dormir, achei estranho ela adicionar mais fontes de iluminação quando eu estava prestes a apagar as tochas.

Amara traçou o padrão rúnico esculpido na vela com o dedo indicador enquanto sussurrava um encantamento. Em seguida, ela acenou com a mão sobre o pavio, que pegou fogo instantaneamente. Ela proferiu outro encantamento antes de se virar para mim com um sorriso satisfeito.

— Você é uma bruxa? — eu perguntei, surpreso.

Ela me lançou um olhar atordoado e balançou a cabeça com uma expressão divertida — De jeito nenhum. Eu sou apenas uma vendedora de velas e perfumista.

— Certo, era o que eu pensava. Te ver lançando um feitiço me surpreendeu — eu disse, ainda confuso.

— Isso porque, ao longo dos anos, a demanda por velas de bruxa cresceu exponencialmente. Então, eu aprendi magia com velas e alguns feitiços básicos para imbuir minhas velas com propriedades únicas. Minha mãe desaprova — ela acrescentou, franzindo o rosto — Ela é muito relutante em relação a qualquer coisa que tenha a ver com o arcano. Mas essa é uma história para outra hora.

— O que essa vela faz? — eu perguntei, minha curiosidade aguçada.

— É uma Vela do Viajante feita de cera de abelha e pó de casco de centauro — ela explicou — Ela ajuda a caminhar, correr, curar ferimentos nas pernas e restaurar viajantes cansados. Nós nos sentiremos um pouco mais revigorados pela manhã.

— Isso é excelente — eu disse em um tom de aprovação.

— Nós vamos precisar — ela acrescentou, lançando um olhar nada impressionado para as lajes de pedra que serviam de camas.

Eu me repreendi mentalmente mais uma vez por não ter trazido um tapete. Nós poderíamos tê-lo deixado na pousada. Mas já estávamos sobrecarregados.

Me mexendo inquieto sobre os pés, eu cocei a nuca.

— As pedras são realmente bem duras e desconfortáveis para humanos dormirem — eu disse cuidadosamente — Eu poderia lhe oferecer uma alternativa, mas não quero que você me ache ousado demais.

— Ah? — ela disse, se animando — Que alternativa seria essa?

Eu pigarreei, me sentindo ridiculamente constrangido — Normalmente, quando os Lycans dormem na natureza, o fazemos em nossa forma de lobo. Nós somos bem grandes e peludos. Seria muito mais confortável e quentinho para você do que essa laje de pedra — eu disse, com as bochechas queimando de vergonha.

Amara arregalou os olhos — Você está se oferecendo para te usar como colchão?

— Só se você quiser — eu disse rapidamente — Não estou tentando ser esquisito nem nada.

Vê-la rir imediatamente acalmou o pânico que queria surgir.

— Tudo bem. Não acho que você esteja estranho. Mas agora estou curiosa, pois ouvi dizer que seus lobos são enormes. Posso ver?

A ansiedade em sua voz fez com que uma sensação calorosa se espalhasse pelo meu peito.

— Com prazer. Mas eu preciso tirar as roupas primeiro para não estragá-las — eu acrescentei timidamente.

— Certo, faz sentido. Vou me virar enquanto você faz isso — ela disse, entusiasmada, antes de se virar.

Uma parte de mim se arrependeu de ter feito isso. Lycans não tinham problema com nudez. Nós costumávamos nos despir na frente um do outro antes de nos transformarmos e nos pavoneávamos nus depois de retornar à nossa forma humana após uma caçada. Outra parte era simplesmente grata por ela parecer tão confortável perto de mim, quando as pessoas geralmente nos temiam por causa de todos os rumores de que éramos selvagens.

Eu tirei a roupa rapidamente. Antes mesmo de terminar, meu sangue se agitou novamente, minha pele esquentou enquanto o cheiro da minha mulher mudava levemente. Não era exatamente excitação, mas a ideia de me ver nu atrás dela excitou minha mulher.

Este era um bom sinal para o futuro.

— Só para você saber — eu acrescentei rapidamente antes de iniciar a transformação — uma vez na minha forma de lobo, eu não consigo falar. Eu entenderei tudo o que você disser e permanecerei plenamente consciente. Eu só não serei capaz de formar palavras humanas.

— Entendido — Amara disse, se impedindo fortemente de olhar para mim por cima do ombro.

Eu quase disse que os lobos podiam se comunicar telepaticamente entre si e que, no dia em que nos uníssemos, ela ganharia a capacidade de me ouvir como lobo. Mas isso seria assunto para outro momento.

A dor familiar da mudança me invadiu. Um suspiro suave escapou da minha mulher quando o som dos meus ossos estalando e se reorganizando chegou aos seus ouvidos. Eu estava tão acostumado com isso que não prestava mais atenção. Mas agora, eu percebi o quão assustador e ameaçador provavelmente soava para um humano, especialmente isolados como estávamos, e sem que ela visse a transformação que eu estava realizando. Ela estremeceu e abraçou a cintura, mas permaneceu imóvel, desviando o olhar de mim.

A transformação levou apenas alguns segundos, mas eu não duvidei que parecesse uma eternidade para ela. Eu soltei um rosnado suave seguido de um gemido para avisá-la de que estava pronto. Amara começou a se virar, seu movimento lento claramente planejado para me dar uma chance de hesitar se eu precisasse de mais tempo.

Seu queixo caiu, e seu olhar hipnotizado enquanto ela observava minha forma de lobo me virou de cabeça para baixo.

— Pelos deuses! — ela sussurrou — Você é magnífico!

O orgulho cresceu dentro de mim, e eu estufei o peito enquanto me aproximava dela com cuidado. Ela me encontrou no meio do caminho sem hesitar. Não havia palavras para descrever a sensação que eu tive por ela me aceitar plenamente em ambas as formas.

Minha garganta se fechou quando ela instintivamente levantou a mão direita para acariciar o lado do meu pescoço. Assim que começou a me tocar, ela puxou a mão de volta, com uma mistura de choque e culpa estampada no rosto.

Eu ronronei, grunhi e estiquei o pescoço de um jeito que deixasse claro que ela podia ir em frente e me acariciar. Havia algo mágico em nossa forma de lobo. As pessoas ou nos temiam ou imediatamente se derretiam com a necessidade de nos abraçar e acariciar como fariam com um cachorro. Mesmo que suas mentes entendessem que ainda éramos uma pessoa, a contenção natural que elas demonstravam em relação a outro indivíduo simplesmente desaparecia.

Amara riu e estendeu a mão para o meu pescoço novamente. Nove Infernos, eu poderia ter morrido ali mesmo quando a maciez da sua mão acariciou meu pelo escuro com uma reverência que me destruiu. Eu queria sentir as mãos dela em mim, ser reivindicado como seu companheiro.

Meu rosnado ronronante ficou mais alto, tornando-a mais ousada na forma como me acariciava. Para minha consternação, ela se afastou cedo demais.

— Agora entendo por que você se ofereceu para eu montá-lo. Você é grande como um pônei, mas mais bonito e definitivamente mais fofinho — ela disse em um tom divertido.

Em vez de rir, eu fiz um som de bufo. Esfreguei a lateral do meu focinho nas costas da mão dela e pulei em cima de uma das lajes usadas como camas. Eu me acomodei de lado. Amara sorriu e caminhou pelo cômodo, acenando com a mão em frente às runas abaixo de cada candelabro para apagar o fogo mágico.

O quarto mergulhou em uma escuridão quase completa, exceto pela chama bruxuleante da Vela do Viajante no centro da mesa. Com o coração disparado, eu observei minha mulher vir até mim. Sem hesitar, ela subiu na laje e se aninhou profundamente em mim. Meu peito se apertou quando uma onda de afeição e possessividade quase raivosa me invadiu. Eu a envolvi com minhas patas, puxando-a com mais força contra mim, minha cauda peluda se acomodando sobre ela como um cobertor.

Um ronronar alto vibrou na garganta de minha companheira.

— Ah, sim, você é muito mais confortável do que aquela pedra. Eu conseguiria me acostumar com isso — ela sussurrou.

Se o destino quisesse, ela faria isso.

CAPÍTULO 6

AMARA

E nvolta em um casulo divino, eu resmunguei de desgosto com o movimento irritante que tentava me arrancar do melhor sonho que eu tive em muito tempo. Eu me aconcheguei ainda mais no travesseiro mais macio. O calor que emanava dele me aquecia até os ossos.

Calor de um travesseiro?!

No momento em que esse pensamento me acordou do meu sono, um som de bufo seguido de um rosnado lento me fez acordar em um piscar de olhos. Com os olhos arregalados, eu encarei o rosto de um lobo gigante por meio segundo antes que sua língua enorme lambesse todo o meu rosto.

— Ei! Você vai me deixar grudenta! — eu exclamei, afastando o rosto dele.

Remus emitiu novamente aquele som de bufo que eu acreditava ser seu jeito de rir em sua forma de lobo, e então esfregou sua têmpora na minha antes de me soltar. Ele pulou habilmente da laje de pedra onde havíamos dormido. Imediatamente eu me senti fria e desolada, não apenas por estar privada de seu abraço, mas também porque seu corpo literalmente irradiava calor como uma fogueira. A ideia de que a proximidade comigo pudesse ser a causa me fez sentir um frio na barriga.

Pelos deuses, ele era realmente magnífico em sua forma animalesca. Ele tinha mais de um metro e meio de altura, da base das patas à ponta das orelhas, com o focinho na altura do meu rosto. Sua pelagem lustrosa era de um tom mais escuro que seu cabelo castanho-escuro. Seus olhos dourados contrastavam fortemente com ela, dando-lhe um ar quase sobrenatural. A pelagem em volta do pescoço era surpreendentemente espessa. Não se comparava à de um leão, mas me lembrava vagamente a dos gatos Maine Coon.

Meus dedos coçavam de vontade de tocá-lo e acariciá-lo por inteiro. Eu quase gemi de desejo só de lembrar da sua maciez contra meu rosto enquanto eu dormia aconchegada nele. Se ele fosse um bichinho de estimação de verdade, eu estaria em cima dele agora mesmo. Mexeu um pouco com a minha cabeça que um homem se escondesse atrás daquela forma de fera.

Um homem que acreditava que eu era sua alma gêmea...

Ele gesticulou com a cabeça para que eu o seguisse antes de ir em direção à saída da caverna. Intrigada, eu segui junto, a luz brilhante do sol da manhã me cegando enquanto saíamos. Ele contornou um pequeno afloramento rochoso, revelando um recanto recuado onde alguns barris de água haviam coletado água da chuva.

— Obrigada! — eu exclamei.

Ele bateu o focinho nas costas da minha mão, virou-se e voltou para dentro da caverna. Eu joguei um pouco de água no rosto e fiz algumas abluções rápidas antes de me juntar a ele. Para meu desgosto, naquele curto espaço de tempo, Remus havia retornado à sua forma humana e vestido as calças.

Minhas orelhas ardiam de vergonha com os pensamentos travessos que me passavam pela cabeça sobre o que ele poderia estar escondendo nas calças. Será que ele tinha um nó como os caninos ou o equipamento padrão em sua forma humana?

Meu olhar percorreu seu peito nu, apreciando a vista. Seu corpo era a perfeição absoluta. Eu não resisti à onda de possessividade que me invadiu. Afinal, foi ele quem afirmou que nós estávamos destinados.

Para minha consternação, eu olhei para o rosto dele e o vi me encarando com um sorriso discreto, entremeado de uma inegável presunção. Eu desviei o olhar, mortificada por ter sido pega olhando para ele.

— Espero que você tenha descansado bem? — ele disse com um toque de diversão enquanto vestia a camisa.

— Fantasticamente bem, obrigada. Você é o melhor travesseiro e colchão do mundo — eu respondi, sem expressão.

Ele bufou — Esse é um título que eu nunca imaginei ganhar, mas eu o acolho com satisfação.

Nós nos sentamos à mesa e rapidamente comemos mais pão e carnes secas com algumas frutas. Nós acompanhamos a refeição com um pouco de cidra de uma cantina, arrumamos nossas coisas e retomamos a viagem.

Eu estaria mentindo se dissesse que não foi árduo. Sendo sedentária, eu não estava acostumada a cavalgadas tão longas, especialmente em um ritmo tão rápido e intenso. Francamente, a resistência das nossas montarias me surpreendeu.

Apesar disso, eu adorava como Remus me acompanhava constantemente, avaliando meu estado atual e garantindo meu bem-estar. Nós parávamos apenas o tempo suficiente para esticar as pernas, descansar os cavalos, comer ou atender ao chamado da natureza.

Dizer que eu fiquei aliviada quando finalmente chegamos ao Alojamento dos Caçadores seria o eufemismo do século. Cada músculo do meu corpo gemia e reclamava. Minhas costas e pernas estavam incrivelmente rígidas. Eu provavelmente parecia um pato gingando enquanto dava alguns passos em direção ao grande prédio de madeira de dois andares.

Para minha surpresa, o lugar parecia completamente vazio.

Nenhuma luz iluminava as inúmeras janelas. Eu lancei um olhar curioso para meu companheiro, que sem esforço algum pegou todas as nossas malas dos cavalos.

— Assim como a caverna em que dormimos ontem à noite, o alojamento é um local público que todos podem usar livremente — Remus explicou ao notar minha expressão confusa — Há outros três alojamentos semelhantes na área. Todos os guias, como eu, contribuem com uma quantia fixa mensal para a manutenção. Alguns suprimentos básicos estão sempre disponíveis e são reabastecidos regularmente pelos zeladores. Mas algumas coisas nós precisamos repor antes de partir, como lenha para a lareira, se as usarmos.

— Ah! Que legal. Mas e se já houvesse outras pessoas aqui? — eu perguntei — Elas teriam nos mandado embora?

Ele sorriu e balançou a cabeça enquanto se dirigia para a escada da frente — Há oito quartos no chalé e alguns sofás na sala de estar que também podem ser usados como camas. Vários grupos podem compartilhar o lugar. No entanto, isso raramente acontece, pois os guias costumam se comunicar para saber onde pretendem ir, evitando sobreposições sempre que possível.

— Justo — eu respondi, seguindo-o enquanto ele estendia a mão para a maçaneta — Mas e se algum intruso aleatório resolver aparecer? Nós estamos no meio do mato. Algum psicopata poderia nos pegar de surpresa durante a noite, fingindo estar procurando abrigo, e depois nos matar enquanto dormimos.

Assim que eu pronunciei essas palavras, minha pele se arrepiou. Eu levantei a cabeça bruscamente para olhar as luzes repentinas que apareceram acima de mim quando cruzei a soleira da porta.

— Proteções — eu sussurrei com repentina compreensão enquanto ele acenava com a palma da mão na frente de um símbolo arcano perto da porta.

Remus assentiu e caminhou mais para dentro do chalé — Esta é apenas uma de muitas. Você não as sentiu, mas nós cruzamos várias barreiras de proteção no caminho para cá. Nossos xamãs as espalharam em um raio de um quilômetro ao redor do prédio. Nenhum animal perigoso pode se aproximar, e qualquer pessoa com más intenções será imediatamente repelida. Há uma razão pela qual a Montanha Lua do Lobo é considerada um dos destinos de caça e trilhas mais seguros e procurados. Nenhum perigo pode chegar até você aqui, minha companheira.

Eu mordi a parte interna das bochechas para não rir quando Remus visivelmente estremeceu ao usar inconscientemente aquele termo carinhoso. Ele era tão incrivelmente fofo.

Obviamente, era muito cedo para nos referirmos um ao outro dessa maneira. E, no entanto, eu gostava disso vindo dele. Eu não queria que alguém pensasse que podia me possuir ou controlar. Mas havia algo incrivelmente lisonjeiro e reconfortante na possessividade subjacente com que ele me reivindicava.

— Fico feliz em ouvir isso — eu disse com um sorriso — Eu posso ficar um pouco apreensiva quando estranhos aparecem na minha porta.

— Compreensível — ele respondeu, aliviado por eu não parecer ofendida com seu deslize — Mas agora que nós entramos na casa, e eu a reivindiquei, ela nos avisará se alguém se aproximar durante a nossa estadia, mas não devem aparecer visitas até daqui a dois dias. E até lá, nós já teremos ido embora há muito tempo.

— Gostei disso — eu respondi entusiasticamente.

Ele obviamente presumiu que eu estava falando do fato de que seríamos avisados caso um intruso aparecesse. Embora isso fosse verdade, o que me agradou foi principalmente o fato de termos a casa só para nós dois. Como introvertida, eu não gostava muito de multidões. Mas, mais importante, eu queria conhecer aquele homem fascinante com quem eu poderia passar o resto da minha vida. Nós já estávamos juntos há dois dias, a maior parte dos quais passamos correndo pela floresta. Isso não tinha sido muito propício para nenhum tipo de conexão.

— Há dois quartos neste andar — Remus disse, acenando para o fundo de um grande corredor do outro lado da sala de estar e jantar aberta na entrada do alojamento — Os outros seis quartos ficam no andar de cima e são acessíveis pela escada ali. Você encontrará dois banheiros higiênicos – um em cada andar – e há uma latrina no jardim. Infelizmente, não há banheiras ou chuveiros. Normalmente nós tomamos banho no rio, nos fundos.

— Eu não me importo com um banho à meia-noite — eu disse em um tom tranquilizador, embora ainda fosse início de noite.

— Excelente!

Ele olhou por uma das muitas janelas altas antes de lançar um olhar especulativo em minha direção.

— Eu gostaria de ir caçar para nossa refeição esta noite para poupar nossas reservas de comida da Misty. Você se sentiria confortável em ficar aqui na minha ausência? — ele perguntou cautelosamente.

— Você disse que é seguro e que as proteções manterão qualquer um com intenções hostis afastado. Portanto, eu não me importo de ficar aqui sozinha por um tempo — eu respondi em um tom amigável.

Ele sorriu para mim — Com certeza. Eu não consideraria isso de outra forma. Não deve levar muito tempo. Há muitos animais pequenos na área.

— Não tenha pressa. Eu vou dar uma olhada e escolher um quarto na sua ausência.

— Te vejo em breve — ele disse antes de sair.

Eu o observei pela janela enquanto ele prendia os cavalos e os alimentava. A culpa me invadiu por nem ter pensado em fazer isso, ou mesmo me oferecido para fazê-lo. Para minha surpresa, ele não se despiu e assumiu a forma de lobo, ele simplesmente saiu correndo a uma velocidade vertiginosa, sem nenhuma arma aparente.

Eu dei de ombros e comecei a explorar o lugar. Havia um

toque masculino inegável: o típico pavilhão de caça, todo feito de madeira, com algumas decorações de caveiras de animais, tapetes de pele e móveis robustos mais focados na funcionalidade do que na moda.

Três sofás, quatro cadeiras e um punhado de bancos confortáveis proporcionavam amplos assentos na sala de estar, que dava para uma grande lareira. Na outra extremidade da sala, quatro mesas redondas, cada uma com cadeiras suficientes para dez pessoas, preenchiam o amplo espaço em frente à cozinha. Para minha agradável surpresa, havia um fogão a gás. Os armários ofereciam tudo o que era necessário, incluindo pratos, panelas, utensílios e temperos básicos.

Enquanto eu seguia pelo corredor, minha confusão ao ver cinco portas, quando Remus afirmou que havia apenas dois quartos nesse andar, dissipou-se rapidamente. Um deles servia como arsenal, com uma variedade de apetrechos de caça, incluindo arcos, flechas, armadilhas, adagas, equipamentos de pesca e até mesmo alguns equipamentos de acampamento. O cômodo seguinte parecia servir como sala de processamento para abate de carne e limpeza ou tratamento das peles. O terceiro era um sanitário bem pequeno, que eu utilizei rapidamente.

Meu desejo instintivo de substituir o sabonete sem perfume por um dos perfumados que eu havia feito desapareceu tão rápido quanto me veio à mente. Caçadores jamais gostariam de adicionar aromas artificiais que pudessem revelar sua presença às presas.

Os quartos, simples, eram limpos e pequenos. A cama enorme, que ocupava a maior parte do espaço, os fazia parecer menores do que realmente eram. Os únicos outros móveis no quarto eram um conjunto de mesas de cabeceira, uma cadeira no canto e um pequeno console sobre o qual se podia colocar os pertences. Nenhum dos quartos tinha armário ou cômoda.

Depois de alguma deliberação, eu escolhi um dos quartos no andar de cima, nos fundos da casa, que tinha uma vista deslumbrante do quintal e da trilha iluminada que levava ao rio, a uma curta distância.

Sem saber quanto tempo Remus ficaria fora, EU voltei para o andar de baixo e acendi o fogo na lareira. Eu acendi o fogão e esquentei um pouco da cidra da Misty com cravo, canela, nozmoscada e açúcar mascavo. Pena que eu não encontrei pimenta-da-jamaica, mas isso serviria.

Eu estava terminando essa tarefa quando a porta da frente se abriu. Assustada, eu me virei e vi Remus entrar, orgulhoso, segurando dois coelhos enormes.

— Estou de volta — ele disse com um sorriso.

— Uau! Que rápido! — eu exclamei, sentindo um calor estranho se espalhar pelo meu peito com a simples presença dele.

A parte racional de mim queria acreditar que o alívio por não estar mais sozinha naquele lugar estranho o motivava. Mas outra parte reconhecia que havia mais do que isso. Eu simplesmente gostava de estar perto dele. Remus tinha um jeito de me fazer sentir segura, mesmo sem fazer nada. E o jeito como ele me olhava quando achava que eu não estava prestando atenção fazia meu estômago revirar da maneira mais agradável possível.

— Há uma razão pela qual sou o melhor caçador da nossa matilha — ele respondeu, estufando o peito ao se aproximar de mim — Mas tem uma coisa cheirando maravilhosamente bem.

— Eu fiz uma cidra quente e temperada para nós — eu disse timidamente — Se quiser, posso servir sua bebida enquanto você descarrega sua caça.

A emoção intensa que percorreu seu rosto fez meu estômago dar algumas cambalhotas. Eu percebi então que as pessoas normalmente não faziam coisas boas para ele. A vontade de mimá-lo imediatamente surgiu dentro de mim.

— Eu adoraria uma xícara — ele disse quase timidamente.

— Perfeito! Cidra quente saindo na hora! — eu respondi de um jeito meio teatral que o fez rir.

Eu adorei como isso suavizou seu rosto e lhe deu um ar

quase infantil. Ao se virar para o corredor em direção à sala de processamento, ele olhou para a lareira antes de me encarar com uma expressão impressionada.

— E você também fez uma bela fogueira!

Foi a minha vez de estufar o peito, presunçosamente — Posso não ser uma grande lutadora ou caçadora, mas você logo descobrirá que eu tenho muitos outros talentos.

— Não duvido, minha... Amara.

Eu quase ri da sua cara de constrangimento quando ele se conteve, bem na hora de me chamar de companheira novamente. Era tão adorável. Nada poderia descrever o quão cativante era ver o lado doce e vulnerável de um homem tão forte e, de outra forma, intimidador.

Ele pigarreou e murmurou algo ininteligível enquanto gesticulava desajeitadamente em direção à sala de caça. Eu o observei escapar, com um sorriso bobo se formando em meus lábios. Quando eu comecei a encher duas xícaras com a cidra, uma onda de tontura me atingiu.

Eu larguei a chaleira imediatamente, e um pouco da bebida quente espirrou no balcão. Com as palmas das mãos apoiadas na superfície fria de madeira, eu respirei fundo algumas vezes. Minha garganta se apertou e meu peito parecia ter um peso enorme, tornando quase impossível respirar. Minhas entranhas se retorceram enquanto o que parecia uma adaga afiada as perfurava repetidamente. Meu suspiro de dor não passou de um sussurro, um soluço, na melhor das hipóteses.

Então, em um instante, todos os sintomas desapareceram tão rapidamente quanto se manifestaram.

Eu sabia que o veneno que me percorria não havia desaparecido. E, no entanto, a ausência de sintomas evidentes além do cansaço constante quase me fez pensar que eu ficaria relativamente normal até receber a cura. Mas a realidade era que minha saúde pioraria a cada dia. O arreio de Remus não parecia mais um gesto de gentileza exagerado.

Será que eu estarei saudável o suficiente para realizar o ritual?

A realidade da minha situação sombria me atingiu duramente. Eu estava realmente vivendo com o tempo contado.

Respirando fundo, eu dei alguns passos em frente ao balcão para me certificar de que a crise havia passado completamente. Eu terminei de encher as xícaras e, com cuidado, fui até a sala de caça. Eu encontrei Remus limpando os coelhos rapidamente.

Sem saber o que havia acontecido, ele sorriu para mim, seu olhar dourado suavizando-se ao me observar aproximar. Ele largou a faca e pegou um pano para enxugar as mãos.

— Não! — eu exclamei, parando-o antes que ele pudesse pegar — Eu pego.

Surpreso, ele me observou com indisfarçável curiosidade. Eu coloquei minha xícara no canto da mesa e segurei a dele com as duas mãos. Parando na frente dele, eu levei a caneca de lata aos seus lábios.

Mais uma vez, a emoção poderosa que me arrasou antes desceu sobre suas belas feições. Era uma mistura potente de admiração, afeição e gratidão, misturada com um toque de possessividade e descrença. Ele se inclinou para a frente e tomou alguns goles. Durante todo o tempo, seu olhar não se desviou do meu.

Um ronronar vibrou em seu peito largo.

— Delicioso — ele disse, com a voz um pouco mais grave do que o normal enquanto lambia os lábios.

— Que bom que você gostou — eu disse, com um turbilhão de emoções me percorrendo.

Eu gostava muito do Remus. Por que eu só o conheci agora? E se os próximos dias fossem tudo o que teríamos? A conexão entre nós era inegável. Eu queria explorar tudo, não apressar as coisas ou ser enganada sobre o que poderia ter sido. Mas aquele breve episódio na cozinha foi um lembrete claro de que a vida é passageira e de que nunca devemos tomar nada como garantido.

— Quer mais? — eu perguntei.

Ele assentiu. Eu levei a xícara aos seus lábios para que ele pudesse beber mais um pouco. Desta vez, algumas gotas escorreram pelo canto da sua boca. Sem pensar, eu limpei com o polegar e lambi o líquido do meu dedo. Eu congelei por uma fração de segundo quando percebi o que tinha feito. Ver o branco dos seus olhos escurecer, como se nuvens de tempestade tivessem se aproximado, acendeu uma chama na boca do meu estômago.

Apesar do meu constrangimento, eu não desviei o olhar quando ele me encarou. Uma comunicação silenciosa se estabeleceu entre nós. Nenhum de nós comentou sobre o que eu havia feito, mas algo inegavelmente mudou entre nós.

E isso foi ótimo para mim.

Eu sorri. Remus olhou para os meus lábios, seu desejo de me beijar era quase palpável. Eu o encorajei silenciosamente a prosseguir, mas ele simplesmente retribuiu o sorriso e voltou a limpar a carne.

Isso também estava bom para mim.

Muitos outros homens teriam aproveitado a primeira oportunidade para se aventurar. Sua contenção dizia muito sobre o tipo de homem que ele era, me fazendo sentir ainda mais segura com ele. Uma boa dose de tensão sexual também tinha suas vantagens.

Remus parava de vez em quando para que eu pudesse lhe dar mais um gole. Nós conversamos amigavelmente enquanto ele terminava seu trabalho. Embora a cidra tivesse um baixo teor alcoólico, ainda assim ela me ajudou a relaxar e me soltar um pouco. Eu adorei o interesse que ele demonstrou quando lhe contei sobre meu negócio de venda de velas e perfumaria.

— Sabe, magos costumam vir às montanhas em busca de reagentes raros para seus rituais — Remus disse, pensativo, enquanto voltávamos para a cozinha — Nós temos várias plantas e criaturas muito cobiçadas. Assim que tudo estiver resolvido, eu terei prazer em trazer aquelas que podem beneficiar seus negócios. Nós temos até uma fênix que aparece de vez em quando.

— Isso seria incrível!

Ele sorriu, satisfeito com minha reação.

— Eu deveria cozinhar, já que você caçou e limpou os coelhos — eu ofereci, apontando para suas capturas enquanto ele as colocava no balcão.

Ele balançou a cabeça com firmeza — É meu dever prover e cuidar de você. E você nos fez cidra quente e acendeu o fogo.

Eu bufei — Isso não se compara! Não custou quase nada!

— Assim como a caça para mim. Você até notou a rapidez com que eu fiz isso.

Ele riu quando eu fiz uma careta, sem conseguir encontrar um contra-argumento.

— Agora pare de se preocupar e descanse — ele disse em um tom falsamente severo, enquanto gesticulava para que eu me sentasse em um dos bancos altos perto do balcão — Como você gosta da sua carne?

Derrotada, eu obedeci e me sentei em um dos bancos. Eu nunca gostei muito daqueles assentos elevados. Eu gostava de sentar na altura padrão de uma cadeira, com os pés firmemente apoiados no chão. Os apoios para os pés nos bancos altos nunca me agradaram.

— Tudo bem, seu valentão — eu resmunguei com falso desgosto — De coelho, bem passada, por favor. Carne vermelha, eu costumo pedir ao ponto. Mas deixe-me adivinhar, você come a sua malpassada?

Ele riu baixinho — Na minha forma humana, sim, geralmente malpassada. Embora eu possa apreciar carne totalmente cozida, especialmente em um ensopado. Mas como lobo, eu como crua — ele respondeu, enquanto pegava um pouco de tempero.

Eu inclinei a cabeça para o lado, curiosa — Você tem preferência entre a forma humana e a de lobo?

— Forma de lobo — ele disse sem hesitar. Ele me deu um sorriso tímido em resposta à minha reação de espanto — Eu passei os dois primeiros anos da minha vida inteiramente como lobo. Eu levei um tempo para me conformar com a ideia de ser um humano. Como as pessoas não gostavam de mim, muitas vezes eu encontrava paz e refúgio vagando como lobo. Isso permaneceu comigo. A vida é mais simples na natureza. O fato de eu ser mais rápido, mais forte e com sentidos mais aguçados como lobo certamente desempenha um papel adicional nisso.

Eu assenti lentamente — Faz sentido. Eu te invejo, e todos os metamorfos, aliás. Deve ser incrível explorar o mundo de uma forma completamente diferente.

— É sim — ele concordou — Você quer acompanhamento para a refeição? Tem um pequeno jardim lá fora, de onde posso colher alguns tomates e...

— Não precisa — eu disse gentilmente, o interrompendo — Carne será suficiente por hoje. E o que você está cozinhando tem um cheiro muito bom. Quando terminarmos, eu não me importaria de dar um mergulho naquele rio lá atrás.

— Entendido.

Remus cortou um dos dois coelhos para que cada parte cozinhasse mais rápido. O segundo coelho mal cozinhou. Nem sei se ele poderia ser chamado de malpassado. Se não tivesse sido esfolado e estripado, o coelho teria pulado do seu prato e voltado para a natureza. Pelo menos, não estava sangrando.

Nós nos sentamos em uma das quatro mesas com mais uma xícara de cidra quente para o jantar. Remus devorou seu coelho inteiro como um homem faminto. Eu não notei como seus caninos se alongaram enquanto ele comia. Ele até comeu a maioria dos ossos menores, deixando apenas o crânio e outros maiores. Eu comi menos de um quarto do meu. Além de ser comida demais para mim, o veneno que me matava afetava meu apetite. Eu lutava cada vez mais com vários alimentos, meu estômago se rebelando com frequência demais.

— Aqui, pegue o resto — eu disse, empurrando a carne em sua direção.

— Você não gostou? — ele perguntou, sua expressão desanimada me fazendo querer apertar seu rosto.

— Não, seu bobo — eu disse com uma risadinha — Está muito bom. Mas eu estou satisfeita. Eu nunca como muito, e minha do...

Minha voz sumiu quando eu me contive, sem querer estragar o clima. Mas o estrago já estava feito.

— Sua o quê? — ele perguntou suavemente — Sua doença? Ela está afetando seu apetite?

Eu assenti com um olhar de desculpas. Para minha surpresa, ele estendeu a mão por cima da mesa para segurar a minha e a apertou de leve.

— Então não se force. Assim que estiver curada, eu pretendo alimentá-la com todos os tipos de iguarias maravilhosas que me tornei especialista em preparar, até mesmo carne ao ponto — ele acrescentou, fazendo uma careta como se fosse uma blasfêmia preparar carne dessa maneira.

Eu me derreti imediatamente, apertei a mão dele de volta e lhe dei um sorriso agradecido. Remus estava realmente me conquistando.

— Mas eu não vou comer tudo. Vamos guardar uma porção parecida com a que você acabou de comer para o café da manhã — ele disse em um tom que não admitia discussão — Quanto ao resto, eu ficarei feliz em devorar.

Eu ri ao vê-lo quase engolir a metade restante do coelho na velocidade da luz.

— Pelos deuses! — eu sussurrei, estupefata — Você é um poço sem fundo. Aposto que ainda está com fome!

Ele bufou e balançou a cabeça — Não estou. É verdade que eu poderia comer mais. Mas não estou com fome de verdade. Eu estou confortavelmente satisfeito. Agora venha. Vamos guardar isso antes de dar aquele mergulho no rio.

Nós limpamos tudo, e eu enxuguei a louça enquanto ele a lavava. Havia algo reconfortantemente doméstico em tudo aquilo. Eu conseguia imaginar isso se tornando uma rotina que eu adoraria ter com aquele homem.

Assim que eu terminei, corri para o quarto que havia escolhido para pegar minha camisola e encontrei Remus na sala de estar. Ele já havia tirado a camisa e os sapatos e segurava um conjunto de toalhas e uma barra de sabão. Nós saímos da casa pela porta dos fundos, pelo corredor, passando pelo depósito de armas e pelos dois quartos do térreo.

Embora a vista do quarto no andar de cima fosse deslumbrante, sair do chalé e entrar no pátio quase me fez sentir como se estivesse entrando em um conto de fadas. A parede acima do batente da porta brilhava. A princípio, eu pensei que as proteções tivessem se acendido. Mas foi um conjunto diferente de runas que nossa presença ativou. Simultaneamente, duas fileiras de pedras luminosas ganharam vida, iluminando um amplo caminho que levava ao rio.

Do lado direito da trilha, um generoso jardim oferecia uma variedade de frutas e vegetais. Considerando a total ausência de ervas daninhas e a aparência saudável de cada planta, os zeladores precisavam passar por lá com frequência para cuidar delas. No entanto, eu suspeitei que uma bruxa verde também tivesse alguma influência. Do lado esquerdo da trilha, um belo gazebo adornado com algumas trepadeiras e cercado por flores perfumadas proporcionava um lugar convidativo para relaxar e desfrutar de uma conversa agradável enquanto se saboreava uma bebida refrescante.

Inúmeros vaga-lumes dançavam ao redor, em uma coreografia hipnotizante e luminosa, ao som do canto dos grilos. Eu percebi que havia colocado minha mão na de Remus quando seu polegar deslizou suavemente sobre suas costas. Seu sorriso terno parecia a mais doce carícia.

A água límpida cantava alegremente enquanto corria pelo rio

semi largo. Embora eu fosse adorar se houvesse uma cachoeira, não podia reclamar do cenário encantador que ele apresentava. Várias pedras altas e decorativas e alguns bancos de pedra esculpida forneciam assentos estrategicamente posicionados para as pessoas apreciarem a vista.

— Você pode se despir aqui — Remus disse, apontando para uma construção retangular à direita do caminho, que a princípio eu pensei ser uma latrina estranhamente localizada — A área é segura. Você pode ir direto para o rio quando estiver pronta. Eu vou para lá, do outro lado daquela árvore alta. Não se preocupe, estarei a uma distância que você possa ouvir.

Eu franzi a testa — Você não precisa ir — eu respondi abruptamente, me surpreendendo — Eu não sou pudica e me sentiria mais segura com você aqui, mesmo sabendo que as proteções nos protegem.

— Uh...

Ele me encarou, incerto. Eu não sabia dizer se era desconforto por pensar em tomarmos banho juntos ou se ele não tinha certeza se era uma boa ideia.

— Mas não se preocupe, eu dou um jeito, se isso te deixa desconfortável — eu acrescentei, me sentindo repentinamente constrangida por ser tão atrevida.

— Eu não me importo! — ele respondeu rapidamente, como se temesse ter me ofendido — Eu sou um Lycan. Nudez não significa nada para nós. É com você que eu estou preocupado. Se preferir que eu fique no seu campo de visão, posso sentar em um destes bancos enquanto você toma banho, e...

— Não — eu interrompi mais uma vez, em voz baixa — Sinceramente, eu não me importo se você tomar banho comigo. Contanto que você não se sinta desconfortável, eu também não me sentirei.

— Então vamos juntos — ele disse com um sorriso terno.

Meu estômago se revirou enquanto eu o observava colocar cuidadosamente as toalhas em um dos bancos e começar a tirar as calças. Não querendo ser pega olhando para ele, eu me forcei a desviar o olhar, coloquei minha camisola na grande pedra ao meu lado e comecei a me despir. Apesar da hora, o ar da noite de início de verão estava confortavelmente quente, com apenas uma brisa suave.

Eu tirei primeiro a calça, depois a blusa. Como tinha sido poupada de seios fartos, eu evitava os espartilhos desconfortáveis como a peste e geralmente me limitava a um corselete ou uma camisa. Para maior comodidade durante a viagem, eu optei por um corselete e ceroulas curtas. Com os olhos ainda desviados, eu tirei a roupa íntima e a dobrei cuidadosamente sobre as outras roupas antes de finalmente me virar para encarar Remus.

Ele estava em sua nudez gloriosa a alguns metros de mim. Ao contrário de mim, ele parecia não ter escrúpulos em me examinar. Embora sua esclera tivesse escurecido novamente, e apesar do brilho óbvio de desejo em seus olhos dourados, não havia nada de sinistro ou vulgar na maneira como ele me olhava.

Obviamente, eu fiz o mesmo. A surpresa de que ele tinha surpreendentemente pouquíssimos pelos no corpo passou pela minha cabeça. Além da barba e do bigode impecavelmente aparados, Remus tinha apenas uma mecha sensual de pelos no peito, que se estreitava em uma trilha feliz ao longo do abdômen definido e depois desabrochava em cachos finos abaixo da pélvis. As bordas externas dos ombros e braços também tinham uma trilha macia de pelos que pedia carinho.

Para minha consternação, eu não pude me gabar de exibir a mesma contenção que ele. Com vontade própria, meu olhar se concentrou em sua masculinidade. Meus dedos dos pés se curvaram ao encontrá-lo parcialmente ereto. Ele era longo e grosso, com veias salientes ao longo do eixo e um par de testículos. Embora tivesse o formato de um pênis humano no geral, ele possuía uma cabeça mais estreita. No entanto, foi a protuberância arredondada perto da base do eixo que prendeu minha atenção.

— Então você tem um nó! — eu disse abruptamente.

Assim que as palavras saíram dos meus lábios, eu visivelmente estremeci, mortificada.

— Nove Infernos! Eu sinto muito! — eu acrescentei rapidamente.

Para meu alívio, Remus caiu na gargalhada. Ele olhou para o próprio membro, totalmente imperturbável, antes de me encarar novamente, com um brilho travesso nos olhos dourados.

— Sim. Todos os Lycans têm. Mas não precisa se desculpar. Sua curiosidade sobre mim é bastante lisonjeira. Só espero que não esteja decepcionada.

Apesar do jeito provocador com que ele disse essas palavras, eu não deixei de perceber o fio de preocupação subjacente.

— Decepcionada? — eu repeti, incrédula — Você é deslumbrante.

Mais uma vez, eu não pude acreditar em como minha boca continuava a me surpreender, mesmo que eu quisesse dizer cada palavra. No entanto, a maneira como ele baixou os olhos e sorriu timidamente eliminou qualquer mortificação que eu sentisse. Pelos deuses! Eu nunca me cansaria de ver esse lado vulnerável e inseguro dele que me fazia querer lhe dar um abraço de partir os ossos.

— Obrigado, Amara. Você também é de tirar o fôlego.

— Obrigada — eu respondi com uma reverência exagerada.

Ele caiu na gargalhada novamente. E assim, o constrangimento entre nós desapareceu. Ele sorriu e estendeu a mão para mim. Sem hesitar, eu coloquei a minha na dele. Ele a apertou de leve e me levou em direção à água, andando lentamente.

Um suspiro escapou de mim quando entramos no rio. Por algum motivo, meu cérebro, irracionalmente, esperava que ele estivesse morno. Não estava congelante, mas muito mais frio do que eu esperava. Antes que eu pudesse me entregar ao choque, Remus soltou minha mão e jogou um pouco de água em minha direção. Eu olhei boquiaberta para ele, indignada, ao que ele respondeu com um sorriso irônico antes de se afastar rapidamente de mim.

Isso obviamente desencadeou a necessidade instintiva de retaliar. Eu o persegui, caminhando pela parte rasa do rio enquanto tentava jogar um pouco de água nele. Assim que eu consegui, ele se virou, com os olhos amarelos brilhando e as presas à mostra. Isso deveria ter me assustado pra caramba. Em vez disso, meu estômago deu uma cambalhota deliciosa, e eu gritei antes de tentar fugir.

Ele me perseguiu, fingindo que eu tive sorte em escapar uma fração de segundo antes dele me pegar. Eu estava gritando e rindo até que ele finalmente me agarrou pela cintura, me jogou no ar como se eu não pesasse nada e me pegou de volta quando entrei na água.

— Agora eu me banqueteio! — ele disse de forma ameaçadora antes de estalar os dentes para mim, a um fio de cabelo da minha pele, fingindo me dar mordidas.

Ainda rindo, eu fingi estar em agonia enquanto implorava por misericórdia. Quando ele cedeu, eu estava soluçando de tanto rir. Eu levei um instante para perceber o quão forte ele me segurava em seus braços e como eu me agarrava aos seus ombros com as duas mãos. Ao mesmo tempo, eu também me dei conta de que aquela pequena brincadeira tinha como objetivo me distrair do desconforto da água fria. E ele conseguiu, maravilhosamente.

Nossos olhares se encontraram, nós permanecemos imóveis enquanto nossos pulsos se estabilizavam. Estarmos pressionados um contra o outro, completamente nus, deveria ter sido constrangedor. E, no entanto, isso não só parecia natural, parecia predestinado. Nossos corpos se encaixavam perfeitamente.

Não sei dizer quem se moveu primeiro. Em um momento estávamos perdidos nos olhos um do outro, e no seguinte, a almofada macia dos seus lábios reivindicava a minha boca. Eu me derreti contra ele, e seus braços me apertaram. Sua mão direita deslizou em uma carícia suave pelas minhas costas antes de pousar no meu traseiro. Eu vagamente me perguntei por que sua mão esquerda estava fechada em punho contra a parte superior das minhas costas. Mas, para minha consternação, em vez de aprofundar o beijo, Remus o encerrou. Ele se afastou, me lançou um olhar possessivo que me virou de cabeça para baixo, depois se inclinou para me dar um beijo suave na testa.

Sem dizer uma palavra, ele me soltou e estendeu algo em minha direção. Só então eu percebi que ele estava segurando a barra de sabão na mão esquerda o tempo todo.

— Obrigada — eu sussurrei, tomada por emoções conflitantes.

Ele sorriu, seu olhar intenso, porém indecifrável. Ele acariciou meus lábios com as costas de dois dedos de um jeito que gritava que queria me beijar novamente. Eu queria que ele fizesse isso. Infelizmente, Remus se virou e nadou para longe.

Sentindo-me desolada, eu comecei a me lavar enquanto o observava dar algumas voltas ao meu redor. Era quase como assistir a um tubarão circulando sua presa, esperando o momento certo para atacar.

E isso também me excitou.

Assim que eu terminei de ensaboar meu corpo, estendi o sabonete para Remus. A rapidez com que ele se aproximou confirmou que ele estava de olho em mim o tempo todo. Isso deveria ter me assustado. Em vez disso, eu me repreendi silenciosamente por não ter reclamado dele ter interrompido as coisas antes.

Remus emergiu da água como um deus do mar. Sua esclera estava negra como breu enquanto ele diminuía a distância entre nós. Minha respiração ficou presa na garganta quando finas nuvens de fumaça começaram a girar ao redor dele.

O calor dele!

A pele dele estava tão quente com a minha mera presença que a água evaporava. Isso fez meus ovários explodirem. Minhas paredes internas se contraíram e uma pulsação surda percorreu meu corpo entre as coxas.

Para minha surpresa, em vez de começar a se lavar, Remus agarrou meu ombro e me virou.

— O quê...?

A pergunta morreu na minha língua quando ele começou a lavar minhas costas. Eu me inclinei em seu toque e abaixei a cabeça para lhe dar melhor acesso à minha nuca. Pelos deuses! Suas mãos eram tão quentes que o calor penetrou profundamente em mim, até os ossos. Eu não conseguia decidir se me sentia mais lânguida ou excitada.

Ele parou cedo demais. Eu olhei por cima do ombro e o vi passando o sabonete lentamente em si mesmo.

Isso me incomodou.

Uma parte de mim se perguntava se tudo aquilo era realmente tão inocente quanto parecia, com ele simplesmente atento às minhas necessidades, ou se estava me provocando de propósito. Seja qual for a resposta, eu não me importava. Sem pensar, eu arranquei o sabonete da mão dele. Sua expressão confusa se transformou em surpresa quando eu fiz espuma e comecei a esfregar o sabonete em todo o seu peito.

Remus cerrou os dentes, e o canto direito do seu lábio superior se curvou em um semi-rosnado. A pulsação na minha região inferior aumentou ao ver suas presas aparecendo por entre os lábios entreabertos. Ele não estava tentando me intimidar. Eu duvidava que ele sequer percebesse sua expressão atual. A forma como seus músculos abdominais se contraíram sob minhas palmas pareceu confirmar ainda mais minha suposição de que um esforço para suprimir seus impulsos sexuais havia causado aquele rosnado.

Ele engoliu em seco, uma mistura de tensão e decepção brilhando em seus olhos dourados quando eu esfreguei as palmas das mãos em sua pélvis antes de circular em direção às suas costas em vez de prosseguir minha jornada para o sul. Remus se inclinou ao meu toque enquanto eu lavava suas costas. Seus músculos pareceram inchar e ganhar ainda mais massa, me induzindo a lhe dar uma massagem improvisada.

Nove Infernos! Nenhum homem deveria ser tão perfeito. Eu queria me esfregar nele todo. Em vez disso, eu acariciei sua coluna, atraída pela atração de seu traseiro empinado, que implorava para ser agarrado. Sua respiração engasgou quando passei as mãos pelos dois globos perfeitamente redondos e os apertei com força.

Um rosnado baixo escapou de sua garganta. Isso provocou um arrepio delicioso percorrendo meu corpo. Meu estômago deu uma cambalhota quando Remus virou a cabeça para me olhar por cima do ombro, com as presas à mostra e a esclera da mais escura obsidiana. Parecia que ele queria me devastar ali mesmo.

Verdade seja dita, eu queria que ele fizesse isso.

Eu não era o tipo de pessoa que beija no primeiro encontro. E, no entanto, lá estava eu, pronta para ir até o fim com um Lycan que conheci apenas alguns dias antes. A profundidade da confiança que ele despertava em mim desafiava qualquer lógica. Quando a Tecelã me disse que eu precisava encontrar um guia em quem confiasse minha vida, eu a considerei louca. Mas aqui estávamos nós, nus em um rio, e eu já visualizando um futuro com esse homem.

Com os olhos fixos nos dele, eu deslizei minha mão até sua frente em uma carícia ousada. Ele sibilou quando meus dedos se fecharam em sua ereção. As duas protuberâncias de seu nó pressionaram minha palma. Eu abaixei os olhos para contemplar meu prêmio enquanto me lançava em uma jornada de descoberta. Mas ela foi frustrada antes mesmo de começar de verdade.

Um grito de susto escapou de mim quando Remus de repente se virou, colocou as duas mãos no meu traseiro e me levantou com um movimento poderoso. Por uma fração de segundo, eu temi que ele fosse me empalar em seu pau grosso com uma única estocada selvagem. Mas ele simplesmente me empurrou contra o próprio corpo antes de reivindicar minha boca em um beijo brutal e faminto. Por instinto, eu envolvi meus braços e pernas em volta dele.

Segurando-me sem esforço com uma das mãos abaixo do meu traseiro, Remus agarrou meus cabelos na nuca e inclinou a cabeça para o lado para aprofundar o beijo. Uma onda de tesão explodiu na minha região íntima enquanto nossas línguas se misturavam. O sabor doce da cidra quente que eu havia preparado para nós antes permanecia em seu hálito. No entanto, foi a textura estranhamente áspera de sua língua que prendeu toda a minha atenção. Cada carícia ressoava diretamente no meu clitóris. Minha imaginação fértil imediatamente começou a imaginar como seria a sensação entre minhas coxas.

Enquanto continuávamos a nos beijar, as pontas afiadas de suas presas roçando minha língua ou lábio inferior faziam meu sangue ferver freneticamente. Eu nunca me imaginei viciada em adrenalina. E, no entanto, essa réstia de perigo me excitava além das palavras. A água fria ao nosso redor contrastava de forma estranha com sua pele cada vez mais febril. Que minha presença deixava meu homem no cio era inegável.

A água chapinhava ao nosso redor enquanto Remus caminhava até a margem, nossos lábios ainda colados. Contrariando minhas expectativas, ele não voltou para o chalé, mas parou a poucos metros da beira do rio e me deitou no que eu inicialmente confundi com um banco. Distraída demais com o calor escaldante de seu corpo contra o meu e suas mãos calejadas percorrendo meu corpo, eu levei um momento para perceber que a forma irregular abaixo de mim pertencia a uma grande rocha coberta de musgo.

Meu companheiro interrompeu o beijo, me fazendo gemer em protesto. Mas sua boca se aventurando pela linha do meu maxilar até o pescoço rapidamente silenciou qualquer desaprovação que eu pudesse ter contemplado. Ele beijou e mordiscou até meus seios enquanto suas mãos traçavam um rastro ardente na minha pele, sobre minha barriga e pela minha região pélvica.

O duplo ataque sensual da mão dele deslizando entre minhas coxas e da boca dele se fechando sobre meu mamilo esquerdo me fez perder o controle. Eu não sabia em qual sensação focar, entre a textura áspera da língua dele lambendo meu mamilo e seus dedos grossos provocando minha fenda antes de desenhar círculos ao redor do meu pequeno nódulo inchado.

Minha respiração ficou presa e eu cravei meus dedos nos fios brilhantes de sua juba espessa. Incapaz de decidir se pressionava meu peito contra sua boca para aumentar a sensação de seus cuidados ou se levantava minha pélvis para maior contato com minha região inferior, eu acabei alternando. Em pouco tempo, meus quadris estavam girando enquanto palavras suplicantes saíam urgentemente da minha boca. Eu queria mais...

Não. Eu *precisava* de mais.

Como se sentisse meus desejos não expressos, Remus inseriu cuidadosamente o que eu presumi ser seu dedo indicador dentro de mim, enquanto seu polegar continuava massageando meu clitóris. Ele gradualmente acelerou o ritmo conforme eu começava a atingir o clímax. Minhas pernas tremiam, e o fogo ardente que crescia profundamente dentro de mim ameaçava me consumir.

Meu clímax me atingiu com uma rapidez que me deixou cambaleando. Eu gritei, e minhas costas arquearam sobre a rocha coberta de musgo. Eu estava voando alto, ondas de êxtase ainda me percorrendo devido ao prazer intenso que ele havia me dado. Minhas pálpebras estavam pesadas e meus membros fracos demais para se mover, enquanto eu lutava para voltar à realidade.

Remus se apoiou nos antebraços e abriu um caminho de beijos pelo meu corpo ainda trêmulo. No entanto, em vez de se deitar em cima de mim para levar as coisas ao próximo nível, ele me deu um beijo longo e apaixonado e depois se endireitou.

Com a visão ainda turva, eu lancei-lhe um olhar interrogativo. A ternura possessiva com que ele me fitava fez meus dedos dos pés se curvarem instantaneamente. Minhas paredes internas se contraíram de expectativa enquanto eu o abraçava com mais força, em um sinal claro de que eu estava pronta e disposta a prosseguir.

Para minha consternação, Remus me pegou no colo e me carregou como uma noiva. Eu estava prestes a discutir quando de repente me ocorreu que ele provavelmente queria que fizéssemos aquilo pela primeira vez no conforto de uma cama de verdade.

Por um breve instante, eu pensei em lembrá-lo de nossas roupas cuidadosamente dobradas sobre uma pedra à beira do rio. Não querendo interromper o momento, eu descartei o pensamento e cobri seu peito musculoso de beijos e carícias enquanto ele entrava no chalé. De qualquer forma, o tempo estava fantástico e não havia sinais de chuva tão cedo.

O rosnado profundo que vibrou em seu peito me fez pulsar em todos os lugares certos. Eu quase o incentivei a ir mais rápido enquanto ele subia as escadas para o segundo andar em um ritmo tranquilo. Mas eu fiquei em silêncio, contente em beliscar seus mamilos empinados. Eu podia sentir a haste de aço de seu eixo pressionando contra minha lateral a cada passo.

Concentrada demais em apalpar meu homem, eu mal prestei atenção ao que nos cercava. Só quando ele me deitou no colchão é que eu percebi que tínhamos entrado no quarto. Uma excitação me percorreu enquanto eu me arrastava de volta para a cama e estendia a mão em sua direção, em um gesto convidativo.

Uma chama abrasadora ardia em meu ventre, sua intensidade ainda mais alimentada pelo olhar predatório no rosto deslumbrante de Remus. Sua esclera havia ficado negra como breu de desejo, e o chamado de sua Chama Gêmea fez seus olhos dourados brilharem com uma luz sobrenatural que era ao mesmo tempo aterrorizante e emocionante.

Mais uma vez, meu companheiro me surpreendeu por não se

deitar em cima de mim. Embora tenha se juntado a mim na cama, ele passou a eternidade seguinte beijando e acariciando cada centímetro do meu corpo, me adorando com as mãos, a boca e a língua. Toda vez que eu tentava retribuir, ele prendia meus pulsos no colchão ou me virava de bruços para continuar seus cuidados. Ele só me virou de costas quando eu me entreguei à sua vontade.

Mas quando a textura áspera de sua língua encontrou o caminho para meu ponto sensível novamente, minha mente praticamente se fragmentou. Cada movimento de sua língua parecia um raio atingindo meu clitóris e irradiando seus tentáculos de êxtase por todo o meu corpo.

Os rosnados presunçosos e de aprovação de Remus ressoaram diretamente no meu clitóris enquanto eu gritava seu nome em êxtase. Seus dedos grossos deslizaram para dentro de mim, movendo-se em um ritmo frenético enquanto faziam amor comigo. Minha cabeça rolava de um lado para o outro enquanto uma torrente interminável de gemidos guturais saía de mim. Antes que eu pudesse me recuperar deste último orgasmo, uma luz ofuscante explodiu diante dos meus olhos quando ele enfiou dois dedos curvados dentro de mim, roçando meu ponto sensível perfeitamente para me destruir.

Minha cabeça girava, minha pele formigava e um inferno furioso incendiava minhas veias. Meu amante continuou a me devorar enquanto me fodia com os dedos até que eu fiquei mole como uma boneca quebrada. Só então ele cedeu.

Por fim, Remus ficou por cima de mim. Mesmo atordoada, eu sentia o enorme porrete pressionando minha barriga. Uma vozinha no fundo da minha cabeça, quase abafada pela felicidade, queria entrar em pânico com a perspectiva de eu receber sua enorme circunferência. Mas eu a reprimi.

Nós éramos almas gêmeas, o que significava que nossos corpos eram perfeitos um para o outro.

Para minha surpresa, Remus não se acomodou entre as

minhas coxas. Ele nos virou para que ele pudesse deitar de costas e eu em cima dele.

Eu levantei a cabeça meio grogue para olhá-lo interrogativamente.

— Descanse, minha companheira — ele disse com uma voz suave, tornada mais grave e rouca pelo que parecia ser um desejo insaciável — Uma jornada árdua nos aguarda pela manhã.

— Mas... E você?

Ele sorriu ternamente, acariciou minha bochecha e beijou a ponta do meu nariz — Eu estou bem, Amara. Você não tem ideia do prazer que eu sinto só com suas respostas. Vê-la chegar ao clímax, sem dúvida, se tornou minha nova droga.

Minhas bochechas esquentaram, e uma estranha mistura de excitação e constrangimento me percorreu ao pensar em como eu havia reagido ao seu toque. Recatada e formal definitivamente não se aplicava.

Mesmo assim, eu franzi a testa em resposta — Seja como for, você não encontrou sua própria libertação. Eu ainda consigo sentir a dureza da sua "terceira perna" contra a minha barriga.

Ele caiu na gargalhada — Minha Chama, minha "terceira perna", como você tão eloquentemente disse, fica constantemente dura na sua presença. Não se preocupe com isso.

Embora ele tivesse a intenção de aliviar o clima, eu continuei a encará-lo atentamente.

Remus ficou sério e então suspirou — Eu estou genuinamente feliz e satisfeito com o nosso encontro.

Apesar da sinceridade em sua voz, eu não precisava ler mentes para saber que ele estava se segurando.

— É a sua doença? — eu perguntei com uma voz gentil.

Para minha surpresa, ele não se encolheu nem desviou o olhar. Por alguns segundos, ele sustentou meu olhar com firmeza, com uma expressão séria enquanto escolhia cuidadosamente a resposta.

— Eu não vou arriscar expô-la à minha semente de forma

alguma. Ela é perigosa para qualquer um, mas ainda mais para você, em seu atual estado debilitado — Remus disse calmamente, mas com firmeza — Assim que você estiver curada, podemos considerar o uso de preservativos feitos com feitiços de proteção comumente usados com demônios e outras criaturas do submundo. Mas não antes disso.

Eu queria discutir, sentindo que estava lhe roubando uma reciprocidade mais do que merecida. Mas, depois do meu surto anterior, eu não podia arriscar nada que pudesse comprometer ainda mais minha saúde debilitada.

Eu apertei os lábios, meu descontentamento era óbvio enquanto eu relutantemente concordava com a cabeça.

— Não faça beicinho, minha companheira — Remus disse gentilmente — Você não tem ideia do que já me deu. Eu sonhava ser tocado e abraçado como você, por alguém que sabe exatamente quem eu sou e me aceita como o Destino me fez. Você me deu mais alegria nos poucos dias em que nos conhecemos do que em qualquer outro momento que eu possa imaginar em toda a minha vida confusa.

Eu senti um aperto no peito ao ouvir a profundidade da sinceridade e da emoção em sua voz. No entanto, além da potente onda de simpatia que isso desencadeou, uma forte sensação de proteção surgiu dentro de mim. Eu não sabia quando ou como, mas encontraria uma maneira de lhe trazer a paz e a felicidade que ele merecia.

— Tudo bem — eu resmunguei com um beicinho brincalhão — Nós faremos do seu jeito por enquanto. Mas assim que eu estiver curada, não medirei esforços para garantir que você também esteja.

Apesar do sorriso indulgente que ele me deu, eu não deixei de notar o brilho de tristeza e resignação que brilhava em seus olhos dourados.

— Acredite, Amara, eu busquei a ajuda de todos os curandeiros, xamãs e arcanistas possíveis. Eu estou além de qualquer ajuda.

— Você não falou com a Tecelã — eu argumentei teimosamente.

— Ela não vai abrir os portões para mim — Remus me lembrou em um tom levemente repreensivo.

Eu dei de ombros e lancei-lhe um olhar travesso — Ela não me conhecia antes. Mas agora eu tenho um contato com ela. Ela quer meu sangue quando eu estiver curada. Eu irei convencê-la a te ver com meu jeitinho.

Ele bufou e acariciou minha bochecha, seus olhos brilhando com infinita ternura.

— Veremos — ele respondeu, sem se comprometer — Mas seja lá o que o futuro reserva, a Tecelã já me abençoou te enviando até mim. Eu estou feliz.

Eu me derreti enquanto me aconchegava mais nele — Eu também.

— Durma, minha companheira. Temos uma jornada difícil pela frente.

CAPÍTULO 7

REMUS

E u precisei de toda a minha força de vontade para me soltar do abraço da minha companheira enquanto ela continuava a dormir profundamente. Nós ainda tínhamos algumas horas antes de começarmos a nos mover. Eu me sentia gelado até os ossos sem o calor do corpo dela envolvendo o meu.

Mas esse mesmo pensamento esmagou as memórias maravilhosas da nossa intimidade. Ao longo da noite, o corpo de Amara ficou anormalmente quente, e não da mesma forma que o meu, quando a presença da minha Chama Gêmea me provocava calor. Uma ou duas vezes, minha mulher estremeceu e até gemeu de dor. Felizmente, isso não a acordou.

Esses sinais inegáveis de progressão da doença me deixaram à beira do pânico.

Nós ainda estávamos muito longe do nosso destino. Eu suspeitei que Amara estivesse escondendo o quanto se sentia mal. Eu me esforçaria para que chegássemos ainda mais rápido, mas não sabia se seria suficiente. Pior ainda, e se isso acelerasse o seu declínio?

Eu não podia perdê-la.

Forçando-me a afastar esses pensamentos sombrios, eu fui

para fora recolher nossas roupas descartadas perto do rio e, em seguida, desabafei minha frustração e sensação de impotência cortando lenha para substituir os troncos que usamos na noite anterior. Eu cacei e preparei outro coelho para o café da manhã e adicionei algumas frutas vermelhas e vegetais da horta antes de voltar para o nosso quarto.

Faltando uma hora, eu voltei para a cama com minha companheira. A maneira como ela instintivamente se enrolou em mim, mesmo dormindo, me fez sorrir. Por Ferazan, como ela conseguia me fazer sentir tão amado e desejado com cada gesto?

Eu tinha acabado de começar a cochilar quando Amara se mexeu contra mim. Não querendo roubar dela o breve descanso que nos restava, eu fiquei imóvel. Mas ela não. O que a princípio eu presumi ser sua mão direita acariciando distraidamente meu peito em seu semi-sono, rapidamente se provou deliberado e calculado. Meu estômago deu um salto quando minha companheira esfregou delicadamente a bochecha contra meu peito e, em seguida, virou o rosto para cobri-lo com beijos suaves.

Minha respiração ficou presa quando seus lábios se fecharam sobre meu mamilo direito. Eu afundei meus dedos nos cachos firmes de seus cabelos volumosos, a maciez deles como uma nuvem sob minha palma. Um gemido agudo vibrou em meu peito quando o calor ardente de sua língua começou a provocar meu mamilo. Eu deveria impedi-la, mas cada fibra do meu ser ansiava por sua atenção.

A culpa e a vergonha de uma vida inteira sendo lembrado diariamente de que uma abominação como eu estava proibida desse tipo de intimidade gritavam para que eu a afastasse. Eu apertei os cabelos dela com força, com a intenção de puxar sua cabeça para trás. Seus dentes roçando meu mamilo e depois o beliscando fizeram minha mente ficar em branco.

Sua mão direita percorreu meu corpo avidamente enquanto Amara movia a cabeça para acariciar meu outro mamilo. Um arrepio intenso percorreu meu corpo quando ela passou as unhas pelos meus músculos abdominais. Uma onda de luxúria explodiu na boca do meu estômago, e as pontas dos meus dedos doeram com a necessidade de soltar minhas garras.

Meu pulso acelerou e minha pele esquentou enquanto sua mão errante se aventurava mais ao sul. Um rosnado estrangulado escapou de mim quando seus dedos delicados envolveram meu membro que endurecia rapidamente. Eu agarrei o cobertor com a mão livre, minhas garras se projetando e cravando no tecido quando ela começou a me acariciar.

Todos os meus sentidos gritavam para que eu a impedisse. Mas era tão bom! Tecnicamente, ainda era seguro. Contanto que eu não liberasse meu sêmen, nenhum mal poderia acontecer a ela. Mas mesmo que isso acontecesse, contanto que ela não o ingerisse, ou que não a penetrasse de forma alguma, fosse pela vagina ou por algum corte aberto, ela estaria segura. Contanto que...

Eu gritei quando o inferno de sua boca se fechou sobre a cabeça do meu pau. Entre o prazer avassalador de seu toque e meus esforços desesperados para racionalizar por que não havia problema em me entregar um pouco mais aos seus cuidados, eu não tinha percebido que sua boca estava trilhando um caminho pela minha pélvis.

Amara me tomou três ou quatro vezes antes que eu me recuperasse o suficiente do choque e da sensação de felicidade para puxar sua cabeça para trás e para longe de mim.

— Não, Amara! — eu exclamei, minha voz dolorida pela necessidade ardente de implorar para que ela continuasse.

— Eu vou tomar cuidado — ela disse em um tom quase suplicante — Não vou engolir.

— É muito arriscado! E se vazar uma gota? — eu argumentei, tentando me afastar dela.

— Então vou ficar longe da cabeça — ela retrucou, teimosa — Você é meu, Remus. E não me negará o que é meu.

Sem esperar pela minha resposta, Amara mergulhou de volta,

deslizando a língua da junção dos meus testículos até a base do meu eixo, antes de provocar a costura do meu nó. Minhas pernas estremeceram e meu estômago se contraiu dolorosamente enquanto ela voltava a me acariciar com intensidade. Como prometido, a boca da minha companheira nunca se aventurou além da metade do meu comprimento. A maneira como ela apertava meu nó, girando o pulso perfeitamente a cada movimento ascendente, fazia fogo líquido correr pelas minhas veias.

Meus testículos estavam pesados e prestes a explodir quando ela chupou um deles, a língua girando em torno dele enquanto acariciava o outro com a mão livre. A tensão aumentou rapidamente enquanto eu despencava em um vórtice de prazer sem fim. Eu não duraria muito, mas não queria que ela parasse.

Sem pensar, eu puxei a ponta do cobertor e o coloquei na ponta do meu pau, cobrindo-o parcialmente. Sem se importar com o tecido impedindo seus movimentos, Amara continuou sua ministração em um ritmo ainda mais frenético, sem dúvida percebendo que meu clímax era iminente.

Eu o senti meio segundo antes dele me atingir como um raio na base da espinha. Eu empurrei minha companheira com um pouco mais de força do que o pretendido, mas nem de longe o suficiente para causar dano. Visivelmente esperando por isso, Amara fluiu com o movimento, rolando para o lado. Mesmo enquanto eu me virava para sentar na beira da cama, eu apertei minha mão com força contundente em volta do meu pau ainda parcialmente coberto. Com um rugido selvagem, eudisparei minha semente em jorros de êxtase que me deixaram desorientado. Com vontade própria, minha mão me acariciou brutalmente, apertando meu nó que estava inchando inutilmente.

Enquanto eu enchia o cobertor, Amara se ajoelhou atrás de mim, a pele quente do seu peito pressionando minhas costas. Ela envolveu meu peito com os braços, me acariciando e beijando minha nuca até eu ficar completamente exausto.

Quando eu finalmente parei de me acariciar, me senti fraco

e tonto. Mas, acima de tudo, eu me senti agraciado ao me encostar na minha Chama Gêmea, que me abraçou com mais força.

— Sua mulher imprudente — eu rosnei em desaprovação — Você disse que faria as coisas do meu jeito.

Longe de se arrepender, Amara riu presunçosamente — Sim, ontem à noite. Hoje é um dia diferente. E eu fui cuidadosa.

— Não o suficiente! — eu resmunguei.

— Tudo bem, então trabalharemos juntos para encontrar maneiras com as quais você se sinta confortável. Mas você não vai me negar o seu prazer.

Eu murmurei algo baixinho, o que só a fez rir ainda mais. A parte racional de mim queria ficar brava – e provavelmente deveria ficar. Mas a parte carente de mim estava profundamente grata por aquela mulher maravilhosa.

— Bem, preciso me livrar desse risco biológico — eu disse, relutante, apontando com o queixo para o cobertor sujo, enquanto me limpava — Você devia se vestir e descer para tomar café da manhã. Está quase na hora de sairmos.

— Ok — ela disse com uma voz dócil antes de me dar outro abraço esmagador.

Eu me derreti com uma emoção poderosa que crescia dentro de mim. Virando a cabeça para o lado, eu olhei para seu lindo rosto por cima do meu ombro. Ela sorriu carinhosamente para mim e, em seguida, afastou uma mecha rebelde de cabelo da minha testa.

— Obrigado, minha Chama — eu disse suavemente.

— Quando quiser — ela sussurrou antes de se inclinar para frente.

Nossos lábios se encontraram em um beijo profundo e apaixonado. Algo se instalou dentro de mim. Eu não precisava das minhas reações fisiológicas para me dizer que aquela mulher era minha Chama Gêmea. Mesmo sem essa característica, eu estaria me apaixonando perdidamente por Amara. Com os Deuses como minhas testemunhas, eu faria tudo ao meu alcance para salvá-la e mantê-la para sempre.

Nós nos separamos com muita relutância e então nos dedicamos às nossas respectivas tarefas. Depois de queimar o cobertor – já que lavá-lo com água e sabão comuns não garantiria a neutralização das minhas toxinas – eu esquentei nossa refeição e a comemos rapidamente.

Assim que o chalé foi recolocado em ordem, com lençóis novos e limpos na cama, nós partimos em nossa jornada. Meu peito se apertou enquanto a silhueta da casa desaparecia rapidamente por trás da densa folhagem das árvores.

— Nós chegaremos à Floresta Assombrada em uns dez minutos — eu disse em um tom sério ao chegarmos à estrada de terra batida que atravessava a maior parte da região — Em outras circunstâncias, eu pegaria outro caminho, mas isso nos poupará pelo menos dois dias.

— Com esse nome, não me parece particularmente seguro — ela disse cautelosamente.

— É bastante seguro, desde que permaneçamos na trilha — eu disse, tranquilizando-a — Várias proteções e magias impedem que a maioria das criaturas malignas pise na estrada.

— A maioria, mas não todas? — Amara insistiu.

Eu sorri em aprovação — Muito bem. A maioria dos demônios, fantasmas e abominações de nível baixo serão repelidos pelas proteções. Um demônio ou criatura mítica de nível alto pode ser capaz de ignorá-los. Mas eles nunca vêm aqui. As pessoas que viajam por esta estrada não têm nada que eles queiram. No entanto, há alguns animais selvagens que ocasionalmente aparecem durante a caça. Eu não terei problemas em eliminá-los.

— Ok — Amara disse, ainda parecendo inquieta.

— Aqui, use este amuleto — eu disse, aproximando meu cavalo do dela para lhe entregar o colar — Ele bloqueará as habilidades da maioria dos mistificadores da floresta, se chegar a esse ponto.

— Mistificadores? — Amara repetiu, enquanto pegava o pingente.

— São animais, plantas ou criaturas sencientes com o poder da ilusão — eu expliquei — Se você entrar na floresta, eles podem te fazer acreditar que está seguindo a estrada, quando na verdade está se aprofundando na mata, onde eles vão te emboscar e te devorar.

Eu odiei o medo que tomou conta do rosto de Amara enquanto um arrepio a percorria. Minhas palavras e ações deveriam lhe trazer paz, confiança e fazê-la se sentir segura.

— Contanto que você use o amuleto e fique perto do seu cavalo, ele também permanecerá calmo e imune à atração dos mistificadores — eu acrescentei — Apenas se concentre na estrada à frente e ignore qualquer coisa ou pessoa que tente atraí-la para a floresta.

— Entendido.

Com isso definido, eu estabeleci um ritmo rápido, mas sustentável, para nossos cavalos. Embora nenhuma placa ou marcador físico indicasse o início da Floresta Assombrada, uma mudança inegável ocorreu no momento em que cruzamos sua fronteira invisível. O ar parecia denso, úmido e quase viscoso. Ele adquiriu um cheiro adocicado e enjoativo que revoltou meu olfato sensível.

Amara estremeceu, e sua pele deliciosamente morena se arrepiou. A tensão que emanava dela era quase palpável. Orgulho tomou conta do meu coração ao vê-la seguir em frente com firmeza, apesar de suas dúvidas. Externamente, minha companheira conseguia enganar quem confundisse seu comportamento recatado com uma personalidade dócil e submissa. Mas minha mulher não era fácil de lidar. Ela possuía uma força silenciosa que se manifestava quando necessário, desestabilizando aqueles que estupidamente a subestimavam.

Lembrar da maneira assertiva com que ela me reivindicou como dela e declarou imperiosamente que eu não negaria a ela o que era dela por direito ainda me fazia formigar em todos os lugares certos.

Cedo demais, a maldade daquele lugar miserável se tornou ainda mais forte. A maioria das pessoas não conseguiria dizer o que estava errado, mas uma inegável sensação de desconforto as dominaria. Embora ainda verde, a grama havia adquirido uma tonalidade opaca. Os galhos das árvores, carregados de folhas viçosas, pareciam enganosamente normais. No entanto, após uma inspeção mais aprofundada, era possível ver o quão retorcidos e deformados eles realmente estavam.

Uma melodia discreta, porém sedutora, fez cócegas em meus ouvidos sensíveis. Eu olhei para minha mulher. Seus ouvidos humanos não conseguiam percebê-la. Mesmo assim, um arrepio a percorreu enquanto ela olhava inquieta para a mata densa. Amara estava nervosa e subconscientemente angustiada. Não pela primeira vez, eu notei sua capacidade de perceber as coisas com muito mais precisão do que um mortal comum. Eu suspeitei que ela pudesse ser empática.

Eu comecei uma conversa casual para ajudar a distraí-la do nosso ambiente amaldiçoado e, ao mesmo tempo, dar um descanso aos nossos cavalos, diminuindo o ritmo.

— Quais são seus planos depois que estiver curada? — eu perguntei com fingida indiferença.

Amara mordeu o lábio inferior, seus olhos perdendo o foco por um breve instante enquanto refletia sobre sua resposta. Eu me senti idiota por me sentir magoado por ela não ter respondido imediatamente que se casaria comigo. Antes que eu pudesse reprimir esse pensamento, minha companheira voltou a se concentrar em mim tão repentinamente que eu quase me senti como se tivesse sido pego em flagrante fazendo algo que não deveria. Uma expressão estranha passou por seu rosto. Mais uma vez, eu me perguntei se ela havia percebido minhas emoções ou se eu estava pensando demais.

— Eu herdei uma casa muito bonita em Willow Grove. Na verdade, é uma mansão bem gótica — minha companheira respondeu, pensativa — Seria perfeita para eu administrar meu negócio de velas, especialmente com tantas bruxas e arcanistas na região. Desde que eu cheguei, tenho conquistado muitos clientes novos interessados em velas encantadas, e também em velas de invocação.

— Entendi — eu respondi, sem me comprometer, com a mente a mil — Seu ofício deve ser realmente muito popular entre os comerciantes do Distrito dos Encantadores.

Willow Grove ficava a uma curta distância. Se Amara me recebesse em sua casa, eu poderia facilmente viajar de volta para a montanha para caçar e realizar meu trabalho de guia.

Ela assentiu, enquanto me olhava com uma expressão indeci- frável que parecia carregada de um toque de provocação. Será que ela sabia quais pensamentos estavam passando pela minha cabeça?

— Mas eu também poderia morar em outro lugar — ela acrescentou, dando de ombros — Eu ficaria bem voltando para a casa ou para a loja que quero abrir uma vez por semana, mais ou menos. Eu não preciso de uma casa tão chique. Felizmente, eu ganho uma vida confortável com minha arte. Como eu adoro ter liberdade para ir aonde quero e poder liberar minha criatividade sem amarras, eu estou aberta a ir aonde o vento soprar ou onde o destino me levar.

Cada uma de suas palavras fazia o calor mais maravilhoso percorrer meu peito. Não era preciso ser um gênio para entender o significado oculto. A intensidade em seu olhar quando falava do Destino confirmava que ela estaria disposta a me seguir em minha vida mais nômade. O que ela não conseguia entender era que, por mais que eu amasse a liberdade de vagar livremente pela natureza, minhas circunstâncias me forçavam a essa vida de eremita. Eu queria criar minhas raízes em algum lugar com alguém que me amasse tão incondicionalmente quanto eu a amaria e criar juntos quantos descendentes pudéssemos ter a bênção de ter.

Eu estava abrindo a boca para responder quando Amara virou a cabeça para a direita, os olhos se movendo de um lado para o outro. Ela parecia procurar alguém enquanto aguçava os ouvidos para ouvir melhor alguma coisa.

Ela finalmente ouviu o chamado da sereia.

— Você está ouvindo isso? — Amara perguntou, com um ar de incerteza em seu lindo rosto.

Eu assenti com uma expressão séria, porém calma — São os sussurros sedutores dos espíritos malignos da floresta.

Seus olhos se arregalaram e ela me encarou boquiaberta enquanto tentava discernir os sons que ainda eram sutis demais para seus ouvidos humanos.

— Uau. Como uma melodia tão bonita pode vir de algo maligno? Dá vontade de chegar mais perto para ouvir melhor — minha companheira disse, franzindo a testa.

— Esse é o propósito. Você *precisa* resistir — eu avisei severamente.

O sorriso indulgente que ela me deu silenciou instantaneamente o medo que florescia dentro de mim.

— Não se preocupe, Remus. Eu não tenho intenção de virar comida de demônio da floresta — ela disse, provocante — É definitivamente tentador. Se você não tivesse me avisado, eu provavelmente teria ido investigar. Mas suas palavras não passaram despercebidas. Eu não embarquei nessa jornada maluca para ser curada por um lobo demônio só para ser devorada por algum mistificador.

— Boa menina — eu disse em um tom de aprovação.

Eu tentei retomar nossa conversa informal, ou seja, bisbilhotando sobre a vida dela com a mãe na cidade velha, mas minha mulher estava cada vez mais distraída. Não era a melodia sedutora que a deixava nervosa, mas a intensidade crescente da magia negra que permeava o local. Ela se agarrava a nós como sujeira em pele suada. Até o ar parecia denso demais para ser facilmente inalado.

Amara ofegou e puxou as rédeas do cavalo tão repentinamente que ele empinou. Por um instante, eu temi que ele fosse derrubá-la. Felizmente, eu havia escolhido para ela um dos cavalos mais experientes e bem treinados do estábulo. Ele já havia se aventurado com frequência suficiente em áreas semelhantes para não se assustar ou se irritar facilmente.

Minha companheira apontou o dedo para algo à frente, do lado esquerdo da estrada. Eu olhei nessa direção e a raiva imediatamente me invadiu ao ver um lindo garotinho sentado em uma grande pedra a poucos centímetros da estrada. Suas roupas elegantes estavam rasgadas como se ele tivesse corrido por uma floresta de espinhos. Abraçando os joelhos contra o peito, ele balançava para a frente e para trás, chorando discretamente.

— Não se deixe enganar, minha companheira — eu disse em um tom imperioso — Este não é um garoto de verdade, e sim um espírito sombrio da floresta. É uma ilusão criada para atraí-la para a mata. Uma pista clara é o fato de que nenhum de seus membros ou qualquer parte deles toca a estrada. O mistificador que criou essa ilusão está apenas projetando a aparência de uma de suas antigas vítimas.

Minha mulher engasgou — Um doppelganger?!

Eu balancei a cabeça — Não. Doppelgangers raramente se aventuram por aqui. Eles ficam mais perto de estalagens e áreas povoadas. As presas são muito mais abundantes lá. Como eles assumem a forma de suas vítimas, além de adquirirem todo o seu conhecimento, os doppelgangers preferem se alimentar de pessoas.

— Certo. Não há muito a ganhar devorando um monstro irracional que as pessoas evitariam à primeira vista — Amara respondeu com um estremecimento — Enquanto um humano, especialmente um atraente, facilitará a atração de outra vítima.

Eu assenti, feliz por ela ter entendido tão bem, mesmo que eu odiasse que ela fosse exposta a esse lado perturbador das montanhas maravilhosas que eu chamava de lar desde que nasci.

Ao passarmos pelo espírito maligno, seu choro se transformou em um lamento de cortar o coração que quase me fez querer ir até o "menino" e consolá-lo. Mas eu acelerei o passo, e minha companheira me seguiu de bom grado, com um ar de alívio. Segundos depois, o som parou abruptamente. Eu olhei por cima do ombro e vi que o local onde a ilusão esteve agora estava completamente vazio.

Ao longo da hora seguinte, quase duas dúzias desses espíritos se manifestaram. A criança chorando, a mulher grávida, o idoso confuso e até mesmo o animal de estimação ferido apareceram em diversas formas. Alguns nos seguiram, correndo ao nosso lado pela floresta enquanto clamavam por socorro. Em vez de perturbar minha mulher, cada aparição parecia apenas reforçar sua determinação e até mesmo sua imunidade à sedução delas.

— Sério?! — Amara exclamou com um ar de descrença e nojo.

Eu caí na gargalhada, tanto por ela não ter se impressionado quanto pela expressão atordoada da última ilusão. Era um homem de quase trinta anos, com roupas comuns claramente grandes demais para ele. Ele estava ajoelhado na grama, onde tentava freneticamente pegar moedas de ouro e pedras preciosas que haviam caído de uma grande bolsa. Ele era um ladrãozinho que conseguiu uma grande vitória roubando um rico comerciante de joias, apenas para encontrar sua morte na Floresta Assombrada. Muitos tolos tiveram destino semelhante em suas tentativas imprudentes de recuperar seu saque.

Para ser sincero, eu cheguei a considerar ir atrás disso. Por causa da minha doença, a maioria das feras e criaturas demoníacas me evitavam. Meu sangue era veneno para elas, então não se importavam comigo. No fim, eu optei por não ir, pois não precisava de riqueza. Qual era o sentido sem ninguém com quem compartilhá-la?

Segundo rumores, um poderoso feiticeiro conseguiu recuperá-la alguns anos depois.

— Você ficaria surpresa, minha companheira, com a quantidade de tolos que teriam caído nessa armadilha. A ganância é uma coisa poderosa — eu disse, provocando, mesmo com o orgulho tomando conta do meu coração.

A melodia assombrosa agora tocava com força total. Por direito, minha mulher deveria estar travando uma batalha perdida contra sua sedução. É verdade que o amuleto que eu lhe dei estava trabalhando horas extras para protegê-la de seu apelo. Mas ainda assim deveria ter sido difícil para ela. E, no entanto, ela parecia imperturbável, apesar do desconforto natural de estar cercada por tanta magia maligna.

Uma mãe carregando um bebê se aproximava da beira da estrada, mas de repente congelou. Então, para meu choque, ela desapareceu no ar, e a melodia assombrosa parou abruptamente. Minha espinha enrijeceu, a tensão que eu sentia refletiu-se no rosto de minha mulher.

Com as orelhas em pé e as narinas dilatadas, eu tentei detectar o que poderia ter assustado os espíritos. Infelizmente, nós estávamos a favor do vento, o que me impedia de farejar o que quer que estivesse à espreita à frente, enquanto eles sentiriam bem o nosso cheiro.

Eu tirei a camisa e estendi as garras, pronto para entrar em ação se necessário. E então eu os vi. Três Aegarims saltaram da floresta para a estrada. Amara ofegou, o cheiro do seu medo batendo no meu nariz enquanto eu xingava em voz alta. Aquelas criaturas miseráveis eram rápidas e caçavam em grupos de três ou quatro.

— Isso não é uma ilusão, certo? — Amara perguntou, com a voz carregada de medo.

Eu parei meu cavalo e saltei — Não, são feras selvagens e estão vindo atrás de você.

Chamá-los de "feras selvagens" era um eufemismo. Aegarims eram abominações. Eles já foram Lycans orgulhosos, como o resto dos nossos clãs. Mas a sede por mais força e poder os levou por um caminho perigoso. Eles se aliaram a forças malignas e realizaram experimentos profanos consigo mesmos. Aos poucos, eles perderam a consciência para impulsos selvagens, refletidos em sua aparência mutante.

Seus pelos brilhantes e corpos musculosos haviam desaparecido. Em vez disso, eles pareciam a prole distorcida de um rato com um Lycan esquelético coberto de escamas verde-escuras. Os cinco chifres dourados projetando-se de seus rostos malignos e semelhantes aos de ratos e os espinhos dourados que revestiam sua coluna eram resquícios de sua fornicação com demônios. Eles corriam de quatro como nos velhos tempos de sua glória, mas suas patas dianteiras eram anatomicamente mais próximas das de um humano, mas com mãos enormes que possuíam apenas dois dedos longos com garras afiadas nas pontas.

Como criaturas profanas, os Aegarims não temiam os espíritos da floresta e eram imunes às suas ilusões. Eles se alimentavam regularmente de mistificadores, o que explicava por que todos fugiram no instante em que as feras apareceram. Mas os Aegarims ansiavam por carne humana, especialmente pelos cérebros de seres sencientes.

— Eles sentem o cheiro ruim do meu sangue, então não vão me atacar. Eles serão implacáveis a menos que eu encontre o líder deles na floresta.

Enquanto falava, eu tirei as calças. Eu não tive tempo de me despir completamente, pois as criaturas corriam em nossa direção a uma velocidade vertiginosa.

— Na floresta?! — Amara exclamou como se eu tivesse perdido o juízo.

— Eu vou ficar bem, minha companheira. Ninguém vai me

atacar aqui. Eu estou amaldiçoado. Assim que eu matar o líder deles, eles vão se dispersar. Fique no caminho e continue correndo. Eu vou te alcançar — eu disse em um tom de comando.

— Mas e se houver mais feras à frente?! — minha companheira exclamou, enquanto tirava uma adaga da bainha em seu cinto.

— Ninguém mais vaga pelo território deles. Eu me importo com você, Amara. Prometa que permanecerá no caminho. Eu não posso te perder!

— Eu prometo! — ela respondeu com a voz trêmula.

Ficando na ponta dos pés, eu esmaguei seus lábios em um beijo desesperado, breve demais, e corri em direção às feras que se aproximavam, que estavam a apenas vinte metros de distância. Eu me transformei enquanto corria, minha roupa íntima rasgando enquanto meu corpo se expandia. Eu devia tê-la cortado primeiro para me poupar da dor do tecido cravando em minha carne antes de finalmente arrebentar. Mas minha raiva pelas criaturas que se aproximavam e que ousaram ameaçar minha companheira recuperou toda a minha atenção.

Eu investi contra a criatura do meio, batendo nela com força suficiente para jogá-la contra uma árvore próxima. A segunda tentou correr e passar por mim, mas eu a agarrei pela pata traseira, minhas garras cravando-se em sua carne enquanto a segurava, antes de girar e arremessá-la com toda a minha força em direção à terceira, que avançava em direção a Amara. Ela atingiu sua colega com força. Mesmo de onde eu estava, ouvi pelo menos alguns de seus membros se quebrando com a força do impacto.

Eles ficaram atordoados, com os membros emaranhados enquanto lutavam para se levantar. Eu corri até eles enquanto minha companheira passava galopando por nós. Com um golpe violento, eu passei minhas garras pelo flanco do terceiro Aegarim, quase o eviscerando. O segundo, que eu havia usado como projétil para derrubar seu colega, abriu sua enorme mandíbula na tentativa de arrancar meu rosto com uma mordida. Eu agarrei sua boca com as duas mãos, evitando cuidadosamente os incontáveis dentes de adaga, e a abri impossivelmente até que a metade inferior se quebrou. Eu bati o rosto destruído da fera no chão e pisei em seu pescoço, esmagando-o. A criatura emitiu um gemido gorgolejante, e um espasmo violento sacudiu seu corpo antes que ele parasse.

Mas eu já estava em movimento.

Amara corria à frente, seguida pelo meu cavalo. Mas a primeira fera que eu havia mandado contra a árvore já havia se recuperado o suficiente para persegui-la. Eu corri atrás deles, a fúria me dando asas enquanto rapidamente alcançava minha presa. Com um salto poderoso, eu pousei nas costas da criatura, achatando-a no chão. Ela emitiu um som gutural enquanto o ar escapava. Meu peso esmagando a criatura impedia que seus pulmões se expandissem o suficiente para respirar. Ela se debateu embaixo de mim em uma tentativa vã de me derrubar. Eu cravei minhas presas selvagemente em cada lado de sua nuca e quebrei sua espinha. Após um breve e agudo gemido, a criatura ficou mole.

Um movimento na floresta chamou minha atenção. Pelo menos mais dois Aegarims corriam na cobertura da mata em direção à minha companheira. Por uma fração de segundo, eu considerei ir atrás deles, mas isso só os encorajaria a seguir o exemplo. Em vez disso, eu corri para a floresta, uivando alto para garantir que me ouvissem. Seus passos vacilaram quando olharam em minha direção e perceberam para onde eu estava indo. Como esperado, eles desistiram de perseguir minha companheira e dispararam atrás de mim.

Para minha surpresa, a poucos metros da mata, eu avistei quase uma dúzia de outras feras espalhadas por perto. Era extremamente incomum. Aegarims geralmente viviam em pequenos grupos de seis, raramente mais de dez. Este tinha facilmente mais que o dobro. Bastou eles me cheirarem uma vez para que se dispersassem. Eu não os persegui, mas segui meu faro até a matriarca. Eu fui direto até ela.

Percebendo minhas intenções, a matilha se reagrupou, lançando-se em meu caminho para protegê-la enquanto ela tentava fugir. Assim como nós, lobos, os Aegarims tinham uma linguagem bastante complexa baseada em uivos. Nesse caso, ela estava anunciando a retirada. Minha sede de sangue exigia que eu dizimasse toda a matilha diante de seus olhos e a despedaçasse. Se estivéssemos mais perto da lua cheia, provavelmente eu teria feito isso em minha fúria irracional. Mas minha companheira estava sozinha na estrada, na Floresta Assombrada. Minha necessidade de protegê-la suplantou qualquer desejo primitivo de derramar sangue.

Com um último rosnado de aviso, eu desisti de persegui-la e corri de volta para minha companheira, com minha sede de sangue insaciável.

CAPÍTULO 8

AMARA

Com o coração disparado, eu galopei a toda velocidade pela estrada. Uma parte de mim queria ir mais longe, mas a outra temia ir longe demais. Eu olhava por cima do ombro, em busca de qualquer sinal de que Remus tentava me alcançar.

Não havia palavras para expressar o quanto eu estava aterrorizada pelo meu homem. Os lagartos-ratos-cães que nos atacaram me assombrariam por muito tempo. Embora Remus os tenha transformado em picadinho sem esforço, eu suspeitava que muitos outros estivessem à espreita na floresta. E se a maior quantidade deles o subjugasse? E se ele estivesse, naquele exato momento, deitado em uma poça do próprio sangue enquanto eu fugia egoisticamente?

A canção sedutora retornou com força total no momento em que meu homem desapareceu na floresta. Ela não me atraía nem um pouco agora que eu sabia o que era. Em vez disso, ela estava me dando uma dor de cabeça terrível.

Os espíritos sabiam que eu estava sozinha.

A vontade de me virar e ir buscá-lo me atormentava implacavelmente. Obviamente, era estúpido e até suicida sequer pensar nisso. Eu afastei essa tentação repugnante e segui em frente. No momento em que eu estava pensando em diminuir o passo para poupar os cavalos, um silêncio ensurdecedor de repente se abateu sobre a floresta.

Em pânico, eu virei a cabeça em todas as direções para ver o que poderia ter assustado os espíritos desta vez. A ameaça estava à frente ou se aproximando furtivamente por trás? Eu reduzi a velocidade dos cavalos, temendo estar caindo em uma armadilha, mas também temendo voltar atrás.

— Continue no caminho — eu sussurrei para mim mesmo, ecoando as palavras de Remus.

Eu odiava ele ter me deixado e fugido para a floresta. Não havia dúvida de que ele fez o que acreditava que me manteria segura, mas eu me senti abandonada. E naquele momento, o medo me retorcia por dentro. Eu não sabia lutar, e a pouca magia que eu possuía só me permitia encantar objetos com magia de luz e feitiços benéficos.

O som distante de galhos quebrando e passos pesados me fez dar meia volta no cavalo para olhar para o lado leste da floresta. Meu coração quase pulou do peito quando uma enorme sombra escura passou correndo por entre as árvores.

E então, um uivo querido quebrou o silêncio assustador.

— Remus! — eu suspirei, com alegria e alívio me inundando.

Eu parei os cavalos completamente e virei parcialmente minha montaria para encarar a floresta. O lobo gigante continuou a se aproximar, desaparecendo atrás de uma árvore enorme. Segundos depois, Remus reapareceu do outro lado, em sua forma humana. Eu pulei do cavalo, lágrimas de alegria rolando pelo meu rosto enquanto ele, despreocupadamente, meio andava, meio corria em minha direção.

Ele sorriu para mim e abriu bem os braços. Uma risada nervosa escapou de mim quando eu retribuí o sorriso. Eu dei dois passos em sua direção antes de parar subitamente. Meu sangue congelou quando olhei para seus pés.

Ele ainda estava dentro da floresta.

Eu olhei para o rosto dele e o vi franzindo a testa, confuso. Eu não precisava de um espelho para saber a expressão desconfiada que eu demonstrava.

— Saia da floresta — eu ordenei, dando um passo involuntário para trás.

Remus bufou. Para minha surpresa, em vez de tentar me convencer a ir até ele, ele me lançou um sorriso de aprovação antes de sair resolutamente da floresta. Uma onda de alívio me invadiu quando ele calmamente pisou na trilha.

— Boa menina — Remus disse enquanto diminuía lentamente a distância entre nós — Por um momento, eu temi que você caísse nessa.

— Seu miserável! — eu disse, meio brincando e meio desaprovando genuinamente — Foi maldade me testar em circunstâncias tão sérias.

— Nunca poderia haver um momento melhor do que agora para enfrentar o verdadeiro perigo — ele respondeu antes de abrir os braços mais uma vez.

Desta vez, eu não hesitei e me joguei em seus braços. Enquanto fazia isso, eu me peguei olhando para a floresta em busca de qualquer sinal das feras. Eu quase derreti quando seus braços fortes me envolveram, me segurando com força. Pelos deuses, como eu senti falta dele, mesmo tendo nos separado por apenas alguns minutos.

— Você está bem? — eu perguntei, me afastando relutantemente para dar uma olhada nele.

— Claro — ele disse, presunçoso — Aegarims não são um desafio para mim.

Ele se inclinou para me beijar, mas quando nossos lábios estavam prestes a se encontrar, eu instintivamente desviei o rosto. Algo estava errado. Era ele, e ao mesmo tempo não era. Seu beijo pousou na minha bochecha, e eu o senti enrijecer em meus braços. Obviamente, ele sabia que eu o havia evitado deliberadamente. Nossos olhares se encontraram e todos os meus sentidos entraram em alerta máximo.

Não é ele!

A certeza com que esse pensamento disparou em minha mente me deixou atordoada. Seu rosto endureceu ao mesmo tempo em que eu tentava afastá-lo. Ele me abraçou com mais força enquanto um sorriso maligno se abria em seus lábios.

E então finalmente me ocorreu.

Ele está completamente vestido! Remus tirou as roupas antes de correr para a floresta.

Eu tentei lutar contra ele, mas era como se eu empurrasse uma parede de tijolos. Ele riu maliciosamente antes de agarrar meu cabelo com uma das mãos e puxá-lo para baixo, expondo meu pescoço. Seus olhos dourados assumiram um tom avermelhado, as pupilas se estreitando em uma fenda vertical enquanto suas presas desciam.

— Me solte! — eu gritei enquanto lutava em vão para me libertar.

— Nunca, minha querida. Nada, nem ninguém – especialmente essas runas patéticas – pode te proteger de mim — ele sussurrou com uma voz cheia de ameaças e promessas.

Eu gritei quando suas presas cravaram em meu pescoço. Gelo líquido inundou minhas veias. Meio segundo depois, um véu de escuridão desceu diante dos meus olhos, e eu fiquei mole.

Minha pele formigava daquele jeito estranho que costumava acontecer quando você emergia lentamente de um sono profundo. Eu levei um momento para perceber que um som ameaçador próximo havia me despertado. Meus olhos se abriram de repente e eu inspecionei os arredores. Para minha surpresa, eu estava deitada em um platô de pedra perto de um penhasco, cercado por uma floresta escura a uma curta distância.

Eu não consegui detectar uma única alma por perto, mas a poderosa sensação de estar sendo observada por um predador me atormentava. Eu levantei a cabeça bruscamente com um som repentino de bater de asas. Meu sangue sumiu do rosto quando eu finalmente avistei a silhueta enorme de um lobo demoníaco circulando acima de mim.

Eu olhei para o chão abaixo de mim e quase desmaiei ao encontrá-lo vazio, sem o círculo protetor que eu deveria ter desenhado antes de encarar Ranael. Um rosnado selvagem acima de mim chamou minha atenção. Meus olhos se encontraram com os dele, e eu me senti paralisada quando ele mergulhou em minha direção.

Por instinto, eu me levantei com um salto e tentei fugir. Mas eu não consegui ultrapassá-lo e não havia onde me esconder. O planalto descampado estendia-se por pelo menos duzentos metros antes que a linha de árvores começasse na borda sul. Uma parede rochosa íngreme delimitava a borda leste, e um penhasco mortal encerrava os lados restantes. Eu não conseguia nem tentar desenhar um círculo, não que eu tivesse algo com que fazer isso.

Apesar disso, mesmo correndo, eu tentei invocar sua proteção, como a Tecelã me ensinou. Mas o lobo demônio estava furioso demais. A sombra de sua enorme envergadura bloqueou o sol sobre mim segundos antes que ele me alcançasse. Eu desviei para a esquerda. Embora Ranael tenha passado voando por mim, ele ainda conseguiu cravar suas garras ferozes nas minhas costas.

Uma dor ardente explodiu entre minhas omoplatas e eu tropecei no chão, gritando. Apesar da dor excruciante, eu me levantei e me ajoelhei. Com um bater de asas poderoso, o lobo demônio voou em um amplo círculo antes de voltar para mim. Eu tentei bloqueá-lo da minha mente. Rangendo os dentes de dor, eu passei os dedos sobre as feridas para recolher o sangue que escorria livremente e desenhar um círculo no chão.

Meu coração tentou sair do peito quando eu comecei a recitar o feitiço do círculo de proteção. Mas a besta miserável mergulhou novamente, me interrompendo. Eu rolei para o lado para evitá-lo, o que me tirou parcialmente do círculo. Mais uma vez, Ranael me feriu, arranhando minha panturrilha com suas garras. Eu gritei e quase desmaiei. Ele me cortou tão fundo que eu conseguia ver o osso através do corte.

Sentindo-me fraca e em agonia, eu me ajoelhei novamente dentro do círculo e usei mais sangue para reparar a parte do círculo que havia danificado ao rolar para fora do caminho. Sentindo-me tonta, eu recitei o encantamento às pressas. Sem velas ou todos os reagentes adequados, eu não sabia quão boa seria a proteção, mas era tudo o que eu tinha.

Ou pelo menos tudo o que eu poderia ter se tivesse tido a chance de completá-la.

Eu mal disse duas palavras para completar o encantamento quando o lobo demônio me atingiu. Foi como se um carneiro tivesse me dado uma cabeçada. Eu voei alguns metros para trás e caí com força no chão pedregoso. O impacto brutal nas minhas costas laceradas teria arrancado outro grito de agonia se eu não tivesse ficado sem fôlego com a força do golpe.

Eu não tive a chance de soltar outro grito. O lobo demônio prendeu meus ombros no chão com suas enormes patas dianteiras, e então sua cauda de cobra mordeu repetidamente meu pescoço e rosto. Uma sensação de queimação atroz incendiou todo a região atingida. Minha garganta travou imediatamente. Eu não conseguia respirar nem emitir nenhum som.

Ranael se inclinou para a frente e rosnou ameaçadoramente na minha cara antes de passar as garras pelo meu pescoço, cortando minha garganta. Engasgando com meu próprio sangue, eu o observei bater as asas. Ele subiu talvez três ou quatro metros acima de mim antes de abrir bem a boca. Enquanto um jato de fogo avançava em minha direção, meu último pensamento foi para Remus.

Nós deveríamos ter passado mais tempo juntos.

CAPÍTULO 9

AMARA

Eu acordei assustada, confusa, ao me encontrar em uma casa de madeira quentinha e confortável. Apesar dos ferimentos horríveis que me lembrava vividamente de ter sofrido, eu não sentia dor ou desconforto em nenhuma parte do corpo.

As chamas alegres de uma fogueira dançavam na lareira. Lâmpadas a gás iluminavam o cômodo, dando-lhe uma aura quase onírica. O aroma agradável de nozes torradas e chocolate quente me fez cócegas no nariz. Como meu cérebro conseguiu registrar que o fogão à minha esquerda estava vazio não fazia sentido, pois meu foco estava totalmente voltado para a criatura sobrenatural à minha frente.

Ela se recostou em uma cadeira estilo império perto da lareira. Ela era linda de um jeito aterrorizante. Seus olhos – de um vermelho profundo e inquietante, com pupilas verticais de cobra – me encaravam com uma intensidade que me fazia querer me contorcer. Sob sua pele azul-acinzentada, listras em forma de relâmpago pareciam pulsar com um brilho suave. Cabelos azul-esbranquiçados caíam até as clavículas em ondas suaves. Eles emolduravam um rosto assombroso, de aparência muito humana – assim como seu corpo – com um queixo quadrado, lábios carnudos esticados em um sorriso irônico e um nariz orgulhoso.

Ele estreitou os olhos para mim. Seus cílios primorosamente longos projetavam uma sombra, tornando-o mais difícil de ler.

— Bem vinda de volta, Amara Sanni — disse o estranho com uma voz ronronante.

Ela era tão assombrosa quanto seu rosto, com um sotaque que não se qualificava como britânico, mas definitivamente não era americano. Ele se endireitou na cadeira, seus impressionantes músculos abdominais se contraindo por uma fração de segundo. Ele estava nu, exceto por uma saia grega branca que ia até os joelhos, um cinto dourado e sandálias romanas amarradas até o meio das panturrilhas. Se não fosse por sua pele incomum, ele poderia ser um dos deuses do Olimpo.

— Quem é você? Por que me trouxe aqui? Como sabe meu nome? E onde estamos? — eu perguntei rapidamente, enquanto olhava ao redor da sala com a última pergunta.

Eu não pretendia agir dessa forma, mas minha boca simplesmente se soltou.

Em vez de responder bruscamente, o estranho riu baixinho.

— Tantas perguntas — ele disse, provocante — Eu sou Lyall. Um passarinho me contou sobre você. E este é meu lar temporário — ele acrescentou, acenando para a casa.

O fato dele não ter respondido por que me trouxe aqui não passou despercebido. Embora eu pretendesse pressioná-lo sobre o assunto, fiquei feliz por ele estar pelo menos se comunicando de forma não ameaçadora. Forçando-me a falar em um tom não beligerante ou acusatório, eu investiguei calmamente sobre os eventos recentes.

— Você fingiu ser o Remus e então criou aquela ilusão horrível onde eu morri, não foi? — eu perguntei suavemente.

— Sim — ele respondeu dando de ombros.

— Por que você fez isso? — eu perguntei, genuinamente perplexa.

— Por diversão? Para ver sua reação? Para testar suas habilidades? Ou talvez só porque eu posso... — ele disse, quase pensativo.

Ele estava obviamente me provocando, provavelmente querendo causar uma reação de indignação em mim. Mas aquele homem era um predador de ápice. Eu não lhe daria motivos para se irritar e me atacar. Embora eu não estivesse fisicamente contida de forma alguma, meu corpo parecia anormalmente pesado, como se uma força invisível me prendesse à confortável cadeira acolchoada em que ele me acomodou.

Será que tudo isso é real? Será que eu estou presa em outra ilusão? Ele ainda está me testando?

Muitas perguntas me martelavam a cabeça. Por enquanto, só me restava entrar na brincadeira e torcer para sair vitoriosa. Acima de tudo, eu precisava entender quais eram as intenções dele.

— Certo. Mas isso ainda não me diz por que você me levou contra a minha vontade — eu disse cuidadosamente — Se você só quisesse testar minhas reações às suas ilusões, poderia ter perguntado.

— Eu vou deixá-la dar um palpite sobre o porquê de eu ter te levado — ele respondeu com uma voz perigosamente doce e cheia de desafio.

Eu franzi a testa, sem saber que tipo de resposta ele esperava. Pela forma como ele havia formulado a frase, parecia sugerir que a resposta deveria ser óbvia.

— Sinceramente, não consigo pensar em nenhum motivo para você fazer isso — eu disse com toda a sinceridade — Suspeito que você já saiba que eu estou doente. Meu sangue está envenenado. Se você planejasse me comer, isso quase certamente te mataria. Isso pode explicar por que você não se deu ao trabalho – supondo que essa fosse sua intenção desde o início.

Ele caiu na gargalhada, um som profundo e gutural que eu

achei bastante agradável. Se não fosse tão deliberadamente intimidador, ele seria um homem extremamente atraente.

— Sim, é um veneno muito desagradável que corre por você — ele admitiu com uma alegria quase maliciosa — Mas não é uma ameaça para mim. Eu poderia devorar cada pedacinho da sua carne macia e permanecer ileso.

Eu fiquei de queixo caído enquanto olhava para ele.

— Eu sou o que se poderia chamar de um doppelganger. Eu absorvo a aparência, o conhecimento, os poderes e as habilidades de tudo o que como — Lyall disse, presunçoso.

— Permanentemente?! — eu exclamei.

Ele riu baixinho e balançou a cabeça — Algumas coisas, sim. Mas outras, não. No entanto, eu sou imune a todos os venenos. Então, comê-la não vai me fazer mal.

Ele pronunciou a última frase com uma ameaça inegável. Mas minha mente voltou ao início da descrição anterior de suas habilidades. Se ele absorvia a aparência de qualquer coisa que comesse, isso significava...?

— Onde está o Remus?! Por favor, me diga que você não o machucou! — eu implorei, com o medo me revirando por dentro.

Seu olhar escureceu, e seu rosto assumiu uma expressão faminta, quase sensual. As pontas afiadas de suas presas apareceram entre os lábios entreabertos, e ele colocou a mão direita sobre a virilha, como se para se ajeitar.

— Porra, o cheiro do seu medo é divino — ele sibilou, como se lutasse para manter o controle sobre alguns impulsos primitivos — Era de se esperar, já que seu cheiro natural também é delicioso. Nem o cheiro da morte grudado em você consegue estragá-lo. Não é à toa que o filhote te quer.

— Por favor, me diga que ele está vivo! — eu implorei — Por favor, me diga que você não o machucou.

Ele inclinou a cabeça para o lado e estudou meu rosto como alguém estudaria uma criatura estranha que desafia a lógica.

— Eu não o machuquei... ainda — ele disse finalmente.

Um som abafado de alívio escapou de mim — Então eu imploro para que você o deixe em paz. Você já me tem. Se é comida que você quer, então me coma e deixe-o ir.

Para minha surpresa, minha oferta pareceu irritá-lo.

— Por que eu faria isso? — ele perguntou em um tom áspero.

— Remus é um bom homem! — eu exclamei.

Lyall bufou com desdém e acenou com a mão — Ele é amaldiçoado e um pária. O filhote é um perigo para os outros. Até o sangue dele pode matar.

— Ele está doente! — eu retruquei, com a indignação evidente na voz — Não é culpa dele ter nascido assim. Apesar de todas as dificuldades que enfrentou, ele se tornou um bom homem. Desde o momento em que nos conhecemos, ele tem sido gentil, protetor e honrado comigo.

Eu fiquei de queixo caído e recuei quando Lyall bateu as duas mãos nos braços da cadeira, com o rosto contorcido de fúria.

— Você não o conhece! — ele disparou, furioso — Você é vulnerável e desesperada, facilmente manipulada por qualquer um que possa lhe dar um pingo de esperança. Pelo que você sabe, ele pode estar só te enganando.

Eu balancei a cabeça com firmeza — Mesmo que nós tenhamos acabado de nos conhecer, eu confio a minha vida a ele. Nós somos Chamas Gêmeas.

Lyall bufou, sua raiva parecendo desaparecer tão rápido quanto surgiu, e uma expressão de desdém tomou conta de seu rosto.

— É mesmo? — ele perguntou, zombeteiro — Ele pode estar dizendo isso só para te fazer segui-lo cegamente.

Mais uma vez, eu balancei a cabeça com firmeza — Suas respostas fisiológicas a mim são inegáveis. Outros da matilha também notaram. Aliás, foi um deles quem me alertou, e fui eu quem obriguei Remus a confessar.

Lyall cerrou os dentes e me encarou em silêncio por alguns segundos que pareceram uma eternidade. Por que ele estava tão descontente com a ligação entre Remus e eu?

— E agora você está apaixonada? — ele finalmente perguntou, com a voz cheia de desprezo.

Eu lancei-lhe um olhar nada impressionado antes de responder — Claro que não. Como você bem disse, eu não o conheço, pois nos encontramos há pouco tempo. Mas eu adoro como me sinto perto dele e o jeito maravilhoso como ele me trata. Se eu sobreviver a essa doença, não tenho dúvidas de que vou me apaixonar perdidamente por ele.

Ele bufou de novo, olhando para mim como se eu fosse idiota — Que idealista. Só que a sua Chama Gêmea perfeita é péssima em te proteger. Ele te abandonou no meio da Floresta Assombrada, e eu só precisei entrar e te pegar.

Embora eu realmente odiasse que ele tivesse me deixado na estrada, ele não me abandonou. Remus fez o que acreditava ser a abordagem mais segura no momento. Esse ataque descarado ao meu homem só aumentou minha necessidade de defendê-lo.

— Remus não me abandonou. Ele fez uma escolha difícil em circunstâncias terríveis. Ele não tinha motivos para pensar que você estaria à espreita por perto. Aliás, ele disse que nenhum ser como você jamais vagou por aquela área. Então, o que você estava fazendo na Floresta Assombrada? — eu desafiei.

— Admito que a avaliação dele foi justa — Lyall disse com um sorriso irônico — Eu não deveria estar lá, mas fiquei curioso sobre você.

Meus olhos se arregalaram — Sobre mim? — eu repeti, confusa — Por quê? Como você sabia da minha existência? Eu não sou ninguém, apenas uma vendedora de velas de uma cidade pequena.

— Eu queria saber quem foi tão ousada e arrogante a ponto de querer matar Ranael — ele disse, com a voz e a expressão endurecidas — Meu pequeno teste provou que você é completamente incompetente para enfrentar o lobo demônio. E você acha que pode simplesmente aparecer e subjugá-lo?

— O quê?! Não! Eu não quero matá-lo! — eu exclamei, atordoada — Eu não sei quem te disse isso, mas é completamente falso. Eu vou lá em busca da proteção dele. Você não me viu recitar esse encantamento na sua ilusão?

— A proteção dele? — Lyall perguntou, surpreso — Para quê?

— Para que ele me morda com sua cauda de cobra para neutralizar o veneno que está me matando, sem me causar nenhum outro dano — eu respondi de maneira factual.

De todas as reações que ele poderia ter tido, ficar sentado ali, olhando para mim como se tivesse crescido um membro extra na minha testa era a última coisa que eu esperava.

— Você é louca! — Lyall sussurrou antes de parecer se recuperar do choque — O veneno dele vai te matar, sua tola. Ninguém sobrevive ao veneno da cauda de Ranael!

— Ele não vai me matar se eu receber a segunda mordida depois que o veneno dele neutralizar o meu — eu disse, confiante — Eu sei como isso parece loucura. Verdade seja dita, eu pensei a mesma coisa na primeira vez que ouvi sobre a natureza da única cura que eu poderia esperar no tempo que me resta. Mas a Tecelã me enviou. Ela me ensinou como invocar a proteção de Ranael e os passos a seguir para alcançar meu objetivo.

Seu rosto se fechou completamente. Ele se recostou na cadeira, quase como se precisasse se distanciar. Seus olhos ficaram desfocados e ele pareceu perdido em profunda reflexão, como se tentasse resolver um enigma impossível. Minha língua ardia de vontade de perguntar o que se passava em sua mente, mas eu me contive.

Depois de alguns instantes, ele voltou a se concentrar em mim — Por que a Tecelã te enviaria nessa missão impossível? — ele sussurrou.

Embora ele tenha me dirigido a pergunta, parecia mais que

ele estava refletindo em voz alta sobre uma questão para si mesmo.

— Você não vai sobreviver — Lyall disse de forma factual, sem a provocação ou malícia de antes — Na verdade, você provavelmente morrerá antes mesmo de chegar ao planalto. E supondo que consiga, Ranael a matará, ou você morrerá por causa do veneno dele. O veneno que a aflige está se espalhando extremamente rápido. Mesmo de onde estou, eu posso literalmente vê-lo se multiplicando dentro de você. Ainda faltam dez dias para sua jornada. Mas você mal tem sete ou oito dias restantes. A esta altura, devorá-la seria mostrar misericórdia.

— Você mente! — eu gritei, enquanto o desespero crescia dentro de mim.

Enquanto antes ele estava deliberadamente me provocando, dessa vez eu não senti nenhuma enganação nele.

— Eu nunca minto — ele disse com naturalidade — Você também sente. O relógio está correndo, e você está ficando sem tempo.

Meus ombros caíram e eu pisquei para conter as lágrimas que brotavam em meus olhos. Eu não estava pronta para morrer. Além de ser jovem demais para deixar este mundo, eu tinha acabado de encontrar minha alma gêmea. Eu não tinha chegado tão longe só para fracassar agora. E por que a Tecelã teria me recebido se eu fosse uma causa perdida? Ela me enviou nessa missão porque existia um caminho para o sucesso, por mais tênue que fosse.

E então me ocorreu.

Eu levantei a cabeça bruscamente para olhá-lo, uma esperança impossível florescendo em meu coração.

— Você... você poderia me ajudar! Você é bom com venenos! — eu acrescentei rapidamente quando ele me encarou confuso.

Ele recuou e me olhou como se eu fosse louca — Por que diabos eu te ajudaria?

— Porque você pode! Porque é a coisa certa a fazer! — eu respondi como se fosse óbvio.

— Eu sou um monstro — ele respondeu em um tom que sugeria que deveria ser óbvio — Eu não ajudo as pessoas. Eu brinco com elas até elas enlouquecerem, ou até eu me cansar do jogo. E então geralmente as como.

Eu segurei seu olhar por alguns segundos, e então uma estranha sensação de paz tomou conta de mim.

— Não, Lyall — eu respondi com uma voz calma, mas confiante — Você é um doppelganger. Ser um monstro é uma escolha. Você pode escolher ser bom.

Ele bufou, sua expressão não deixando dúvidas de que ele achava que minha doença afetava meu raciocínio.

— Por que eu faria isso? Não tem graça nenhuma. Medo e dor têm o gosto do néctar dos deuses.

— A felicidade também — eu desafiei.

Ele fez um gesto de desdém — A felicidade é muito difícil de ser alcançada. Os mortais são masoquistas. Mesmo quando uma vida idílica lhes é oferecida, eles se afastam dela e buscam o caminho da tristeza e da dificuldade.

— As pessoas fazem escolhas ruins, mas isso não significa que anseiem pela dor — eu argumentei — Quanto mais difícil algo for de alcançar, mais recompensador será. Qual a graça de se contentar com o que está mais fácil de alcançar o tempo todo?

— Porque correr atrás da fruta fora do seu alcance significa que há uma chance de você nunca reivindicá-la — Lyall retrucou — E supondo que você finalmente consiga, ela estará madura demais ou cairá sozinha para apodrecer aos seus pés. Mas agora, eu realmente quero te machucar enquanto você ainda está perfeita para ser colhida.

Eu não sabia como reagir ou responder àquelas palavras. Ele falava sério. O lado sombrio dele ansiava por liberar a violência que o habitava. E, no entanto, eu não tinha medo. Pelo menos, não de que ele fosse me causar mal. Da mesma forma que uma conexão quase imediata se formou com Remus logo depois que nos conhecemos, eu sentia algo semelhante – embora diferente – com Lyall.

Não fazia sentido.

Antes que eu pudesse pensar em uma resposta, Lyall enrijeceu-se de repente. Ele virou o rosto levemente para a direita e seus olhos perderam o foco. A princípio, eu pensei que ele estivesse tentando ouvir algo além da minha audição humana. Então, suas pupilas verticais dilataram-se e eu percebi que ele estava visualizando algo em sua mente. Momentos depois, ele voltou a se concentrar em mim, com uma expressão quase ilegível, mas ainda assim um toque de raiva havia retornado. Suas pupilas se estreitaram novamente, formando uma fenda, e a vermelhidão de seus olhos – que engolfava toda a sua esclera – pareceu assumir um tom mais escuro e ameaçador.

— Seu animal de estimação está procurando por você — ele disse em um tom neutro.

Eu me animei e teria me inclinado para a frente se a força mágica que me prendia à cadeira não tivesse me contido.

— Remus está por perto?!

— Mmhmm — ele respondeu com o rosto inicialmente indecifrável, antes de um sorriso malicioso se abrir em seus lábios — O filhote está brincando comigo. Por mais que procure, ele nunca a encontrará sem o meu consentimento. Aliás, acho que vou me banquetear com ele primeiro.

— Não! Deixe-o ir! Ele não representa nenhuma ameaça para você — eu exclamei.

— Eu sei muito bem disso — ele disse com desdém — Mas eu estou com fome.

— Então me coma! Como você disse, eu não vou conseguir mesmo. Mas ele tem a vida inteira pela frente. Por favor, deixe-o em paz.

Mais uma vez, minhas palavras o enfureceram. Mesmo com a vozinha no fundo da minha cabeça gritando que eu não tinha nada a temer de Lyall, eu me apoiei no encosto da cadeira quando ele se lançou para a frente. Com as duas mãos apoiadas nos braços da cadeira, as unhas projetando-se em garras assustadoramente longas, ele parou com o rosto a centímetros do meu.

— Você não o conhece, porra, e ainda assim morreria por ele?! — ele sibilou.

Eu engoli em seco, mas levantei o queixo desafiadoramente.

— Sim, eu faria isso — eu respondi, mantendo o olhar firme — Ele assumiu um grande risco por mim quando ninguém mais o faria. Minha sobrevivência sempre foi uma aposta arriscada. Mas pelo menos ele tentou, e por um tempo me deu esperança quando não havia nenhuma. Então, se eu tiver que morrer, farei isso por ele com prazer. Mas eu me recuso a ser a causa de sua morte.

O canto direito do seu lábio superior se ergueu em um rosnado. Um milhão de pensamentos diferentes passaram por suas feições sobrenaturais enquanto ele me encarava com raiva.

— Você assume que é ele ou você — ele disse com uma voz doce e enjoativa.

— Você não pode comer nós dois! — eu exclamei, estupefata.

— Quem disse isso? — ele desafiou ironicamente.

— Por favor, Lyall, deixe-o ir — eu implorei.

Para minha surpresa, o tom vermelho de seus olhos mudou, assumindo um tom levemente azul-avermelhado. Um ronronar prolongado vibrou em sua garganta. Uma expressão sensual tomou conta de seu rosto, e seus olhos se voltaram para meus lábios.

— Eu adoro o jeito como você implora. Implore de novo, Amara — ele sussurrou.

Eu abri a boca para mandá-lo se foder, mas, em vez disso, me peguei obedecendo.

— Por favor, Lyall. Eu imploro — eu sussurrei.

Seu ronronar ressoou ainda mais alto. Seu lábio superior

tremeu, como se ele estivesse lutando contra a vontade de mostrar as presas. Eu percebi que ele não conseguia decidir se queria me beijar ou cravar as presas em mim.

— Eu devia ficar com você — ele refletiu em voz alta.

Embora eu não acreditasse que ele tivesse dito aquelas palavras por mim, ainda assim eu respondi.

— Você não pode ficar comigo. Eu estou morrendo, lembra?

Seus olhos encontraram os meus e ele me encarou com uma intensidade que me fez sentir nua e exposta.

— Eu posso mantê-la viva — ele disse de forma factual.

Meu coração disparou — Você pode me curar!

Ele balançou a cabeça — Eu não disse isso. Só que posso mantê-la viva. Posso neutralizar o veneno em você quando ele se espalhar.

— Nove Infernos! Por que você não disse isso antes? Eu compro esse seu remédio!

Ele bufou e balançou a cabeça — Não, sua tola. Não é algo que se venda — ele disse antes de expor suas presas afiadas e passar a língua lentamente sobre a presa direita — Eu preciso te morder, provavelmente uma ou duas vezes por semana.

Meus ombros caíram enquanto a centelha de esperança se esvaía. Um rosnado raivoso vibrou no peito de Lyall, me assustando.

— Por que você está triste? Não quer viver? Eu estou lhe oferecendo uma solução — ele sibilou.

— Mas isso não é viver — eu argumentei em voz baixa — Se eu concordasse, estaria de fato vivendo no limbo e totalmente à sua mercê. Você poderia recusar sua mordida para me punir sempre que eu o desagradasse ou para me coagir a obedecer a quaisquer exigências que você fizesse de mim.

— Eu posso ser um monstro, mas não esse tipo de monstro — ele rosnou — Eu poderia te fazer feliz, Amara. Eu posso ser o que você quiser, quando quiser. Até aquele cachorrinho que você tanto ama.

Sem palavras, eu encarei, incrédula, suas feições parecendo derreter como cera sob o calor intenso. Ao mesmo tempo, as listras em forma de raio sob sua pele brilharam com grande intensidade, me cegando por um breve segundo. Eu pisquei duas vezes e então ofeguei ao me ver encarando os belos olhos dourados de Remus.

— Remus — eu sussurrei.

Minha mente sabia que não era ele, mas meus olhos queriam desesperadamente acreditar na ilusão. Ele se inclinou para me beijar. Cada fibra do meu ser gritava para que eu o encontrasse no meio do caminho, mas segundos antes de nossos lábios se encontrarem, eu consegui desviar o rosto. Ele afastou um fio de cabelo das minhas bochechas.

— Por favor, não — eu sussurrei.

Ele sibilou com raiva e mostrou os dentes para mim.

— Que porra ele tem que eu não tenho? — Lyall disparou — Eu seria um curandeiro e protetor melhor do que aquele cachorrinho doente jamais será!

— Ele é minha Chama Gêmea! — eu exclamei como se fosse evidente — Eu não sou a mulher certa para você. Sua alma gêmea está por aí em algum lugar.

Ele bufou de desgosto e se afastou de mim, endireitando-se e voltando à sua forma natural.

— Eu sou um monstro — ele disse com autodepreciação.

— Por escolha, não por natureza — eu retruquei — Há algo de belo em você. Ele transparece toda vez que você deixa de lado a raiva.

— Bajulação não funciona comigo, humana — ele disse severamente.

— Eu nunca minto — eu respondi, ecoando suas próprias palavras.

— É mesmo?

Para minha surpresa, ele agarrou meu pulso com raiva e cravou as presas na parte interna. Eu gritei com a picada aguda.

Então, uma felicidade líquida inundou minhas veias quando ele começou a beber de mim. Ele não estava se empanturrando, mas tomando pequenos goles. Através da névoa de euforia proporcionada pelo que quer que ele tivesse injetado em mim, eu olhei maravilhada para sua beleza divina. Seus olhos haviam perdido completamente a cor vermelha e agora estavam no mais belo tom de roxo. Uma luz hipnotizante emanava dos raios sob sua pele. Eles pareciam ondular levemente, banhando-o em uma aura reconfortante. Atrás dele, dois feixes de luz projetavam-se de suas costas, formando vagamente o formato de um enorme par de asas etéreas.

Ele não é um doppelganger.

Fosse o que fosse, ele sem dúvida possuía sangue divino. Seria ele filho de um Caído? Ou o híbrido de um doppelganger e um anjo? Mas, enquanto esses pensamentos disparavam em · minha mente, eu percebi que ele não estava se alimentando bebendo meu sangue. Lyall estava saqueando minhas memórias.

Eu não sei dizer quanto tempo se passou. Podem ter sido segundos ou horas. Eu estava flutuando em um estado de bem-estar profundo demais para conseguir acompanhar um conceito tão insignificante. Lyall tirou as presas do meu pulso e lambeu as feridas perfurantes. Fascinada, eu as observei se fecharem em um piscar de olhos.

Lyall se endireitou e ficou de pé, imponente diante de mim. Meu peito se apertou ao ver o ar de profunda tristeza e resignação em seu belo rosto enquanto o brilho angelical se esvaía ao seu redor. O que ele tinha visto para deixá-lo tão derrotado?

— Duas mordidas... — ele murmurou para si mesmo — A Tecelã e seus malditos jogos mentais...

— O quê? — eu perguntei, confusa.

— Pense bem nas palavras dela — Lyall disse misteriosamente — Elas não significam o que você pensa.

— O que você quer dizer? — eu insisti.

Ele me encarou em silêncio por um momento, como se estivesse pensando em como responder, antes de balançar a cabeça.

— Está na hora de eu ir ver seu cachorrinho — ele disse finalmente.

— Por favor, não o machuque!

Sua raiva explodiu novamente. Para meu choque, ele agarrou meus cabelos na nuca e esmagou meus lábios em um beijo brutal. Durou menos de um segundo e pareceu mais um castigo do que uma tentativa de sedução. Com o rosto a poucos centímetros do meu, ele me encarou, e o tom vermelho de raiva não fez mistério sobre seu estado de espírito.

— O destino do filhote depende dele — ele rosnou — Reze para que ele faça a escolha certa.

— O que isso significa?

Ele não respondeu. Ele soltou meu cabelo e saiu de casa resolutamente, me deixando sozinha, confusa e perturbada.

CAPÍTULO 10
REMUS

E nquanto corria de volta para a estrada, eu usei todas as técnicas de calma que havia desenvolvido ao longo dos anos para ajudar a controlar meu lado selvagem quando a lua cheia se aproximava. Meu sangue ainda fervia de desejo de matar. Embora eu não temesse machucar minha companheira de forma alguma, não queria que ela visse esse meu lado desenfreado. Pelo menos, não tão cedo em nosso relacionamento.

Ela confiava em mim, disso eu não tinha dúvidas. Ela também sentia muito carinho por mim. Eu queria que esse carinho se transformasse em um amor profundo e eterno. Com todos os desafios que enfrentamos agora, fazê-la se sentir insegura na minha presença era a última coisa de que precisávamos.

Eu saí da floresta correndo para a trilha, de quatro na minha forma de lobo. Eu teria preferido ir até ela como humano, mas não correria tão rápido assim. Estranhamente, eu também me senti constrangido com a ideia de correr pelado na frente dela. Isso não fazia o menor sentido, considerando que a nudez era normal entre os Lycans. Além disso, eu podia dizer honestamente que tinha um corpo muito bonito. Então, essa timidez repentina era completamente irracional.

Mas, enquanto eu corria pela trilha, aqueles pensamentos errantes rapidamente se dissiparam da minha mente. A essa altura, eu já deveria estar ouvindo o som dos nossos cavalos galopando ao longe, ou pelo menos vislumbrando a silhueta deles à minha frente. É verdade que eu persegui os Aegarims bem fundo na floresta. Ainda assim, eu não tinha ficado fora por tanto tempo que minha companheira pudesse ter viajado tão longe, mesmo forçando os cavalos ao máximo.

Meu estômago se revirou com uma sensação de desconforto, e eu redobrei a velocidade com que corria. O silêncio absoluto alimentou ainda mais meu pânico crescente. Os mistificadores e espíritos malignos não cantariam para mim, pois meu sangue era veneno para eles. Mas eu ouviria seus sussurros para minha mulher se ela estivesse por perto.

Eu fiquei com a garganta arrepiada ao pensar que outra matilha de Aegarims pudesse estar à espreita ainda mais à frente. Não deveria ser o caso, já que aquelas feras caçavam em um vasto território que defendiam ferozmente contra outras matilhas. *Mas esse bando contava com muito mais membros do que o normal.*

Eu não deveria tê-la deixado. Tinha sido imprudente e arrogante da minha parte pensar que ela ficaria bem porque eu poderia facilmente lidar com a ameaça. Se algo acontecesse por causa da minha negligência...

Meu sangue congelou nas veias, e eu gritei de desespero quando finalmente notei as pegadas de Amara na terra batida onde ela desmontou do cavalo. Mas foi a presença de um segundo par de pegadas que realmente me destruiu. Algo – ou melhor, alguém – havia saído da floresta e entrado na trilha.

Nada de bom poderia viajar com segurança pela Floresta Assombrada.

Pior ainda, eu não consegui identificar nenhum cheiro que pudesse identificar o intruso. Tudo o que eu percebi foi o cheiro de Amara e o dos nossos cavalos. Minha mente acelerou enquanto eu repassava mentalmente o número limitado de criaturas que eu conhecia que não possuíam cheiro ou eram excelentes em disfarçá-lo o suficiente para torná-lo quase impossível de detectar. Todas eram terríveis.

Eu corri para a floresta, seguindo o que restava do aroma distinto da minha mulher. Perambular por aquelas matas amaldiçoadas sempre me dava a sensação de mergulhar em uma poça concentrada de maldade. Para minha consternação, eu não consegui ver nenhum sinal no chão dos cascos dos cavalos ou dos passos da minha companheira. Uma parte de mim começou a se perguntar se eu estava sob o efeito de uma ilusão que me fazia pensar que estava realmente seguindo o cheiro dela. Mas eu não senti nenhuma magia me afetando diretamente.

A criatura que a levou poderia ser alada e voar uma curta distância acima do solo?

Sem diminuir o ritmo, eu olhei para as árvores acima. Não havia sinais de galhos quebrados ou destorcidos que pudessem indicar que algo grande os havia atravessado. Cada galho era tão grosso e longo que quase formava uma cúpula acima. Apenas criaturas menores conseguiam voar sem o risco de colidir com um deles.

E então seu cheiro desapareceu completamente.

Eu parei de repente e cheirei o ar em vão. Com o coração disparado, eu voltei até sentir o cheiro novamente. Para minha consternação, ele agora me levava em uma direção completamente diferente daquela que eu vinha seguindo. Cinco ou dez minutos depois – eu não sabia mais dizer, pois o tempo parecia ter perdido todo o sentido – a mesma coisa aconteceu novamente. Raiva, confusão e desespero crescente apertaram meu peito de tal forma que eu mal consegui respirar enquanto refazia meus passos até encontrar seu rastro novamente, indo em outra direção.

A essa altura, eu não duvidava mais de estar preso em algum tipo de ilusão. A questão era qual tipo. Como eu ainda não conseguia sentir nenhuma magia sendo usada em mim, só me restava especular que eu estava sendo controlado fisicamente por uma criatura ou planta, ou que um poderoso mistificador havia tomado conta de mim.

Eu estava me movendo no mundo real ou apenas parado como uma estátua? Eu estava sendo envolto no casulo de uma criatura diabólica? Uma fera estava me devorando vivo enquanto eu vagava sem rumo naquele pesadelo?

Seja qual for o caso, eu tinha que seguir em frente. Ceder ao desespero garantiria a minha ruína, e com ela a da minha companheira também. Se fosse por ela, eu não poderia fracassar.

Eu retornei à minha forma humana antes de subir em uma das árvores para ter uma visão melhor e mais distante dos arredores. Para minha surpresa, eu avistei o que parecia ser uma aconchegante casa de madeira ao longe. A leve fumaça que subia da chaminé indicava que havia fogo queimando lá dentro.

Esta casa não deveria existir.

Todos os meus instintos me diziam que era uma isca para me atrair para uma armadilha. Mas eu não tinha mais nada em que me basear. Eu pulei do galho em que estava empoleirado, com a intenção de retornar à minha forma de lobo e correr em direção ao meu novo destino. No entanto, assim que eu bati no chão, uma dor aguda atingiu a parte de trás da minha perna. Eu tropecei para a frente. Quando eu estava prestes a recuperar o equilíbrio, trepadeiras espinhosas se enrolaram na minha perna, puxando-a para trás. O chão correu em minha direção, e eu mal consegui jogar as mãos à frente para evitar cair de cara.

Uma dor aguda e cortante atingiu cada centímetro do meu corpo enquanto as videiras continuavam a me envolver como uma jiboia, com inúmeras agulhas afiadas me picando com seu veneno entorpecente.

Eu não conseguia acreditar que um Arraphilon me atacaria. Aquelas criaturas miseráveis pareciam uma centopeia de quatro metros de comprimento, cujo corpo cilíndrico lembrava um galho espinhoso coberto de folhas. A parte superior do seu corpo tinha alguns membros extras que quase poderiam se passar por dois pares de braços sem mãos. Ela não tinha olhos propriamente ditos, nem nada que pudesse ser considerado um rosto. Se não fosse pela série de chifres ao redor da cabeça, esta poderia pertencer a uma lampreia com a boca circular cheia de dentes afiados.

A maioria das pessoas não notaria a presença da criatura, já que ela geralmente ficava deitada no chão, muitas vezes ao redor da base de uma árvore. Ela ficava à espreita, envolta em uma pilha de folhas caídas ou apenas folhagens aleatórias no mato. No meu desespero para encontrar minha mulher, eu havia me esquecido de prestar mais atenção ao que me cercava.

Mesmo assim, aquela criatura nunca deveria ter me atacado. Ela conseguia sentir o cheiro da toxina em mim. Mesmo assim, ela continuou a me picar com seus espinhos e até me deu algumas mordidas em sua impaciência para se alimentar. Eu não perdi tempo e energia tentando lutar contra ela em minha forma humana. Embora o Arraphilon e eu possuíssemos força comparável – a minha provavelmente um pouco maior – eu sofreria muitos ferimentos de seus espinhos e seria retardado por seu veneno entorpecente se tentasse continuar a luta dessa forma.

Em vez disso, eu imediatamente assumi a forma de lobo. Meu pelo não só me protegeria dos espinhos, como também eu me regeneraria mais rápido como lobo. Além disso, meu tamanho maior naquela forma tornava mais difícil para aquela criatura me prender ou esmagar. Como esperado, o Arraphilon logo afrouxou o aperto para evitar ser dilacerado pela minha circunferência significativamente maior.

Eu o golpeei com minhas garras, partindo-o ao meio. O grito estridente da criatura fez meus ouvidos zumbirem dolorosamente. Com a dor e o choque, o Arraphilon me soltou por apenas alguns segundos, o suficiente para que eu escapasse de suas garras. No entanto, a criatura jamais seria derrotada tão facilmente. Ambas as metades se debateram no chão por mais um instante antes de me perseguirem.

Minha pele formigava devido ao efeito entorpecente das toxinas paralisantes do meu agressor. Felizmente, elas não eram fortes o suficiente para realmente me impedir ou incapacitar. Mas a exposição prolongada a uma quantidade maior acabaria me deixando em uma posição vulnerável.

Para minha consternação, o chão começou a se mover ao meu redor, com muitos outros Arraphilons saindo de seus esconderijos e entrando em ação. Eu me xinguei por dentro por me ver em tal armadilha. É verdade que, mesmo com meu olfato aguçado, detectar a presença deles era extremamente difícil, pois seu cheiro era muito parecido com o de outras plantas e vegetação da floresta. O fato da maioria das criaturas nunca se importar comigo devido à minha condição também me deixou um pouco descuidado e confiante demais em relação à minha própria segurança ao vagar por lugares perigosos.

Dois dos demônios miseráveis saltaram sobre mim, um deles caindo nas minhas costas. Eu pulei, me contorcendo no ar enquanto golpeava com as patas para impedi-lo de se enrolar em mim. Embora eu não tenha partido aquele ao meio, consegui infligir um longo corte em um terço do seu corpo, o suficiente para fazê-lo cair e se contorcer de dor. Com alguns saltos e manobras evasivas, eu desviei dos outros agressores. No entanto, isso não funcionaria por muito mais tempo. Com tantos deles me perseguindo, o efeito combinado de seu veneno paralisante garantiria minha morte.

Eu os golpeava com força, cerrando os dentes devido à dor das mordidas bem-sucedidas que eles conseguiam dar. Embora o ataque não fizesse sentido, eles precisariam ingerir muito do meu sangue ou carne antes que minhas toxinas os matassem. Aí, seria tarde demais para mim. Eu precisaria de fogo para erradicá-los de uma só vez.

Assim que comecei a enfraquecer, um pensamento de repente

me ocorreu. Eu me virei para o leste, correndo o mais rápido que pude enquanto lutava contra meus perseguidores. Enquanto procurava minha companheira, eu me lembrei de ter visto um canteiro de cogumelos morchella. A menos de trinta metros da minha salvação, uma dor aguda na perna direita me fez perder o equilíbrio. Um Arraphilon havia mordido violentamente meu tendão de Aquiles, e foi como se um raio tivesse me atingido ali. Eu caí com força no chão, enquanto meu agressor usava seus membros frontais para subir em mim.

Aproveitando meu impulso, eu rolei com a queda para me apoiar novamente nas patas. Minha perna direita não estava respondendo totalmente, mas eu a ignorei. Eu estendi a pata dianteira para a criatura que rastejava sobre mim e a cravei com força. Desta vez, eu não tentei cortá-la ao meio, mas arrancá-la de mim. Eu gritei de dor quando seus espinhos me rasgaram em pedaços e joguei a criatura com toda a minha força no canteiro de cogumelos morchella. Ela pousou com tanta força no meio deles que esmagou alguns. Os cogumelos cuspiram seus esporos tóxicos, e o Arraphilon gritou de agonia. Ele tentou se esgueirar para longe, mas mal se moveu mais do que alguns centímetros antes de começar a se contorcer, seus espinhos caindo no chão e suas folhas escurecendo e murchando.

Um segundo Arraphilon investiu contra minha garganta, mas eu o agarrei com a mandíbula e o lancei na mesma direção que seu colega caído. Em segundos, ele sofreu o mesmo destino horrendo. Meio correndo, meio mancando, eu me aproximei do canteiro de cogumelos, mas não tanto que seus esporos me afetassem, e me virei para as outras criaturas que me perseguiam. Para meu choque, todas haviam sumido.

Assim como a minha dor.

Em vez disso, eu encarei um belo doppelganger parado a menos de dez metros de mim. Ele estava apoiado nos antebraços contra o batente da porta de uma charmosa cabana de madeira e tijolos. Proteções intrincadas, como eu nunca tinha visto antes, adornavam a entrada da habitação. Eu não precisava ser um arcanista para saber que elas eram poderosas o suficiente para manter à distância as criaturas imundas que assombravam aquela floresta.

Ela não deveria estar aqui. Quando eu examinei a floresta do galho da árvore, a cabana estava localizada em uma direção diferente e a uma distância muito maior do que aquela que percorri enquanto escapava das criaturas que me caçavam.

— Nada mal, filhote — disse o doppelganger em um tom debochado — Você consegue pensar criativamente e tem uma noção situacional razoável.

Eu me endireitei e retornei à minha forma humana.

— Onde ela está? — eu perguntei em vez de responder, sem me abalar com a minha nudez — Se você a machucar...

— O quê? — ele interrompeu provocativamente — O que você vai fazer? Ou melhor, o que você pode fazer contra alguém como eu?

Eu olhei para ele, buscando uma resposta apropriada, mas falhando miseravelmente. Lycans eram naturalmente imunes a muitas formas de controle mental, ainda mais quando se beneficiavam da proteção de um talismã como o que eu usava. A facilidade com que ele me envolveu naquela ilusão sem que eu sequer percebesse o momento em que entrei nela me deixou perplexo.

Embora as listras de relâmpago sob sua pele claramente o denunciassem como um doppelganger, ele não se parecia com nenhum dos que eu já tinha visto ou ouvido falar. Normalmente, eles tinham uma tez muito pálida, acinzentada ou quase branca. As listras também eram mais finas e discretas. De longe, elas podiam ser confundidas com cicatrizes antigas. Sua pele tinha um tom fascinante de azul-escuro. Suas listras eram muito mais proeminentes e pareciam pulsar com uma luz interior. Ao contrário de outros de sua espécie, ele não tinha olhos cinzentos tempestuosos. Os seus eram inteiramente vermelhos – incluindo a esclera – com pupilas verticais, como as de um réptil.

Mesmo de onde eu estava, eu conseguia sentir a magia potente girando ao redor dele. Ele não era um mero doppelganger, mas algo muito mais poderoso e letal.

— É engraçado que você se importe com o bem-estar dela agora, sendo que você a abandonou insensivelmente — ele refletiu em voz alta antes que eu pudesse pensar em uma resposta adequada – não que eu tivesse uma para começar.

Mas aquelas palavras foram como um tapa na cara. Elas doeram ainda mais porque eu estava me repreendendo justamente por esse motivo.

— Eu não a abandonei — eu respondi bruscamente — Eu a estava protegendo de um bando de Aegarims. Permanecer no caminho a manteria segura enquanto eu os atraía para longe.

— É claro que permanecer no caminho não ajudou — ele respondeu, provocando.

— Você não devia estar lá! — eu cuspi, com raiva — Sua espécie não anda por aqui.

— E, no entanto, aqui estou eu — ele respondeu ele, abrindo os braços e dando alguns passos em minha direção, com o rosto endurecido — Você tinha uma tarefa e falhou completamente. Para que você serve?

Eu estremeci, as palavras me cortando profundamente. Eu precisei de toda a minha força de vontade para não responder à sua provocação. Ele estava claramente tentando me irritar, provavelmente me forçando a atacá-lo para que ele pudesse me matar. É verdade que sua espécie não precisava de desculpa para tirar uma vida, mas eles adoravam brincar e foder com a cabeça de suas presas antes de se banquetearem com elas.

— Onde ela está? — eu repeti com a voz controlada, apesar da raiva e da preocupação que me reviravam o estômago — Eu não consigo sentir o cheiro dela.

Ele deu de ombros — Não muito longe.

— Leve-me até ela — eu exigi.

Ele levantou uma sobrancelha, do mesmo tom azul-esbranquiçado de seu cabelo longo e ondulado, de um jeito que indicava que eu estava sendo um pouco arrogante demais.

— Não — ele respondeu.

Eu tentei correr para entrar na cabana em busca de Amara, mas fiquei completamente paralisado no lugar.

— Que porra é essa?! — eu murmurei baixinho.

Ele bufou e balançou a cabeça para mim — Sério? — ele perguntou, como se estivesse decepcionado com a minha estupidez.

— Quem é você? E o que é você? — eu perguntei, odiando o quão impotente eu me sentia.

— Meu nome é Lyall e eu sou um doppelganger — ele respondeu de forma factual.

Eu balancei a cabeça, a única coisa que aparentemente eu ainda tinha controle.

— Você é muito mais do que isso. Doppelgangers não têm o tipo de habilidades que você está exibindo atualmente e certamente não são tão poderosos. Isso é outra ilusão, não é?

Ele apenas sorriu, mas não respondeu. Sua espécie não mentia. Qualquer palavra que dissessem era a verdade ou o que genuinamente acreditavam ser a verdade. Se não quisessem revelar algo, eles dançavam em volta ou faziam jogos de palavras para te sacanear. Eles gostavam particularmente de formular as coisas de uma forma que, se mal interpretada, pudesse te enganar deliberadamente – o que provavelmente era o caso.

— Eu quero ver Amara — eu disse finalmente, irritado quando o silêncio se prolongou.

— O que você quer é irrelevante — Lyall disse com desprezo — Você perdeu todos os direitos no momento em que permitiu que ela fosse capturada.

— Eu não permiti que ela fosse capturada. Alguém como você jamais deveria estar aqui — eu repeti.

— Você tem razão. E eu não estaria se você não tivesse

permitido que a notícia sobre sua missão se espalhasse. Tecnicamente, você me atraiu para cá.

— O quê?! Como eu te atraí para cá? — eu perguntei, espantado — Amara e eu estamos envenenados. Predadores sencientes se afastam de nós porque nos comer lhes causaria grande dano, ou os mataria completamente. Então por que vir aqui especificamente atrás de nós?

— Porque ela é especial, e o sangue dela também — Lyall respondeu sem expressão.

Eu me senti empalidecer e meu sangue congelar — O que você fez com ela? Por favor, me diga que não a machucou?

Ele bufou — Eu não fiz nada com ela... ainda.

— Por favor, deixe-a ir. Há presas muito melhores por aí.

— Sim, mas eu não as quero — Lyall respondeu em um tom misterioso.

— Então o que você quer? Diga o seu preço.

Ele inclinou a cabeça para o lado e me examinou como se eu fosse uma aberração — O que te faz pensar que eu ainda não tenho o que quero? Vocês dois estão aqui à minha mercê.

Eu balancei a cabeça — Você não precisa de nós dois — eu disse com convicção — Sua raça não se empanturra nem desperdiça comida. Meu sangue é mais raro que o dela. Alimentar-se de mim o tornará mais poderoso. Se precisa de um de nós, então me leve e liberte-a.

Ele estreitou os olhos para mim, a vermelhidão assumindo um tom mais brilhante que o tornou ainda mais assustador.

— Te levar em vez dela? — ele perguntou ameaçadoramente.

— Sim. Mas depois que eu tiver completado minha missão — eu acrescentei.

Pelo jeito como ele me encarou, minhas palavras o chocaram de verdade. Eu conseguia entender o porquê. Ele caiu na gargalhada, e o som gutural e profundo ressoou alto na floresta anormalmente silenciosa que nos cercava.

Ele balançou a cabeça para mim com um ar de total

descrença — Você é extraordinariamente estúpido ou tem sérios problemas mentais se acha que eu ou qualquer outra pessoa que o tenha à mercê consentiria com tal coisa.

— Eu farei um juramento de sangue, jurando retornar assim que a missão for concluída, seja qual for o resultado final. Os dias de Amara estão contados. Eu preciso levá-la ao planalto enquanto ainda há tempo. São apenas mais alguns dias. Eu prometo retornar.

Para minha surpresa, minhas palavras pareceram enfurecê-lo.

— Você daria a vida por uma mulher moribunda que você mal conhece? Você se acha tão especial a ponto de sobreviver a uma jornada dessas? Você realmente acha que é você quem deveria protegê-la?

— Eu não me considero particularmente especial — eu respondi cuidadosamente, perplexo com sua raiva irracional — Mas estou definitivamente determinado a levar isso até o fim. Amara é minha Chama Gêmea. Eu farei qualquer coisa para salvá-la.

— Você nem a ama! — ele rosnou, aumentando ainda mais minha confusão com sua reação estranha.

— Você tem razão. Eu não estou apaixonado por ela... ainda. Mas eu me importo profundamente com a Amara. Minhas reações fisiológicas a ela podem ter sido a atração inicial, mas os últimos dias em sua companhia foram suficientes para eu saber que estamos realmente destinados e que eu me apaixonarei perdidamente por ela. Eu nunca conheci uma alma tão incrível na minha vida, ou alguém cuja mera presença me faça mais feliz.

Para minha consternação, suas presas desceram, e as garras mais longas e ferozes que eu já tinha visto saíram das pontas de seus dedos. Pelo olhar furioso de Lyall, eu acreditei que ele estava lutando contra a vontade de me atacar e me despedaçar.

Que porra está acontecendo?

Depois do que pareceram segundos demais, Lyall pareceu recuperar o controle das emoções. Embora suas presas permanecessem visíveis, suas garras recuaram para um comprimento mais normal, como unhas. Elas continuaram um pouco pontudas, mas não tão afiadas quanto antes.

— Se você realmente se importa com ela, então deixe-a comigo — ele disse em um tom misterioso, seu olhar intenso.

Eu recuei, meus movimentos restringidos pela paralisia que ele ainda havia imposto a mim.

— O quê?!

— Eu posso mantê-la viva — ele continuou, com os olhos fixos em mim.

Meu coração disparou. Doppelgangers não mentiam. Será que ele poderia ajudar a salvá-la?

— Você pode curá-la? — eu perguntei, com esperança evidente na minha voz.

Ela desapareceu quase instantaneamente quando Lyall hesitou antes de balançar a cabeça.

— Eu não posso curá-la — ele disse cuidadosamente — Mas posso neutralizar o veneno sempre que ele ressurgir. Amara poderia levar uma vida longa e segura. Você não pode se gabar do mesmo. Ao contrário de você, nada nestas florestas ou nestas montanhas pode me fazer mal e, portanto, a qualquer pessoa sob minha proteção.

— Nem mesmo Ranael? — eu o desafiei.

Mais uma vez, ele hesitou. Ele abaixou o olhar enquanto refletia sobre sua resposta antes de me encarar novamente.

— Ranael nunca poderia me alcançar a menos que eu permitisse — ele finalmente respondeu.

Eu queria investigar mais, mas a expressão em seu rosto deixava claro que eu não conseguiria mais informações sobre o possível resultado de um confronto entre ele e o lobo demônio. Enfim, essa era a menor das minhas preocupações. Tudo o que importava era minha companheira.

— Você disse que conseguiria neutralizar o veneno que está

matando Amara. E depois disso? Ela conseguirá voltar à sua antiga vida? — eu perguntei.

— Não. Ela terá que ficar comigo — Lyall disse, erguendo o queixo com um sutil toque de desafio.

Uma onda poderosa de ciúmes me atingiu e, de repente, tudo ficou claro. Sua raiva sempre que eu declarava minha dedicação em salvá-la e como nós éramos Chamas Gêmeas. O sorriso quase maligno que se abriu em seus lábios quando ele percebeu que eu finalmente havia entendido sua intenção de ficar com minha mulher para si me irritou.

— Você não pode tê-la! — eu rosnei — Você pode cobiçá-la, mas Amara é minha! Ela é minha Chama Gêmea, não sua.

— Uma Chama Gêmea que você está deixando morrer — ele retrucou, dando dois passos furiosos em minha direção — Amara tem sete dias de vida, oito no máximo. Você nunca chegará a Ranael a tempo!

— Você insinua que se importa com ela e ainda assim nos retém aqui, nos atrasando ainda mais? Que tal nos ajudar em vez disso? — eu gritei de volta.

— E entregá-la a você? — ele respondeu em um tom desdenhoso.

Foi a minha vez de olhá-lo com desprezo — Com base no seu comentário anterior, presumo que você tenha provado o sangue dela, o que lhe permitiu vivenciar a maravilha que ela é, todas as suas memórias e todas as suas experiências passadas. E, no entanto, você a deixará morrer se não puder tê-la?

— Eu sou a melhor escolha! — ele gritou, batendo a mão no peito nu — Eu posso ser tudo o que ela quiser ou precisar.

— Você pode ser uma ilusão do que ela quer! — eu retruquei — O destino me escolheu para Amara. Sua alma gêmea é outra que você encontrará com o tempo.

Lyall bufou, mas eu não deixei de notar o brilho de dor que passou pelos seus olhos. Naquele instante, parte da minha raiva por ele deu lugar a uma réstia de compaixão. Eu não sabia o que ele era, mas suspeitava que, assim como eu, fosse um pária entre seu povo. A solidão era mais profunda do que a língua mais afiada daqueles que nos menosprezavam.

— Se você a ama, colocará o bem-estar dela antes do seu — eu disse em um tom gentil — Se Amara não fosse minha Chama Gêmea, eu relutantemente me afastaria e deixaria você cuidar dela. Mas o Destino nos uniu. Ninguém jamais poderá amá-la mais do que eu, e vice-versa.

— Ora, como você faria isso! — Lyall sibilou — Você se apegaria a ela mesmo que custasse a vida dela, como está fazendo agora!

Eu balancei a cabeça — Assim como você, eu não minto. Eu sempre colocarei a felicidade da minha companheira antes da minha. Aliás, eu suspeito que você já tenha feito a mesma oferta para Amara, e ela recusou. Só para você saber, se ela tivesse aceitado, eu teria honrado seus desejos, por mais errados que fossem.

— E você espera que eu acredite nessa bobagem?! — Lyall desafiou.

— A Tecelã nunca se engana, Lyall — eu disse calmamente — Se você fosse a solução, ela teria enviado Amara até você, não a mim.

Para meu choque, Lyall soltou um rosnado selvagem e investiu contra mim. Paralisado, eu fiquei impotente enquanto ele agarrava dolorosamente meus cabelos na nuca, puxava minha cabeça para trás e enterrava as presas no meu pescoço exposto. Eu engoli em seco com a dor aguda. Eu sabia que seu povo possuía um veneno que anestesiava o ponto de perfuração e podia até mesmo colocar a vítima em um estado de euforia que a encorajava a se submeter enquanto seus pensamentos e memórias mais profundos eram saqueados.

Ele não me mostrou tal cortesia.

Ele queria me machucar e estava fazendo um ótimo trabalho. Mas eu não conseguia odiá-lo por isso. A mordida de um doppelganger permitia que ele conhecesse uma pessoa ainda mais intimamente do que ela própria. Era como ter passado a vida inteira com aquela pessoa. Seus sentimentos por ela não eram superficiais. Se eu já estava tão louco pela minha mulher só por passar alguns dias ao lado dela, eu só conseguia imaginar o quanto mais potente o afeto dele por Amara devia ser depois de compartilhar uma conexão tão profunda com ela.

Eu sibilei quando ele arrancou brutalmente as presas do meu pescoço, rasgando um pouco da minha pele no processo. Ele deu alguns passos para trás, me encarando com uma raiva que beirava o ódio. Mesmo assim, eu não deixei de notar a mágoa, a tristeza e até a resignação em seus olhos. Mais uma vez, ele parecia estar lutando consigo mesmo para não ceder aos seus impulsos primitivos e violentos.

— Eu poderia te matar aqui e agora, e tornar toda essa discussão inútil — ele disse com uma voz perigosamente baixa.

Eu engoli em seco, o movimento fazendo a ferida perfurante arder no meu pescoço. Eu ignorei o fio de sangue que escorria enquanto assentia lentamente.

— Você poderia, e obviamente não há nada que eu possa fazer para impedi-lo. Mas se fizer isso, Amara saberá e nunca o perdoará por isso — eu disse em um tom razoável — Você poderia escolher nos ajudar. E ela será eternamente grata a você.

— Eu não quero a gratidão dela — Lyall disparou — Eu não tenho utilidade para isso.

— Mas você também não quer que ela morra — eu respondi com naturalidade — A felicidade dela está em suas mãos. O que acontece a seguir depende de você. A escolha é sua.

A última frase pareceu tocar em algo sensível. Eu fiquei pensando se minha companheira havia feito um comentário parecido com esse.

Seus ombros se curvaram e ele pareceu derrotado. Isso me pegou de surpresa. Essa reação vulnerável de um predador tão intimidador e poderoso parecia impossível. Ele se virou para olhar a porta aberta da cabana atrás de si. Amargura, raiva e tristeza brilharam em rápida sucessão em suas feições sobrenaturais. Ele olhou para o chão e pareceu perdido em pensamentos. Eu reprimi a vontade de tentar convencê-lo ainda mais. Meu instinto me dizia que ele já havia chegado a uma conclusão – e uma conclusão positiva para nós – mas precisava de um pouco mais de tempo para se conformar com ela.

— Você precisa neutralizar o veneno que a está matando — ele disse por fim, com uma voz quase sem emoção, os olhos ainda baixos — Em muitos aspectos, você é filho de Ranael. Uma versão mais branda do veneno de cobra dele corre em suas veias. Você a está deixando morrer ao negá-lo. Ele é fraco demais para curá-la, mas concentrado o suficiente para prolongar sua vida por mais alguns dias.

Eu fiquei paralisado, com a mente em polvorosa. Obviamente, eu sempre soube que meu sangue, sêmen e outros fluidos corporais continham algum tipo de veneno devido a Ranael. Mas nunca me passou pela cabeça que ele pudesse ser o mesmo que um de seus dois venenos. Se a mordida da cauda de cobra do Lobo Demônio Amaldiçoado conseguia neutralizar o veneno que corria nas veias de Amara, então eu poderia potencialmente fazer o mesmo por ela.

— Você está me dizendo para dar a ela minha semente? — eu exclamei, ainda atordoado.

Para minha surpresa, Lyall mostrou os dentes para mim, cada um deles se alongando como punhais afiados, enquanto suas feições se contorciam como as de um demônio aterrorizante, pronto para matar. Naquele instante, eu realmente acreditei que ele iria me despedaçar.

Ele estava realmente apaixonado por Amara e não suportava a ideia de outras mãos tocando nela.

O tempo parou enquanto Lyall lutava contra seu demônio interior. Eu abaixei o olhar para não provocá-lo ainda mais. Ele respirava pesadamente, seus dedos se contraindo com a vontade de me esfaquear com suas garras ferozes. Embora não as tenha retraído, o doppelganger finalmente deu alguns passos para trás, com o rosto ainda contorcido de fúria.

— Se falhar de novo, o tormento que eu infligirei a você não terá fim, filhote — Lyall sibilou, com a voz quase duplicada — Não viaje pela floresta esta noite. Durma aqui e saia ao amanhecer. Siga a trilha azul até a estrada.

— Que trilha azul? — eu perguntei.

Ele me encarou com algo próximo ao ódio, mas não respondeu. As listras de relâmpago sob sua pele começaram a brilhar, e ele se transformou em um pássaro gigante que eu nunca tinha visto antes e alçou voo. Momentos depois, a ilusão se dissipou.

A floresta exuberante que praticamente abraçava a cabana havia desaparecido. Em vez disso, eu estava em frente a uma caverna em uma clareira. Nossos dois cavalos vagavam despreocupadamente do lado de fora. Mas o cheiro forte de Amara era tudo o que prendia minha atenção.

Eu gritei o nome dela e corri para dentro da caverna.

CAPÍTULO 11

AMARA

Depois do que pareceu uma eternidade de silêncio ensurdecedor, a aconchegante casa de madeira desapareceu de repente ao meu redor, assim como a força invisível que me mantinha presa ao assento. Só que a confortável cadeira em que eu estava presa desapareceu. Em vez disso, eu me vi sentada em uma grande rocha, cercada por uma caverna. Ela tinha muitas semelhanças com aquela aonde Remus nos levou na primeira noite de nossa jornada.

Mas antes que eu pudesse me aprofundar mais na questão se aquilo era uma nova ilusão ou um retorno à realidade, a voz de Remus chamando meu nome me assustou. Eu me levantei em um salto e o vi entrar. Seu rosto se iluminou enquanto um alívio intenso tomava conta de suas belas feições.

— Minha companheira! — ele exclamou, sua voz cheia de alegria.

Com os braços abertos, ele deu alguns passos em minha direção, mas parou abruptamente, com um ar confuso e magoado, quando eu me afastei. Eu não precisava de um espelho para saber que tipo de expressão suspeita estava estampada em meu rosto.

De repente, ele compreendeu, e assumiu um ar de compaixão ao sorrir para mim.

— Está tudo bem, Amara. Sou eu, seu Remus.

Minha reação foi obviamente instintiva. Mas antes mesmo que ele falasse, eu percebi que era ele mesmo. Eu corri em sua direção quando ele terminou a frase e quase trombei com ele ao me jogar em seus braços. Atordoado, ele me segurou sem esforço e não resistiu quando esmaguei seus lábios em um beijo quase desesperado. Ele respondeu da mesma forma, seus braços fortes me segurando com força, como se temesse que eu desaparecesse.

O beijo finalmente terminou, e ele segurou meu rosto entre as duas mãos, estudando minhas feições como se quisesse ter certeza de que era realmente eu e que tudo estava bem.

— Você está bem, minha Chama? — ele perguntou, com a voz cheia de preocupação.

Eu sorri e assenti — Sim, estou bem. E você?

— Eu estou bem — ele respondeu, franzindo a testa — Mas como você sabe que sou eu mesmo e não ele?

Meu sorriso se alargou e eu acariciei sua bochecha — Seu cheiro e o fato de você estar nu confirmaram sua identidade.

Ele piscou, perplexo com a resposta, o que me fez rir.

— Na estrada, quando Lyall se aproximou de mim pela primeira vez, eu percebi que ele não era você, porque estava vestido. Você tirou todas as suas roupas, exceto a roupa íntima, antes de se transformar quando as feras atacaram. Ele saiu da floresta completamente vestido.

Ele assentiu lentamente, com um brilho de admiração nos olhos.

— Entendi. Ou ele não pensou nisso ou deliberadamente escolheu correr esse risco, já que provavelmente nunca me viu nu antes e, portanto, não seria capaz de me reproduzir nu, especialmente minha virilha ou qualquer cicatriz que eu possa ter — Remus disse, pensativo.

— Justo — eu concordei — Ele também não tem o seu cheiro. Aliás, eu nem senti cheiro algum nele. E ele também não se parece com você, nem olha para mim como você. A fala dele é diferente. É sutil, mas ele não rola os Rs como você. E ele não tem esses pontinhos alaranjados fofos no seu olho direito — eu acrescentei, traçando sua sobrancelha direita com o dedo indicador.

— Alguém realmente está prestando atenção em mim — Remus disse, seu rosto se derretendo de ternura.

— Com certeza — eu respondi, estufando o peito — Mas como você sabe que eu não sou ele?

Ele caiu na gargalhada — Sem chance. Ninguém possui um aroma tão inebriante quanto o seu. Ninguém mais neste mundo incendeia meu sangue e me deixa tão excitado com o simples fato de estar na sua presença — ele respondeu, batendo na ponta do meu nariz com o dedo.

Eu sorri para ele. Então ele assumiu uma expressão travessa.

— De qualquer forma, o Lyall não teria se jogado nos meus braços. Ele quer me devorar, não me beijar.

Meu sorriso desapareceu ao ouvir essas palavras, pois a dura realidade da nossa situação deixou de lado a alegria do nosso reencontro.

— Onde ele está? — eu perguntei, olhando por cima do ombro para espiar a entrada da caverna.

— Ele foi embora, e a ilusão se dissipou — Remus respondeu em um tom sombrio — Eu estava procurando por você freneticamente, mas ele me prendeu em algum tipo de pesadelo.

— Devíamos ir embora, caso ele decida voltar — eu disse com um tremor.

Para minha surpresa, Remus balançou a cabeça com firmeza — Não. A noite já chegou. Nós ficaremos aqui e partiremos amanhã de manhã.

— Aqui? — eu repeti, lançando um olhar cauteloso ao redor

antes de encará-lo novamente — É seguro? Não estamos no meio da Floresta Assombrada?

— Por mais estranho que isso pareça, sim, acredito que estamos seguros.

Ele pegou minha mão e me levou até a grande rocha onde eu estava sentada. Ele se acomodou e me puxou para seu colo. Remus então começou a relatar sua busca, a luta contra os Arraphilons, seguida de sua conversa com Lyall.

Assim que ele terminou, eu contei meu próprio encontro com o doppelganger, o teste aterrorizante a que ele me submeteu contra Ranael e, em seguida, minha conversa aqui com ele. Eu precisei acalmá-lo durante a parte com Ranael e lembrá-lo de que tudo não passou de uma ilusão. Mesmo assim, ele odiava que eu suportasse qualquer tipo de dor, por mais falsa que fosse.

— Sabe, Lyall está apaixonado por você — Remus disse finalmente, seu olhar penetrante no meu enquanto ele estudava minha resposta às suas palavras.

Eu caí na gargalhada — Não, não está. Ele me conheceu há apenas uma hora. Não sei se ele está só com uma quedinha ou é do tipo que cobiça o que não pode ter, mas eu não chamaria isso de amor — eu respondi com um sorriso indulgente.

Para minha surpresa, Remus balançou a cabeça com firmeza — Você está errada. Não é uma quedinha — ele respondeu com uma convicção que me surpreendeu — Lyall bebeu seu sangue. Através dele, ele leu cada momento do seu passado. Ele a conhece mais intimamente do que você mesma, e provavelmente melhor do que eu jamais conhecerei, mesmo que passemos o resto de nossas vidas juntos. Ele absorveu uma vida inteira de memórias e emoções que você vivenciou, mesmo aquelas que você reprimiu ou das quais não tem consciência. E tudo o que ele viu o encantou.

Eu franzi a testa, me sentindo em conflito com suas palavras. Uma parte de mim entendia como explorar a psique de alguém em um nível tão íntimo poderia criar um vínculo poderoso.

Nesse caso, eu simpatizava com o fato de que ele agora poderia sentir essas emoções e provavelmente também entender que eu não poderia retribuí-las. Isso explicaria a expressão derrotada que ele demonstrou no final. Mas outra parte de mim se sentiu violada por ele ter saqueado o que deveria ser a coisa mais íntima que alguém possuía.

— Ele queria que eu te entregasse a ele — Remus acrescentou suavemente — Naturalmente, eu recusei.

Minha testa se franziu enquanto eu digeria suas palavras.

— Como você o convenceu a ir embora?

— Não posso dizer que o convenci por si só. No fim das contas, ele tomou essa decisão sozinho. Eu não me recusei exatamente a entregá-la, mas também não consenti.

— O quê? O que isso significa? — eu perguntei, confusa.

— Eu pedi a ele que a acompanhasse e ajudasse a mantê-la viva até chegarmos a Ranael — ele sorriu ao ver minha expressão de espanto e acariciou meu cabelo delicadamente — Sua sobrevivência é tudo o que importa, Amara. Eu não posso decidir por você se deve ficar com ele e se beneficiar da cura que ele pode oferecer sem colocar sua vida em risco enfrentando o lobo demônio. Ficar com ele ou continuar a jornada comigo é uma escolha sua.

— Minha escolha é continuar a jornada com você — eu disse em um tom que não admitia discussão.

Ele sorriu e beijou minha testa — O fato dele ter tentado me convencer a deixá-la me mostrou que você já o havia rejeitado. O que ele oferece não é uma solução. Isso simplesmente a tornaria dependente dele para sempre. Nós precisamos buscar a cura real para que você possa viver livremente, de acordo com seus próprios termos, e não à mercê e pela graça de outra pessoa.

— Foi exatamente isso que eu pensei — eu respondi — Mas obrigada por não tentar decidir por mim ou tirar minha liberdade de escolha.

— Eu te respeito demais para isso, minha Chama.

— E eu te amo por isso. No entanto, não consigo deixar de me perguntar se ele está certo.

— Sobre você não chegar ao planalto? — ele perguntou suavemente.

Eu assenti, sombria — Ele disse que só me restam sete ou oito dias. Pelo que eu sei, doppelgangers não mentem. Nós conseguiremos chegar ao nosso destino antes disso?

Meu coração afundou quando ele balançou a cabeça.

— Nós levaremos pelo menos dez dias, mesmo se nos esforçarmos ao máximo. Mas Lyall disse que eu posso retardar sua doença.

Eu me animei — O quê? Como?

— O veneno da cauda de cobra de Ranael corre através de mim. É uma versão mais fraca, o que me torna tóxico para os outros.

— Mas é o que eu preciso para lutar contra o meu veneno! — eu exclamei, a esperança explodindo dentro de mim — Você pode me curar?!

— Não, minha companheira, não posso curá-la. Eu só posso retardar o progresso, não pará-lo ou revertê-lo — ele respondeu, se desculpando.

Eu apertei os lábios, um pouco decepcionada. Mas nada era tão fácil assim. Mesmo assim, era uma esperança que nós não tínhamos antes. Então, um pensamento desagradável surgiu na minha cabeça.

— Tem certeza de que foi isso que ele disse? Você acredita nele? — eu perguntei, cautelosamente.

Ele assentiu com convicção — Lyall quer que você viva. Ele me disse, sem rodeios, que se eu falhar, ele me caçará e me fará desejar a morte. Ele realmente se apaixonou por tudo o que viu em você.

Eu me contorci em seu colo, com o rosto corando de vergonha. Embora me considerasse uma boa pessoa – e certamente sempre me esforcei para ser – eu não me considerava particularmente excepcional em nenhum aspecto. Pelo menos não a ponto de alguém se apaixonar perdidamente por mim só por dar uma espiadinha na minha vida, em geral, banal.

— Você domesticou um monstro — Remus disse, provocando.

Eu fiquei tensa e franzi a testa para ele, o que o pegou de surpresa.

— Ele não é um monstro — eu disse com um fervor que não conseguia explicar. Eu desviei o olhar, encarando o chão sem vê-lo enquanto refletia sobre minhas interações com o doppelganger — Lyall realmente acredita que ele é, mas eu não. Um monstro não tem mente, é controlado por seus instintos mais básicos. Ele apenas tem uma natureza selvagem muito forte. Mas, no fundo, eu acredito que existe um homem realmente gentil que é muito solitário. Você devia ter visto como ele brilhava enquanto bebia meu sangue. Era como estar cercada por uma luz divina. Eu rezo para que ele encontre sua alma gêmea um dia.

— Ela não é você — Remus respondeu severamente.

Eu bufei enquanto meu olhar se voltava para ele — Não, ela definitivamente não sou eu — eu disse, provocando, divertida com aquela demonstração de ciúmes — Mas voltando ao seu veneno, como eu faço para obtê-lo de você?

Para minha surpresa, Remus corou de repente e baixou os olhos, envergonhado. Havia algo incrivelmente adorável, quase infantil, em sua timidez. O fato dele ser tão grande, musculoso e intimidador quando queria tornava tudo ainda mais chocante.

E então eu entendi.

— Ah, entendi! — eu disse, antes de rir nervosamente.

A chama da excitação acendeu no fundo da minha barriga.

— Bem, devemos comer alguma coisa e descansar esta noite — Remus resmungou para esconder o constrangimento — Acordaremos ao amanhecer e cavalgaremos a toda velocidade para chegar à estalagem antes do pôr do sol.

— Uau, alguém está ansioso! — eu disse provocativamente.

— Amara! — Remus exclamou, o que me fez cair na gargalhada.

Considerando as brincadeiras safadas que fizemos na noite anterior, eu achei hilário que ele fosse tão pudico.

Mesmo assim, ele estava certo. Eu precisava de comida e descanso. O estresse do dia e minha doença crescente estavam me cobrando um preço. Eu me sentia culpada por ver Remus cuidando de tudo enquanto me proibia de fazer qualquer esforço. Ele sabiamente decidiu não sair para caçar comida fresca naquela noite na floresta, e, em vez disso, nós comemos algumas das provisões que ainda tínhamos em nossas mochilas.

Depois de cuidar dos cavalos, ele assumiu a forma de lobo, e eu me aninhei nele durante a noite. Eu não conseguia acreditar na facilidade com que o sono me dominou. Considerando que estávamos no coração da Floresta Assombrada e protegidos apenas por uma caverna sem portas, eu deveria ter ficado apavorada. Mas as poderosas proteções que protegiam a caverna e o corpo quente do meu homem ao meu redor me faziam sentir segura.

Na manhã seguinte, não perdemos tempo. Não havia rio por perto para dar um mergulho, e eu não me arriscaria a entrar em qualquer corpo d'água dentro de uma floresta amaldiçoada. Nós comemos pão seco e carnes curadas com o resto da sidra que Misty nos deu. Remus vestiu suas roupas, que sabiamente havia deixado com seu cavalo antes de perseguir os Aegarims, e nós partimos.

Hipnotizada, eu observei a estranha trilha de névoa que pareceu se formar em nosso caminho no minuto em que montamos em nossos cavalos. Ela tinha um tom azulado, como se pequenos espíritos ou vaga-lumes mágicos voassem por ela. Fosse o que fosse, não se qualificava como uma ocorrência aleatória. Ela girava e circulava em certas áreas enquanto a seguíamos, agindo como um guia mágico que nos levava de volta em segurança à estrada. Em nenhum momento durante aquela caminhada as canções sedutoras que me atormentaram no dia anterior se manifestaram.

Antes de partir, Lyall instruiu Remus a seguir a trilha azul. Seria um fenômeno automático que aparecia sempre que alguém buscava refúgio na caverna, ou Lyall o havia preparado pessoalmente para nós? Eu provavelmente nunca teria a resposta para essa pergunta, mas meu peito se aqueceu pelo doppelganger. Se eu conseguisse sobreviver a essa provação, encontraria uma maneira de agradecê-lo.

Assim que chegamos à estrada, aceleramos o passo. Nós mal conversamos, apenas nos entregando a breves conversas sempre que reduzíamos o ritmo para deixar os cavalos descansarem. Nenhum dos espíritos nos incomodou pelo resto da jornada pela Floresta Assombrada. Mais uma vez, eu não pude deixar de me perguntar se era devido a alguma intervenção de Lyall, ou se ele estava nos seguindo, espreitando nas sombras. Eu não duvidei que sua mera presença fosse suficiente para fazer todas as criaturas inferiores correrem para se proteger.

Assim como quando entramos na Floresta Assombrada, nenhuma placa clara indicava o momento em que saímos. E, no entanto, uma mudança inegável ocorreu. O ar parecia mais limpo e leve, como se uma pedra tivesse sido tirada dos meus ombros. As cores pareciam mais brilhantes, e até mesmo a exaustão que eu sentia diminuiu significativamente. Eu percebi então como aquele lugar amaldiçoado havia me pesado tanto física quanto mentalmente.

Nós finalmente chegamos à estalagem uma hora depois do pôr do sol. O lugar estava lotado. Foi estranho entrar com tantos olhares nos observando como se fôssemos algum tipo de anomalia. Naquele instante, eu percebi que a notícia da nossa missão também havia se espalhado por aqui. Não é de se espantar que Lyall tenha ouvido falar dela. Eu ainda não entendia por que isso o levou a nos procurar. Mesmo que tivéssemos a intenção de matar Ranael, por que ele se importaria?

Ignorando os olhares quase rudes dos clientes, Remus foi direto para o balcão, comandado por um estalajadeiro corpulento. Por mais que eu gostasse da minha privacidade, ter tanta atenção me deixava indiferente. Contanto que ninguém me importunasse diretamente, eles eram livres para olhar o quanto quisessem. Mas os olhares nada amigáveis lançados ao meu companheiro me irritavam. Isso fazia com que a mãe ursa protetora que eu não sabia que se escondia dentro de mim entrasse em frenesi. Eu precisei de toda a minha força de vontade para não dar uma bronca neles.

Pelo menos, Remus parecia totalmente imperturbável, provavelmente tendo se acostumado a isso depois de uma vida inteira com esse tratamento. Eu me encostei no balcão quando ele começou a falar com o estalajadeiro. O homem de cinquenta e poucos anos tinha um comportamento jovial e parecia se deliciar com frequência de seu famoso hidromel quente. Ele nos convidou a sentar em uma das poucas mesas livres restantes enquanto preparava nosso quarto e um banho quente para nós.

Depois de uma refeição farta – que meu companheiro quase engoliu – nós subimos para o nosso quarto. O isolamento acústico era muito bom. Considerando a multidão conversando alto e a pequena banda tocando música ao vivo, eu esperava que o barulho dificultasse o desfrute de um pouco de paz e sossego. O estalajadeiro provavelmente mandou alguma bruxa ou feiticeiro lançar um feitiço de silêncio nos quartos.

Ele era agradavelmente espaçoso. As pousadas costumavam ter quartos menores para maximizar o número de hóspedes que podiam acomodar a qualquer momento. Este tinha uma cama enorme e um pequeno recanto com uma banheira com pés. Uma cômoda ficava do lado esquerdo, em frente a uma área de estar com duas cadeiras almofadadas e uma mesa de centro ao lado de uma grande janela que proporcionava uma vista agradável da silhueta dos picos mais altos da montanha ao longe. Uma runa familiar brilhava na lateral da banheira. Um feitiço básico mantinha a água quente dentro dela. Remus jogou nossas malas na cômoda e imediatamente começou a se despir. Assim como eu, ele lançava um olhar de aprovação ao redor. Nenhum dos móveis transmitia luxo, mas era resistente e limpo. Acima de tudo, era melhor do que dormir no chão de uma caverna no meio de uma floresta amaldiçoada.

Eu estava quase tirando a roupa quando Remus gentilmente afastou minha mão para que ele mesmo pudesse fazer isso. Mais uma vez, eu me derreti olhando para o meu homem fera. Ele era tão grande, alto e musculoso que você nunca imaginaria que ele pudesse lidar com qualquer coisa ou pessoa com tanto cuidado. Mas, acima de tudo, era o ar constante de admiração, repleto de infinita ternura em seus olhos, que me deixava confusa.

Se ele me olhava assim quando ainda não tinha se apaixonado por mim, eu só conseguia imaginar como seria quando se apaixonasse. Ninguém – e muito menos um homem – jamais me fez sentir tão preciosa. Ele me despiu e, distraidamente, jogou as roupas em uma das duas cadeiras perto da janela. Então, ele me pegou no colo sem esforço e me carregou até a banheira.

Um arrepio percorreu meu corpo ao sentir o calor intenso da pele nua dele contra a minha. Uma parte de mim lamentava o fato de que, quando estivéssemos totalmente ligados, ele provavelmente pararia de entrar no cio sempre que estivesse na minha presença. Eu, egoisticamente, adorava o quão quentinho ele ficava quando eu me aconchegava nele.

Ele me acomodou na água antes de se juntar a mim. Eu fiquei surpresa ao ver que ambos cabíamos confortavelmente. À primeira vista, a banheira parecia muito menor do que realmente era. Remus demorou um bom tempo me lavando, assim como havia feito no rio perto do Alojamento dos Caçadores. Mas, desta vez, ele não manteve o toque clínico.

Seu olhar acompanhou o movimento de suas mãos enquanto elas vagavam livremente por mim. Elas se demoraram nos meus seios, seus polegares traçando as aréolas e acariciando os mamilos até que endurecessem. Minha respiração ficou ofegante enquanto eu o observava explorar cada centímetro do meu corpo. Suas palmas continuaram sua jornada descendo pela minha barriga e mais para o sul.

Para minha consternação, ele não se aventurou em direção ao meu centro latejante, mas continuou a lavar cada uma das minhas pernas com movimentos lentos e sensuais. Meus músculos abdominais se contraíram quando ele levantou meu pé direito, me forçando a me inclinar para trás na banheira. Ele massageou meu pé antes de beijá-lo delicadamente. Um arrepio me percorreu quando seus lábios roçaram toda a minha panturrilha, parando apenas o tempo suficiente para ele beliscar delicadamente a parte carnuda, logo abaixo do meu joelho. Ele continuou a se mover para frente, com o rosto parcialmente submerso na água para prestar a mesma atenção à parte interna da minha coxa.

Ele levantou a cabeça para respirar. Uma onda de tesão explodiu na boca do meu estômago quando cruzei os olhos com ele. Sua esclera estava preta como breu novamente, e seus olhos dourados brilhavam enquanto ele mostrava as presas para mim. Eu engoli em seco quando a ponta do seu dedo começou a sondar minha fenda. Eu estava tão hipnotizada por seu olhar que nem percebi o movimento de suas mãos em mim.

Eu inspirei fundo quando ele inseriu um segundo dedo, movendo-o lentamente para dentro e para fora enquanto seu polegar massageava meu clitóris. Ele apenas ficou ajoelhado, com o queixo ainda tocando a água enquanto seu olhar penetrava o meu. Tudo o que eu conseguia ouvir era minha respiração ofegante, a água espirrando com seus movimentos e um rosnado baixo, quase ameaçador, vibrando em seu peito, em um fluxo constante.

Minhas mãos apertaram cada lado da banheira enquanto ele acelerava o movimento. O prazer crescia dentro de mim. Eu levei um momento para perceber que a água espirrando ao nosso redor não se devia apenas aos cuidados do meu homem, mas também aos meus próprios quadris, que começaram a girar enquanto eu pressionava meu núcleo contra a mão dele para maior fricção.

Um prazer intenso me atingiu como um raio quando ele curvou os dedos para roçar meu ponto sensível. Eu soltei um grito agudo, fechei os olhos e joguei a cabeça para trás.

— Não! — Remus rosnou, me assustando.

Ele deslizou a mão livre atrás da minha nuca, me forçando a olhar para ele com uma expressão quase selvagem no rosto. Eu olhei boquiaberta, atordoada.

— Eu verei o seu prazer. Ele é só para mim — ele disse, ameaçadoramente.

Meus ovários explodiram.

Eu fechei minha mão direita em volta do seu pulso, ainda segurando minha nuca. Minhas unhas se cravaram em sua carne enquanto eu começava a atingir o pico novamente. A vontade de fechar os olhos novamente me arranhava, mas eu não conseguia desviar o olhar dele. Ele era magnífico e assustador, com as presas à mostra em um sorriso rosnado.

Meu orgasmo me arrebatou tão abruptamente que eu provavelmente teria afundado se ele não estivesse me segurando. Um gemido prolongado seguiu meu grito de êxtase enquanto meu companheiro esfregava meu clitóris com ainda mais intensidade para me manter nas alturas. Só quando eu senti a textura áspera de sua língua no meu mamilo é que eu percebi que havia quebrado o contato visual. Ele chupou avidamente meu pequeno nódulo duro enquanto continuava me fodendo com a mão.

Sua boca beijou um caminho de volta até a minha, e ele reivindicou apaixonadamente meus lábios, engolindo cada um dos meus gemidos. Remus finalmente cedeu e ergueu a cabeça para estudar meu rosto com uma expressão presunçosa. Eu queria dar um tapa nele, mas sua arrogância era justificada. Ele não resistiu quando o empurrei levemente para retribuir o favor. Mais uma vez, seu olhar permaneceu fixo no meu rosto enquanto eu tocava cada centímetro do seu corpo perfeito. Descaradamente, eu o lavei pela metade, mas principalmente o apalpei. Era surpreendente como seus braços pareciam macios e confortáveis, sendo que ele era provavelmente a pessoa mais em forma que eu já tinha visto. Cada músculo era bem definido, mas não de uma forma perturbadoramente volumosa.

Toda vez que eu me inclinava para beijar ou lamber seu peito ou mamilos, Remus segurava minha nuca com a mão, mas nunca de forma constrangedora. Ele raspava delicadamente a base do meu crânio com as unhas. Por uma razão estranha, cada movimento ressoava diretamente no meu clitóris. Só quando eu fechei a mão em volta do seu membro ele sibilou e apertou meu cabelo com um pouco mais de força.

Ele ainda não tentava controlar meus movimentos, mas seus músculos abdominais se contraíram e ele cerrou os dentes como se estivesse tentando manter o controle. Eu o acariciei delicadamente. A cada movimento da minha mão, Remus parecia se endireitar cada vez mais na banheira, eventualmente começando a se inclinar para a frente. Era como observar um felino se aproximando lenta e silenciosamente de uma presa desavisada antes de saltar para a matança.

Meus mamilos doíam e minhas paredes internas se contraíam espasmodicamente com a excitação da antecipação. Eu queria ser pega, subjugada e devastada pelo meu homem.

Aconteceu mais rápido e muito antes do que eu esperava.

Ele me puxou para cima com tanta força e velocidade que, por um instante, pensei que eu fosse voar pelo quarto e bater na parede. Mas ele se levantou da água ao mesmo tempo em que me levantava, e eu me vi batendo contra o calor escaldante do seu corpo. Ele esmagou meus lábios com um beijo quase selvagem ao sair da banheira.

A água escorria de nós, e eu me senti vagamente culpada pela bagunça que estávamos fazendo. Mas as mãos do meu companheiro acariciando meu corpo febrilmente e sua boca devorando a minha apagaram qualquer pensamento semelhante da minha mente. Eu adorava a sensação de sua língua girando em volta da minha, seu gosto delicioso e o jeito faminto com que ele sempre me beijava. Ele reivindicava minha boca como se não se cansasse de mim, como se sua própria sobrevivência dependesse disso.

E eu adorava isso.

Cedo demais, ele interrompeu o beijo. Quando suas mãos deslizaram pelas minhas costas para se agarrarem atrás das minhas coxas, eu pensei que era para me levar para a cama ou para me levantar e me empalar em seu pau. Ele estava pressionando minha barriga desde que ele me tirou da banheira. Esse pensamento atiçou as chamas da luxúria que incendiavam cada parte de mim. Por mais que eu temesse sua circunferência, eu ansiava por ser preenchida por ele, por ser uma com minha alma gêmea. A protuberância de seu nó pressionando minha pélvis me deixou ainda mais impaciente para senti-lo dentro de mim.

Um grito de susto escapou de mim, e meu estômago revirou como quando se experimenta uma subida ou descida rápida, quando Remus me levantou a uma velocidade vertiginosa. Eu tentei me segurar em seus ombros enquanto o teto vinha correndo em minha direção, apenas para acabar agarrando seus cabelos enquanto meu homem me acomodava em seus ombros, de frente para ele. Antes que eu pudesse compreender completamente o que estava acontecendo, o inferno de sua boca sugou meu clitóris.

Eu soltei um gemido estrangulado e joguei a cabeça para trás. Se não fosse pela mão esquerda dele nas minhas costas, eu provavelmente teria caído. Remus começou a se banquetear comigo com um apetite voraz. Cada movimento de sua língua no meu pequeno e inchado nódulo era como uma injeção de êxtase líquido diretamente nas minhas veias. Ele a mergulhou dentro de mim, curvando-a na medida certa para roçar meu feixe sensível de nervos, me fazendo implorar por mais. Gemidos voluptuosos saíam de mim em uma sequência interminável.

Meu clímax não se desenvolveu lentamente, ele veio como um trem de carga, me deixando desorientada e sem vida nos braços do meu homem. Eu me senti cair, apenas para ser aconchegada em seus braços. Ainda atordoada enquanto os tremores de êxtase continuavam a me percorrer, eu senti vagamente Remus me sentar em seu colo e usar uma toalha para me secar.

Minha pele se arrepiou e um arrepio delicioso percorreu minha espinha enquanto meu companheiro cuidava de mim. Sua boca seguia o rastro de onde a toalha me tocava. Remus me deitou na cama para limpar minhas pernas, sua barba curta fazendo cócegas em minha pele enquanto ele espalhava mais beijos por toda a extensão delas.

Com os olhos semicerrados, eu o observei se secar rapidamente antes de jogar a toalha na direção das duas cadeiras. Com a boca cheia d'água, eu contemplei com admiração seu corpo divino enquanto ele estava ao lado da cama, com o pau orgulhosamente ereto. Eu estendi a mão, o chamando. Ele subiu na cama e eu abri as pernas para dar espaço para ele se acomodar em cima de mim.

Pela eternidade seguinte, nós trocamos beijos e carícias. Algumas vezes, eu pensei que ele finalmente levaria as coisas para o próximo nível, mas ele sempre parecia hesitar antes de retomar suas atenções ternas.

Por fim, depois de um beijo profundo e apaixonado, Remus ergueu a cabeça para me olhar nos olhos. Meu estômago estremeceu agora que o momento havia chegado. Seus olhos dourados percorreram os meus, perscrutadores. Eu dei-lhe um sorriso encorajador. O sorriso nervoso com que ele respondeu me surpreendeu.

Ele tem medo que sua semente me machuque.

— Está tudo bem, Remus — eu disse suavemente, afastando algumas mechas de seu cabelo úmido do rosto — Você não vai me machucar. Pelo contrário, você vai me ajudar a melhorar até chegarmos ao planalto. Eu quero isso com você.

Uma emoção poderosa passou pelo seu rosto e eu o abracei com mais força.

— Eu também quero isso com você, minha Chama. Mas e se for um truque, ou algum jogo mental distorcido? E se ele estiver errado? Eu não suporto a ideia de te machucar. Pior ainda, te perder vai me matar.

— Você não vai me perder, Remus. Doppelgangers não mentem — eu disse em um tom razoável — E você mesmo disse que Lyall realmente se importa comigo. Ele nunca te mandaria fazer algo que me machucasse.

— Eu sei. Você tem razão — ele disse com a voz trêmula — É só que...

Ele suspirou, derrotado. Eu sorri, meu coração transbordando de afeição por ele. Eu segurei seu rosto com as duas mãos e o encarei.

— Nós somos Chamas Gêmeas, Remus. O destino nos fez um para o outro. Faz todo o sentido que sua maldição seja minha salvação até que possamos encontrar a cura. Isso está certo. Isso parece certo. Seja meu e deixe-me ser sua.

— Minha Chama... — ele sussurrou com algo parecido com adoração.

Eu puxei seu rosto para perto do meu e tomei posse de seus lábios. Ele prontamente assumiu o controle e aprofundou o beijo com um toque de desespero. Depois de mais algumas carícias, Remus posicionou a ponta do seu pau na minha abertura. Ele não se empurrou para dentro imediatamente, mas me encarou novamente, com um olhar intenso.

Eu adorava como ele sempre me dava a chance de recuar e se certificava de que eu estava totalmente envolvida, a cada passo do caminho. Isso só reforçava o quanto ele me fazia sentir segura. Eu sorri e assenti, concordando. A preocupação passou pelos seus olhos. Mesmo quando Remus começou a me penetrar, ele não conseguia esconder completamente a turbulência interior que ainda o assolava.

No entanto, meu suspiro de desconforto o fez voltar a se concentrar em mim. Meu homem era enorme. Eu sabia que seria apertado, mas não esperava que fosse tanto. Eu me obriguei a relaxar, me concentrando na sensação quente de sua pele macia ao meu redor, em suas mãos me acariciando e nas doces palavras de encorajamento que ele sussurrava entre beijos.

Com estocadas superficiais e cuidadosas, Remus foi entrando centímetro após centímetro até que meu corpo cedeu. Eu sibilei com a leve dor, enquanto o peito do meu homem vibrava com um rosnado profundo. Eu não sabia se o tinha machucado, mas me sentia tão incrivelmente cheia que não duvidei que seu pau estivesse sendo apertado com força.

Ele fechou os olhos e encostou a testa na minha. Seu corpo poderoso tremia levemente sobre mim. Eu me perguntei se a dor, o prazer, a luta para permanecer imóvel enquanto me ajustava à sua circunferência, ou uma mistura de tudo isso, causavam aquela reação. Eu respirava superficialmente, avaliando a sensação dele lá no fundo. Embora ainda não tivesse inchado, seu nó estava perfeitamente posicionado para pressionar meu ponto G. Eu movi levemente minha pélvis e ofeguei quando uma descarga elétrica de prazer irradiou para fora quando seu nó me esfregou do jeito certo.

Remus abriu os olhos para me encarar. Eu deveria ter ficado apavorada com a dilatação de suas pupilas, com a escuridão de sua esclera quase engolindo completamente o anel dourado de suas íris. Meus dedos dos pés se curvaram instantaneamente, e minhas paredes internas se contraíram em torno de seu pênis com vontade própria.

Meu companheiro respirou fundo por entre os dentes cerrados e fechou os olhos com força mais uma vez. Desta vez, eu não duvidei mais de que ele estava travando uma batalha perdida contra o prazer intenso que o incitava a se mexer. Meus próprios gemidos subiam da minha garganta enquanto cada espasmo involuntário enviava uma onda de sensações por mim, do seu nó até as saliências que revestiam seu eixo.

Minhas mãos deslizaram por suas costas musculosas até se fixarem em seu traseiro delicioso. Eu apertei cada nádega com força e, em seguida, pressionei-as para baixo enquanto levantava minha pélvis para mais perto da dele. Ele não precisou que eu explicasse melhor o que eu queria dizer.

Um suspiro estrangulado escapou de mim enquanto ele cuidadosamente começava a se balançar para dentro e para fora de mim. Cada movimento me deixava louca com a intensidade do prazer que eu sentia. Claro, estar tão completamente esticada criava um certo desconforto, mas esse mesmo aperto também multiplicava as sensações prazerosas de seu nó e sulcos contra minhas paredes internas sensíveis. Os sons quase selvagens que emanavam do meu companheiro adicionavam litros de combustível ao fogo que crescia dentro de mim.

Uma poça de lava rodopiava na boca do meu estômago, o calor abrasador irradiando-se por todo o meu corpo e extremidades. Cada estocada enviava arrepios elétricos às minhas terminações nervosas. Remus rapidamente acelerou o ritmo, me tomando mais fundo, mais rápido e com mais força. E eu o encontrei estocada após estocada. Logo, ele estava me penetrando totalmente. O prazer e a dor de sua possessão selvagem me fizeram cair em um vórtice infinito de prazer do qual eu nunca queria emergir.

Nossas línguas e nossos gemidos se misturavam enquanto o som de carne encontrando carne enchia o quarto. Em meus braços, o corpo de Remus cresceu um pouco. Ele não estava dobrando de tamanho como quando assumia a forma de lobo, mas sua massa total aumentava visivelmente à medida que seus músculos se expandiam. Sua pele estava febril. Era como se ele tivesse engolido o sol.

Eu queimava por dentro e por fora, enquanto um prazer quase insuportável me levava à beira da loucura. Justo quando eu pensei que minha mente iria se romper, uma luz brilhante explodiu diante dos meus olhos, e meu corpo se contraiu conforme um orgasmo violento me atingiu. Remus respondeu ao meu grito de êxtase com um grito selvagem que soava quase raivoso. Enquanto a felicidade me dominava, eu senti vagamente meu companheiro continuar a me penetrar, embora seus movimentos tivessem se tornado erráticos.

Momentos depois, ele perdeu a batalha. Em meio ao meu torpor voluptuoso, eu o ouvi emitir um rugido selvagem e o senti penetrar fundo. Sua semente quente irrompeu em jatos poderosos, me preenchendo até a borda. Simultaneamente, seu nó inchou, nos unindo. Antes mesmo que eu pudesse me recuperar daquele orgasmo alucinante, a pressão estrategicamente posicionada e aumentada de seu nó no meu ponto G me levou ao limite mais uma vez.

Eu não conseguia nem descrever o som que emiti ao cair. Era parte um gemido gutural, parte um grito de susto e parte um grunhido ininteligível. Eu estava arrasada, tomada por tanto prazer enquanto Remus me abraçava, me segurando com uma força quase contundente, como se temesse que eu tentasse fugir.

Ele rolou de costas, me puxando para cima dele. Eu ainda sentia seu pau pulsando dentro de mim. Tremores sutis sacudiam seu corpo enquanto ele continuava a me abraçar com quase desespero. Eu estava exausta demais para sequer questionar sua estranha reação. Com a cabeça apoiada em seu peito largo, eu ouvi o bater forte de seu coração se acalmar lentamente, me embalando para dormir. Remus cobriu minha testa de beijos enquanto sussurrava palavras de devoção.

— Minha Chama, minha linda companheira... Obrigado — Remus disse, com a voz carregada de emoção — Eu nunca vou deixá-la ir.

Eu não sabia por que ele estava me agradecendo, mas naquele instante, eu realmente não me importava. Ele era minha alma gêmea. Seja lá o que o futuro me reservasse, vida ou morte, aqui e agora, eu estava feliz. Eu estava em casa.

CAPÍTULO 12
REMUS

Pela décima vez esta noite, eu acordei assustado. Uma simples olhada para fora bastou para eu saber que só havia cochilado por alguns minutos. Amara ainda estava enrolada em mim. Mas a preocupação que me atormentava por dentro todas as vezes que eu acordava finalmente se acalmou. Minha Chama permanecia um pouco quente ao toque, mas não estava mais queimando ou tremendo, nem mesmo suando muito e gemendo de dor.

Tudo começou cerca de uma hora depois de fazermos amor. Nenhuma palavra poderia descrever o terror que me envolveu naquele momento. Eu realmente acreditava que minha companheira morreria por minha culpa e por minha semente imunda. Até hoje, a lembrança de como algumas gotas do meu sangue quase mataram Ulric e o submeteram a anos de uma doença debilitante me assombrava. Provavelmente eu continuaria assim até o dia da minha morte.

Embora Amara também estivesse cada vez mais febril, inquieta e sentindo um desconforto evidente durante nossas noites anteriores, esta noite foi diferente. Ela claramente apresentava os sintomas de alguém que havia sido envenenado.

Para meu horror, quando a condição dela me acordou, meu nó ainda estava inchado demais para eu conseguir arrancar da minha mulher sem causar danos significativos a nós dois. O pior era que, em circunstâncias normais, os Lycans conseguiam desinflar o nó caso estivessem em perigo. Mas, por mais que eu tentasse, meu nó se recusava a soltar minha companheira. Eu continuava pensando que, se eu conseguisse arrancar e lavar o que restava do meu sêmen, isso poderia diminuir o risco dela morrer por causa disso.

Foi um pensamento estúpido, mas no meu desespero para salvá-la, eu teria feito qualquer coisa.

Não ajudou em nada o fato de ser a minha primeira vez me prendendo a uma mulher. As poucas mulheres com quem eu já havia transado compartilhavam minha cama mais por prazer do que por qualquer afeição real por mim. Elas tinham sido honestas sobre suas intenções, e eu tinha aceitado esses encontros como eles eram. Mas em todos esses casos, além de usar uma camisinha mágica para evitar qualquer risco de vazamento, eu também me retirava antes do clímax para não me prender acidentalmente a elas.

A lembrança daquela primeira experiência com minha Chama Gêmea me fez ferver o sangue. Como eu ansiava por isso, sonhava com aquele momento especial e único em que duas almas também se tornavam realmente uma só fisicamente. Isso superou tudo o que eu jamais esperava. Então, quando eu acordei e a encontrei encharcada de suor, seu corpo assustadoramente quente enquanto ela gemia e se contorcia de dor, quase me destruiu.

Eu amaldiçoei a mim mesmo por não dar ouvidos às minhas dúvidas e amaldiçoei Lyall por me enganar para machucar minha mulher. Mas então, conforme meu nó se recusava a me libertar, eu lentamente comecei a perceber que meu lobo interior sempre protegeria sua companheira. Se ele não se soltasse, isso significava que meu lobo acreditava que eu estava fazendo o certo por minha companheira. Eu observei Amara um pouco mais de perto. E então me dei conta de que o fedor de morte que vinha crescendo nela havia diminuído. A cada minuto que passava, aquele cheiro fétido diminuía gradativamente. Não foi uma queda radical, mas foi significativa o suficiente para ser perceptível.

Finalmente eu percebi que o desconforto dela se devia ao meu veneno, que ataca o veneno dela lentamente. Por mais que eu odiasse ver Amara sofrendo, esse processo desagradável a beneficiava. Eu apenas agradeci aos deuses por ela ter permanecido inconsciente durante todo o tempo. E, ao longo da noite, cada vez que eu acordava, o cheiro da sua doença diminuía ainda mais, assim como sua temperatura.

Agora, enquanto a observava descansando pacificamente em meus braços, eu, a contragosto, dirigi um agradecimento silencioso a Lyall. A simples imagem daquele belo doppelganger me incitava a ciúmes e inseguranças. Amara era minha. A arrogância com que ele tentou reivindicar minha companheira me irritava mais do que eu conseguia expressar. E, no entanto, eu não podia culpá-lo por estar apaixonado por ela. Seu aroma natural por si só era inebriante. Mas sua personalidade era mais do que viciante.

Eu acariciei delicadamente a pele nua de seu ombro. Outra onda de gratidão relutante cresceu dentro de mim por Lyall. A pele da minha companheira já parecia mais saudável e menos acinzentada do que nos últimos dias. No entanto, eu me arrependi por não ter perguntado a ele quanto da minha toxina eu deveria dar a ela. Será que havia algo como excesso ou falta? Haveria algum sinal externo que me dissesse que ela precisava de outra dose?

Na segunda vez que eu acordei, meu nó havia se desfeito, permitindo que eu o retirasse. Descobrir que o corpo dela havia absorvido até a última gota do meu sêmen me assustou. Isso era ruim? Até onde eu sabia, as mulheres não absorviam todo o sêmen de um homem. Elas tinham que lavar a maior parte. Como eu nunca havia gozado dentro de uma mulher antes, não fazia ideia do que era normal. Além disso, esse não era o tipo de pergunta que eu faria à Misty, já que isso nunca havia sido uma possibilidade remota antes de Amara.

Com a cabeça girando com muitos pensamentos angustiantes, eu me forcei a ceder ao esquecimento e caí em um sono agitado.

Quando a manhã finalmente chegou, eu finalmente consegui dormir tranquilamente. Os dedos de Amara acariciando cuidadosamente minhas sobrancelhas e, em seguida, as pontas da minha barba me despertaram do meu sono. Um calor maravilhoso percorreu meu peito ao encontrar minha companheira sorrindo para mim. Sua pele parecia quase luminosa, e seus olhos estavam livres do véu sombrio que começava a ofuscar seu brilho.

— Bom dia, minha Chama — eu disse, com a voz um pouco rouca devido ao sono prolongado — Como você está se sentindo?

— Incrivelmente bem — ela disse com um sorriso radiante, a sinceridade em sua voz dissipando as preocupações restantes que ainda me assombravam — Se eu soubesse que transar com meu homem poderia ser tão revigorante, teria pulado em você muito antes.

Eu dei uma risadinha e esfreguei meu nariz no dela — Fico feliz em ouvir isso. Sinta-se à vontade para me usar sempre que precisar — eu disse, provocante, antes de tomar posse de sua boca.

A paixão imediatamente se acendeu entre nós, e ambos atendemos ao seu chamado. Nós não devíamos ter feito isso, pois meu nó se ativou automaticamente no momento em que eu cheguei ao clímax. Eu também me preocupei que uma segunda dose do meu sêmen tão cedo pudesse ter efeitos adversos nela. Ao mesmo tempo, o cheiro da morte ainda era forte nela, apesar de ter diminuído. Meu veneno tinha muito com que se banquetear. Considerando sua concentração mais fraca, eu queria acreditar que mais – e não menos – seria benéfico para minha companheira.

Ainda assim, eu não poderia ficar bravo por ter levado minha mulher ao orgasmo duas vezes antes de encontrar minha própria libertação. Esta seria a última vez que teríamos algum tipo de conforto real até chegarmos ao nosso destino. O resto da jornada pela frente seria ainda mais árduo do que o que havíamos enfrentado até então. Eu só esperava que Amara conseguisse lidar com isso.

Para minha agradável surpresa, desta vez, levou apenas meia hora para o meu nó desinflar. Mais uma vez, minha Chama absorveu tudo o que eu havia lhe dado. O choque dela por não ter nenhuma bagunça para limpar confirmou que isso não era uma ocorrência normal. Eu não sabia o que fazer com isso.

Naquele instante, eu teria dado qualquer coisa para poder questionar Lyall sobre o assunto. Ele tinha muito mais respostas do que compartilhava. No entanto, eu suspeitava que, se nos encontrássemos novamente, ele seria bastante mesquinho com as informações que divulgasse. A extensão fenomenal dos poderes que ele demonstrava me levou a acreditar que ele não era apenas um demônio poderoso ou criatura sobrenatural. Embora eu não acreditasse que ele fosse um deus, apostaria que ele era um semideus. Nesse caso, ele estaria sujeito a uma série de regras rígidas chamadas Pacto, que os proibiam de intervir na vida dos mortais de uma forma que pudesse frustrar os planos que o Destino tinha reservado para eles.

Ao responder a muitas das minhas perguntas, ele poderia influenciar as minhas escolhas de uma forma completamente diferente daquela que eu teria feito se tivesse plena liberdade de escolha. Mas agora não era hora de me deter no doppelganger – ou qualquer outra coisa que ele pudesse realmente ser.

Nós rapidamente nos lavamos e nos deliciamos com o farto café da manhã que o estalajadeiro nos serviu. Como me conhecia bem, ele não questionou a quantia extra que eu lhe dei antes de partirmos. Ele queimava os cobertores em que eu dormia para evitar qualquer risco de que meu suor durante nossa farra apaixonada pudesse ter um efeito adverso em futuros hóspedes, mesmo que estivessem completamente lavados.

Atendendo ao meu pedido na noite anterior, ele preparou uma sacola cheia de pães secos, carnes curadas, nozes e outros alimentos que poderiam durar alguns dias. Ele também trouxe alguns odres de água e uma garrafa de cidra para acompanhar nossas refeições.

Quando saímos da pousada, Amara franziu a testa ao ver quais cavalos eu estava carregando com nossos escassos pertences.

— Estes não são nossos cavalos — ela disse, confusa.

— Boa observação — eu disse com um sorriso — Nós usaremos os cavalos do estalajadeiro até a beira da Colina da Tempestade. Eles são especialmente treinados para voltar para casa sozinhos. De lá, nós subiremos a montanha até chegarmos ao planalto. Não há caminho fácil para um cavalo percorrer.

Amara enrijeceu-se — Subiremos? — ela repetiu, cautelosa.

Eu assenti — Mas não se preocupe, minha Chama. Não é uma escalada, apenas uma ascensão ininterrupta por um caminho irregular, estreito demais para um cavalo ou para a maioria das montarias comuns.

— Ceeerto — ela disse cuidadosamente — Isso é um pouco reconfortante, mas não totalmente.

Eu dei uma risadinha e bati carinhosamente na ponta do seu nariz com o indicador — Não se preocupe. Não vai ser tão difícil para você. Quando chegarmos à Colina da Tempestade, usaremos o arreio para que você possa me montar.

— Te montar? — ela repetiu, com um brilho travesso surgindo em seus lindos olhos — Então acho que deveríamos ter praticado isso hoje de manhã em vez de você fazer todo o trabalho.

— AMARA! — eu exclamei, sentindo o calor subir às minhas bochechas.

Ela caiu na gargalhada, e o som claro e musical me envolveu como um cobertor quentinho. A infeliz adorava me fazer corar. Minha Chama parecia tão afetada e recatada que sempre me deixava perplexo quando ela fazia alguma insinuação obscena para me irritar. Eu não me considerava pudico, mas como nunca havia experimentado os flertes normais que as pessoas costumam ter desde a puberdade, me sentia tão desajeitado quanto um bezerro recém-nascido tentando se levantar pela primeira vez.

— O quê? — ela perguntou, arregalando os olhos com o ar menos sincero de pura inocência — Eu não posso trilhar um caminho tão difícil em tempo hábil. Eu estava apenas lamentando o fato de que deveria ter praticado a montaria em um lobo quando tive a chance.

Eu fiz uma careta para ela, o que só a fez rir ainda mais. Por Ferazan! Eu adorava como o simples fato de estar perto dela me fazia feliz, até mesmo suas provocações doces. E, acima de tudo, eu adorava como a felicidade iluminava seu rosto e afastava as nuvens escuras da ameaça que pairava sobre ela. Custe o que custar, eu faria tudo ao meu alcance para garantir que elas nunca mais voltassem.

— Vamos indo, sua safada — eu disse com falsa severidade — Temos um longo caminho pela frente.

Ela sorriu e me deu um beijo carinhoso no canto do queixo antes de me deixar ajudá-la a montar no cavalo. Nós partimos em ritmo acelerado. Uma onda de gratidão me inundou o coração ao ver como ela lidou melhor com a longa cavalgada. Claramente, nossa união melhorou sua saúde. Mas quanto tempo isso duraria?

Nós paramos algumas vezes ao longo do caminho antes de finalmente chegarmos à orla da floresta. Ela se abria para uma vasta clareira com grama alta gradualmente desaparecendo em meio à terra batida e às pedras ao pé da montanha. Apesar de estar acostumado a viagens difíceis, até eu me senti rígido e dolorido ao saltar do cavalo. Minha pobre companheira estremeceu um pouco quando a ajudei a descer. Encostando-se em mim, ela esticou as pernas e as costas antes de me deixar levá-la para dentro da caverna que nos abrigaria naquela noite.

Ao contrário das outras em que havíamos dormido, esta oferecia muito mais conforto, incluindo algumas camas com almofadas acolchoadas que funcionavam como colchões bastante macios, uma mesa e cadeiras de madeira de verdade, uma fogueira e utensílios básicos de cozinha. Enquanto minha companheira se acomodava lá dentro, eu voltei para descarregar os cavalos e soltá-los.

Eles vagaram em direção à área de grama alta para pastar e descansar. Em seu próprio ritmo, eles fariam a viagem de doze horas de volta ao seu dono. Toda a floresta entre a pousada e a Colina da Tempestade era tão segura quanto a Floresta Assombrada era perigosa. Apenas pequenos animais, principalmente pequenos herbívoros como coelhos, viviam naquela área. Portanto, os cavalos não encontrariam nenhum perigo no caminho de volta para casa. Suas rédeas e selas também eram encantadas para que qualquer ladrão em potencial tivesse uma surpresa desagradável se tentasse se apropriar delas.

Sem querer esgotar nossas reservas de comida muito rápido, eu fui à caça para o jantar. Nós comemos e dormimos cedo. Embora tenhamos nos acariciado bastante, não fizemos amor naquela noite. Não só o catre estreito não era ideal para tais atividades, como também estávamos cansados e não queríamos arriscar exagerar até termos uma noção melhor de como ela respondia às minhas toxinas.

Na manhã seguinte, os cavalos já tinham ido embora há muito tempo quando saímos. Antes de assumir a minha forma de lobo, eu dei instruções detalhadas à minha companheira sobre como se prender a mim com o arreio que preparei e como pendurar nossa bolsa de comida e reagentes de forma segura em mim para que não a incomodasse.

— O quê? — eu perguntei quando ela fez uma careta enquanto eu terminava de me despir.

— Não sei. É estranho te carregar com tudo isso e te montar como um cavalo até o topo daquela montanha — ela disse timidamente — Eu me sinto culpada. Você vai ficar exausto.

Eu bufei e balancei a cabeça — Primeiro, você pesa três vezes menos que nada. Segundo, meu lobo é extremamente forte. Minha resistência, força e vigor são pelo menos cinco vezes maiores do que na minha forma humana. Você viu como eu te carreguei facilmente nos braços. Então, carregá-la nas costas não será nenhum problema.

Ela seguiu meu olhar quando eu olhei para o caminho estreito à frente. E então eu gesticulei para ele com o queixo.

— Este caminho, porém, não é particularmente divertido. Eu vou me cansar? Com certeza. Mas não será por causa do seu peso ou das mochilas. Será por causa do terreno irregular e da inclinação acentuada em alguns trechos. Mas eu estou acostumado a percorrer caminhos semelhantes. Eu vou ficar bem — eu disse em um tom tranquilizador — Se eu ficar muito cansado, vamos apenas fazer uma pausa, e você pode coçar minha barriga para me acalmar.

Ela caiu na gargalhada e balançou a cabeça para mim — Tudo bem. Mas não se esqueça de descansar quando precisar. Eu estou começando a te conhecer. Seu lado superprotetor vai fazê-lo se esforçar até a exaustão só para cuidar de mim.

— Talvez... — eu disse de uma forma evasiva que a fez franzir a testa para mim.

Eu a beijei, mordisquei seu lábio inferior e então me transformei em lobo. A rapidez e a eficiência com que ela colocou o arreio em mim e prendeu a si mesma e nossas mochilas nas minhas costas foram impressionantes. Rapidamente, nós partimos.

A subida não foi tão ruim no começo, mas depois de algumas horas, eu já sentia a tensão se instalando. Era particularmente difícil porque estávamos seguindo uma parede rochosa quase vertical onde uma passagem estreita havia sido escavada. Ela era larga o suficiente para eu conseguir ficar em pé normalmente, mas deixava apenas alguns centímetros de terreno livre à minha direita. Eu agradeci aos deuses por minha companheira não sofrer de vertigem. Nós estávamos literalmente caminhando por uma trilha com menos de um metro de largura, com uma parede de pedra irregular à esquerda e o vazio à direita. Um único deslize nos faria despencar para a morte.

Eu só relaxei nas raras ocasiões em que a trilha cortava a própria face da montanha, criando uma parede temporária em ambos os lados antes de se abrir novamente, onde ficávamos totalmente expostos. Felizmente, embora estivéssemos subindo bastante, a temperatura permanecia agradável neste mês de verão. Nenhum vento forte ameaçou nos desestabilizar.

Durante a primeira metade da jornada, minha companheira me entreteve com histórias de sua vida, anedotas engraçadas sobre seus clientes mais estranhos e outras curiosidades aleatórias que eu poderia achar interessantes. Eu odiava não poder responder a ela como um lobo. Em breve, eu esperava que estivéssemos totalmente ligados e, então, pudéssemos compartilhar conversas telepáticas.

Este trecho da nossa jornada não era particularmente perigoso – desde que eu caminhasse com cuidado – mas foi, sem dúvida, o mais difícil em termos de viagem. Nós não podíamos parar em lugar nenhum para nos alongar ou descansar. Em outras circunstâncias, o desânimo de Amara ao descobrir que não haveria um lugar confortável para urinar teria sido engraçado. Nós esperamos até chegarmos a uma das passagens estreitas entre duas paredes rochosas para que ela se soltasse do arnês e pudesse fazer suas necessidades.

Mesmo assim, o constrangimento dela por urinar na minha frente foi hilário. Eu fiz questão de cobrir os olhos com a pata esquerda. Ela bufou e resmungou algo sobre eu ser bobo. Subir de volta em mim e se prender novamente com o arnês foi muito mais desafiador naquele espaço apertado. Ela comeu enquanto eu continuava a avançar e me alimentou com pedaços de carne curada por cima do meu ombro.

— Sabe, você poderia parar por alguns minutos para comer — ela murmurou.

Eu balancei a cabeça e continuei. Minha pobre mulher não compreendia completamente a nossa situação atual. Eu percebi então que não consegui explicar completamente como seria essa primeira parte. Quando o sol começou a se pôr no horizonte, Amara se mexeu, inquieta.

— Estamos perto de onde vamos parar para passar a noite? — ela perguntou antes de bocejar e se desculpar profusamente por isso.

Eu balancei a cabeça.

— Quanto tempo você diria? — ela insistiu — Uma hora?

Eu balancei a cabeça novamente.

— Duas horas? Três? Quatro? Cinco? — ela perguntou quando eu balançava a cabeça sistematicamente após cada número que ela dizia — Nove Infernos, será que vamos conseguir chegar lá hoje à noite?!

Eu balancei a cabeça.

— O quê? De manhã, então? Se você balançar a cabeça de novo, eu vou gritar! — ela exclamou.

Eu olhei para ela por cima do ombro e fiz um som de lamento.

Ela me encarou com uma expressão desanimada — Devo interpretar isso como um não?

Eu assenti.

Uma série de palavrões saiu da sua boca. Eu fiz um som de bufo que nós usávamos para expressar o riso na nossa forma de lobo.

— Será que pelo menos vamos chegar lá antes do fim do dia amanhã? — Amara perguntou em um tom derrotado.

Eu não tinha certeza. Era provável, mas não garantido. Como eu não conseguia afirmar isso claramente, movi minha cabeça de um lado para o outro e para cima e para baixo, formando quase um oito horizontal, ou o símbolo do infinito.

— Isso significa provavelmente? — ela perguntou, resignada.

Eu assenti.

Ela suspirou, e eu imediatamente me senti culpado por isso. Eu gostaria de poder providenciar uma maneira mais rápida e confortável de levá-la ao nosso destino. Para minha surpresa, ela se inclinou para a frente e envolveu meu pescoço com os braços. Ela beijou minha nuca, e esfregou a bochecha nela antes de descansar ali.

— Sinto muito por te fazer passar por isso. Eu nunca poderei te agradecer o suficiente. Você não é apenas minha Chama Gêmea, você é meu anjo da guarda — ela sussurrou.

Meu peito se apertou quando eu percebi que a impaciência e a irritação não haviam provocado aquele suspiro, mas sim a culpa por me incomodar – ou assim ela pensava. Minha companheira não entendia como essa dificuldade era, na verdade, o maior presente que alguém já me deu. Eu era necessário, realmente necessário. Meus esforços literalmente salvariam uma vida, mas não qualquer vida. Eu vivia sem nenhum objetivo ou meta real, simplesmente seguindo em frente porque não tinha outra escolha. Agora, eu ia para a cama todas as noites com a esperança enchendo meu coração. Todas as manhãs, eu acordava ansioso para ver seu lindo rosto novamente e me deleitar tanto com seu carinho quanto com o jeito viciante com que ela me olhava como se eu fosse precioso.

Ela pode pensar em mim como seu anjo da guarda, mas ela era minha deusa e minha salvação. Triste por não poder dizer o mesmo, eu soltei um gemido e lambi delicadamente as costas da mão dela em volta do meu pescoço.

Eu continuei a jornada por muitas horas até que meu corpo

clamou por uma pausa. Em algum momento, Amara adormeceu. Isso me agradou, pois ela precisava descansar o máximo possível. Assim que chegamos a outra passagem estreita, eu me deitei de bruços, tomando cuidado para não me mexer muito bruscamente para não acordá-la. Eu cochilei com visões encantadoras de um futuro em que minha Chama perseguia nossos filhotes enquanto ria.

O segundo dia foi igualmente extenuante, se não mais, mas foi melhorando à medida que a trilha se alargava. Isso me permitiu correr em vez da caminhada rápida que eu tinha sido forçado a fazer nas bordas estreitas. Ouvir minha companheira gritar quando chegamos a um platô me fez rir muito. Os Deuses sabiam que eu compartilhava plenamente do sentimento. Nós fizemos um tempo muito melhor do que o esperado. A rocha dura dando lugar à terra e, em seguida, a deliciosa almofada de grama ofereceram às minhas patas um alívio bem-vindo.

Meu coração disparou ao ver os primeiros arbustos. Logo, eles se transformaram em moitas e, em seguida, em árvores completas. Sua grande quantidade justificava chamá-la de floresta, mesmo estando bastante espalhada. Nosso refúgio para a noite se aproximava. Como o sol ainda tinha uma boa hora antes de começar a se pôr, nós poderíamos desfrutar de um merecido momento de autocuidado.

Fazia muito tempo desde a última vez que eu vinha aqui, mas eu me lembrava bem do pequeno refúgio localizado logo depois da borda do muro de pedra, perto da grande árvore com um nó que estranhamente lembrava um rosto. Não era uma Árvore Guardiã como a que se encontra em certas terras abençoadas, nem a mais famosa, chamada de Vigia, que se erguia perto do altar do lado de fora do cemitério de Duskwallow. As Árvores Guardiãs eram extremamente poderosas e cada uma possuía um rosto único. Elas não falavam com palavras e seus rostos não se moviam como os de um humano. Mas elas podiam expressar emoções. Ai de qualquer tolo que despertasse sua ira, mas abençoados seriam aqueles a quem elas concedessem sua proteção.

Eu passei correndo pela árvore, sentindo aquela explosão repentina de energia que costumamos sentir ao nos aproximarmos de casa, ou de qualquer destino. Amara engasgou quando eu virei a esquina do que parecia ser uma parede contínua, mas na verdade era uma ilusão de ótica escondendo a entrada de uma caverna.

A entrada enganosamente estreita dava lugar a um esconderijo impressionantemente espaçoso, relativamente aquecido em vista do ar mais frio da montanha naquela altitude. Embora confortável durante o dia, ficava um pouco frio à noite.

— Pelos deuses! Isso é o que eu estou pensando? — minha companheira exclamou enquanto eu atravessava o amplo espaço semicircular em direção aos fundos.

Um pouco de luz natural nos permitiu vislumbrar o que pareciam ser colunas de vapor perto do chão. Um leve cheiro de enxofre – leve demais para ser desagradável – indicava o que nos esperava. Eu corri em sua direção e emiti o som de bufo que expressava riso enquanto minha mulher gritava.

Uma fonte termal natural se revelou. Uma grande abertura na face da rocha funcionava como uma janela natural, proporcionando uma vista deslumbrante do Vale da Colina da Tempestade abaixo. Felizmente, uma plataforma ampla o suficiente circundava a fonte termal, tornando seguro circundá-la. Algumas pedras e pedregulhos espalhados pelas bordas permitiam sentar ou deitar.

Assim que eu parei perto da água morna, minha companheira se soltou rapidamente do arnês e pulou das minhas costas. Para minha agradável surpresa, em vez de correr para a água para testá-la, minha companheira removeu as bolsas e o arnês que me sobrecarregavam. Esse gesto atencioso me comoveu profundamente. Poucas pessoas haviam priorizado voluntariamente minhas necessidades antes de satisfazer as suas.

Só então ela se aventurou perto da beira da nascente. Eu retornei à minha forma humana enquanto ela se agachava para mergulhar a mão na água. Ainda meio metamorfoseado, eu ri alegremente do gemido voluptuoso que ela emitiu ao encontrá-la em uma temperatura agradável.

— Você vai ter que me arrastar para fora desta fonte termal, aos chutes e gritos, quando eu entrar — ela disse com uma voz emocionada.

— Não, minha Chama. Suspeito que seja você quem vai ter que me arrastar para fora daí — eu respondi, provocando — Mas vá em frente. Entre. Eu vou pegar um pouco de lenha para acender uma fogueira para a noite e talvez esquentar um pouco de cidra.

— Pfft! Como se eu fosse deixar você fazer todo o trabalho sozinho — Amara disse, quase ofendida — De qualquer forma, eu preciso esticar as pernas.

— Você deveria descansar — eu argumentei.

O olhar severo que ela lançou em minha direção me silenciou.

— Eu não estava pedindo permissão — ela disse em um tom que não admitia discussão.

Porra, isso foi incrivelmente sexy! Mais uma vez, a força interior que espreitava por trás da aparência recatada e quase tímida da minha companheira me impressionou. Eu adorava essa dualidade na minha mulher. Um toque gentil e acolhedor envolvia uma vontade de ferro.

Eu abaixei a cabeça em sinal de concordância — Considere-me devidamente castigado — eu disse com contrição exagerada.

Ela bufou e balançou a cabeça para mim enquanto eu passava por ela, ainda nu. Ela me deu um tapa no traseiro com força suficiente para arder, mas nem de longe o suficiente para machucar. Eu gritei com falsa indignação, e ela riu antes de correr em direção à saída. Eu corri atrás dela, alcançando-a facilmente e pegando-a no colo. Ela gritou e riu ainda mais enquanto eu a carregava para fora, fingindo dar umas mordidas nela.

Por Ferazan, como ela conseguia iluminar meus dias até com as coisas mais bobas?

— Sabe, o objetivo de eu ir junto era esticar as pernas e fazer algum exercício — Amara disse em tom de reprovação.

Eu dei de ombros e mostrei um sorriso totalmente impenitente — Você vai conseguir em um minuto. Por enquanto, eu preciso saciar minha vontade de te abraçar. Eu fiquei privado disso por dois dias inteiros enquanto você estava sentada nas minhas costas. A menos que você esteja dizendo que já teve proximidade suficiente comigo e precisa de um descanso?

— Nove Infernos! Você não tem vergonha nenhuma! — Amara exclamou quando eu assumi a mais lamentável expressão de cachorrinho triste ao fazer a última pergunta.

— Nenhuma — eu concordei com orgulho — Mas você não respondeu à minha pergunta.

Ela me deu uma cotovelada de brincadeira, enquanto fazia uma careta — Você sabe muito bem que eu nunca me canso de estar em seus braços. Pare de ficar pedindo elogios.

— Não estou — eu respondi sem a menor ponta de honestidade — Eu só quero ter certeza de que estamos na mesma sintonia.

— Certo. E eu sou a Rainha do Nono Círculo — ela retrucou, zombeteira.

— Alteza — eu respondi sem expressão.

Ela mordeu minha bochecha e aliviou a dor quase imperceptível com um beijo. Eu apertei meu abraço em volta dela e esfreguei minha têmpora em sua testa para marcá-la com meu perfume. Pelos deuses, eu estava me apaixonando perdidamente pela minha mulher.

Com muita relutância, eu a coloquei de pé novamente quando chegamos à floresta rala para pegar alguns gravetos. Nós rapidamente juntamos lenha suficiente para a fogueira. Quando eu me abaixei para pegar o que tínhamos empilhado, vi Amara olhar para um galho antes de jogá-lo fora, pois era fino demais para ser de grande utilidade.

Não sei dizer o que deu em mim, mas eu assumi a forma de lobo e corri atrás dele. Eu o peguei com os dentes e o trouxe de volta para ela.

O olhar no rosto da minha mulher era mais que hilário.

— Sério?! — minha Chama exclamou com uma mistura de descrença e confusão.

Não era preciso ler mentes para adivinhar que ela se perguntava se esse era um instinto natural dos Lycans, assim como dos cães. Obviamente, meu povo não sentia nenhuma necessidade de fazer isso. Mas estar perto da minha companheira havia despertado em mim um lado brincalhão que eu não demonstrava há mais de duas décadas, desde que me desentendi com Ulric.

Abanando a cauda, eu cutuquei sua mão com o focinho para que ela pegasse o galho. Eu ofegava, abanando ainda mais ferozmente enquanto a encarava com um olhar expectante. Seu olhar alternava entre o galho e eu, como se não conseguisse acreditar no que estava acontecendo. Então, ela deu de ombros e jogou o galho o mais longe que pôde. Imediatamente eu corri atrás dele de novo. Desta vez, ela caiu na gargalhada.

Ela pegou o presente quando eu o devolvi, balançando a cabeça como se eu fosse uma causa perdida.

— Seu bobo — ela disse carinhosamente — Você não está cansado?

Eu pulei em círculos ao redor dela e fingi tentar morder seus tornozelos.

— Ei! Pare com isso! Nãããão! — ela gritou, rindo enquanto começava a correr.

Eu a persegui de brincadeira, fingindo que suas manobras evasivas foram parcialmente bem-sucedidas. Eventualmente, ela tropeçou e eu pulei em cima dela, imobilizando-a. Eu lambi seu rosto algumas vezes enquanto ela protestava fracamente entre duas risadas.

Eu não sei dizer em que momento as coisas deixaram de ser um jogo para mim. Mas em um momento eu estava tentando fazê-la rir, no outro uma fome poderosa tomou conta de mim. O desejo ardente de acasalar com a minha mulher desencadeou minha transformação. Só que eu não retomei completamente a minha forma humana. Eu ainda tinha minha cauda, uma grande quantidade de pelos – principalmente nos braços e pernas – e eu podia sentir que meu rosto não havia voltado totalmente ao normal. Naquele instante, eu era meio lobo e meio humano.

Eu esmaguei seus lábios em um beijo muito mais brutal do que pretendia. Ela enrijeceu de surpresa. Para meu alívio, ela não me empurrou, mas relaxou menos de dois segundos depois. O fervor com que ela respondeu levou minha paixão ao frenesi. Para minha vergonha, eu nem a despi completamente. Na verdade, eu fiquei surpreso que suas calças não tenham se rasgado em pedaços na minha impaciência para alcançar meu prêmio. Sua calcinha não desfrutou de tanta misericórdia. Com um único golpe de minhas garras, eu a cortei e mal me lembrei de retraí-las antes de afundar dois dedos dentro da minha companheira.

Amara gemeu contra meus lábios, cravando as unhas em minhas costas. Ela ergueu a pélvis como se quisesse dar melhor acesso à minha ousada investida. Com o calor repentino que nublou minha mente, eu tomei aquilo como um convite para prosseguir. Uma vozinha no fundo da minha cabeça me avisou que, apesar de já estar molhada para mim, minha parceira talvez não estivesse pronta para me receber. Mas eu a ignorei e concentrei toda a minha força de vontade em não penetrá-la, como todo o meu corpo ansiava.

Ainda assim, eu não a reivindiquei da maneira lenta e cuidadosa que normalmente fazia com estocadas superficiais. Ela ofegou contra meus lábios enquanto eu sibilava contra os dela, sentindo a queimação de seu corpo inicialmente resistindo à minha invasão. Eu não sabia dizer se foi minha persistência determinada ou a cooperação repentina de seu corpo que o fez ceder rapidamente à minha demanda imperiosa.

Mais uma vez, minha Chama Gêmea não questionou a maneira desenfreada com que eu a fazia minha. O fervor com que ela me acariciava e a ânsia de sua língua girando em torno da minha gritavam alto seu consentimento e entusiasmo. Eu não precisava de mais incentivo para liberar minha paixão nela.

Eu não esperei que ela se adaptasse à minha circunferência ou mesmo aumentasse o ritmo gradualmente. Eu comecei a estocar nela imediatamente, enlouquecido por um prazer quase insuportável, enquanto sua vagina estreita apertava meu pau de todos os lados. Cada vez que meu nó esfregava contra aquele feixe sensível de nervos logo acima de suas paredes internas, uma descarga elétrica percorria todo o meu pau e toda a minha região pélvica. Nós fomos feitos um para o outro, pois nossos pontos mais erógenos estavam perfeitamente alinhados.

Senti-la tremer sob mim e engolir cada um de seus gemidos voluptuosos atiçou a fera selvagem que espreitava lá no fundo. Eu queria destruí-la, devorar tudo o que ela era, marcá-la irrevogavelmente como minha e vê-la desmoronar repetidamente até que sua mente se quebrasse.

Seu corpo subitamente se contraiu, e ela gritou quando o clímax a atingiu. Um som selvagem escapou da minha garganta quando suas paredes internas se fecharam em volta do meu pau. Eu quase derramei meu sêmen. Minhas garras se projetaram e se cravaram no chão enquanto eu lutava contra a vontade de ceder ao meu próprio clímax. Meu pau latejava, e uma dor aguda apunhalava minha pélvis enquanto eu usava cada grama da minha força de vontade para não deixar meu nó inchar.

À beira de perder aquela batalha, eu saí de dentro da minha companheira e a virei de bruços. A visão das curvas magníficas de seu traseiro redondo me fez babar e meus instintos primitivos afloraram. Em um breve momento de lucidez, eu lamentei o fato dela não ser uma Lycan. Banhados pelo brilho da lua ou pelos raios do sol, nós teríamos trocado mordidas de acasalamento, marcando um ao outro como companheiros unidos. Eu agarrei seus quadris com as duas mãos, levantando-a sobre os joelhos, e então a penetrei com força. Ainda meio atordoada pelo clímax recente, Amara soltou um grito estrangulado pela minha posse brutal, apoiando-se nos antebraços. Momentos depois, ela balançava para frente e para trás, me encontrando estocada após estocada, enquanto fogo líquido se espalhava por minhas veias, aumentando o calor e me deixando mil vezes mais excitado.

Eu me inclinei para a frente, odiando que ela ainda estivesse de blusa, me privando do contato pele a pele que eu tanto desejava. Com vontade própria, minhas presas desceram ainda mais, e eu me vi fechando-as sobre sua nuca em um gesto de dominação e posse. Amara soltou um lamento agudo que poderia ser o tipo de ganido que um lobo ou um dos meus semelhantes emitiria em sinal de submissão. Minha Chama provavelmente não percebeu que ela tinha feito isso. Mas mesmo que percebesse, eu duvidava que fosse intencional. De qualquer forma, isso ressoou diretamente no meu pau, e eu quase gozei.

Rangendo os dentes, tanto pelo esforço de me controlar quanto pelo prazer avassalador, eu me perdi na minha mulher. A vontade de cravar meus dentes em sua carne e ligá-la permanentemente a mim me dominava. Mas quando esse dia chegasse – e ele chegaria – eu faria as coisas direito e com o seu pleno consentimento.

Mas minha mulher começou a tremer. E pelo som cada vez mais urgente dos gemidos voluptuosos que emanavam dela, eu podia sentir que ela estava prestes a desmoronar novamente. Assim que isso acontecesse, eu não conseguiria resistir a me render ao meu próprio clímax. Sabendo muito bem o que aconteceria depois que eu o fizesse, eu saí de dentro da minha mulher novamente, a virei e a puxei para cima de mim enquanto me deitava de costas. Eu a empalei no meu pau com um movimento rápido. Antes que eu pudesse me esforçar mais do que algumas vezes, minha mulher gritou, tomada pelo êxtase.

Suas paredes internas se fechando enviaram um raio explodindo no meu nó. Ele irradiou até a base do meu pau antes de se espalhar por toda a minha espinha. Minha visão ficou turva e eu senti como se minha própria alma estivesse sendo arrancada do meu corpo. Minha semente jorrou em poderosos jatos de êxtase que me deixaram cambaleando. Meu nó inchou, me prendendo com minha Chama enquanto eu a apertava com mais força.

Com o rosto enterrado no meu pescoço, o corpo tremendo de espasmos de êxtase, Amara agarrou-se a mim com a força de uma mulher se afogando. Sua respiração ofegante abanava meu peito enquanto eu continuava a preenchê-la até me esgotar completamente.

Que os deuses me castiguem, eu era louco por essa mulher.

Nós permanecemos abraçados enquanto nossos batimentos cardíacos se acalmavam. Amara estava deitada em cima de mim, aconchegada, com os joelhos um de cada lado das minhas pernas. Eu beijei sua testa e me levantei com cuidado. Estar ainda enterrado até as bolas na minha companheira tornava as coisas um tanto estranhas, mas, ao me levantar, eu me deleitei com a proximidade e a maneira como ela me envolvia com os braços e as pernas. A confiança com que ela se entregava aos meus cuidados me comoveu profundamente.

Peito contra peito, eu a carreguei de volta para dentro da caverna, para dentro da fonte termal. Seu gemido voluptuoso enquanto a água morna nos envolvia fez meu pau estremecer em resposta. Ferazan, me leve! Eu me envergonhava de ser tão viciado naquela mulher que qualquer pequeno toque, som ou até mesmo olhar bastava para me excitar.

— Hmmm, que delícia! — Amara disse com a voz ronronante — Eu sinto o calor penetrando meus ossos. Até agora, eu não tinha percebido completamente o quanto estava dolorida.

Uma onda de culpa tomou conta de mim e eu lancei a ela um olhar envergonhado.

— Minhas desculpas, minha companheira. Eu nunca tive a intenção de ser tão rude com você. Infelizmente, quanto mais tempo permanecemos em nossa forma de lobo, mais selvagens nos tornamos. Eu não consegui nem retornar completamente à minha forma humana.

— Nove Infernos! Não precisa se desculpar. Caso não tenha notado, eu participei voluntariamente — Amara retrucou como se eu tivesse dito algo idiota — Quer dizer, transar com um lobisomem é bem excitante.

— Lycan! Lobisomem não! — eu exclamei, indignado.

Ela riu baixinho e esfregou o nariz no meu — Me desculpe, Lycan. Mas, sinceramente, agora você parece mais um lobisomem do que um Lycan. Você não consegue se transformar de volta?

Eu balancei a cabeça — Não, não enquanto estiver com o nó. Eu tenho que esperar até que ele murche. Espero que você não esteja muito assustada com a minha aparência atual — eu acrescentei cuidadosamente.

Ela sorriu e acariciou minha bochecha — Não, você parece muito mais intimidador, mas no bom sentido. Se eu não o reconhecesse claramente, seria diferente. Mas essas ainda são suas feições, meu Remus, só que com traços mais lupinos.

A extensão do alívio que eu senti ao ouvir aquelas palavras me surpreendeu. Eu fiquei envergonhado com a quantidade de segurança que eu precisava constantemente da minha mulher.

— Certo — eu disse.

Amara inclinou a cabeça para o lado, me lançando um olhar avaliador — Você consegue controlar seu nó? Tipo, consegue evitar que ele inche ou desinfle quando quiser?

Eu balancei a cabeça novamente — Suas respostas são praticamente instintivas. Eu posso "tentar" contê-lo, mas é praticamente uma batalha perdida. Basicamente, meu único "controle" sobre ele é me impedir de ejacular. No minuto em que eu faço isso, o nó se forma. No entanto, eu não tenho absolutamente nenhum controle sobre quando ele desinfla. Às vezes é rápido. Seu palpite é tão bom quanto o meu sobre o porquê.

— Entendii — Amara disse, pensativa, franzindo a testa — Mas e se tivéssemos acabado de fazer a travessura e uma ameaça aparecesse? Nós dois seríamos alvos fáceis.

Eu dei-lhe um sorriso indulgente — Embora eu ainda não tivesse controle sobre o meu nó em tal situação, meus instintos de autopreservação entrariam em ação e meu nó se desinflaria sozinho. Este é o único caso em que ele libertará nossa companheira antes que nosso lobo considere que ele cumpriu seu propósito.

— Seu propósito é aumentar as chances da mulher ser fecundada com sucesso? — la perguntou, com o rosto indecifrável.

Eu estremeci, e meu estômago instantaneamente deu um nó de apreensão. A vida toda eu sonhei em ter uma companheira e muitos filhotes. As lembranças de alguns homens da matilha dormindo com meia dúzia de filhotes os amontoando me assombram até hoje, provocando uma dor surda de saudade.

Ela não quer ter filhos?

— Sim — eu respondi cuidadosamente, meus olhos percorrendo os dela, inquisitivos — Mas você não precisa se preocupar em engravidar. O veneno que corre em suas veias torna isso impossível.

— Entendi — Amara respondeu com a mesma expressão neutra.

— Eu sei que ainda não conversamos sobre isso, mas você quer ter filhos? — eu perguntei hesitante.

Uma imensa onda de alívio tomou conta de mim quando ela imediatamente assentiu.

— Com certeza. Eu gostaria de pelo menos dois ou três. Ser

filha única é uma merda — minha companheira disse com firmeza — E você?

O sorriso idiota que surgiu em meus lábios – que devia ser bem assustador na minha forma parcialmente transformada – deu a ela a resposta antes mesmo de eu falar.

— Como lobo, eu gostaria de ter pelo menos meia dúzia de filhotes — eu disse timidamente.

Ela caiu na gargalhada e me olhou como se eu fosse louco. No entanto, eu também notei que ela não havia descartado essa ideia.

— Então, quando eu estiver curada, poderemos ter filhos?

Eu hesitei e então balancei a cabeça — Nós precisamos nos conectar antes que você possa gerar meus filhos. Como uma humana puro-sangue, você não é compatível comigo nesse aspecto. O vínculo de companheirismo permitirá que você conceba e carregue um bebê Lycan.

— Como funciona o vínculo?

A ausência de medo ou desconforto quando ela fez a pergunta me agradou tremendamente.

— No dia em que você estiver disposta a conectar sua vida comigo para sempre, eu lhe darei a mordida da ligação. Geralmente nós fazemos isso bem aqui, perto do ombro — eu disse, acariciando o local a poucos centímetros do pescoço dela, no ombro direito.

— Eu vou mudar? — Amara perguntou com uma leve carranca.

Eu não diria que a reação dela expressou preocupação. No entanto, além da óbvia curiosidade sobre o processo e as consequências, me ocorreu que ela provavelmente nunca havia considerado a possibilidade de que acasalar com um Lycan pudesse trazer mudanças radicais em quem ela era.

Mais uma vez, eu hesitei — Você não mudará externamente — eu disse, escolhendo as palavras com cuidado — Mas será aprimorada com mais força, maior velocidade e maior regeneração quando lesionada ou cansada. Você também passará por algumas pequenas mudanças anatômicas, especialmente no departamento reprodutivo. Suas glândulas produzirão hormônios específicos necessários para o crescimento de um filhote saudável, e o revestimento interno do seu útero engrossará e se tornará mais resistente para mantê-la protegida de possíveis garras dos pequenos à medida que se aproximam do final da gestação.

— Nossa! — Amara disse, aparentemente impressionada — Mas isso também significa que eu terei uma chance maior de ter uma gravidez múltipla?

Mais uma vez, o olhar de desculpas no meu rosto disse tudo.

— Nossa! — Amara sussurrou.

Para minha alegria, sua expressão desanimada e dramática indicava que ela não era contra a ideia.

— Então, nada de cauda peluda ou orelhas de lobo para mim? — ela acrescentou, provocando.

— Nada para você — eu respondi antes de beijar a ponta do seu nariz — Lobisomens são aqueles que vão te transformar quando passarem a maldição.

Ela inclinou a cabeça para o lado enquanto seus dedos distraidamente brincavam com os cabelos misturados com os pelos de lobo na minha nuca.

— É nisso que você se transforma na lua cheia? Um lobisomem?

Eu me obriguei a manter uma expressão neutra. Não havia palavras que pudessem expressar o quanto eu odiava essa parte de mim. Eu só rezava para que minha companheira nunca pudesse testemunhar aquilo.

— Sim. Mas dura apenas algumas horas, do momento em que a lua atinge a fase cheia até o nascer do sol — eu acrescentei rapidamente — Há muitos avisos nos dias que antecedem a lua cheia, então não é como se ela me pegasse de surpresa. E você não tem nada a temer. Eu nunca vou te machucar e não sou uma ameaça. Ou melhor, eu tomo todas as precauções possíveis para garantir que não represente perigo para ninguém nessas 24 horas.

Toda a tensão se dissipou quando minha companheira sorriu gentilmente, me tranquilizando — Eu sei, Remus. Não tenho medo de você. Mesmo que tenhamos acabado de nos conhecer, eu estou me apaixonando perdidamente por você. Eu não me lembro de ter estado tão em harmonia com ninguém. Só de estar com você já me faz feliz. E não, não é essa coisa de Chama Gêmea falando agora. Sou só eu, Amara, me apaixonando perdidamente pelo homem que você é, Remus. Então, espero por essa mordida que nos une em breve.

Mais uma vez, o sorriso mais bobo se instalou em meu rosto enquanto meu peito transbordava de afeto e um sentimento que eu ainda não ousava dar um nome.

— Eu compartilho os mesmos sentimentos por você, Amara. Minhas reações fisiológicas a você são apenas a confirmação do que eu sinto. Com você, tudo parece tão natural. Eu nunca estive tão feliz como desde que te conheci — eu disse, envergonhado pelo leve tremor na minha voz, quase sufocada pela emoção.

Amara abriu a boca para fazer uma pergunta, hesitou e pareceu mudar de ideia.

— O que foi? O que você ia perguntar? — eu perguntei, curioso.

Seu rosto assumiu o mais adorável ar de timidez — É que... não quero parecer insistente.

— Fale, minha companheira. Não há nada que você não possa discutir abertamente comigo, nunca. Você é meu porto seguro, e eu sou o seu — eu disse gentilmente.

Ela lambeu os lábios nervosamente, endireitou os ombros e foi em frente.

— Já que nós dois queremos a mesma coisa, eu estava me perguntando por que esperar para criar um vínculo um com o outro?

Meu coração derreteu quando ela imediatamente abaixou os

olhos, como se temesse ler uma potencial rejeição em meu rosto. Aquela mulher boba não entendia o quanto eu era louco por ela e o quanto eu queria prendê-la a mim pelo resto de nossos dias.

— Acredite, minha companheira, não há nada que eu queira mais. No entanto, isso não pode ser feito agora. De muitas maneiras, nós somos como vampiros. Nossa mordida de ligação congela nossa companheira em seu estado atual — eu expliquei — É por isso que não criamos laços quando um dos parceiros está doente ou é muito jovem.

— Não entendi — Amara disse, franzindo a testa — Lycans não são imortais, certo?

— Não somos. Tecnicamente, nem os vampiros são, pois eles podem morrer. Eles apenas vivem muito sob condições especí-ficas — eu corrigi gentilmente — A imortalidade é para os deuses. Mas os Lycans envelhecem naturalmente muito mais devagar que os humanos. Nós temos, em média, três vezes a sua expectativa de vida. A ligação aumenta ainda mais essa caracte-rística, pois nós trocamos fluidos de regeneração e nossas expec-tativas de vida se sincronizam.

— Então, se nos uníssemos agora, eu ficaria congelada nesse estado de doença? — Amara perguntou, horrorizada.

Eu assenti com uma expressão sombria — Infelizmente, sim.

— Argh, deixa pra lá! — minha companheira murmurou amiga com um arrepio, me fazendo rir. Então, de repente, ela se acalmou — Será que eu também posso te deixar doente?

Eu balancei a cabeça — Não, meu sangue neutraliza seu veneno. Mas, no ritmo que estamos indo, tenho fé que chega-remos ao planalto em mais quatro dias. E então, poderemos curá-la.

— Mal posso esperar para que esse pesadelo acabe e para que possamos começar a trabalhar em prol do nosso futuro — minha Chama disse, melancolicamente.

Eu apertei meus braços em volta dela, e ela apertou os dela

em volta do meu pescoço. Por Ferazan, como eu amava pertencer a essa mulher.

— Os últimos dias foram difíceis para você. E você não tem ideia do quanto me deixa orgulhoso, lutando como tem feito — eu disse, com a voz transbordando admiração e respeito — Apesar da minha semente neutralizar um pouco do veneno, sua saúde continua debilitada. Então, peço desculpas antecipadamente pelos próximos dias. Esta noite é um merecido descanso antes de outra rodada extenuante.

— Não se desculpe por isso. Você está literalmente salvando a minha vida. Eu é que deveria me desculpar por te fazer passar por tudo isso. No entanto, se você realmente quiser se desculpar por alguma coisa, pode pedir desculpas por ter brincado antes que pudéssemos trazer toda a lenha que juntamos.

Eu bufei, minhas bochechas corando de vergonha e culpa — Sério! Sinto muito por isso, mas vou buscá-la quando estivermos fora d'água. Afinal, eu descobri uma nova paixão por gravetos.

Amara caiu na gargalhada e deu um tapinha brincalhão no meu ombro — Seu bobo. Você realmente me fez acreditar. Eu não consegui decidir se você estava me zoando ou se estava mesmo com vontade de ir buscar.

— A verdade está em algum lugar entre os dois — eu respondi em um tom misterioso antes de reivindicar sua boca.

CAPÍTULO 13

AMARA

Depois daquela maravilhosa escapada de "spa", nós passamos mais dois dias inteiros na trilha, com Remus correndo e eu em suas costas. No terceiro dia, nós encontramos uma pequena reentrância na face rochosa da montanha que mal se qualificaria como uma alcova. Ainda assim, ela oferecia uma aparência de abrigo enquanto meu pobre companheiro se deliciava com um merecido descanso.

Eu me senti horrível ao vê-lo se esforçar tanto. Não ajudou o fato dele estar racionando a comida para garantir que teríamos o suficiente até chegarmos a outro platô, onde poderíamos encontrar alguma caça para capturar e poupar nossas reservas.

No entanto, egoisticamente, eu não insisti muito para que ele pegasse leve. Acasalar com ele em sua forma parcialmente transformada me deu um impulso visivelmente maior do que quando eu recebi sua semente com ele em sua forma humana. E, no entanto, eu podia sentir que estava desaparecendo ainda mais rápido a cada dia. Eu não sabia dizer se o veneno estava se tornando mais agressivo em reação àquele antídoto mais forte, ou se era apenas uma questão de meu organismo ficar cada vez mais fraco. Por esse motivo, poder dormir em cima do Remus enquanto ele corria o dia todo acabou sendo uma grande bênção. Sua determinação em levar isso até o fim me comoveu além das palavras. Ele foi tão maravilhoso e amoroso comigo. Eu embarquei nessa missão sem muita esperança, basicamente cumprindo a promessa, porque não acreditava em simplesmente me entregar à adversidade. Mas conhecer Remus mudou tudo. Eu realmente queria viver para explorar uma vida com ele. Infelizmente, quando finalmente entramos em uma caverna de verdade, desta vez para passar a noite, o medo de não conseguir foi crescendo em meu coração.

Já se passaram dezenove dias desde o meu encontro com a Tecelã, quinze desde a última lua cheia e onze desde que eu parti nesta jornada. Pelas estimativas do meu companheiro, nós chegaríamos ao planalto em mais alguns dias. Isso significava que toda a nossa viagem até o destino levaria treze dias – quatorze, se somarmos o atraso extra causado pelo sequestro de Lyall.

E isso era um problema.

Considerando que eu viajei no meu próprio cavalo nos primeiros cinco dias, quanto tempo Remus levaria para correr toda essa distância sozinho? Quando nos encontrássemos com Ranael para minha primeira mordida, faltariam apenas onze dias para a próxima lua cheia. De acordo com a Tecelã, levaria pelo menos de dois a cinco dias para que seu veneno queimasse o veneno que me percorria antes que eu pudesse obter sua segunda mordida para neutralizá-lo. Assumindo o pior cenário de cinco dias, isso deixaria Remus com apenas seis dias para retornar a um de seus lugares seguros antes de se transformar em um lobisomem.

Será que ele conseguirá chegar lá em tão pouco tempo se não estiver sobrecarregado comigo?

Mas isso também levantou a questão de onde eu ficaria enquanto isso. Eu não sabia em que estado eu ficaria depois dessa segunda mordida. Todos os sinais indicavam que eu prova-velmente ficaria um caco por horas, se não dias, depois disso.

Eu me obriguei a engolir mais um pedaço de pão seco e carne curada. Ontem, eu notei como a comida tinha perdido o gosto para mim. Hoje, eu poderia jurar que estava comendo as cinzas de uma fogueira. Meu estômago não estava aceitando nada. Beber cidra era como beber vinagre, e até água me fazia mal.

O peso do olhar de Remus sobre mim chamou minha aten-ção. A culpa imediatamente me invadiu ao ver sua expressão perturbada. Apesar de seus esforços, meu companheiro não conseguia esconder sua preocupação por mim. Mas a pior parte de tudo era saber, sem sombra de dúvida, que ele estava se culpando pela piora do meu estado.

Desde a nossa noite selvagem perto da fonte termal, nós só fizemos amor novamente uma vez, após o segundo período de dois dias de corrida ininterrupta. Embora Remus tivesse ficado parcialmente transfigurado mais uma vez, os efeitos benéficos de sua semente diminuíram em poucas horas. Nós não tivemos mais intimidade desde então, apesar de termos abrigos razoavelmente decentes para cada uma das três noites seguintes – incluindo esta – com espaço suficiente para nos divertirmos.

Por mais que eu quisesse aproveitar mais esses momentos com minha alma gêmea, eu estava exausta e me sentindo mal demais para sequer considerar isso. Remus também não havia feito nenhuma proposta nesse sentido. Eu fiquei angustiada ao ver que seu nariz sensível lhe dizia exatamente o meu péssimo estado. Mas eu realmente temia que isso revelasse a ele que minha condição era ainda pior do que eu imaginava.

— Há algo errado, minha Chama? — Remus perguntou com uma voz gentil, sua preocupação subjacente sutil, mas audível.

Eu balancei a cabeça — Não, eu estou bem. Mas pensei que seria uma boa ideia mostrar a você o círculo mágico e o encanta-mento necessários para invocar Ranael.

Meu peito se apertou com o ar de pura tristeza que pairava sobre as belas feições do meu companheiro. Eu não precisei entrar em detalhes para que ele lesse nas entrelinhas. Pela expressão em seu rosto, ele claramente queria me dar aqueles argumentos genéricos e banalidades que as pessoas sempre vomitam quando tentam convencer uma pessoa moribunda de que, de alguma forma, ela vai conseguir. Felizmente, ele me poupou da dor de ter um debate inútil sobre isso.

— Isso pode ser divertido — ele disse com um sorriso que não alcançava seus olhos — Eu já me envolvi em muitas coisas. Mas invocar será uma experiência nova. Mostre-me, minha Chama.

Meu coração se derreteu de afeição por ele. Mais uma vez, ele estava colocando minhas necessidades em primeiro lugar e priorizando meu bem-estar mental em detrimento do dele. Lágrimas brotaram em meus olhos ao pensar que talvez não tivéssemos muito tempo juntos. O destino não poderia ser tão cruel a ponto de finalmente colocar um homem tão maravilhoso em meu caminho apenas para apagar minha luz antes que eu pudesse retribuir o amor e o carinho que ele estava demons-trando por mim.

Durante a hora seguinte, Remus demonstrou um nível feno-menal de concentração enquanto praticava o desenho do círculo mágico e a memorização do encantamento. Eu fiquei impressio-nada, considerando o quão exausto ele devia estar depois de se esforçar quase ao limite correndo o dia inteiro. Quando paramos, ele já havia dominado completamente o feitiço. Foi um grande conforto saber que, caso eu estivesse incapacitada demais para fazê-lo sozinho, ele seria capaz de fazê-lo por mim.

Naquela noite, contra todas as probabilidades, nós fizemos amor novamente. Quando eu tomei a iniciativa, ele pareceu hesi-tante. Eu não precisei perguntar por quê. Mas eu queria essa inti-midade com ele. Em algum lugar, lá no fundo, uma vozinha me dizia que aquela provavelmente seria a nossa última vez.

Não foi a cópula selvagem e desenfreada que nós vivenciamos das últimas vezes desde aquela aventura selvagem perto da fonte termal. Esta noite, apesar de permanecer extensivamente em sua forma de lobo durante todo o dia, Remus fez amor comigo em sua forma humana completa. Não foi apaixonado ou lascivo, mas terno e quase desesperado. Na verdade, me pareceu mais uma despedida.

Pela manhã, ficou claro que sua semente não tinha feito nada por mim.

Eu fiquei febril, grogue e fraca pelo resto da viagem. Embora a trilha tenha se alargado o suficiente para encontrarmos muitos lugares para descansar, Remus seguiu adiante. Ele só parou para eu beber e comer. Mas no meu estado atual, eu mal conseguia engolir qualquer coisa. Com determinação implacável, meu companheiro correu por um dia e meio, até chegarmos ao nosso destino final.

Nós chegamos ao planalto no início daquela tarde. O momento não poderia ter sido mais perfeito. Nós tivemos tempo suficiente para descansar, montar o círculo e preparar nosso abrigo para a noite.

O planalto me lembrava vagamente uma mão aberta e estendida, com a palma voltada para cima, os dedos fechados, exceto o polegar, que se projetava. As pedras escuras me lembravam vagamente lava resfriada, alisada e polida pelos elementos. A superfície quase brilhava sob os raios brilhantes do sol do início da tarde. Abaixo, o vale da Colina da Tempestade se estendia até onde a vista alcançava. Eu não conseguia nem começar a calcular a que altura estávamos. Mas era alto o suficiente para que os poucos prédios que eu conseguia reconhecer abaixo não parecessem maiores do que uma moeda.

Um arrepio percorreu meu corpo enquanto eu inspirava profundamente o ar fresco, porém rarefeito, do planalto. Eu olhei para trás, para a trilha de onde havíamos chegado. Embora o planalto se estendesse horizontalmente por um raio de cinquenta metros, a trilha em si não tinha mais do que alguns metros de largura. Nenhuma árvore ou outra vegetação adornava aquela área. Apenas uma pequena face rochosa marcava a borda oeste da montanha, que continuava a subir. No entanto, não parecia haver nenhuma maneira prática de subir mais alto a partir dali.

Remus caminhou até a face rochosa em direção ao que parecia ser um recanto raso que poderia fornecer um abrigo razoável. Em nenhum universo se qualificaria como uma caverna, mas era profundo o suficiente para nos proteger dos elementos caso começasse a chover ou ventos fortes soprassem em nossa direção.

Ele largou a maioria das nossas malas no canto antes de se vestir. Assim que terminou, ele voltou na minha direção. Eu estava andando pelo planalto procurando o melhor lugar para desenhar o círculo, quando reconheci a área onde o havia feito na ilusão que Lyall havia me lançado. Teria sido a maneira dele de me dizer que aquele era o melhor lugar?

— Aqui — eu disse a Remus, apontando para o chão quando ele parou ao meu lado — É onde eu vou desenhar o círculo.

— Entendi — Remus disse em um tom imperioso.

Para minha surpresa, em vez de me entregar o saco com o sal, as velas e o giz, Remus começou a trabalhar, desenhando o círculo perfeitamente, como eu havia lhe ensinado.

— Você não precisa...

— Não, mas eu quero — Remus disse, interrompendo meu protesto débil de forma firme, porém gentil — Agora, o que você precisa fazer é descansar e guardar suas forças para esta noite. Você pode supervisionar meu trabalho para garantir que esteja de acordo com seus padrões.

Mais uma vez, meus olhos se encheram de lágrimas ao ver o quão atencioso e protetor ele era. Naquele instante, eu percebi que ninguém me teria trazido até aqui do jeito que ele fez. Eles teriam desistido no meio do caminho ou estabelecido um ritmo muito mais lento, o que teria garantido minha morte antes mesmo de chegarmos ao nosso destino.

Eu o observei completar sua tarefa com perfeição. Ele havia se mostrado atento durante o breve treinamento, mas, considerando que já haviam se passado quase 48 horas desde então, eu esperava que ele esquecesse algo ou estragasse alguma parte dos padrões rúnicos dentro do círculo.

— Você é muito bom nisso — eu sussurrei com admiração — Se algum dia quiser reorientar sua carreira como assistente de invocador, terá muito sucesso.

Ele bufou e me deu um sorriso divertido, embora eu não tenha deixado de notar o brilho mais sério em seus olhos.

— A única bruxa para quem eu trabalharia é você. Então, a menos que você decida mudar seu negócio de venda de velas para bruxaria, acho que vou continuar na minha carreira de guia.

Ele terminou de posicionar as velas ao redor do círculo. Assim que eu lhe dei minha aprovação pelo trabalho bem feito, ele me carregou de volta para o canto onde havia deixado o restante dos nossos pertences. Ele se sentou no chão em um ângulo que lhe permitia ficar de olho no círculo e me sentou em seu colo. Nós nos abraçamos enquanto esperávamos o anoitecer.

— Precisamos discutir o que vai acontecer depois — eu disse suavemente, minha bochecha apoiada em seu ombro.

— Depois? — ele repetiu.

Eu assenti — Faltam apenas dez dias para a lua cheia. Supondo que o veneno da cauda da cobra leve mais tempo para neutralizar o veneno em minhas veias antes que eu possa receber a segunda mordida, isso lhe deixaria com apenas cinco dias para chegar a um de seus abrigos. Será que isso é tempo suficiente para você?

Para minha surpresa, Remus sorriu de forma tranquilizadora.

— É tempo mais do que suficiente. Sua principal preocupação deve ser como vamos levá-la para um lugar seguro para se recuperar depois dessa segunda mordida — ele respondeu, provocando.

Eu pisquei — Eu simplesmente presumi que ficaria aqui até melhorar, e você viria me levar de volta à civilização depois da lua cheia.

Eu senti minhas bochechas queimarem de vergonha ao ver o olhar que ele me lançou. Na verdade, eu estava preocupada demais com o bem-estar dele para me concentrar no meu. Sem mencionar o fato de que, no fundo, eu realmente não acreditava que sobreviveria a toda aquela provação. Eu fiquei envergonhada por me sentir assim, especialmente agora que tinha algo pelo qual viver. Mas, a cada dia que passava, toda aquela missão me parecia cada vez mais insana e absurda.

Ninguém sobrevivia ao veneno de Ranael.

— Eu jamais a deixaria aqui. Embora este lugar seja tecnicamente seguro, você estará lutando contra um dos venenos mais virulentos do mundo. Alguém precisa cuidar de você durante esse tempo. Eu farei isso pelo tempo que puder. E não será neste ambiente desagradável.

— Onde será? — eu perguntei, confusa.

— Eu já providenciei um lugar para você ficar depois da segunda mordida. Não é longe daqui. Eu só preciso de pouco mais de um dia te carregando para chegar a esse abrigo. Ele pertence à filha da Misty. Ela concordou em cuidar de você quando eu não puder.

— Nossa! Que maravilha. Mas eu não me lembro de ter visto nenhuma moradia no caminho — eu retruquei.

— Porque não encontramos nenhuma — ele respondeu em um tom indulgente — Você estava dormindo quando andamos pela passagem que se ramifica do caminho que leva a este planalto. A outra passagem nos leva até o vale do outro lado da montanha.

— Tudo bem — eu disse cuidadosamente — Mas isso não resolve a situação para você.

Ele sorriu novamente — Eu levarei menos de dois dias para chegar a um dos meus esconderijos mais próximos da casa dela. Então, é tempo de sobra antes da lua cheia.

— Ah! Que ótimo! — eu exclamei, aliviada — Você pensou em tudo!

Ele me lançou o sorriso mais encantador e presunçoso — Eu tentei. Foi por isso que adiei nossa partida. Eu tive que planejar e deixar tudo pronto antes de partirmos.

Uma expressão estranha tomou conta do seu rosto enquanto ele me encarava com uma intensidade que me afetou de uma forma que eu não conseguia expressar em palavras. Sejam quais forem os pensamentos que o alimentaram, eu até que gostei.

— Eu vou te salvar, Amara. Nós não chegamos até aqui para fracassar agora.

Ele disse essas palavras como uma promessa.

— Se você está tentando fazer com que eu me apaixone por você, você está fazendo um trabalho fantástico — eu disse, profundamente comovida.

— Ótimo. Eu vou ficar com você, Amara. Nada, nem mesmo a morte, vai tirá-la de mim. Você é minha Chama Gêmea. Eu me recuso a perdê-la agora que a encontrei.

— Assim como eu me recuso a te perder — eu sussurrei.

Ele se inclinou para frente e capturou meus lábios em um beijo cheio de esperança, devoção e determinação.

Nós não seríamos derrotados.

CAPÍTULO 14
AMARA

Com muita apreensão, eu deixei Remus me carregar para fora do abrigo até o círculo no meio do planalto. Apesar de me sentir um pouco fraca e cansada, eu poderia ter caminhado sozinha. Mas estar em seus braços fortes, cercada por seu corpo quente e ouvir o som suave de seu coração ajudou a diminuir meu pânico crescente. De qualquer forma, só me beneficiaria economizar o máximo de energia possível.

Enquanto esperava o anoitecer, eu me forcei a comer e beber um pouco. Eu precisaria dessas reservas para me ajudar a resistir à mordida venenosa que estava prestes a pedir. A vozinha no fundo da minha cabeça gritava para que eu desse o fora dali. A razão me dizia que eu deveria obedecer, mas a minha dura realidade exigia que eu seguisse em frente.

Eu estava morrendo.

Se Ranael não me matasse, o veneno que corria em minhas veias o faria no dia seguinte ou depois. Eu só estava grata por não estar no chão me contorcendo com uma dor excruciante. Segundo Remus, a dor se manifestava enquanto eu dormia. Uma onda de culpa me invadiu ao pensar em como, mesmo à noite, eu o havia privado de qualquer descanso adequado, fazendo-o se preocupar comigo enquanto eu me revirava na cama em um delírio febril.

Ele me acomodou ao lado do círculo e me virou para encará-lo. Ele abriu e fechou a boca algumas vezes. Nenhuma palavra saiu, não que fossem necessárias. Seus lindos olhos dourados diziam tudo. Eu dei-lhe um sorriso que pretendia tranquilizá-lo. Pelo jeito como meus lábios tremiam, eu falhei miseravelmente. Eu envolvi sua cintura com meus braços, enterrei meu rosto em seu pescoço e inalei profundamente seu perfume.

Remus retribuiu com um abraço de partir os ossos. Eu não sei dizer quanto tempo durou. Meu palpite seria de quase um minuto, mas meu coração gritava que não tinha sido tempo suficiente. Com muita relutância, ele me soltou, segurou meu rosto com as duas mãos e me deu um beijo profundo, no qual despejou todo o carinho e devoção que sentia por mim. Eu respondi na mesma moeda.

— Estarei esperando por perto — ele disse finalmente, com a voz grave e cheia de emoção reprimida.

— Certo — eu sussurrei, com a garganta quase apertada demais para falar — Deve acabar rápido.

A dor profunda que se refletiu em seu rosto me atingiu em cheio. Eu estremeci interiormente, percebendo como minhas palavras poderiam ser interpretadas de forma mais ameaçadora. Antes que eu pudesse encontrar uma maneira inteligente de corrigi-las, Remus acariciou minha bochecha uma última vez e se afastou para o local perto do nosso abrigo, de onde combinamos que ele ficaria de guarda.

Eu observei suas costas se afastando até que ele estivesse a poucos passos do seu destino. Respirando fundo, eu entrei no círculo, depois de me certificar de que ele não havia sido perturbado. Eu me ajoelhei no centro e comecei a recitar o encantamento que a Tecelã me ensinou, enquanto acendia as velas em cada ponto do pentagrama dentro do círculo.

— Lobo Demônio Ranael, filho do Lorde Marchosias, ouça

meu clamor! Ó feroz guerreiro do Submundo, venha até mim, eu te invoco! Em meu momento de grande necessidade, eu te imploro, venha e me conceda a bênção da sua proteção. Eu repeti essas palavras, ou variações delas, em uma ladainha. A cada vez, minha voz se tornava mais firme e determinada, à medida que eu me livrava do medo e abraçava o curso de ação que havia tomado. Não haveria volta. Ou isso daria certo ou fracassaria. Mas eu não permitiria que o último resultado acontecesse porque eu não consegui controlar minhas emoções. O rosto da minha alma gêmea flutuando diante da minha mente fortaleceu ainda mais minha determinação.

Eu estava quase em transe quando o som distante de asas batendo finalmente chegou aos meus ouvidos. Meu coração disparou, mas eu me forcei a continuar repetindo o chamado, me concentrando desta vez na parte de proteção do meu apelo. Um arrepio percorreu minha espinha quando um longo fluxo de fogo atravessou o céu. Se eu não soubesse que Ranael era um lobo demônio, teria presumido que um dragão tinha acabado de cuspir fogo. Eu pisquei com a claridade que isso causou no céu escuro da noite, iluminado apenas pela lua crescente em um mar de estrelas.

Maravilhada com a majestade da fera gigante, eu silenciei enquanto ele voava em minha direção. Ele era realmente magnífico. Quase do tamanho de um cavalo, o lobo tinha a pelagem mais fofa e brilhante, de um marrom acinzentado, com reflexos avermelhados. A pelagem ao longo de sua cauda gradualmente se desvanecia em escamas que levavam à cabeça de cobra. Suas asas emplumadas tinham uma envergadura impressionante, e um conjunto de chifres adornava sua testa. Seus olhos brilhavam com um vermelho furioso que deveria ter me aterrorizado. Mas foram a inteligência e a sabedoria infinita que brilhavam dentro deles que prenderam minha atenção. Ainda assim, o toque de loucura em seu olhar também não podia ser ignorado.

Ele deslizou o restante da distância até mim antes de pousar com a graça de um gato a alguns metros de distância. Nuvens de fumaça subiam de seu focinho enquanto ele emitia um som de bufo ao avançar os poucos passos que nos separavam. O canto de sua boca se arqueou em um rosnado ameaçador, expondo um conjunto cruel de presas e os dentes afiados como navalhas aterrorizantes preenchendo sua boca. Ele estava visivelmente lutando para resistir à vontade de pular e me atacar. Eu não sabia se o círculo mágico o dissuadia ou se minha invocação de proteção mantinha seu lado raivoso sob controle.

— Quem ousa me invocar? — ele exigiu em um tom imperioso.

Eu estremeci e minha pele se arrepiou. Por algum motivo, eu esperava que ele assumisse a forma humana ou falasse telepaticamente comigo. Afinal, Remus não conseguia falar na forma de lobo, então eu presumi que seria o mesmo com Ranael. E, no entanto, sua boca não se movia exatamente, pelo menos não da maneira como a de um humano se move para formar palavras. Mas não havia dúvida de que eu ouvi suas palavras através dos meus ouvidos e não dentro da minha cabeça.

Sua voz era profunda, poderosa e como um trovão.

Chocada por conseguir sequer formar palavras, eu respondi com uma firmeza que surpreendeu até a mim.

— Sim, Lorde Ranael. Eu invoco sua proteção e seu auxílio em meu momento de necessidade — eu disse com uma voz firme, porém respeitosa.

— Proteção e ajuda para quê? — ele perguntou, com um tom igualmente áspero.

— Eu estou em estado terminal.

— Óbvio. O cheiro da morte está em você — ele respondeu de forma factual.

As garras afiadas nas pontas de suas patas enormes pareciam se projetar ainda mais, cortando sem esforço a rocha dura do planalto. Os músculos grossos de suas pernas e ombros se destacavam levemente. Eu me obriguei a ignorar o que só conseguia interpretar como sinais de que seu controle já estava diminuindo e, em vez disso, me concentrei em seu rosto. A Tecelã me avisou que haveria pouco tempo para concluirmos nossos negócios antes que sua raiva tomasse conta de qualquer pensamento racional. Então, eu mergulhei de cabeça, pulando qualquer conversa fiada que eu pudesse ter usado para acalmá-lo.

— Me disseram que o veneno na sua cauda de cobra poderia neutralizar o veneno que está me matando — eu disse com a voz controlada.

— Isso mesmo. E quando acabar de erradicar esse veneno, meu veneno vai te matar — ele disse, parecendo um pouco irritado, como se eu estivesse desperdiçando seu tempo com algo que deveria ser óbvio.

— Mas não vai me matar se o seu outro veneno o neutralizar quando eu me livrar do primeiro veneno — eu respondi.

Ranael recuou visivelmente surpreso com o comentário e me deixou perplexa.

— Que outro veneno? — perguntou o lobo demônio, parecendo confuso.

— Aquele das suas presas e saliva — eu disse de forma evidente.

Ele bufou e fez um movimento brusco com a cabeça. Eu não soube bem como interpretar. Por algum motivo, me pareceu uma sugestão de uma risada incrédula.

— O veneno das minhas presas e saliva não neutralizará de forma alguma o veneno da minha cauda de cobra — Ranael disse, parecendo entretido e como se estivesse questionando minha inteligência — O que ele fará é te liquefazer de dentro para fora. Pode-se dizer que ele é muito mais potente do que o ácido mais virulento conhecido pela humanidade.

— O quê?! Isso não é possível! — eu exclamei, sentindo o sangue sumir do meu rosto —Sua mordida neutralizará seu veneno de cobra. Você é um lobo demônio. Não pode mentir!

Ele mostrou os dentes para mim, e um rosnado raivoso

escapou de sua garganta. Naquele instante, eu não duvidei que, sem meu pedido de proteção, ele teria tentado me atacar. Como eu nunca havia desenhado um círculo mágico semelhante antes, só me restava esperar que, como alegava a Tecelã, ele realmente me protegesse dele caso perdesse o controle.

Em vez de me responder, Ranael subitamente virou a cabeça para a direita, na direção da semi-caverna onde meu companheiro e eu havíamos nos abrigado antes. Eu segui seu olhar apenas para vê-lo encarando Remus. Parcialmente escondido pelas sombras, ele estava quase invisível.

— Ranael! Concentre-se em mim — eu gritei, atordoada com minha própria ousadia.

Mas, ao lidar com seres do submundo, demonstrar fraqueza quase garantiria nossa ruína. Para meu alívio, o lobo demônio obedeceu e voltou sua atenção para mim.

— Eu não minto, sua tola. Como você mesma disse, lobos demônios são obrigados a dizer a verdade — ele sibilou.

— Mas... mas a Tecelã disse que sua mordida neutralizaria o veneno! — eu exclamei, completamente angustiada.

— Não foi isso que a Tecelã disse — ele respondeu em um tom que não admitia discussão — Você simplesmente interpretou mal as palavras dela.

— O quê?! Mas...

Minha voz sumiu enquanto meu cérebro lutava para entender suas palavras. A sinceridade em sua voz era inegável. E, como nós dois havíamos dito, ele não conseguiria mentir, mesmo que quisesse.

— Termine seus negócios, humana. Eu não vou durar muito mais tempo — ele disse em um tom de rosnado.

Seus músculos se intumesceram ainda mais, enquanto o brilho avermelhado em seus olhos se intensificava, criando uma auréola assustadora ao redor de seu enorme rosto lupino. Atrás dele, sua cauda de cobra balançava de um lado para o outro, um movimento quase hipnótico, como se tentasse acalmar a presa antes de atacar.

— Mas o que ela quis dizer então? — eu insisti — Ela disse que a cauda de cobra do lobo demônio neutralizaria o veneno em mim. E então a mordida de...

Eu fiquei paralisada, meus olhos se arregalaram enquanto eu olhava incrédula para Ranael.

— A mordida de um lobo doente... — eu sussurrei mais para mim mesma antes de olhar para Remus, embora mal conseguisse vê-lo nas sombras.

— Sim — Ranael respondeu — Eu não sou um lobo doente. Eu sou amaldiçoado. Agora, depressa!

O medo finalmente tomou conta de mim quando sua garganta ficou vermelha devido ao fogo que se acumulava em seu peito. Com os dentes à mostra e as asas abertas, ele cravou as garras ainda mais fundo na pedra a seus pés. Fragmentos de rocha voaram para o alto onde a pedra se quebrou.

— DEPRESSA! — ele gritou.

Isso me tirou do meu torpor de medo. Sem pensar, eu me inclinei para a frente e passei a mão pela borda do círculo, abrindo uma abertura. Eu mal havia completado o gesto, e a cauda de cobra do lobo demônio avançou em minha direção. Suas presas cravaram-se em minha garganta antes que eu pudesse piscar.

Instantaneamente, a dor mais atroz que eu já senti explodiu no meu pescoço, espalhando-se rapidamente pelo meu rosto, peito e membros. Era como se minha alma estivesse sendo arrancada do meu corpo, enquanto cacos de vidro percorriam minhas veias, me destruindo de dentro para fora. Eu gritei de agonia e desabei no chão, sacudida por violentos espasmos.

Com a visão turva, eu vi Ranael avançar em minha direção, com a boca escancarada. No segundo seguinte, ele arrancaria minha cabeça com uma mordida e me despedaçaria. Eu acolhi com satisfação a morte rápida que isso me proporcionaria, em vez do inferno me consumir por dentro. Mas antes que ele pudesse me conceder essa misericórdia, um borrão o atingiu, empurrando o lobo demônio para longe.

Ranael abriu bem a boca para cuspir fogo em Remus.

— Nããããão! — eu tentei gritar.

Mas apenas um som gorgolejante saiu enquanto um véu de escuridão descia diante dos meus olhos. No meu último momento de lucidez, eu amaldiçoei a estupidez da missão para a qual havia arrastado Remus. Eu o havia matado junto comigo.

CAPÍTULO 15

REMUS

M eu coração batia forte na garganta enquanto eu observava Ranael se aproximar. O meu lado selvagem, que vinha gradualmente à tona à medida que a lua cheia se aproximava, alimentava a antiga raiva que ardia em mim. Aquela criatura matou meus pais, me amaldiçoou e destruiu a vida feliz que eu poderia ter tido. No entanto, era o medo pela minha companheira que me dominava. A perspectiva de que ele também pudesse tirar a vida da minha alma gêmea me deixava louco. Se isso acontecesse, me destruiria irreparavelmente.

Eu precisei de toda a minha força de vontade para não correr até Amara e protegê-la com meu corpo quando o lobo demônio pousou na frente dela. Durante meus poucos encontros anteriores com ele, eu estive na minha forma de lobo. Então, embora ele fosse imponente comparado a mim, eu não havia apreciado completamente seu tamanho, já que meu próprio lobo era bem grande. Mas agora, vendo-o se elevando sobre minha companheira ajoelhada, ele parecia um gigante se preparando para devorar uma criança.

Embora ele parecesse estar em uma conversa relativamente controlada com minha Chama, o pavor que eu sentia não diminuiu. A julgar por sua linguagem corporal, a tensão crescia rapidamente dentro dele. Ranael travava uma batalha perdida contra a raiva com a qual foi amaldiçoado. Silenciosamente, eu incitei minha companheira a concluir rapidamente aquela terrível missão. Por mais que a reação dela ao veneno dele me aterrorizasse, pelo menos havia uma chance de salvá-la. Mas se o lobo demônio cedesse aos seus instintos raivosos, ela jamais sobreviveria ao ataque.

Para minha consternação, apesar da minha audição aguçada, eu não consegui ouvir o que eles diziam. Por outro lado, metamorfos-lobos normalmente não falam em voz alta. Eu presumi que ele estivesse falando com ela telepaticamente. Minhas costas ficaram tensas quando, apenas alguns instantes depois do início da conversa, Amara recuou e pareceu chocada e, em seguida, assustada.

O que ele poderia ter dito a ela para provocar tal reação? Lobos demônios não conseguiam mentir quando invocados para proteção. Que verdade assustadora ele havia despejado sobre ela? No entanto, suas reações fisiológicas recuperaram minha atenção. Ranael logo perderia o controle, como evidenciado pela forma como suas garras se cravavam no chão e pela forma como ele contraía os músculos, pronto para saltar sobre sua presa.

— Dê uma mordida e termine antes que seja tarde demais — eu insisti em um sussurro tenso, embora ela não pudesse me ouvir dali.

Para meu choque, Ranael virou a cabeça em minha direção como se tivesse ouvido minhas palavras. Eu me chutei silenciosamente. Como um semideus, seu alcance auditivo era muito mais amplo e aguçado que o meu. Nossos olhares se encontraram, e a conexão perturbadora que eu senti nas vezes anteriores em que o procurei em busca de vingança retornou com uma potência que me deixou atordoado. O vínculo profano que eu compartilhava com aquela criatura me atingiu com força. Assim como antes, eu não temia pela minha vida em relação a ele. Ele não me atacaria, mas minha presença poderia desencadear algo dentro dele, uma fúria impotente que o faria se voltar contra minha mulher. Para meu alívio, o lobo demônio voltou sua atenção para minha companheira quando ela o chamou. Eles trocaram mais algumas palavras, e então Amara rompeu o círculo, assustada. Sua cauda de cobra atacou com tanta velocidade que era literalmente um borrão. Com uma certeza que eu não conseguia explicar, eu senti o círculo rompido, e o gosto do sangue dela nas presas de cobra dele havia destruído a força de vontade que Ranael ainda possuía.

Eu não me lembro de ter corrido em direção a eles. Eu só percebi que estava me movendo quando o som das minhas roupas se rasgando chegou aos meus ouvidos. Em sua tentativa de resistir, um pedaço do tecido cravou-se dolorosamente na minha pele antes de se romper quando eu instintivamente me transformei em lobo. A poucos metros dele, eu completei minha metamorfose e me choquei contra o seu flanco, momentos antes dele atacar minha companheira que se debatia.

O som de seus gritos agonizantes despedaçou minha alma. Eu queria ir até ela, mas precisava eliminar a ameaça maior primeiro.

Eu pulei de volta para ficar de pé, apenas para ser atingido pela pata enorme de Ranael. Com um único golpe, ele me fez voar alguns metros para trás. Eu caí nas pedras duras do planalto, sem fôlego. Atordoado, eu voltei a me levantar apenas para ver seu peito brilhando vermelho enquanto ele se preparava para me incinerar.

Esperando até o último segundo, eu rolei para fora do caminho quando ele abriu a boca de forma impossivelmente ampla para cuspir um poderoso jato de fogo. A dor lancinante que eu esperava nunca veio. Meu cérebro congelou quando eu percebi que ele havia errado de propósito. Considerando que sua fúria o havia dominado, eu esperava sofrer pelo menos algum dano, mesmo duvidando que ele fosse me matar.

O lobo demônio jogou a cabeça para trás e emitiu um grito selvagem que soou mais como o rugido de um dragão do que como o uivo de um lobo. Então, com um bater poderoso de suas asas enormes, Ranael voou para longe.

Eu não o poupei mais nenhum pensamento e corri para minha companheira, retornando à minha forma humana no processo. Eu a puxei para meus braços, embalando-a com força para conter a violência dos espasmos que a percorriam, para que ela não se machucasse mais. Lágrimas arderam em meus olhos e uma onda de impotência e desespero me invadiu enquanto a observava se debatendo em meus braços. Eu sabia que Amara sofreria, mas ver aquilo estava me destruindo.

Um milhão de pensamentos giravam em minha mente, a maioria deles girando em torno de quão estúpido eu tinha sido por ajudá-la naquela empreitada imprudente. Ao mesmo tempo, eu tentei racionalizar como ela teria morrido de qualquer maneira se não tivéssemos tentado a única opção possível. Mas vê-la espumando pela boca, sua pele pálida, o cheiro da morte aumentando exponencialmente, seu corpo queimando e sua respiração reduzida a um chiado ofegante pareceu confirmar ainda mais o quão tola aquela missão tinha sido.

Mas a Tecelã estava certa sobre a invocação.

Talvez ela estivesse certa sobre isso também.

Ainda segurando minha Chama contra mim, eu fechei o círculo para manter qualquer ameaça em potencial à distância. Eu duvidava que Ranael voltasse para terminar o que começou, mas não queria ter que me preocupar com ele. Minha companheira exigia toda a minha atenção.

E assim começou a espera mais terrível da minha vida.

Amara queimou com uma febre incrivelmente alta a noite toda, chegando a bater os dentes. Seus gemidos de dor só eram interrompidos por uma tosse estrangulada ocasional. Eles me assustavam mais, pois ela parecia estar engasgando. O pior momento foi quando seu corpo se arqueou violentamente de repente, como se ela tivesse recebido uma poderosa descarga elétrica antes de ficar mole. Eu gritei seu nome, batendo em sua bochecha, temendo que ela tivesse morrido. Depois de alguns segundos que se arrastaram para sempre, ela respirou fundo e ofegante antes de repetir o ciclo de gemidos e engasgos.

Só quando o sol finalmente nasceu é que eu levei Amara de volta para a caverna parcial que nos servia de abrigo. Com as nuvens se acumulando ao longe, o pequeno espaço nos proporcionaria alguma proteção. Eu guardei um pouco da água da chuva para repor nossas reservas e usei um pouco para refrescar minha mulher e reidratá-la.

Demorou mais um dia inteiro para que o fedor da morte finalmente se dissipasse e desaparecesse por completo. Por algumas horas, meu coração disparou, cheio de esperança enquanto sua febre baixava e sua respiração se estabilizava. Embora sua pele mantivesse uma cor opaca e acinzentada, minha Chama não parecia mais sentir dor. Quase dava para acreditar que ela estava apenas dormindo.

Exausto depois de mais de dois dias de vigília constante, eu me peguei cochilando, acordando a cada duas horas só para ter certeza de que tudo ainda estava bem com minha companheira. Eu odiava precisar descansar, mas se não descansasse, nunca conseguiria levá-la para um lugar seguro e depois ir para meu abrigo antes da lua cheia.

Na manhã do terceiro dia após a picada da cobra, eu acordei assustado com um cheiro azedo que quase me fez entrar em pânico. E então eu vi a primeira veia escura se espalhando em volta do pescoço dela, perto do ferimento. Eu me xinguei por dentro por isso ter finalmente acontecido nessa madrugada.

Eu quase enlouqueci contando cada minuto de cada hora até o anoitecer. Como ambos suspeitávamos, minha companheira não estava em condições de realizar a invocação sozinha. Nos últimos três dias, ela ocasionalmente saía do coma, mas estava completamente incoerente e mal tinha consciência do que estava acontecendo. Por mais que eu quisesse poder falar com ela, eu acolhia o fato de que ela perderia a consciência novamente para não ter que sentir a dor do veneno que a devastava.

O sol mal havia desaparecido no horizonte quando eu corri de volta para o círculo com minha companheira nos braços. Eu me certifiquei de que ele ficasse impecável novamente antes de invocar Ranael. Como Amara havia feito, eu recitei a invocação em sequência. Mas, à medida que os minutos passavam sem nenhum sinal do lobo demônio, uma sensação de pavor se instalou no meu estômago, crescendo exponencialmente com o tempo.

Depois de mais de vinte minutos sem resultado, eu saí do círculo, deixando minha companheira lá dentro, e o chamei novamente.

Mas isso também falhou.

Eu troquei de lugar com ela e repeti todo o ritual, sem sucesso. O que eu estava fazendo errado? Eu verifiquei o círculo. Cada runa, cada linha, estava perfeitamente desenhada, como ela havia me ensinado. As velas estavam acesas e posicionadas corretamente. Eu havia memorizado o encantamento e o chamado de invocação. Não havia falhas no que eu havia feito. Então, por que ele não estava respondendo?

Lágrimas de raiva e impotência brotaram em meus olhos, enquanto uma fúria avassaladora crescia gradualmente dentro de mim. Será que Ranael estava ignorando a convocação porque era eu quem o chamava? Que porra eu deveria fazer agora? Não havia tempo para ir buscar Malina – a filha de Misty – e trazê-la de volta para realizar a convocação em meu lugar.

Eu abracei Amara e meu coração se partiu em mil pedaços ao olhar para a rede de veias escuras que subiam por suas bochechas e desciam por seu peito. Jogando a cabeça para trás, eu uivei para a lua com toda a profundidade do desespero que sentia.

E então eu ouvi.

Asas batendo ao longe. Eu levantei a cabeça bruscamente para olhar na direção do vale de onde Ranael havia chegado da vez anterior, apenas para perceber que o som vinha de trás de mim. Eu me virei e fiquei de queixo caído ao ver um Gharlakan.

A criatura voadora gigante tinha um corpo um tanto canino, embora as pernas e os braços mais longos pudessem pertencer a um lobisomem. O rosto tinha um formato vagamente semelhante ao de uma raposa, com as mesmas orelhas pontudas e focinho longo. No entanto, a boca tinha o formato mais de um bico do que de uma mandíbula. Ela não tinha olhos, sendo guiada por ultrassom como um morcego. Suas asas também poderiam pertencer a um morcego, exceto pelo fato de serem cobertas por pelos brancos com manchas azuis, assim como o resto do corpo. Uma cauda excessivamente longa e grossa se arrastava atrás dele, com pelos longos, brancos e azul-escuros, em leque na ponta.

O que diabos um Gharlakan está fazendo aqui?

Essas criaturas não viviam nessas partes. Elas preferiam o clima frio das regiões do norte. Mas assim que essa pergunta surgiu em minha mente, ela se respondeu.

A criatura veio direto até nós, mudando para sua forma humana enquanto pousava graciosamente diante de mim.

— Lyall! — eu exclamei, choque e esperança guerreando em igual medida dentro de mim.

— Seu filhote tolo — Lyall rosnou, furioso — Ranael não virá até você.

— Mas não é para mim! — eu argumentei.

— Você não pode invocar a proteção de um lobo demônio para outra pessoa — ele retrucou — A promessa só é concedida ao invocador.

— Mas ela está morrendo! — eu exclamei — Ele precisa vir

até ela! Ranael concedeu sua proteção quando ela o invocou pela primeira vez. Ele deve saber que sua tarefa ainda não está completa.

O olhar furioso que Lyall me lançou me pegou de surpresa.

— Ranael não pode curá-la — Lyall sibilou — Ele não vai voltar especificamente porque jurou protegê-la. Qualquer interação posterior com ela só acelerará sua morte. Ele a está protegendo de si mesmo.

— Você mente! O que você diz não faz sentido! — eu gritei com raiva — Ele tem que mordê-la uma segunda vez para neutralizar o veneno.

— Não, ele não tem — Lyall respondeu entre os dentes — Eu disse para você repensar as palavras da Tecelã. Você as interpretou errado.

Eu pisquei, minha mente acelerada enquanto repassava as palavras que Amara me disse sobre seu encontro com Cliona Nox.

— A Tecelã disse a Amara que ela precisava ser mordida pela cauda de cobra dele, e quando as veias negras apareceram, ela precisava ser mordida pelos dentes dele — eu disse, meus olhos indo de um lado para o outro enquanto eu vasculhava minha memória.

— Não, Remus. Ela nunca disse os dentes dele. A Tecelã disse "A cauda de Ranael e a mordida de um lobo doente."

Eu paralisei, meu sangue congelando enquanto o significado de suas palavras era assimilado. A intensidade de seu olhar vermelho me desafiou a discutir a verdade que eu não queria aceitar.

— Não — eu respondi, balançando a cabeça inconscientemente enquanto dava um passo involuntário para longe dele — O que você está dizendo não é possível.

— Eu não vou dizer nada — ele retrucou — Você deve tirar suas próprias conclusões.

— Você está insinuando que é da minha mordida que ela

precisa. De mim, o lobo doente — eu sibilei — Mas isso não é possível. Minha saliva contém o mesmo veneno da cauda de cobra dele, mas uma versão muito mais fraca. Foi você quem me fez perceber isso. Então, mordê-la agora não vai ajudá-la.

— Isso mesmo — ele disse com uma expressão ilegível.

— Então não pode ser eu! — eu exclamei.

Meu sangue ferveu de raiva quando ele ficou ali parado, sem dizer uma palavra, me encarando como se quisesse me dar um soco.

— Pelo sangue de Ferazan, fala logo, porra! — eu gritei — Chega dessas charadas idiotas. Amara está morrendo! Não temos tempo para esses joguinhos idiotas.

— Eu já disse tudo o que podia, seu mortal tolo — Lyall respondeu, irritado — Eu estou vinculado ao Pacto. Você tem todas as informações de que precisa. Descubra antes que seja tarde demais.

Eu abri e fechei a boca, sem saber o que dizer enquanto uma onda de desespero me invadia. Com essa declaração sobre o Pacto, Lyall confirmou minhas suspeitas de que ele era um semideus ou um dos Anciões – embora eu acreditasse que fosse o primeiro. Eles estavam proibidos de interferir na vida dos mortais se isso atrapalhasse os planos do Destino para nós. Quebrar o Pacto tinha consequências terríveis para eles.

— Eu não sei o que fazer — eu disse, derrotado, enquanto apertava ainda mais o corpo inconsciente de minha companheira em meus braços.

Eu contemplei seu lindo rosto, com o coração partido. Ela confiava em mim cegamente, e aqui estava eu, falhando completamente com ela, porque era burro demais para perceber.

— Então volte à fonte — Lyall resmungou.

Eu levantei a cabeça bruscamente para encará-lo com um ar interrogativo — A fonte?

— A Tecelã. Foi ela quem disse a Amara o que fazer. Talvez

seja melhor pedir para ela esclarecer — Lyall disse com uma expressão indecifrável.

— A Tecelã está longe demais! — eu exclamei, olhando para ele como se ele tivesse enlouquecido — Mesmo que eu me matasse correndo sem parar o mais rápido que pudesse, levaria pelo menos três dias. E isso sozinho! Com a Amara, levaria pelo menos oito a nove dias. Ela já estaria morta até lá. E mesmo que eu fosse sozinho e voltasse com a resposta, a lua cheia já teria nascido. E, de qualquer forma, a Tecelã nunca abriu os portões para mim.

— Você não tinha nada que ela quisesse naquela época — Lyall retrucou, dando de ombros — Agora, tem.

Ele gesticulou com o queixo para minha companheira enquanto dizia a última frase. Meu coração disparou. Eu realmente tinha algo que ela queria. A Tecelã nunca ajudava ninguém a menos que houvesse algo em troca. Ela queria o sangue da minha companheira depois de curada. Portanto, Cliona iria querer me ajudar a salvá-la para que pudesse colocar as mãos no que seria um dos soros mais raros do mundo, assim que o extraísse do sangue da minha mulher.

— Você tem razão — eu disse, lambendo os lábios nervosamente enquanto ainda tentava refletir sobre uma solução para o problema do tempo — Mas eu nunca chegarei a tempo à casa da Tecelã carregando minha companheira.

— Eu poderia levar Amara voando até a casa dela — Lyall ofereceu de repente, com a mesma expressão inexpressiva — A mansão que ela herdou seria uma viagem relativamente curta para você da casa da Tecelã.

Eu fiquei boquiaberto com ele, esperança, raiva e profunda frustração guerreando dentro de mim em igual medida.

— Por que diabos você não ofereceu isso antes? — eu perguntei — E quanto ao Pacto? Por que você pode interferir nisso, mas não no resto? O que você não está me contando?

Sua raiva aumentou na mesma medida que a minha, se não mais.

— Pare de perder tempo com suas perguntas idiotas. Eu lhe digo o que posso quando é apropriado. Eu posso não ter permissão para interferir no destino dos mortais, mas tenho o direito de levar uma amiga querida para casa. Você tem até a lua cheia para decidir o que fazer. Depois disso, Amara morrerá. E ouça bem, se você falhar com ela, nada, nem mesmo o Pacto, o poupará da minha ira.

— Você está apaixonado por ela — eu sussurrei, mais para mim do que para ele.

Ele mostrou as presas para mim, seus olhos brilhando em um vermelho raivoso.

— A questão é: *você* a ama? — ele rosnou.

— Sim, eu amo — eu respondi com convicção.

Ele estreitou os olhos para mim — Mas você a ama o *suficiente*?

— O quê? — eu perguntei, confuso.

— Não se atrase, filhote — ele respondeu antes de se transformar novamente em um Gharlakan.

Ele se elevava sobre mim pelo menos por alguns metros, apoiado nas patas traseiras. Seus três segmentos o faziam parecer ainda mais um lobisomem, não fosse seu focinho pontudo e suas asas de morcego. Ele tirou minha companheira de mim, e a maneira gentil e cuidadosa com que a embalou em seus braços confirmou ainda mais a profundidade de seus sentimentos pela minha Chama. Aconteça o que acontecer, ele faria de tudo para mantê-la segura. Assim que ele alçou voo, eu assumi minha forma de lobo. Eu não peguei nenhum de nossos pertences no abrigo, nem comida ou água.

Eu apenas corri.

CAPÍTULO 16
REMUS

Meus músculos ardiam, minhas pernas pareciam chumbo, e cada respiração era como inalar cacos de vidro. Cada movimento despertava uma nova dor. Eu não conseguia dizer há quanto tempo estava correndo. A noite deu lugar à manhã e, a julgar pela sua posição no céu, o sol se poria em breve.

Uma parte de mim se arrependeu de não ter pegado algumas das nossas rações antes de começar a descida. Eu estava extremamente seco. Era de se esperar que a areia cobrisse minha língua e enchesse minha garganta. Meu estômago doía, mas eu não conseguia dizer se era fome ou exaustão. Ao mesmo tempo, outra parte acreditava que tinha sido a escolha certa. Além de estar mais leve sem aquele fardo, isso me estimulou a chegar ao vale abaixo ainda mais cedo, para que eu pudesse encontrar alguma presa para saciar minha fome e uma fonte de água fresca para saciar minha sede.

Mas cada passo se tornava mais difícil, minha visão ficando turva enquanto eu tentava avançar. Na pressa, eu quase perdi o equilíbrio ao percorrer a trilha estreita na beira da montanha. Eu gritei e me arrastei para me aproximar da face rochosa e irregular da montanha. Para minha tristeza eterna, não tive escolha a não ser diminuir um pouco a velocidade para evitar cair e morrer.

Eu não me lembrava de ter entrado na última passagem estreita na montanha, muito menos de ter desmaiado nela. Quando recuperei a consciência do que me cercava, a noite já havia caído. Eu acordei de repente, percebendo que devia ter desmaiado de exaustão. Considerando a escuridão, eu dormi no mínimo duas ou três horas.

Eu me repreendi por esse tempo perdido e voltei a correr. Obviamente, eu entendia que aquele descanso era necessário e que eu não poderia sonhar em chegar inteiro à casa da Tecelã se não tirasse um tempinho para me recuperar de vez em quando. Mas eu queria estar bem mais perto antes de me entregar a isso.

Eu retomei minha dolorosa jornada com vigor renovado. Finalmente, retornar ao seguro Vale da Colina da Tempestade, ao pé da montanha, me deu uma descarga de energia. Eu atravessei a floresta, capturando pequenas presas no processo, que comi inteiras como um lobo. Desde que assumi minha forma humana, eu perdi todo o gosto por elas. Mas era mais rápido comê-las cruas do que perder tempo descascando-as e cozinhando-as um pouco. No fim das contas, tudo o que importava era conseguir sustento suficiente para o resto da extenuante jornada que me aguardava.

Embora as poucas criaturas que eu devorei preenchessem o buraco que me corroía por dentro, o sangue espesso não saciou minha sede, mas a aumentou. Faltando menos de um quilômetro para chegar à Floresta Assombrada, eu segui um pouco mais para o leste até avistar o rio ao longe. Eu fui direto até ele, bebendo um pouco de água antes de mergulhar brevemente. Isso ajudou a refrescar meu corpo suado e dolorido, além de reduzir um pouco o inchaço nas minhas patas.

Com muita relutância, eu saí da água, tomando um último gole antes de retomar minha jornada. Menos de cem metros depois, o som abafado de uma voz feminina em pânico chegou aos meus ouvidos sensíveis. A princípio, eu presumi que fossem os chamados enganosos de um espírito maligno da floresta tentando me atrair, mas eu logo descartei essa ideia. Não só os mistificadores nunca se importaram comigo, como eu ainda não havia entrado na Floresta Assombrada. Embora nenhuma sinalização clara indicasse seus limites, eu sabia que ainda estava a pelo menos meio quilômetro de distância. De qualquer forma, era possível sentir a maldade no ar no momento em que se cruzava a entrada daquele lugar imundo.

Apesar do tempo ser escasso, eu fui investigar, contornando a curva correndo para ver a origem da comoção. No momento em que eu estava circulando uma árvore gigante, eu avistei uma bela mulher parada à beira da água. Sua carruagem, com apenas um cavalo, havia saído da trilha e tombado no rio. De onde eu estava, o cavalo dela ainda estava preso à carruagem e afundava lentamente na água, preso pelo peso do veículo e seus arreios.

Por instinto, eu corri em direção a eles. Ocupada demais puxando em vão o arreio para tentar levar o cavalo de volta à margem, a mulher não me ouviu se aproximando a princípio. Seus gritos de socorro e os respingos do animal em pânico abafaram ainda mais o som dos meus passos.

Sentindo de repente a minha presença – pelo menos percebendo algum movimento com o canto do olho – a mulher virou a cabeça bruscamente na minha direção. Ela ofegou, pressionou as palmas das mãos contra o peito e deu alguns passos para trás, afastando-se de mim com uma expressão assustada. Sua pele leitosa pareceu ainda mais pálida, destacando seus olhos cinzentos ao se arregalarem. Mas seu medo rapidamente deu lugar a uma mistura de admiração e esperança.

— Um Lycan... — ela sussurrou baixinho antes de acenar e projetar a voz mais alto — Por favor, me ajude! Meu cavalo está se afogando!

Eu xinguei por dentro. Em circunstâncias normais, eu não teria hesitado. Mas, à primeira vista, eu percebi que levaria muito tempo e esforço para tirar a carruagem daquela situação precária. Além de não poder me dar ao luxo de esperar tanto, isso drenaria ainda mais a energia limitada que me restava. Para falar a verdade, no meu estado atual, eu duvidava que fosse forte o suficiente para puxar a carruagem.

Eu quase continuei em frente. A maneira como ela se colocou na minha frente e ergueu os braços como se quisesse me bloquear indicava que ela já havia adivinhado minha intenção.

— Eu imploro! — ela exclamou, suplicante — Não me deixe aqui assim. Eu nunca conseguirei voltar para a estalagem ou atravessar a floresta de volta para Kairn a pé e sozinha. Ajude-me, por favor!

Emitindo um rosnado irritado, eu reduzi a velocidade relutantemente e me aproximei da água. Conforme minha avaliação inicial de longe, uma inspeção mais detalhada confirmou que não haveria uma maneira fácil de soltar a carruagem. As rodas dianteiras estavam quase totalmente submersas e a roda traseira direita afundava na lama em ângulo. O cavalo também estava em ângulo, com a garupa quase toda para fora da água, enquanto a parte da frente do corpo afundou até o pescoço. Com a carruagem deslizando gradualmente em direção ao rio, mais cedo ou mais tarde, ela arrastaria o animal fundo o suficiente para que ele se afogasse.

Sem o meu cansaço atual, eu teria conseguido puxar tudo para fora com algum esforço. Mas isso nunca aconteceria agora. Eu só poderia resgatar o cavalo para que a mulher pudesse montá-lo de volta em segurança.

Com a decisão tomada, eu mudei parcialmente para minha forma semi-humana para poder falar com a mulher e lidar mais facilmente com a tarefa de libertar sua montaria.

— Sua carruagem está muito atolada na lama. Eu não posso tirá-la para você — eu disse sem rodeios — Isso irá exigir muito tempo e força que eu não tenho. No entanto, eu posso desprender seu cavalo. Pelo menos, você poderá voltar para a estalagem ou seguir em frente até a Cabana dos Caçadores, do outro lado da Floresta Assombrada.

— Mas minha carruagem vale muito, sem falar em todos os meus pertences dentro dela! — a mulher exclamou, desanimada.

O tom arrogante em sua voz me irritou. No meu estado físico e mental atual, eu não tinha paciência para as exigências de ninguém. A julgar por sua elegante roupa preta de montaria, com a saia longa, botas pretas caras e colete sob medida, ela era claramente abastada. Um broche adornado com joias adornava seus longos cabelos loiros presos em um coque elegante, com algumas tranças artisticamente tecidas na mistura. Então, o que, em nome de Ferazan, ela estava fazendo sozinha perto da Floresta Assombrada? Eu conseguia pensar em uma dúzia de respostas diferentes para isso. Meu palpite é que ela havia sido avisada contra tal empreendimento imprudente, mas ela teimosamente decidiu que ninguém lhe diria o que fazer.

Mas isso não era problema meu.

— Seu cavalo é tudo o que eu posso oferecer. É pegar ou largar — eu sibilei.

Ela recuou e pressionou a palma da mão contra o peito com uma expressão chocada e indignada. Sim, aquela mulher estava acostumada com as pessoas se curvando a todos os seus caprichos e nunca respondendo.

Irritado quando ela não respondeu, eu dei de ombros e me virei para ir embora.

— Espere! Por favor! O cavalo! Eu aceito o cavalo! — ela gritou.

Sem dizer uma palavra, eu me aproximei da água. No entanto, eu não pude deixar de me perguntar o que poderia ter causado aquele acidente.

— O que fez sua carruagem sair da estrada? — eu perguntei por cima do ombro ao entrar na água — O que assustou seu cavalo a ponto dele se desviar tanto do caminho e cair direto no rio?

A mulher acenou com a mão de um jeito que demonstrava confusão — Sinceramente, seu palpite é tão bom quanto o meu. Eu não vi nada. Meu cavalo simplesmente empinou e começou a correr. Mas uma das rodas estava um pouco desalinhada. Acho que ela pode ter se soltado.

Eu resmunguei em resposta. Ela me parecia o tipo de pessoa sem noção que não enxergaria a verdade mesmo que lhe dessem um tapa na cara. No entanto, enquanto eu me aproximava da garupa do cavalo para cortar a culatra, uma sensação de desconforto se instalou na boca do meu estômago. Ao alcançar a correia em volta de sua parte traseira com a mão esquerda, eu liberei as garras da mão direita. Uma vez solto, eu conseguiria guiar o cavalo pela coleira de volta para a margem.

Mas antes que eu pudesse cortar a culatra, a sensação de perigo me atingiu com força. Algo estava definitivamente errado... terrivelmente errado. Eu levei um momento para entender.

Todos os aromas estavam apagados.

Na verdade, era além disso. Embora eu não tivesse chegado perto da mulher, eu não senti absolutamente nenhum cheiro nela. Não só ela não parecia possuir o aroma natural que todo ser vivo possui, como também não detectei nenhum cheiro de suor ou medo que normalmente emana de alguém nesse tipo de situação. Seu cavalo também não cheirava bem. Ele não tinha o odor almiscarado que eu normalmente associava a grandes mamíferos como cavalos, vacas e veados. Em vez disso, eu percebi um sutil cheiro de podridão.

Os únicos outros cheiros que faziam cócegas no meu nariz eram água, lama, grama e um cheiro estranho de peixe que eu não consegui identificar.

— Vá em frente, Remus! Liberte meu cavalo! — a mulher exclamou quando eu fiquei ali paralisado.

Remus? Como diabos ela sabe meu nome?!

Minha espinha enrijeceu e eu inclinei a cabeça em direção à mulher. Qualquer que fosse a expressão que ela viu em meu rosto, ela tirou a máscara de donzela em perigo. Seus olhos cinzentos escureceram, tornando-se negros como breu, enquanto um ar de pura malícia se instalava em seu rosto.

Ela ergueu as mãos e gesticulou enquanto proferia palavras de poder. Ao mesmo tempo, eu corri para fora da água. Assim que eu saltei para a margem, um movimento no canto do meu campo de visão me fez olhar por cima do ombro. Meu sangue congelou ao ver três tentáculos saindo da água. As lâminas em forma de lua crescente em suas pontas só podiam pertencer a um Tentrian. O primeiro errou a tentativa de agarrar meu braço, mas os outros dois se enrolaram em cada um dos meus tornozelos com precisão mortal.

Eles me puxaram para trás com força brutal, interrompendo meu salto em pleno ar. A praia avançou em minha direção e eu bati de bruços no chão lamacento. O impacto me deixou sem fôlego. Os tentáculos me puxaram para trás, tentando me arrastar para a água. Apesar de me sentir atordoado, eu cravei minhas garras no chão, lutando para me firmar. A força da criatura aquática me arrastou por alguns centímetros antes de parar. Minhas garras pareciam prestes a serem arrancadas dos meus dedos enquanto o Tentrian continuava a puxar.

A criatura de quatro metros de comprimento tinha o formato de uma enguia gigante, com uma longa barbatana dorsal e uma cauda esvoaçante. Normalmente, ela usava as lâminas na ponta dos tentáculos – ou nos dois apêndices semelhantes a braços de cada lado do corpo – para cortar os tendões de suas vítimas, impedindo-as de lutar. Em seguida, os três tentáculos, que saíam de sua boca, simplesmente puxavam a presa para dentro de sua boca escancarada. O fato dele não tentar me cortar indicava que sentia o veneno em meu sangue.

Eu chutei e me contorci em uma vã tentativa de me libertar dos tentáculos quando uma sombra surgiu sobre mim, acompanhada por aquele cheiro sutil de podridão e enxofre. Meus olhos se arregalaram quando eu olhei para o lado e vi o cavalo parado ao meu lado, com os olhos brilhando em vermelho, dentes afiados como adagas preenchendo sua boca, enquanto uma pele negra e coriácea cobria seu esqueleto, com alguns ossos expostos. Uma ilusão havia escondido o fato de que se tratava de um cavalo da morte. A criatura demoníaca empinou-se nas patas traseiras, decidida a me esmagar com os cascos dianteiros.

Eu mal tive tempo de rolar para fora do caminho antes que ele pisasse violentamente onde minha cabeça estava antes. No entanto, isso me forçou a soltar o chão que eu segurava com a mão esquerda. O puxão violento do Tentrian me fez perder o controle da mão direita. Eu deslizei de volta para a água, as pedras misturadas à lama arranhando dolorosamente minhas costas. Assim que a água me submergiu, o Tentrian nadou para longe da costa e para as profundezas da água.

Ele pretendia me afogar.

Meus esforços para me libertar só fizeram com que ele apertasse ainda mais meus tornozelos com seus tentáculos, bloqueando meu fluxo sanguíneo. Logo, meus pulmões começaram a arder, e meu esforço só me deixou sem oxigênio ainda mais rápido.

Compreendendo que morreria em breve, eu fiz a única coisa que me veio à mente. Parei de lutar contra a atração da criatura, deixando-a me puxar para mais perto de seu rosto. Eu me dobrei, agarrei o tentáculo em volta do meu tornozelo direito com as duas mãos e o usei para me puxar ainda mais para perto. Tarde demais, o Tentrian percebeu minha intenção. Ele tentou me soltar e fugir, mas eu me segurei e cravei minhas presas no tentáculo, liberando o máximo do meu veneno que pude.

Mas meu predador – agora transformado em presa – puxou seus tentáculos com tanta força que o que eu estava mordendo se despedaçou sobre minhas presas. O sangue se espalhou pela água enquanto a criatura começava a se debater sob o efeito do meu veneno. Na minha forma parcialmente transformada, ele era ainda mais potente do que se eu fosse totalmente humano, sem mencionar o poder adicional da lua cheia iminente.

Sem poupar mais um pensamento ao Tentrian, eu bati meus pés o mais forte que pude enquanto nadava de volta à superfície. Assim que emergi, eu respirei fundo, me sentindo tonto e com os pulmões queimando. A voz raivosa da bruxa na praia me fez virar a cabeça em sua direção. Ela gesticulava novamente, pronunciando palavras que eu não entendia enquanto lançava outro feitiço. Eu respirei fundo mais algumas vezes antes de mergulhar e nadar debaixo d'água a uma curta distância dela, mas em direção à praia.

Assim que eu saí da água, a mulher gritou uma única ordem. Eu tomei um susto quando uma dúzia de raízes pontiagudas, semelhantes a lanças, brotaram do chão. Mais alguns centímetros para a direita, e uma das lanças teria me perfurado na perna. Eu saltei sobre elas, assumindo minha forma completa de lobo no processo, e comecei a correr em direção à floresta.

Era como correr por um campo minado, com mais raízes pontiagudas brotando abruptamente do chão, bem na minha frente, formando uma pista de obstáculos mortal. Algumas me arranharam, enquanto uma delas literalmente me derrubou de costas. Parte da lasca de madeira se cravou no meu ombro esquerdo.

Eu olhei para trás ao ouvir o som de um galope se aproximando rapidamente. Meu coração disparou ao ver a mulher cavalgando o cavalo da morte, com vapor saindo de suas narinas enquanto se aproximava rapidamente de mim.

Em minha melhor forma, eu poderia ter escapado do corcel demoníaco. Mas em minha condição atual, eu jamais conseguiria fugir deles. A mudança repentina no ar, a sensação viscosa e a energia mágica nauseante girando ao meu redor marcaram o início da Floresta Assombrada. Na pressa de fugir dos meus perseguidores, eu havia esquecido que estávamos tão perto daquele lugar amaldiçoado.

Sem hesitar, eu saí da trilha e corri para o interior da floresta. Eu não fazia ideia de quem era aquela mulher, mas, se fosse humana, ela relutaria em abandonar a trilha. Porém, enquanto esse pensamento me passava pela cabeça, outro ainda mais perturbador surgiu. A mulher não tinha cheiro... assim como Lyall. Seria ele? Como um doppelganger, ele podia assumir a aparência que quisesse. Será que eu estava errado em confiar nele? Será que ele tinha me manipulado o tempo todo para roubar minha companheira e me assassinar para me tirar da equação?

Mas por que um esquema tão elaborado?

Como um semideus, ele poderia facilmente me matar. Eu não tinha conseguido resistir aos seus poderes misteriosos. Sua ilusão era tão poderosa que eu nem tinha sentido a magia sendo usada contra mim. Se o objetivo dele fosse me matar de uma forma que pudesse parecer um acidente ou uma tragédia, ele poderia ter simplesmente criado a ilusão de um caminho reto à minha frente enquanto eu descia a montanha correndo, mas me fazendo pular para a morte caindo da borda.

Um olhar por cima do ombro mostrou a mulher ao longe, ainda no caminho. Uma onda de alívio me inundou. Lyall não teve problemas em caminhar pela Floresta Assombrada. Isso provou ainda mais que a bruxa não era ele. Uma parte de mim sabia, mas ainda assim me ajudou a respirar melhor ter a confirmação de que ele não havia me traído.

Mas quem diabos é ela? E por que tentar me matar com uma estratégia tão calculada?

Eu queria voltar e confrontá-la, mas não podia arriscar, nem tinha tempo a perder. Ignorando a dor adicional dos meus tornozelos machucados e do meu ombro ferido, eu corri o resto da jornada por aquela terra amaldiçoada, permanecendo dentro da floresta. Como de costume, os mistificadores e outros espíritos malignos me evitaram. Quando cheguei ao outro lado, eu estava completamente exausto.

Naquele instante, eu finalmente me conformei com o fato de ter superestimado minha força. Muitas horas de viagem ainda me restavam antes que eu pudesse chegar à propriedade da Tecelã. Eu não tinha escolha a não ser descansar se quisesse terminar a jornada a tempo. Meu peito se apertou dolorosamente ao pensar que eu poderia falhar com minha mulher. No fundo, eu podia sentir a mudança crescendo. Meu lobisomem andava inquieto de um lado para o outro, ansioso para assumir o controle. O tempo estava passando, e não a meu favor.

Eu pensei em me deitar onde estava e dormir até poder voltar, mas a lembrança da bruxa me fez reconsiderar. Ela não havia me atacado dentro da Floresta Assombrada, mas sim no seguro Vale da Colina da Tempestade, além dela. Se ela havia sido tão ousada antes, o que a impediria de fazer o mesmo aqui no "seguro" Vale Kairn?

Eu a amaldiçoei até as profundezas do Inferno enquanto me virava para correr em direção ao Alojamento dos Caçadores. Com um pouco de sorte, ele estaria desocupado. Mas mesmo que alguém o estivesse usando, eu poderia simplesmente permanecer dentro da ampla área cercada pelas poderosas proteções que manteriam qualquer um com más intenções afastado. Eu odiava ter que fazer aquele desvio, que acrescentava pelo menos dez minutos à minha jornada. Mas garantir minha segurança em meu momento de vulnerabilidade era primordial se eu quisesse completar minha missão.

Rangendo os dentes em meio à dor latejante nos tornozelos e ombros, ignorando o gosto de sangue na boca e o chiado da minha respiração, eu corri em direção ao alojamento. Eu não precisava de um médico para saber que eu, sem dúvida, havia estourado alguns vasos sanguíneos nos pulmões, o que explicaria o som úmido que acompanhava cada respiração. Assim que eu cruzei a parede invisível das proteções que cercavam o grande raio ao redor do alojamento, eu desabei no chão. A escuridão imediatamente me engoliu.

O som de vozes distantes me arrancou do meu sono. Eu me sentia em coma, minhas pálpebras pesando uma tonelada enquanto eu tentava abri-las. Mãos macias tocaram minhas pernas e ombros feridos. Meus instintos de lutar ou fugir morreram quase instantaneamente. Embora meu cérebro ainda estivesse nebuloso demais para dar um nome à presença ao meu redor, o cheiro era familiar... não reconfortante, mas seguro. Eu reconheci vagamente o canto de um xamã enquanto a dor nos meus tornozelos diminuía gradativamente.

— Remus, onde está a mulher? — perguntou uma voz imperiosa assim que o cântico terminou — O que aconteceu com você? Quem fez isso?

Eu abri a boca para responder, mas em vez disso saiu um som choroso. Só então eu percebi que ainda estava na minha forma de lobo. Retornar à minha forma humana normalmente era fácil, tão fácil quanto respirar. Mas isso pareceu drenar toda a energia que eu havia conseguido recuperar durante todo o tempo em que estive inconsciente.

— Um amigo levou Amara para casa — eu disse arrastando as palavras.

— Que amigo? — insistiu a voz.

Depois de me esforçar para abrir os olhos, eu vi Rolf pairando sobre mim, com uma expressão preocupada no rosto.

— Eu preciso ir até a Tecelã — eu disse, minha voz pouco mais que um sussurro.

— O quê? Por quê? O que aconteceu com você? — Rolf perguntou.

— Eu não tenho tempo — eu respondi, irritado, cada palavra exigindo um esforço monumental — Cuidado com a... bruxa na Flores... ta... Assombrada."

— Que bruxa? Ela fez isso com você?

— Eu preciso ir... até a Tecelã. Lua cheia... em breve.

— Você não está em condições de viajar até a Tecelã, supondo que ela o veja — disse a voz severa de Ulric.

Meu coração disparou. Eu não conseguia vê-lo do ângulo em que estava deitado. Mas ele não falava comigo diretamente havia anos. Que triste que isso acontecesse quando eu não estava em condições de conversar mais com ele.

— Eu preciso...

Meus olhos reviraram para a nuca e eu fiquei mole. Enquanto pairava em um estado de semiconsciência, eu ouvi Ulric proferir uma série de xingamentos. Havia algo errado comigo. A falta de comida e água e meu extremo cansaço não explicavam minha reação fisiológica atual. Algo estava me afetando. Será que o Tentrian havia me envenenado de alguma forma? As lâminas nas pontas de seus tentáculos possuíam um efeito paralisante que imobilizava ainda mais suas presas após cortar seus tendões. Mas eu não me lembrava dele ter me cortado em nenhum momento.

Eu mordi seu tentáculo "língua" para me libertar.

Será que essa seria a causa? Será que eu teria ingerido parte do paralisante ou alguma outra toxina enquanto injetava a minha nele?

Várias vozes começaram a discutir, minha mente tão distante que não conseguia entender o que diziam. Então, dois braços fortes me pegaram, afastando os pensamentos errantes da minha mente confusa. Momentos depois, eu me senti sendo içado para um cavalo. Atrás de mim, um peito musculoso pressionava minhas costas. Uma onda de emoção me invadiu ao sentir o cheiro familiar de Ulric.

Embora ele já fosse um adulto, senti-lo assim me fez lembrar da nossa juventude, quando éramos inseparáveis. Nós nos revezávamos carregando o outro nas costas.

— Senti sua falta, irmão — eu falei arrastado e então desmaiei.

Eu perdia e recuperava a consciência, suavemente embalado pelos movimentos do cavalo, enquanto Ulric me segurava firme.

Minha garganta se apertou quando acordei, enquanto cruzávamos a ponte que levava à costa sul e à estrada principal para Willow Grove. Antes que eu pudesse dizer uma palavra, meu amigo de infância me estendeu um pedaço grosso de carne curada. Eu aceitei a oferenda em silêncio e mal mastiguei antes de engolir, devorando-a em apenas algumas mordidas. Ele então me deu um odre de água, que eu esvaziei de uma só vez.

— Desculpe — eu disse finalmente — Eu não queria beber tudo.

Ele grunhiu em vez de responder. Embora ainda me sentisse um pouco cansado, a névoa sobrenatural que me deixou inconsciente havia se dissipado. Eu não duvidei mais que o Tentrian tivesse me injetado algum tipo de sedativo. Eu olhei para o céu. Estávamos cavalgando há horas, pois o sol já estava bem baixo no horizonte, pintando o céu com faixas flamejantes de azul, roxo e laranja.

— Obrigado — eu disse por fim, ainda olhando para a frente — Eu nunca poderei retribuir o suficiente por isso.

— A mulher acreditou em você — Ulric resmungou, relutante, após um momento de silêncio durante o qual eu pensei que ele não responderia — Salve-a, e será um pagamento suficiente.

— Custe o que custar, eu o farei — eu prometi.

Ele permaneceu em silêncio por um momento — Eu sei que sim — Ulric disse finalmente.

Um silêncio pesado se instalou entre nós enquanto o cavalo prosseguia sua jornada. Mais de uma vez, eu abri a boca para tentar retomar a conversa, mas as palavras me faltaram. Meia hora depois, Ulric diminuiu o passo e finalmente parou o cavalo.

— É até aqui que eu posso levá-lo — ele disse em um tom mal-humorado.

Ao longe, eu conseguia ver os portões do domínio da Tecelã. A menos que você tivesse negócios com ela, não era uma boa ideia ficar muito perto da entrada. Os diabinhos que guardavam os portões tinham a reputação não apenas de serem poderosos, mas também de serem implacáveis com invasores e visitantes indesejados.

Eu me virei para olhá-lo por cima do ombro. Ele não me olhou nos olhos, apenas encarando a crina do cavalo.

— Obrigado, Ric — eu disse, usando seu antigo apelido — Sei que você não acredita, mas eu nunca quis te machucar. Eu te amava naquela época, e ainda te amo. Você era mais do que um amigo ou primo para mim. Você era meu irmão. No meu coração, você ainda é e sempre será.

Ele não respondeu, mas seus olhos brilharam e ele piscou para conter as lágrimas que, sem dúvida, ardiam em seus olhos.

— Sinto sua falta. Não importa o tempo que leve, eu rezarei para ter meu irmão de volta — eu disse suavemente.

Inclinando-me para a frente, eu beijei sua bochecha. Ele não se afastou, contente em permanecer imóvel. E isso por si só já era uma grande vitória. Ele podia não estar pronto para reconhecer nosso vínculo, mas já não o rejeitava mais. Eu desci do cavalo, com um sorriso no rosto enquanto a esperança florescia em meu coração.

Esta noite, eu recuperei parcialmente um irmão. E em poucos instantes, só me restava rezar para que a Tecelã me devolvesse minha companheira.

Eu voltei para minha forma de lobo e olhei uma última vez para Ulric.

— Boa viagem... Irmão — Ulric disse.

Um poderoso uivo de alegria escapou da minha garganta. Ele bufou, me lançou um sorriso triste e virou o cavalo. Eu queria que ele descesse para que pudéssemos correr como irmãos em nossa forma de lobo, como costumávamos fazer quando filhotes. Mas agora não era o momento. Se o destino quisesse, nós faríamos isso em um futuro próximo.

Enquanto eu corria em direção aos enormes portões de ferro que bloqueavam a entrada da casa da Tecelã, a velha tensão retornou com força total. Eu ainda sentia dores em todos os lugares, mas o medo de que ela me rejeitasse mais uma vez me revirava por dentro, dominando meus pensamentos.

Se eu tiver que escalar os malditos muros, eu escalarei. Se chegasse a esse ponto, os diabinhos guardiões atacariam. Mas eu já não me importava mais. Nada nem ninguém me impediria de enfrentar a Tecelã e obter as respostas de que precisava. Se eu tivesse que morrer tentando, que assim fosse.

Para meu choque e alívio absoluto, os portões se abriram quando eu ainda estava a uns bons cem metros de distância. Eu deveria estar exultante. Por três décadas, eu sonhei com este dia. Mas agora, apenas um pânico crescente tomava conta do meu coração. E se Lyall estivesse errado em me enviar para cá? E se eu, de fato, devesse ter permanecido no planalto e continuado meus esforços para invocar Ranael? E se...?

A visão da humilde casa de palha – a clichê cabana de bruxa – que surgiu no final do caminho me deixou perplexo. A Tecelã devia ser extremamente rica, mesmo que apenas graças às quantias absurdas que as pessoas estavam dispostas a pagar a alguém com seu poder. Mas eu também deixei esses pensamentos de lado enquanto retornava à minha forma humana para me aproximar da porta.

Ao estender a mão para a maçaneta, a porta se abriu sozinha, me assustando. Eu dei alguns passos para dentro, hipnotizado pela mulher atemporal sentada atrás de uma mesa de frente para a entrada. À sua direita, alguns metros atrás, estava uma imponente roca de fiar. Um fio luminoso, claramente imbuído de grande magia, pendia do fuso, esperando para ser fiado.

Cliona Nox era linda e, ao mesmo tempo, assustadora. Eu não sabia dizer o que mais me intimidava: o olhar intenso de seus olhos roxos com pupilas estreitas e verticais, o sorriso indecifrável que poderia ser interpretado como zombeteiro ou ameaçador, ou o poder insano que irradiava dela.

Embora eu suspeitasse que Lyall fosse um semideus, não havia dúvida de que a Tecelã era uma deusa. As pessoas especulavam que ela pudesse ser simplesmente uma das Anciãs. Embora fosse possível, eu duvidava muito. Nenhum mortal ou ser longevo poderia exalar tanto poder passivamente. Ela provavelmente poderia me transformar em cinzas com um simples pensamento.

Para minha consternação, a Tecelã ergueu uma sobrancelha assim que eu entrei e me encarou descaradamente, o canto dos lábios se curvando com uma mistura de diversão e aprovação. Minha pele instantaneamente esquentou de vergonha ao me lembrar de que eu estava completamente nu diante dela em nosso primeiro encontro. O fato de seu olhar não demonstrar luxúria não diminuiu minha mortificação. Era como ter sua avó rude te flagrando em uma posição comprometedora.

Eu queria me desculpar por aparecer diante dela naquele estado de nudez. Mas palavras completamente diferentes saíram da minha boca.

— Ranael não pode curá-la — eu disse abruptamente.

A Tecelã assumiu uma expressão nada impressionada — Olá para você também, Remus Beltaine. Não quer se sentar?

Ela gesticulou com a mão em direção a algo à minha direita, suas unhas afiadas brilhando sob a iluminação – embora garras provavelmente seria uma descrição mais precisa.

Eu dei um pulo ao ouvir o som de arrastar vindo de trás de mim e me virei para ver uma cadeira que eu não tinha notado perto da porta deslizando no chão. Movida por uma mão invisível, ela parou em frente à mesa, de frente para Cliona.

Embora eu pudesse aproveitar o descanso, eu levantei meu queixo desafiadoramente e imprudentemente assumi um tom áspero para exigir uma resposta.

— Eu não quero me sentar — eu disse severamente — Eu quero respostas.

Toda a diversão desapareceu imediatamente da Tecelã, e ela me lançou um olhar ameaçador que quase me fez tremer.

— Sente-se — ela ordenou entre os dentes, com aquela voz

baixa, quase sussurrada, que sugeria uma dor excruciante que me aguardava se eu tolamente não obedecesse a uma ordem.

Eu engoli em seco e obedeci em silêncio. Além de ter quase me matado correndo até ali só para ser reduzido a cinzas por ser teimoso em um pedido tão simples, eu também percebi que irritar a pessoa de cuja ajuda eu precisava desesperadamente não era uma ideia brilhante. Para minha vergonha, eu tive que admitir que me sentar no meu estado ainda enfraquecido foi incrível.

— Bom garoto — Cliona disse, suas feições impassíveis voltando a uma expressão provocadora — Eu lhe ofereceria algumas roupas, mas como você vai embora em breve, seria perda de tempo.

Eu me remexi na cadeira enquanto seu olhar roxo me percorria. Mais uma vez, ele era desprovido de qualquer tom lúgubre. Eu me sentia mais como um animal estranho sendo observado em uma feira de horrores local. A mulher miserável claramente gostava de me deixar desconfortável.

— Você chegou aqui muito mais rápido do que o previsto — ela continuou — Muito bem!

Desta vez, a mistura de aprovação e admiração audível em sua voz e expressão enquanto pronunciava aquelas palavras me comoveu. Com uma certeza que não conseguia explicar, eu achei que a Tecelã era bastante mesquinha com elogios.

— O tempo é essencial — eu murmurei.

— Sim — ela concordou — Mas você deve estar morrendo de sede.

Sem esperar pela minha resposta, ela se levantou graciosamente de seu assento – que, na verdade, era um banquinho almofadado – e caminhou até o lado direito da sala, que continha uma impressionante variedade de poções, ervas e diversos apetrechos pelos quais qualquer pessoa versada em ocultismo mataria para ter. Seus longos cabelos brancos prateados, presos em uma única trança, balançavam suavemente atrás dela, com a ponta quase roçando o chão de madeira. Ela pegou uma jarra contendo um líquido transparente com um tom arroxeado muito claro e serviu uma porção generosa em um copo alto.

— Eu estou bem — eu disse nervosamente.

Sim, eu estava morrendo de sede. Mas eu tinha ouvido tantas histórias perturbadoras sobre a Tecelã. Quem sabia que tipo de poção mágica ela estava me servindo?

Ela retornou, seus passos completamente silenciosos, como se estivesse deslizando pelo chão em vez de realmente caminhar. O único som audível no cômodo era o suave farfalhar do tecido bege-dourado de seu vestido longo. Ele tinha um leve toque medieval, com mangas compridas, cintura fina e pele fofa ao redor da gola e dos pulsos.

Cliona voltou a se sentar do outro lado da mesa e deu um leve empurrão no copo em minha direção. Meu estômago deu um nó quando o copo deslizou sozinho a distância restante, de uma forma que indicava claramente que energia telecinética o impulsionava para a frente.

Depois de alguns segundos sem que eu o pegasse, a expressão da minha anfitriã endureceu novamente.

— É extremamente rude recusar a hospitalidade oferecida — ela disse com uma voz fria que fez minha ansiedade aumentar ainda mais.

Minha língua ardia de vontade de dizer a ela que coagir alguém a fazer algo que não queria era ainda mais rude e de péssima hospitalidade. Mas, mais uma vez, eu lembrei a mim mesmo que aliená-la não me traria nada e apenas atrasaria ainda mais a obtenção das respostas de que eu tanto precisava. Embora eu a tivesse acabado de conhecer, percebi que não haveria como fazê-la mudar de ideia. Ela não me ajudaria até que eu atendesse às suas exigências.

Preparando-me para o que poderia acontecer, eu peguei o copo e bebi.

Meus olhos quase saltaram das órbitas quando um gemido

poderoso escapou da minha garganta. Seja lá o que fosse que aquele líquido contivesse, seu sabor era divino. O copo estava em temperatura ambiente na minha mão, mas a mistura que eu bebia estava perfeitamente gelada e refrescante. Com cada gole parecia que as luzes dos próprios deuses fluíam pelas minhas veias, acalmando cada músculo dolorido, em rejuvenescendo e infundindo meu corpo com um nível de energia que eu não me lembrava de ter possuído.

Eu esvaziei o copo cedo demais. Sentindo-me desolado, eu o coloquei sobre a mesa, desejando poder me servir novamente. Eu lambi os lábios para pegar qualquer gota que pudesse ter ficado ali. Uma risadinha suave me fez olhar de volta para a Tecelã. Minhas bochechas queimaram de mortificação quando cruzei os olhos com ela. Eu franzi o rosto diante de sua expressão presunçosa, cheia de zombaria descarada.

— Não é melhor assim? — ela perguntou, provocando.

— Sim, obrigado — eu murmurei.

Para minha surpresa, em vez de começar um sermão sobre ser menos paranoico, Cliona voltou ao tópico que realmente importava para mim.

— A pequena Amara se saiu muito bem nesta missão — a Tecelã disse, pensativa — Vocês dois se saíram muito bem.

— Ela está morrendo! — eu exclamei.

— Ela está — a Tecelã concordou com naturalidade — E ela irá.

— O QUÊ?! — eu gritei, me inclinando para a frente em choque e descrença.

— Sempre foi inevitável — ela respondeu dando de ombros.

Eu olhei para ela boquiaberto, com raiva e confusão — Você disse que ela viveria depois de receber a cura!

— Eu disse que ela *poderia* viver se recebesse a cura — Cliona corrigiu — Mas primeiro, ela precisa morrer e renascer. Ninguém sobrevive ao veneno de Ranael. Ele sempre mata os infectados. Você sabe disso melhor do que ninguém.

Minha mente vacilou. Uma parte de mim sempre soube que minha companheira não sobreviveria ao veneno. Todos sabiam, e foi por isso que os outros se recusaram a acompanhá-la naquela aventura. Eu me iludi pensando que, de alguma forma, tudo daria certo, porque eu precisava acreditar que ela ficaria bem e que eu não a perderia. A verdade sombria que se escondia no fundo da minha mente desde que Lyall me disse que Ranael não conseguiria curar Amara tentou ressurgir. Mas eu a silenciei. Eu não queria reconhecer a realidade que a Tecelã logo me forçaria a encarar.

— Mas como ela renascerá? — eu perguntei.

O olhar de decepção que ela me lançou me atingiu profundamente. Ela sabia exatamente o que eu estava fazendo, mas eu não estava pronto. Eu nunca estaria pronto para isso...

— Amara renascerá como sua companheira perfeita, é claro — ela respondeu com uma ponta de irritação — Ela é sua Chama Gêmea. É natural que você a traga de volta da morte.

"...a traga de volta da morte..."

Eu me senti pálido enquanto aquelas palavras se repetiam em minha mente. Por alguma razão estúpida, eu presumi que a Tecelã me ensinaria algum tipo de ritual que aumentaria minhas habilidades de regeneração e que minha mordida faria seu coração voltar a funcionar. Mas só havia uma maneira de alguém como eu trazer alguém de volta da morte.

— Você quer que meu lobisomem a morda?! — eu exclamei, me levantando com um pulo.

Imperturbável, ela me lançou uma expressão quase entediada — É o único jeito.

— Amara será amaldiçoada! Que diabos de vida seria essa para ela?! Eu nunca farei isso com a minha companheira! — eu gritei.

A Tecelã fez um gesto de desdém — Ela não será amaldiçoada. Sente-se e eu explicarei.

— Mas...

— Sente-se, Remus. Você está desperdiçando meu tempo... e minha paciência — Cliona disse severamente, antes de lançar um olhar significativo para a cadeira.

Eu me deixei cair de volta na cadeira, com as costas dolorosamente rígidas de tensão, enquanto tentava entender suas palavras. Como Amara poderia não ser amaldiçoada? A mordida de um lobisomem era implacável.

— Amara não será amaldiçoada porque você a transformará com amor — a Tecelã explicou naquele jeito irritantemente lento e articulado que se faz com uma criança particularmente difícil.

— Mas ainda com uma maldição! — eu desafiei.

Ela balançou a cabeça — A maldição do lobisomem é apenas um veneno em suas veias. Um vírus, se preferir. Assim como aconteceu com o veneno que estava matando sua companheira, o veneno de Ranael atacará o vírus que deixa seu lobisomem raivoso sempre que a lua nasce. Essas toxinas lutarão e se neutralizarão, mas a matarão ao mesmo tempo.

— Mas se eles se neutralizarem, como Amara renascerá? — eu argumentei.

— O veneno atacará apenas o vírus do lobisomem. Ele não afetará a parte de regeneração dele. A metamorfose faz com que o corpo do hospedeiro crie os anticorpos certos. Ao se transformar, ela produzirá anticorpos que a tornarão imune tanto ao vírus da fúria do lobisomem quanto ao veneno de Ranael.

Eu assenti distraidamente com a cabeça diante das palavras dela. Como não sou muito versado em ciências médicas, eu não pude contestar o que ela disse. Com base na vaga compreensão que eu tinha de tudo, suas declarações pareciam plausíveis.

— E assim que você se conectar com ela, vocês trocarão fluidos — a Tecelã continuou — Sua mordida não a afetará, mas a dela o curará da fúria da lua cheia e purificará seu sangue do veneno de Ranael. Você ainda poderá injetá-lo através de suas presas, mas agora será deliberado e por escolha, não mais por acidente.

Eu olhei para ela em choque, sem palavras. Estranhamente, em vez de me sentir eufórico com suas palavras, uma raiva irracional tomou conta de mim.

— Você sempre soube como me curar. E, no entanto, me deixou passar anos na miséria. Por que não me recebeu todas essas vezes que bati em seus portões? — eu perguntei.

Ela deu de ombros — Além de não lhe dever ajuda, também não era o momento certo. Sua Chama ainda não estava doente.

— Certamente, havia outra pessoa com...

— Não. Não funcionaria com nenhuma outra, pois você não estaria apaixonado por ela — ela disse, me interrompendo.

— Por que isso importa? — eu retruquei.

— Porque você deve mordê-la no auge da sua raiva durante a lua cheia.

Meu sangue congelou. Embora eu tivesse percebido que ela queria que eu a mordesse como um lobisomem, eu presumi que seria o mais próximo possível da lua cheia, mas não no seu auge, quando eu era uma fera irracional.

— Você não pode estar falando sério?! Eu não terei controle algum nesse momento. Eu vou matá-la! — eu gritei.

— É esse o ponto, seu bobo — a Tecelã retrucou, olhando para mim como se estivesse começando a questionar minha inteligência — Você deve simplesmente se abster de matá-la de uma forma que deixe seu corpo tão mutilado que nenhuma regeneração seja possível, causando sua morte permanente.

— Como isso será possível? — eu exclamei — A razão pela qual eu me tranco em uma gaiola com proteções poderosas é justamente porque, no auge da lua cheia, eu não tenho absolutamente nenhum controle. Eu sou selvagem, uma fera irracional com uma sede de sangue avassaladora. Eu vou matá-la para sempre.

— Você não vai se a amar o suficiente — Cliona respondeu com desdém — É a única maneira neste momento.

— Eu não consigo — eu sussurrei para mim mesmo, me

sentindo devastado enquanto uma onda de desespero me engolfava.

— Então sua Chama se extinguirá — ela respondeu com uma dureza que beirava a crueldade — E eu prometo que Lyall não o deixará se esquecer dela.

Eu recuei, atordoado por esse comentário inesperado.

— Você o conhece? — eu perguntei.

— Mmhmm — ela respondeu de forma evasiva.

— O que ele é? — eu perguntei, incapaz de silenciar minha curiosidade.

Uma emoção estranha passou por suas feições antes que ela assumisse uma expressão neutra.

— Digamos apenas que ele é... um trabalho em andamento.

Eu abri a boca para perguntar mais, mas um gesto irritado da mão dela indicou que o assunto estava encerrado.

— Contra todas as probabilidades, você conseguiu que Amara chegasse à metade da sua jornada de cura — a Tecelã continuou — Ela confia cegamente em você. Talvez você devesse tentar confiar um pouco mais em si mesmo.

— Mas e se eu falhar? — eu insisti, sentindo minhas entranhas se contorcerem de apreensão.

Eu não conseguia me lembrar das coisas que fazia enquanto estava enfurecido. Eu tinha alguns flashes ocasionais, mas a verdadeira evidência estava no dano insano que eu causava às minhas celas enquanto tentava escapar dos meus abrigos. Contra a carne macia de minha companheira indefesa, eu causaria danos incalculáveis.

Para minha surpresa, a Tecelã sorriu com uma ternura quase maternal que me deixou sem palavras. Jamais, em um milhão de anos, eu teria acreditado que ela fosse capaz de demonstrar uma atitude tão doce.

— Você não vai falhar, Remus. Claramente, você a ama o suficiente para mantê-la segura. Eu acabei de dizer que se conectar com ela vai te curar da maldição que atormentou sua vida inteira. E, no entanto, você hesita por ela, colocando o bem-estar dela antes do seu. Acredite em si mesmo. Você não é um monstro.

Essa última frase me impactou profundamente. Ela ecoou as palavras ditas pela minha alma gêmea, tanto em referência a Lyall quanto a mim.

— Algum conselho? — eu perguntei finalmente, derrotado.

— Sature-se com o cheiro dela. Quando chegar a hora, isso ajudará a atravessar a loucura — a Tecelã explicou — Mantenha-a em um ambiente fresco – quase frio, até – para ajudar a retardar o avanço do veneno.

Um brilho estranho surgiu em seus olhos roxos. Ela pareceu hesitar antes de escolher cuidadosamente as palavras.

— Talvez você queira acender uma vela de cera de soja para banimento. Encontre uma na oficina dela, na casa dela. Isso ajudará a diminuir sua vontade de permanecer no cômodo por mais tempo do que o necessário. Acenda-a algumas horas antes do nascer da lua cheia.

Por um motivo que cu não consegui explicar, talvez pela intensidade do seu olhar ao pronunciar aquelas palavras, eu suspeitei que aquela tarefa tivesse outra finalidade ou contivesse algum tipo de mensagem oculta. Mas eu não consegui descobrir o quê. Antes que eu pudesse investigar mais, Cliona abriu uma gaveta que eu não sabia que a mesa possuía e retirou uma pequena caixa dourada.

Ela a colocou em cima da mesa e tirou um colar de ouro da mesma gaveta. Era bem simples, com um medalhão oval de vidro ou cristal. Ela tirou um dos três fios do que pareciam cabelos azuis da caixa dourada e o colocou dentro do medalhão transparente.

— Aqui, pegue isso e coloque no pescoço de Amara — a Tecelã disse, enquanto estendia o colar para mim.

Instintivamente, eu o peguei e o segurei à minha frente, estudando-o com a testa franzida — Que fio é esse que você colocou aí dentro?

— É um cabelo de Espectro que minha filha me deu de presente — a Tecelã respondeu com indiferença.

— Sua filha é um Espectro?! — eu exclamei, atordoado.

Ela riu e olhou para mim com aquela expressão indecifrável à qual eu estava me acostumando.

— Ela é mais o que chamamos de Caminhante dos Planos.

Mais uma vez, eu contive minha vontade de investigar mais. Eu percebi que ela não me daria mais detalhes. Na verdade, eu suspeitei que Cliona não tivesse a intenção de revelar informações sobre sua filha.

— O que isso faz? — eu perguntei.

— Ele avisa sobre qualquer perigo iminente. Sempre que a vida de Amara for ameaçada por um inimigo próximo, ele emitirá uma luz ofuscante. Mas seu nariz continua sendo seu melhor amigo. Use-o bem — a Tecelã disse em um tom misterioso que fez minha testa franzir ainda mais — Espero ver vocês dois uma semana depois da lua cheia. Até lá, cuide bem da sua Chama.

Um estalo ressoou atrás de mim. Eu virei a cabeça bruscamente e encontrei a porta escancarada para a noite quente de verão. Quando olhei de volta para a Tecelã, eu recuei ao vê-la não mais sentada atrás da mesa. Ela estava agora em frente à sua roca, enrolando um fio dourado brilhante.

Tendo sido claramente dispensado, eu me levantei silenciosamente da cadeira. Com um leve rangido, a cadeira deslizou de volta à sua posição anterior, encostada na parede perto da entrada. Girando nos calcanhares, eu coloquei o colar entre os dentes, assumi a forma de lobo e corri noite adentro até a casa de minha companheira.

CAPÍTULO 17
REMUS

E u demorei muito para encontrar a casa de Amara. Embora ela já tivesse me falado sobre a localização da casa antes, ao descrever a herança inesperada que recebeu do tio, minha companheira não entrou em detalhes como normalmente se diz para alguém que irá visitá-la. Felizmente, eu me lembrei de alguns pontos turísticos que ela mencionou de passagem, o que me ajudou a chegar ao meu destino.

Eu agradeci silenciosamente à Tecelã enquanto me dirigia à ponte que levava à entrada principal da imponente mansão gótica. Se não fosse por aquela bebida incrivelmente revigorante, eu teria tido dificuldade para completar a jornada. Mas, naquele instante, eu ainda me sentia como se não tivesse quase me matado descendo a montanha em tempo recorde.

Uma rápida olhada ao redor da propriedade me fez pensar em mais algumas perguntas. Nós estávamos a pouco menos de três dias da lua cheia. Eu precisaria encontrar um lugar seguro para me trancar depois de completar a tarefa impossível que me aguardava. Como eu não teria tempo de construir um abrigo adequado, capaz de resistir ao poder insano que eu adquiro na minha forma raivosa de lobisomem, eu teria que me contentar com um círculo de contenção.

Eu só os usava em caso de emergência. Como eu não era um mago, a versão básica que eu conseguia criar como leigo não era nem de longe tão poderosa quanto as criadas por um verdadeiro arcanista, mas daria conta do recado. Com sorte, Amara teria alguns dos reagentes que me permitiriam desenhar uma versão mais potente do círculo. Se não, eu teria que me contentar com areia ou sal.

A mansão de três andares estava completamente às escuras, exceto pelo cômodo superior esquerdo, que estava iluminado. Meu coração disparou quando avistei uma silhueta alta parada na janela esquerda, olhando para fora.

Lyall...

Eu quase conseguia sentir o peso do seu olhar sobre mim enquanto me aproximava da residência. Ainda assim, eu fiquei tranquilo ao saber que ele havia cumprido a palavra, trazendo minha companheira de volta em segurança para sua casa, e que ele ficou para vigiá-la até a minha chegada.

Eu atravessei rapidamente a ponte e assumi minha forma humana enquanto subia os poucos degraus que levavam à ampla varanda. Eu tirei o colar que ainda segurava entre os dentes e alcancei a maçaneta com a mão livre. Uma sensação mista de alívio e angústia me atingiu ao encontrá-la destrancada. Ao entrar, um silêncio ensurdecedor me recebeu, perturbado apenas pelo tique-taque constante de um grande relógio de chão.

Estranhamente, não havia o cheiro de mofo de lugares abandonados. Por algum motivo, eu esperava que fosse esse o caso, já que minha companheira estava ausente há quase um mês. Mas um aroma doce, porém sutil, de ervas e especiarias com um toque de frutas impregnou o ar. Isso me apaziguou instantaneamente. Provavelmente ele vinha das velas ou do pot-pourri que Amara preparava. Eu não conseguia ver nenhuma vela acesa no térreo, embora isso não importasse naquele momento.

Eu me dirigi diretamente à imponente escadaria com um corrimão de madeira intrincadamente esculpido que levava ao segundo andar. A luz sob a porta no final do corredor, à minha esquerda, me atraiu irresistivelmente. Eu pensei em bater, mas optei por simplesmente abrir a porta. Eu não havia feito nenhum esforço para esconder minha aproximação, e o discreto rangido do piso os alertava ainda mais da minha chegada iminente.

Meu olhar se concentrou na criatura frágil deitada na cama enorme encostada na parede dos fundos, no lado direito do quarto. Eu ignorei Lyall, que agora estava encostado no parapeito da janela de frente para a cama, e corri para o lado da minha mulher. Meu coração se apertou no peito enquanto eu examinava a devastação que o veneno do lobo demônio estava causando nela.

Eu me sentei na beira da cama e acariciei a bochecha de Amara. Ela ardia com uma febre intensa. Sua pele morena, antes bela, havia adquirido um tom ainda mais acinzentado do que quando a segurei pela última vez no planalto no topo da montanha da Colina da Tempestade. Veias negras agora subiam ainda mais por suas bochechas, algumas chegando às têmporas. Elas também se espalhavam por seus braços e pernas. Minha Chama respirava com dificuldade, seu corpo sacudido por pequenos tremores. Sentindo-me incapaz de aliviar sua dor, eu me inclinei e beijei seus lábios.

Apesar de saber que não adiantaria nada para ela naquele momento, eu coloquei o colar em seu pescoço, ajustando cuidadosamente o medalhão em seu peito. Atrás de mim, Lyall se moveu, recuperando minha atenção.

— Presente interessante que a Tecelã lhe deu — ele disse em um tom que soava um tanto sarcástico — Pode ser útil quando chegar a hora.

— Então você sabe o que ela espera que eu faça? — eu perguntei com um tom acusatório.

— Claro — ele respondeu, dando de ombros — Eu já expliquei isso na medida do possível.

O som de frustração que vibrou em meu peito expressou a irritação que eu sentia por ter que lidar com essas meias-verdades e jogos mentais aos quais Lyall e a Tecelã nos submetiam. Eu entendia as restrições que eles enfrentavam, mas isso não tornava a situação menos irritante. Em vez de fazer o desvio para os domínios de Cliona, eu poderia ter ido diretamente para a casa de Amara.

Mas então eu não teria o colar nem ficaria tão completamente rejuvenescido pela bebida dela.

Eu suspirei fundo, percebendo a futilidade de lamentar o que foi e o que poderia ou deveria ter sido. No final, tudo tinha um propósito, como o Destino planejou.

Eu olhei para o rosto de minha companheira – lindo mesmo naquele estado terrível – antes de me concentrar novamente no doppelganger.

— Minha tarefa é impossível — eu disse, parecendo derrotado — Eu amo Amara com tudo o que sou. Mas assim que a lua cheia nasce, eu deixo de ser Remus. A fera selvagem em que me transformo não tem razão, amor ou empatia. Ela só quer destruir tudo em seu caminho.

— Então você terá que amá-la mais — Lyall respondeu com desdém.

Eu bufei e lancei-lhe um olhar incrédulo — Se fosse só isso, eu não estaria temendo o resultado inevitável.

Eu apertei os lábios enquanto ponderava o pensamento que vinha se repetindo na minha cabeça desde que a Tecelã confirmou o que eu tinha que fazer. Lyall ergueu uma sobrancelha inquisitiva quando o encarei com um olhar avaliador.

— Você também ama Amara — eu refleti em voz alta — Mais de uma vez, você fez o que pôde para protegê-la. Então, eu peço que faça isso mais uma vez. Custe o que custar, não me deixe matá-la. E se chegar a esse ponto, mate-me primeiro.

Lyall recuou e seus olhos se arregalaram em choque.

— Prometa me matar se necessário — eu insisti quando ele não respondeu.

Seu rosto se fechou quando minha exigência o tirou do choque. Para minha consternação, ele balançou a cabeça e se recostou novamente no parapeito da janela.

— Não posso — ele disse como única resposta.

— Mas você a ama! — eu exclamei, indignado — E não me venha com essa bobagem sobre o Pacto. Certamente ela não pode proibi-lo de proteger alguém que você ama!

Uma expressão estranha passou pelo seu rosto antes que ele balançasse a cabeça novamente.

— O Pacto se aplica a qualquer mortal que não seja minha companheira ou meu descendente — Lyall explicou. Ele hesitou, como se escolhesse as palavras com cuidado — Eu só posso te matar se você se tornar uma ameaça para mim.

— Então faça com que eu me torne uma — eu respondi bruscamente em tom de comando.

A mesma expressão estranha cruzou seu rosto bonito antes de se transformar em algo mais provocador quando ele inclinou a cabeça para o lado.

— Você está tão ansioso para morrer, filhote?

Eu reprimi a vontade de bater nele. Por mais irritante e desagradável que ele pudesse ser, eu comecei a suspeitar que Lyall usava sarcasmo e provocação como mecanismo de defesa para esconder suas emoções mais suaves e vulneráveis.

— Não, mas estou ansioso para vê-la viva, não importa o que me custe — eu respondi de maneira factual.

Desta vez, seus olhos se encheram de uma tristeza inconfundível que ele não conseguiu reprimir. Ele olhou para Amara com um ar de profunda saudade antes de me dar as costas. Ele olhou para fora da janela, com as mãos apertando o batente. Naquele instante, eu percebi que ele precisava de um momento para se recompor. Eu fiquei em silêncio, me perguntando que pensamento havia provocado uma reação tão forte nele.

— Amara quer viver com você, não sem você — Lyall disse por fim, com a voz baixa e levemente beligerante — Então cuide para que você tenha sucesso. Eu não quero explicar a ela por que você teve que ser sacrificado.

Apesar da raiva e do ressentimento audíveis em sua voz, meu peito se aqueceu com uma onda de compaixão misturada à culpa. Eu jamais poderia lamentar que Amara fosse minha Chama Gêmea, mas simpatizava com a profunda sensação de perda que ele devia estar sentindo naquele momento. As palavras da minha companheira também voltaram à tona. Ela estava certa sobre ele não ser um monstro. Caso contrário, ele teria se livrado da concorrência enquanto ela estava incapacitada e se concentrado apenas em seus desejos, em vez de colocar os dela em primeiro lugar.

— Se eu quiser ter uma chance de sucesso, preciso encontrar um lugar seguro para me refugiar — eu respondi em voz baixa — O ideal seria um lugar de poder para potencializar a magia mais fraca das proteções que posso ativar. Mas um espaço fechado com paredes fortes também pode funcionar.

Lyall olhou para mim por cima do ombro com uma expressão neutra.

— Você pode tentar a oficina dela — ele disse — A magia lá não é muito potente, mas seria melhor do que nada. Outra opção é encontrar alguns círculos de fadas na floresta próxima, mas será mais difícil chegar lá quando você estiver inconsciente.

— A oficina dela! — eu exclamei — A Tecelã mencionou que eu devia levar velas de soja para me acalmar nessa noite.

— Então venha. Eu vou lhe mostrar onde fica — Lyall ofereceu, misterioso.

Algo na maneira como ele pronunciou essas palavras me pareceu estranho. Mas antes que eu pudesse tentar me intrometer mais, ele agarrou um pedaço de tecido dobrado que estava em cima da cômoda à sua direita, emoldurado pelas duas grandes janelas do quarto, e jogou em mim. Instintivamente, eu o peguei e olhei para ele, percebendo que era uma calça.

— Primeiro, vista isso — Lyall resmungou — Eu não quero ficar olhando para o seu pau o dia todo.

Eu bufei e obedeci. Como Lycan, a nudez era algo a que muitas vezes nós nem prestávamos atenção. Mas, se nossos papéis estivessem invertidos, eu também não gostaria de ver o homem que "roubou" minha mulher exibindo seus atributos na minha cara o tempo todo.

Assim que eu terminei de abotoar as calças, Lyall saiu do quarto. Eu o segui enquanto ele me conduzia pelo primeiro lance de escadas até o andar principal e me virei para atravessar o corredor que o atravessava por toda a sua extensão. Nós passamos pela sala de estar e pela sala de jantar formal à esquerda, e ele abriu a segunda porta à direita. Ela revelou um amplo espaço – que eu suspeitava que antes servia como quarto de hóspedes – mas agora servia como oficina de Amara.

Fileiras e mais fileiras de prateleiras ocupavam toda a parede dos fundos. Elas eram organizadas com cuidado, com seções dedicadas a velas, perfumes, sabonetes, pot-pourri e óleos perfumados. De cada lado da porta, longos balcões com armários continham os diversos ingredientes e reagentes usados para fabricar seus produtos. Alguns eram visíveis através das portas de vidro dos armários. Ela havia colocado sua mesa de trabalho no lado esquerdo, encostada na parede lateral. A ampla janela acima dela proporcionava uma vista deslumbrante do quintal, que devia ser um cenário encantador para se contemplar enquanto trabalhava.

Um grande caldeirão e uma fogueira ocupavam o centro da sala. Isso explicava por que o piso era de pedra, em vez da madeira de lei encontrada em todos os outros lugares. Um sorriso melancólico se instalou em meus lábios ao imaginá-la curvada sobre a mesa enquanto trabalhava, lançando olhares ocasionais pela janela para nossos filhotes correndo pelo jardim enquanto eu caçava.

Meu olhar percorreu os vários ingredientes expostos. Enquanto eu fazia o inventário dos reagentes que ela possuía, minha mente fervilhava com as diversas raridades que eu poderia adquirir para ela em lugares remotos onde poucos ousavam se aventurar ou cuja existência nem sequer sabiam. Como ex-pária – e depois guia – eu havia explorado lugares distantes e entrado em lugares que pessoas mais sábias teriam evitado. Explodindo de entusiasmo, eu caminhei em direção ao lado oposto da sala, onde ela havia agrupado suas velas de acordo com sua finalidade, desde as de bruxaria avançada até as perfumadas e decorativas.

No meio do caminho, eu congelei, um aroma familiar que eu não havia reconhecido completamente, bateu em minhas narinas com força. Era sutil, mas inegável. Eu farejei o ar, minha espinha enrijecendo ao reconhecer por que ele havia chamado minha atenção, apesar dos inúmeros aromas no ambiente, vindos das ervas, especiarias e outras fontes aromáticas.

Eu inclinei a cabeça em direção a Lyall, com uma expressão chocada no rosto. Encostado despreocupadamente no batente da porta, ele me observava com uma intensidade com a qual eu estava cada vez mais familiarizado.

— Você sente esse cheiro? — eu perguntei.

Ele sustentou meu olhar com firmeza. Por um instante, eu pensei que ele não responderia. Então, ele balançou a cabeça.

— Não, não sinto. Que cheiro você está sentindo? — ele perguntou em um tom neutro.

— É o mesmo cheiro da doença de Amara, mas é... não sei... mais puro?

Ele assentiu lentamente, seus olhos fixos nos meus, a fenda vertical de suas pupilas parecendo ainda mais estreita.

— Mas você sabia disso, não sabia? — eu perguntei, com a raiva aumentando.

— Não, não sabia. Mas suspeitei que você pudesse encontrar algo aqui no momento em que disse que a Tecelã o mandou buscar algo na oficina. Ela nunca fala algo sem sentido. Cada frase tem um propósito — ele disse, dando de ombros.

Eu rosnei de frustração e então voltei a me concentrar no cheiro. Ele parecia emanar de debaixo do caldeirão. Eu o afastei e examinei a fogueira abaixo, mas não encontrei nada de anormal. Como o cheiro era inegavelmente mais forte à medida que eu me aproximava do chão, isso só podia significar que a fonte estava escondida embaixo dele. No entanto, por mais que tentasse, eu não consegui encontrar nenhum interruptor, recesso ou alavanca que revelasse o esconderijo secreto.

Ver o doppelganger parado ali, me observando, me deixou extremamente irritado. Será que ele realmente não estava me ajudando por causa do Pacto, ou só gostava de me ver correndo por aí como um idiota sem sucesso?

— Essa maldita coisa a está envenenando de novo? — eu perguntei, subitamente tomado por aquele pensamento assustador — Está nos envenenando?

— Você colocou o colar da Tecelã no pescoço da Amara. O cabelo de Espectro não brilhou. Portanto, ela não está em perigo neste momento. Se minhas suspeitas sobre a fonte estiverem corretas, então isso atualmente é inofensivo para qualquer pessoa.

Eu emiti outro som de frustração antes de retomar minha busca. Como duvidava que Amara soubesse da existência do interruptor, imaginei que ele estaria localizado em um lugar com o qual ela provavelmente não interagiria com frequência. Olhando ao redor da sala, eu avistei quatro áreas em potencial, três das quais eram os espaços vazios sob as prateleiras do lado direito da porta. Eles eram altos o suficiente para guardar um par de sapatos.

Mas o quarto lugar me chamou mais a atenção. Era um móvel pesado, com o formato quase de um berço gigante com quatro pernas em cada extremidade. Parecia ser feito de bronze ou cobre. De qualquer forma, era o tipo de coisa que você odiaria ter que mover, e definitivamente não era algo que Amara conseguiria levantar sozinha. Ele continha o que se assemelhava a vários moldes e invólucros esculpidos, alguns de madeira, outros de metal, para dar às suas velas aqueles formatos deslumbrantes e únicos. Ao longo da borda do berço, uma única barra na frente e nas laterais permitia que ela pendurasse correntes ornamentadas e cordões trançados, que provavelmente seriam usados na cera ainda quente para aplicar padrões elegantes.

Essas correntes e cordas criavam uma cortina que escondia um espaço muito mais acessível por baixo. Eu fui direto até lá e cuidadosamente empurrei as correntes e cordas para o lado. Não havia nada ali, os ladrilhos de pedra no chão eram tão comuns quanto os outros que cobriam o restante da sala. Mesmo assim, eu me inclinei para a frente para passar a mão na parede do fundo, caso houvesse algo que eu não conseguisse ver daquele ângulo. Mas assim que minha mão pousou no chão para me apoiar, meus ouvidos extremamente sensíveis captaram um leve rangido.

Eu me inclinei para trás para olhar o chão. Nenhum dos ladrilhos parecia solto, a argamassa preenchia perfeitamente as lacunas ao redor de cada bloco. Eu pressionei novamente, o som ficando mais fraco ou mais forte dependendo de onde eu aplicava a pressão. O ladrilho ainda não se movia, mas parecia estar espalhado por pelo menos seis blocos. Depois de mais algumas tentativas, eu percebi que o som variava de uma vez para outra quando eu pressionava novamente em uma determinada área. Eu levei um momento para entender que eu tinha que pressionar cada pedra em uma sequência específica.

Fazia sentido, pois, se uma única pressão fosse necessária para ativar o interruptor, o esconderijo secreto poderia ter sido acidentalmente revelado simplesmente movendo um móvel. Mas a sequência exigia um esforço deliberado e calculado. Sem minha audição aguçada, eu jamais teria notado isso. E mesmo assim, sem saber que poderia haver um mecanismo oculto, se eu simplesmente tivesse pisado nele, não teria prestado muita atenção e presumido que o chão havia se movido com o tempo, como os rangidos do piso de madeira e das escadas.

Eu levei apenas algumas tentativas para descobrir a combinação, o som aumentando gradativamente de uma pressão para outra, até que um rangido nas minhas costas me assustou. Eu me virei e vi um pequeno pedaço de paralelepípedo descendo até o chão ao lado da fogueira. Eu corri até lá e fiquei de queixo caído ao ver um buquê de flores avermelhadas. A princípio, pensei que fossem flores Gloriosa, também conhecidas como Lírios-de-fogo. Elas eram tão belas quanto letais. No entanto, seus caules espiralados e folhas esvoaçantes as identificavam como uma espécie diferente de planta.

— Que porra é essa? — eu perguntei.

Lyall se aproximou casualmente, olhou para dentro do pequeno recanto secreto e se agachou diante dele para pegar as flores. Por instinto, eu agarrei seu pulso para detê-lo, enquanto lhe lançava um olhar de "O que você pensa que está fazendo?". Ele pareceu surpreso com meu gesto protetor antes de sorrir novamente, daquele jeito irritante que ele tinha.

— Cuidado, filhote. Ou posso achar que você está começando a se importar comigo — ele disse, me provocando, antes de soltar o pulso da minha mão — Como eu disse, se minhas suspeitas estivessem certas, então a fonte era inofensiva. E minhas suspeitas estavam certas.

Ele colheu as flores e se levantou, admirando-as. Para minha consternação, ele as levou ao nariz antes de inalar profundamente o perfume. Ele me olhou e riu da minha expressão de espanto.

— Essas flores são chamadas de Praga do Amante. São a versão do submundo dos Lírios de Fogo — ele explicou casualmente — E foram elas que de fato causaram a doença de Amara.

— Então por que você está dizendo que elas são inofensivas agora? — eu perguntei, com a voz rouca de tensão.

— Porque elas só se tornam letais depois de queimadas — ele disse, olhando para a fogueira — O calor intenso causa uma reação química dentro delas, que libera uma fumaça tóxica e inodora. Fora isso, são apenas plantas decorativas que você pode respirar com segurança.

— Então os vapores seriam liberados toda vez que Amara derretesse cera em seu caldeirão — eu sussurrei, chocado — Mas quem faria isso? E por quê?

Ele me encarou sem responder. Eu reprimi a vontade de arrancar seu lindo rosto e voltei minha atenção para as flores. Eu franzi a testa quando outro pensamento me ocorreu.

— Se as flores precisam ser aquecidas ou queimadas para liberar os vapores, estas deveriam estar murchas. Mas parecem frescas — eu desafiei.

— Bem frescas — ele concordou — Quem quer que esteja fazendo isso ainda tem acesso à casa e recolocou as flores na ausência dela. Meu palpite é que elas foram trazidas para cá há três ou quatro dias, pouco antes de eu chegar com a Amara.

— Se você suspeitava de tudo isso, por que não revistou a casa? — eu cuspi com raiva.

Ele me lançou um olhar entediado e irritado que me irritou ainda mais.

— Quantas vezes eu terei que te lembrar que estou preso ao Pacto? Aliás, embora eu suspeitasse que estariam dentro de casa, eu imaginei que estariam na cozinha ou perto da lareira do quarto dela. Colocá-las aqui foi inteligente e diabólico.

Eu murmurei uma série de maldições para aquele Pacto miserável e seus jogos mentais estúpidos.

Lyall riu baixinho — Se servir de alguma coisa, nós ficamos igualmente frustrados por ter qualquer coisa ou qualquer pessoa ditando o que podemos ou não fazer.

Eu resmunguei concordando antes de olhar feio para as flores que ainda estavam em sua mão.

— Então, como eu destruo essas coisas miseráveis sem causar mais danos, já que elas não podem ser queimadas?

Ele deu de ombros — Você poderia dar para o cavalo comer. Como eu disse, elas são totalmente seguras até serem expostos a muito calor.

— Essa é uma ótima ideia — eu disse, aliviado por não envolver algum ritual complicado, pois eu já estava com as mãos mais do que ocupadas.

— Eu posso cuidar disso para você, se quiser — Lyall ofereceu, me deixando confuso.

— Isso... isso seria gentil da sua parte — eu disse, surpreso.

Ele me deu um aceno firme e saiu do quarto silenciosamente. Eu olhei para a porta aberta, ouvindo o leve arrastar de seus pés desaparecendo lentamente enquanto tentava entender aquele homem estranho e a situação surreal em que eu me encontrava. Balançando a cabeça, eu me certifiquei de que não havia mais nada no esconderijo secreto antes de usar os interruptores ocultos para fechá-lo novamente.

Vasculhando o inventário de velas, eu rapidamente encontrei as velas de soja de banimento que a Tecelã sugeriu que eu usasse. No entanto, ao me virar para reexaminar a sala, ficou claro que eu jamais poderia usar a oficina como minha cela segura. Mesmo se eu movesse o caldeirão e desenhasse o círculo mágico em um raio amplo ao redor da fogueira, eu ainda correria um risco muito grande de destruir o lugar durante minha loucura ou mesmo apenas tentando entrar no círculo.

Com as três velas debaixo do braço, eu saí da oficina e abri a porta pela qual tínhamos passado a caminho. Como eu esperava, ela revelou outra escada que levava ao porão. Para minha consternação, não era o lugar escuro e úmido em que eu esperava entrar, mas um espaço devidamente isolado e iluminado que havia sido dividido no que poderia eventualmente servir como quartos de hóspedes adicionais – embora estivessem vazios no momento. Um dos cômodos era usado como depósito de alimentos e despensa.

Era uma porta grossa de metal nos fundos que reacendeu um vislumbre de esperança. Ela não estava trancada, embora uma chave pesada estivesse pendurada em um prego próximo. Surpreendentemente, a porta não rangeu e gemeu como eu esperava, mas se abriu silenciosamente em suas dobradiças bem lubrificadas. Meu coração disparou quando eu entrei no que devia ser um antigo porão. Ele estava vazio, com grossas paredes de tijolos, uma janela elevada em arco com barras decorativas de ferro forjado. Fresco, não exatamente úmido, ele seria perfeito para o meu propósito.

Eu coloquei as velas no chão e corri de volta para a oficina, que continha tudo o que eu precisava para instalar as proteções, incluindo reagentes que potencializariam sua magia. Eu anotei mentalmente tudo o que saqueei para poder repor quando aquela provação terminasse. Sem demora, eu voltei ao porão e desenhei o círculo, as runas e as proteções que me manteriam preso até que eu recuperasse o controle da minha mente e dos meus sentidos.

A melhor parte deste círculo era que eu podia entrar livremente, independentemente do estado em que me encontrasse. Mas eu não podia sair enquanto ele detectasse que eu estava selvagem ou enfurecido. O desafio era entrar depois que a lua cheia surgisse. Normalmente, eu entraria no círculo ou no meu local seguro pelo menos algumas horas antes. A ideia do que poderia acontecer naquela noite me revirava as entranhas. As únicas coisas que me davam esperança eram a confiança da Tecelã na minha capacidade de realizar aquilo e ter Lyall como reforço.

Embora o doppelganger não tivesse prometido me eliminar caso eu me tornasse uma ameaça real para minha companheira, eu sabia, visceralmente, que ele não ficaria parado enquanto

Amara fosse massacrada. Depois de dar uma última olhada no meu trabalho, eu saí do cômodo, satisfeito, e voltei para o quarto da minha Chama.

Eu encontrei um lugar apropriado para cada uma das três velas, apaguei o fogo da lareira, abri as janelas e tirei Amara da camisola grossa que ela usava. Como não era a mesma roupa que ela estava usando inicialmente quando Lyall a tirou de mim para levá-la para casa, eu tentei silenciar o ciúme instintivo que senti ao pensar que ele a viu nua enquanto trocava de roupa.

De uma forma que não sabia explicar, eu realmente acreditava que ele não teria se aproveitado, feito isso de forma inapropriada ou agido com motivações questionáveis. Amara e eu viajamos montanha acima por alguns dias sem acesso a um corpo d'água para nos banharmos. Depois, nós dormimos ao relento por mais alguns dias, enquanto ela estava encharcada de suor devido à febre extrema. Colocá-la na cama como estava teria sido pior.

Eu a levei para o banheiro ao lado e dei-lhe um banho, usando água mais fria do que morna. Ver a extensão total da disseminação do veneno partiu meu coração. Como ela sobreviveria a mais dois dias disso? Eu sequei seu corpo cuidadosamente e a vesti com uma camisola muito mais leve. Ouvir seus gemidos angustiados enquanto eu cuidava dela me destruiu. Certamente havia algo que eu pudesse fazer para aliviar um pouco de sua dor? O fato dela permanecer inconsciente não significava que ela não sentisse tudo isso, como indicado por suas feições tensas e pelos sons que emitia.

Momentos depois de levar minha companheira de volta para a cama, os passos de Lyall ressoaram alto no corredor. Eu percebi que ele estava se certificando de que eu estava ciente de sua chegada iminente. Mais uma vez, tal comportamento atencioso contrastava com a imagem fria e impiedosa que ele inicialmente projetou, padrão para membros de sua espécie. Como se para alimentar ainda mais minha confusão, ele bateu e esperou que eu o convidasse a entrar.

Seus olhos não tinham o mesmo vermelho intenso que o normal. Eles tinham adquirido um tom muito mais claro, beirando o roxo.

— Você fez um bom trabalho lá embaixo — ele disse no minuto em que entrou.

Por alguma razão boba, aquele elogio dele tocou uma nota sensível lá no fundo, que ansiava por alguma forma de aprovação paterna. Era ainda mais louco que eu considerasse Lyall como consideraria qualquer outro homem da minha idade. Por outro lado, como um semideus, era provável que ele já tivesse vivido algumas centenas de anos.

— Obrigado — eu disse, me sentindo tímido — Eu quero reforçar ainda mais a porta amanhã de manhã, caso minhas proteções não aguentem tão bem quanto eu espero.

Ele assentiu antes de olhar para minha companheira, para a lareira fria e para a janela aberta. Embora ele não tenha feito nenhum comentário ou me olhado de forma estranha, eu senti uma necessidade irracional de justificar minhas ações.

— A Tecelã recomendou que eu a mantivesse fria o máximo possível.

Mais uma vez, ele não respondeu e apenas inclinou a cabeça para o lado enquanto me observava em silêncio.

Eu me mexi nos pés, procurando as palavras — Obrigado por tudo o que você fez para me ajudar com a Amara. Nós nunca teríamos conseguido sem você.

Ele cerrou os dentes e grunhiu em resposta. Eu não consegui distinguir qual emoção predominava em seu rosto: tristeza, raiva e resignação. Elas transpareciam apesar do seu grande esforço para manter uma expressão neutra.

— Eu só queria...

Minha voz sumiu quando um pensamento me ocorreu de

repente. Eu olhei para minha mulher antes de encarar Lyall de volta.

— Eu gostaria de lhe pedir mais um favor — eu disse com uma voz esperançosa que despertou sua curiosidade, embora ele me observasse com uma expressão cautelosa — Como você pode ver, Amara está semiconsciente e com dor. Seria possível você atraí-la para uma ilusão feliz? Aquela em que você me prendeu era tão realista. Se você pudesse fazer algo semelhante, mas sem que ela fosse perseguida por algo maligno, eu ficaria eternamente em dívida com você.

Lyall me encarou boquiaberto, visivelmente atordoado com meu pedido. Naquele instante, eu percebi que esse pensamento nem sequer lhe passou pela cabeça. Para minha alegria, ele não disse uma palavra e apenas assentiu. Segundos depois, as listras em forma de raio sob sua pele brilharam levemente, e minha companheira ficou em silêncio. Toda a tensão desapareceu de seu lindo rosto. Se não fossem as veias escuras e o tom acinzentado de sua pele, seria como se ela estivesse dormindo pacificamente.

CAPÍTULO 18

AMARA

M eus olhos tremeram enquanto eu me sentia flutuando em uma nuvem. Eu não conseguia me lembrar da última vez que não senti uma dor profunda ou agonia. Pelo que pareceu uma eternidade, meu mundo não passou de uma tortura sem fim, com meu corpo queimando como se eu tivesse sido lançada no fogo do inferno. Eu pisquei para a luz forte que me cegava antes de perceber que a nuvem era, na verdade, o colchão mais divino em que eu já havia me deitado.

Eu me espreguicei, emitindo o grunhido menos feminino, e então deixei meus membros caírem de volta na almofada celestial, me sentindo quase grogue demais para me levantar. Ainda deitada, eu olhei ao redor, atordoada ao me encontrar em um quarto magnífico. Parecia um antigo palácio romano, com tetos altíssimos, colunas esculpidas e inúmeras janelas altas com longas cortinas brancas e transparentes. Bem à frente, a pelo menos dez metros da cama, um gigantesco conjunto de portas francesas se abria para o que parecia ser um enorme terraço ou varanda.

Eu saí da cama, sentindo os ladrilhos de pedra bege mornos sob meus pés descalços. O longo vestido branco esvoaçante que eu usava acariciava minha pele suavemente a cada passo enquanto eu me dirigia à varanda. Só então eu percebi que aquilo devia ser algum tipo de palácio no céu, ou pelo menos localizado bem alto na montanha, pois eu podia ver um vale infinito se estendendo lá embaixo.

Mas foi Lyall, encostado na grade e olhando para o vale, quem chamou minha atenção. Como em meus encontros anteriores, ele estava sem camisa e com uma saia branca enrolada na cintura. Desta vez, ela ia até os tornozelos, diferentemente da saia que ele usava na primeira vez que nos conhecemos. Ele se virou quando me aproximei e sorriu para mim com um profundo afeto misturado à tristeza que me deixou de cabeça para baixo.

— Lyall — eu disse enquanto diminuía a distância entre nós.

— Olá, Amara. Que bom te ver acordada — ele disse com uma voz gentil.

— Onde nós estamos? — eu perguntei, olhando ao redor para o imponente palácio em forma de templo e para a paisagem de tirar o fôlego que nos cercava.

— Esta é a minha casa no Vale Nephilim — ele disse melancolicamente — Faz muito tempo que não venho aqui.

Eu recuei um pouco — Nephilim? Você é um anjo?

Ele bufou e balançou a cabeça com uma expressão divertida — Ninguém jamais me chamaria de anjo. Eu sou um doppelganger.

Eu bufei — Você é muito mais do que isso, e nós dois sabemos disso.

Ele sorriu, suavizando a expressão. Embora não tenha respondido, eu interpretei isso como uma confirmação e optei por não pressioná-lo mais. Todos tínhamos direito aos nossos segredos.

Eu caminhei até a grade feita de pedras intrincadamente esculpidas e me inclinei para a frente para contemplar o vale a uma distância absurda lá embaixo. Parecia que uma vila havia sido fundada ali. À esquerda e à direita, outras mansões imponentes se projetavam da face da montanha.

— Eu sempre entendi que os Nephilim eram anjos, ou melhor, filhos híbridos de humanos e anjos. Foi por isso que deram esse nome a este lugar?

— Pode-se dizer que sim. Nem todos os Nephilim têm asas. Originalmente, eles se mudaram para o vale enquanto seus pais se estabeleceram nestas montanhas, para que pudessem ficar perto de seus descendentes. Mas agora, há uma grande variedade de pessoas vivendo aqui. Há anjos, demônios, caídos, cambions e até ceifadores.

— Uau! Que sociedade eclética! — eu exclamei, impressionada, antes que um pensamento perturbador me invadisse a mente — Como eu estou aqui? Será que eu morri?

Ele apoiou o cotovelo no corrimão enquanto se encostava nele e olhou para mim com uma expressão estranha.

— Não, Amara. Você ainda não morreu.

— Mas eu estou morrendo — eu insisti.

— Sim, você está — ele disse em um tom simpático — É inevitável.

Meus ombros caíram e uma onda de tristeza me invadiu. Muito antes de embarcar nessa jornada, eu já havia me conformado com o fato de que não sobreviveria. Conhecer Remus mudou tudo. Eu não tinha medo de morrer. Eu só temia o que aconteceria com ele se fosse deixado para trás mais uma vez enquanto alguém com quem ele se importava morria para o veneno do Lobo Demônio Amaldiçoado.

— Então isso é uma ilusão? — eu perguntei com compreensão repentina.

Ele assentiu — O filhote sugeriu que eu te trouxesse aqui para que você não sofresse desnecessariamente no mundo real.

Meu coração se derreteu de amor pelo meu companheiro. Mais uma vez, ele estava provando que faria qualquer coisa para me fazer feliz ou facilitar minha vida. Eu olhei para Lyall com um olhar suplicante.

— Por favor, cuide do Remus por mim quando eu morrer. Ele ficará arrasado.

Toda a suavidade desapareceu de seu rosto, tensão e uma pitada de raiva surgindo sob a superfície.

— Ele ainda está lutando para salvá-la — ele resmungou.

Eu pisquei, confusa — Lutando? Mas você disse...

— Eu vou deixar que ele explique tudo para você. Eu odeio seu companheiro. Cada fibra do meu ser quer matá-lo — ele disse com raiva, me pegando de surpresa — Se não fosse por você, eu provavelmente teria feito isso. Apesar de tudo, ele conquistou meu respeito.

Eu olhei para ele por alguns instantes. Eu precisei de todas as minhas forças para não questionar suas palavras. Apesar do que ele disse, eu sabia, visceralmente, que ele não odiava Remus de verdade. Eu apenas me sentia culpada por ser a causa da tristeza que ele sentia.

— Remus é um bom homem — eu disse suavemente.

Ele emitiu um som indistinto que poderia ser tanto um rosnado raivoso quanto um grunhido de concordância.

— Ele morreria de bom grado para salvá-la, por isso ganhou meu respeito — Lyall disse relutantemente.

Mas minha mente permaneceu presa na primeira metade daquela declaração — Não o deixe morrer! — eu exclamei — Seja qual for o plano maluco que ele esteja tramando, por favor, proteja-o. Eu não quero viver sem ele.

Eu estremeci por dentro, mesmo quando as palavras saíram da minha boca. Por mais que eu as quisesse dizer, eu poderia ter sido mais cautelosa nas palavras para não torcer ainda mais a faca na ferida.

— Eu estou bem ciente disso — ele disse em um tom seco, embora eu não tenha deixado de notar a dor em seus olhos.

Ele virou as costas para mim e apoiou as duas mãos no corrimão, suas garras projetando-se enquanto afundavam na pedra.

— Sabe, eu também teria morrido por você, Amara — ele disse amargamente, olhando para o horizonte — Eu poderia ter lhe oferecido um caminho muito mais fácil e muito menos doloroso do que este que você está trilhando.

— Eu sei, Lyall — eu disse em um tom apaziguador — Mas nós dois teríamos nos arrependido mais tarde. Você tem um bom coração. Em algum lugar lá fora, sua alma gêmea vai te encontrar e ver que homem maravilhoso você é.

Ele virou a cabeça para a esquerda e me encarou por cima do ombro — Sério? Você vê meu bom coração, mas não me quer. Então por que essa hipotética alma gêmea me desejaria?

— Porque ela será destinada a você! — eu retruquei com uma voz suave, porém firme — Eu pertenço a outro. É assim que o Destino planejou que as coisas fossem.

— Por que a Tecelã te mandou até mim só para te levar embora? — ele perguntou com raiva, com os olhos desfocados — Esse é o jeito dela de me punir?

— Não, Lyall. Ela não está te punindo. Ela abençoou a mim e a Remus o colocando em nosso caminho — eu disse com fervor — Suas boas ações serão recompensadas. O carma te recompensará mil vezes mais.

Com vontade própria, minha mão direita pousou em seu rosto em um gesto reconfortante. Lyall se virou para mim e pressionou a mão contra o dorso da minha, inclinando-se ao meu toque. Meu coração se partiu quando ele fechou os olhos, seu rosto assumindo um ar de profunda dor e tristeza. Durou apenas alguns instantes. Ele me soltou e deu alguns passos para trás, seu rosto repentinamente desprovido de qualquer emoção. Eu quase me perguntei se tinha imaginado aquela breve demonstração de intensa vulnerabilidade.

— Eu trarei seu companheiro até você — ele disse em um tom de conversa antes de acenar para o ambiente hipnotizante —

Você tem total liberdade aqui. Tudo o que você imaginar ou desejar acontecerá. Se quiser ter asas e voar, visitar um lugar exótico ou desfrutar de um banquete digno de um rei, basta desejar. Não tema, eu não vou espiar.

Antes que eu pudesse responder, Lyall desapareceu. Meio segundo depois, Remus apareceu em seu lugar, parecendo completamente confuso.

— Amara! — ele exclamou no momento em que me viu.

Eu me joguei em seus braços. Ele me pegou sem esforço e nos girou enquanto nos beijávamos. Quando parou de girar, ele não me colocou no chão, mas me manteve em seus braços, meus pés balançando acima do chão. Com os braços em volta do seu pescoço, eu me deliciei com seu lindo rosto.

— Por Ferazan, isso parece tão real! — ele sussurrou para si mesmo.

— É uma ilusão de Lyall — eu expliquei suavemente.

Seus olhos se arregalaram em choque, então seu rosto assumiu um ar de descrença misturado com gratidão.

— Sabe de uma coisa... Aquele doppelganger nunca para de me surpreender. Ele te trouxe aqui para que você não sentisse dor. Eu estava dormindo ao seu lado quando fui puxado para cá. Achei que fosse só um sonho bom. Parece que vou ter que agradecê-lo por mais uma coisa.

— Mais uma coisa? — eu repeti com curiosidade.

— Mmhmm. Tenho muita coisa para te contar — ele disse com uma expressão sombria.

Ele pegou minha mão e me levou até um dos três conjuntos de sofás confortáveis no imenso terraço. Ele se sentou e me puxou para o seu colo. Eu me aconcheguei nele, meus dedos brincando distraidamente com os pelos curtos do seu peito.

Ele começou a contar detalhadamente tudo o que aconteceu depois que a cauda de cobra de Ranael me picou. A maneira como ele estava se matando tentando voltar correndo me assustou, mas eu quase perdi a cabeça ao ouvir sobre seu encontro com a bruxa.

— Pelos deuses! Por que ela te atacaria?! Quem era ela? — eu exclamei.

— Não sei — Remus respondeu frustrado — Embora eu tenha minhas suspeitas. Ela era alta, esguia, com pele muito clara e longos cabelos loiros.

— Alguma característica em particular, como uma cicatriz ou marca de nascença? — eu perguntei, decepcionada quando ele balançou a cabeça com um olhar de desculpas — Infelizmente, eu conheço muita gente no meu ramo. Mulheres pálidas, esbeltas e loiras são comuns quando se trata de bruxas e arcanistas, especialmente necromantes. Eu já encontrei várias delas desde que me mudei para Willow Grove.

Ele assentiu com uma expressão sombria — Eu já imaginava isso. Mas me pergunto se ela poderia ser a pessoa que está tentando te envenenar. Parece extremamente conveniente que um ataque tão sem precedentes tenha ocorrido justamente quando eu estava correndo de volta para Willow Grove para receber as instruções finais para te curar.

Eu franzi os lábios, sem me convencer — Parece um exagero só para se livrar de mim. Eu não sou ninguém.

— Bem, alguém discorda tanto dessa afirmação que construiu um esconderijo secreto na sua oficina. Eles entram na sua casa com frequência para colocar um novo suprimento de Praga do Amante, para que seus vapores tóxicos a matem lentamente cada vez que você usa o caldeirão.

Aquilo me deixou sem palavras. Quem poderia odiar tanto a mim e à minha família? Pelo que eu investiguei na história da nossa família, nós nunca fizemos inimigos. Claro, nós tivemos algumas das habituais brigas entre vizinhos, mas nada que desencadeasse o tipo de vingança que levaria à morte do meu pai e, agora, a mim. Sem mencionar a remota possibilidade de meu tio também ter sido vítima daquela bruxa.

— Não se preocupe, minha Chama — Remus disse, me tranquilizando enquanto eu permanecia atordoada — Nós removemos toda a Praga dos Amantes da sua casa. Eu inspecionei todos os cômodos para garantir que não houvesse outros esconderijos em outros lugares. Lyall está na casa, então ninguém pode entrar sem ser notado. Eu enviei um corvo para Misty. Ela mandará um de nossos xamãs até a casa para instalar os mesmos tipos de barreiras protetoras erguidas ao redor do Alojamento dos Caçadores. Ninguém com más intenções jamais poderá entrar na sua casa novamente.

— Obrigada — eu sussurrei com sincera gratidão.

Ele retomou o relato dos acontecimentos. Saber da ajuda inesperada que Ulric lhe ofereceu me deixou sem fôlego. Embora eu tivesse sentido que uma profunda mágoa alimentava os comentários brutais de Ulric sobre Remus e seus esforços para miná-lo, eu nunca esperei essa reviravolta repentina. Ele não me pareceu malicioso, pois foi honesto ao dizer que não acreditava que Remus se imporia a mim quando estivéssemos sozinhos. Mas eu achei que seu ressentimento era profundo demais para permitir-lhe esse ato de gentileza. Eu queria acreditar que isso marcaria o início do reavivamento da quase fraternidade que eles tinham no passado.

— Você não parece surpresa — Remus disse com uma carranca diante do meu estoicismo depois que ele revelou o que a Tecelã lhe disse sobre como me curar.

Eu dei-lhe um sorriso tímido — Eu descobri segundos antes da cauda de cobra do Ranael me morder. Francamente, me envergonha não ter descoberto antes. O pior de tudo é que, quando você mencionou pela primeira vez que era um lobo doente, eu me lembrei da Tecelã mencionando isso. Mas eu descartei esse pensamento antes que ele pudesse se formar completamente, porque não achei que você tivesse o tipo de veneno virulento que eu precisaria. Eu nunca analisei a situação dessa forma, mas acho que meu subconsciente sim. Eu simplesmente odeio te colocar nessa situação.

— Você não pode se culpar por isso, minha companheira. Eu também deveria ter percebido, sem mencionar que Lyall também mencionou que estávamos interpretando mal as palavras da Tecelã quando ele te sequestrou pela primeira vez.

— Nós dois fomos tolos. Mas pelo menos agora sabemos o que fazer.

— A outra boa notícia é que, de acordo com a Tecelã, criar um vínculo com você depois que você estiver curada também me curará.

Eu me assustei com o grito agudo que me escapou — EU SABIA!! Eu sabia que a Tecelã ajudaria a te curar! Eu não acredito que isso virá de mim. Mas é justo, pois a minha cura também virá de você. Nós estávamos realmente destinados.

Para minha surpresa, em vez de se alegrar comigo, Remus pareceu perturbado.

— O que foi? Há alguma complicação em potencial? — eu perguntei, cautelosa.

— É que... eu estou com medo, Amara. Você sabe que eu te amo e nunca te machucaria, certo? — ele perguntou, com os olhos alternando entre os meus.

— Sim, eu sei disso — eu disse com toda sinceridade.

— Mas meu lobisomem...

— Não, Remus — eu disse severamente, o interrompendo — Eu confio em você. Confio plenamente em você. Nós não chegamos até aqui para fracassar agora. Não alimente a fera chafurdando na incerteza. Manifeste o resultado positivo que ambos queremos e merecemos. Ninguém poderia ter me ajudado a superar isso, a não ser você. E eu tenho plena fé que você me trará de volta do outro lado. É o destino.

— Meu amor — Remus sussurrou antes de capturar meus lábios em um beijo apaixonado.

Nós permanecemos abraçados por um tempo, apenas saboreando aquele momento de paz e intimidade. Embora Lyall tivesse me dado carta branca para manipular aquele mundo de sonhos e viajar para onde minha imaginação quisesse, Remus e eu decidimos recusar a oferta. Em vez disso, nós nos concentramos um no outro e no futuro que queríamos para nós. Agora não era hora de me distrair com lugares bonitos. Tudo o que importava para mim era me impregnar da presença do meu amado companheiro.

CAPÍTULO 19

LYALL

E u voei em círculos sobre a casa de Amara por horas. Embora duvidasse que qualquer perigo chegasse até Amara e o filhote, eu me sentia estupidamente obrigado a permanecer ali até que ela estivesse curada. Toda vez que eu passava voando pelo quarto dela, a vontade de entrar e sacrificar seu bichinho de estimação crescia dentro de mim. O destino estava errado. Amara deveria ser minha.

O gosto das suas memórias nunca desapareceu da minha língua. Eu queria mordê-la novamente para me deleitar com a perfeição que ela era. Como uma mera mortal poderia possuir uma alma tão bela? Meu peito doía ao lembrar como ela acariciou minha bochecha na varanda. Eu ainda conseguia sentir a maciez da sua palma em mim. A ternura em seus olhos enquanto ela me fitava apunhalava o profundo desejo que me dilacerava por ela.

Se não fosse por aquele lobo miserável, ela teria se apaixonado por mim.

Mais uma vez, eu lutei contra a vontade de ceder aos meus instintos básicos e cortar sua garganta. Sim, Amara ficaria devastada com a morte dele, mas eu poderia facilmente encher sua mente de felicidade. Na verdade, eu poderia matá-lo e assumir sua aparência. Ela não perceberia. Antes, eu não conseguia enganá-la, já que nunca havia provado o sangue dele. Mas agora, eu conhecia cada memória que ele compartilhava com ela, tudo o que ele era, até mesmo seu cheiro.

Ela nunca saberia, e ela seria minha...

Eu dei mais uma volta pela casa e fiquei em frente à janela dela. O usurpador estava aninhado na minha mulher, dormindo pacificamente enquanto desfrutava do paraíso que eu havia criado para ela. Deveria ser eu mostrando a ela as maravilhas tanto do reino humano quanto do submundo.

Eu aterrissei no parapeito da janela e ponderei seriamente os prós e os contras. Algumas semanas atrás, eu nem estaria debatendo. O miserável estaria morto há muito tempo. Mas o sangue de Amara mudou algo em mim. Ela havia despertado o que eu descreveria como um lado mais suave, que eu considerava uma fraqueza vergonhosa. Eu não queria admirar a devoção altruísta que ele demonstrava a ela. Eu não queria me conter para honrar seus desejos pessoais.

Durante toda a minha vida, eu sempre me entreguei aos meus impulsos. Se eu quisesse matar, matava. Se causar estragos, criar o caos e espalhar medo e terror fosse minha última forma de entretenimento, eu mergulharia de cabeça até ficar entediado ou um novo interesse chamar minha atenção.

E essa era a principal razão pela qual eu estava me segurando.

Seria Amara apenas a mais recente paixão passageira que ardia dentro de mim? Será que eu me cansaria de brincar de casinha com ela em algumas semanas ou meses? A voz incômoda no fundo da minha cabeça jurava que isso era diferente. Eu a amaria para sempre. Além disso, eu poderia dar a ela o tipo de vida que o filhote jamais poderia.

Mas e se a voz estiver errada?

O antigo eu não se importaria. O que quer que acontecesse, aconteceria. E se ela se machucasse no processo, tudo bem, assim era a vida. Mas eu não suportava a ideia de ser a causa de qualquer tristeza ou angústia que Amara pudesse sentir. Para piorar a situação, suas palavras ainda ecoavam profundamente em minha mente. Por mais que eu quisesse que ela fosse minha, o destino decidiu o contrário. Criar uma ilusão de que ela compartilharia sua vida comigo com alegria só seria envená-la a longo prazo. Eu queria que ela me amasse por quem eu sou, não porque eu a fiz acreditar que me ama.

Nós dois merecíamos algo melhor.

E por mais que eu ressentisse o Lycan, eu não queria realmente machucá-lo. Em um mundo e uma época diferentes, eu talvez quisesse uma amizade com ele. Ele me demonstrou o tipo de confiança que ninguém jamais me deu antes. Ele deixou aos meus cuidados a única coisa que valorizava mais do que a própria vida. E então me agradeceu com uma gratidão genuína que ainda me irritava.

Nove Infernos, como eu o odeio!

Ignorando a voz zombeteira no fundo da minha cabeça me chamando de mentiroso, eu voei de volta para a entrada da casa. Faltavam menos de trinta minutos para a lua cheia e o show de merda começar. Com passos pesados, eu subi as escadas para o segundo andar. Eu entrei no quarto e fui direto até Remus. Silenciando os pensamentos nada caridosos que me passavam pela cabeça, eu o peguei no colo e o carreguei para outro cômodo no extremo oposto do corredor.

Dizer que eu não considerei jogá-lo por cima do corrimão ou deixá-lo cair escada abaixo seria mentira. Obviamente, Amara não teria aprovado. Mas não havia crime algum em cogitar a ideia. Eu o larguei sem cerimônia na cama e saí do quarto, fechando a porta atrás de mim. Quaisquer que fossem meus sentimentos sobre a situação, deixá-lo acordar em sua forma de lobisomem ao lado de Amara representava um risco muito alto de que ele a matasse instintivamente antes que pudesse ao menos tentar controlar sua natureza selvagem.

Ao me aproximar do quarto de Amara, todos os pensamentos sobre o Lycan desapareceram da minha mente, pois eu senti uma presença estranha segundos antes de entrar em seu quarto. Meu coração disparou quando eu vi Pharos parado ao lado da cama. Agourento, com suas asas negras, capuz escuro que cobria parcialmente o rosto e os ossos das costelas projetando-se através da pele, o Anjo da Morte pairava sobre minha mulher.

— Por que você está aqui?! — eu perguntei com raiva enquanto caminhava em direção à cama.

Ele ergueu a cabeça e me lançou um sorriso divertido. Seus olhos vermelhos brilhavam de malícia enquanto ele arqueava uma sobrancelha de um jeito que sugeria que eu tinha feito uma pergunta boba. Como todos os outros Ceifadores, fossem Anjos da Morte como ele, ou Ceifadores Sinistros como nosso irmão Haroth, os olhos de Pharos eram um pouco fundos, a pele ao redor dos olhos recuando, deixando os ossos expostos, sem mencionar os três espinhos ósseos que se projetavam de seu queixo.

Ele era tão bonito quanto assustador.

— Olá para você também, irmãozinho — Pharos respondeu, zombeteiro — E você sabe perfeitamente por que eu estou aqui. Amara estará morta nos próximos minutos.

— Pode até ser, mas você não pode levá-la! — eu exclamei, indignado — Ela vai renascer!

Ele me deu o sorriso irritantemente suave e apaziguador que normalmente reservava aos moribundos para confortá-los antes de escoltá-los para o outro lado.

— Sim, Lyall. Eu *espero* que ela renasça. Quer isso aconteça ou não, não será imediatamente — ele explicou com uma voz gentil — Leva alguns dias para a mutação se completar. A alma de Amara precisa ir para um lugar seguro enquanto isso.

— Os mortos não retornam depois de terem feito a passagem! — eu argumentei com raiva.

Ele me deu um sorriso indulgente enquanto assentia — Se eles forem para a vida após a morte, então sim, você estaria certo. Mas Amara vai para o Érebo. Não é um limbo, mas apenas um meio-termo para pessoas em circunstâncias especiais. Caronte encontrará um bom lugar para ela esperar seu renascimento.

Eu franzi o rosto, lutando contra a vontade de discutir mais. De certa forma, a irritação que eu sentia vinha mais do fato de eu saber que era assim, mas ter permitido que o pânico obscurecesse meu julgamento. Meu Deus, como eu havia me tornado patético por uma mulher que nem me queria... Caronte, o Barqueiro dos Mortos, de fato encontraria um belo lugar para sua alma esperar até que seu corpo estivesse pronto para seu retorno. Eu ainda odiava a ideia de que ela seria levada para um lugar onde eu não poderia segui-la ou resgatá-la.

— Tudo bem — eu resmunguei por fim.

Pharos riu de um jeito que imediatamente me deixou irritado.

— O que é tão engraçado? — eu perguntei com irritação.

— É bom ver que você finalmente se importa mais com outra pessoa do que consigo mesmo — ele disse suavemente.

Eu mostrei minhas presas para ele, o que só fez seu sorriso aumentar, me irritando ainda mais.

— E que bem isso me fez — eu rosnei amargamente.

Meu irmão balançou a cabeça para mim como se eu fosse uma causa perdida.

— Sim, seu idiota! Isso te fez um favor incrível — Pharos retrucou.

— Como? — eu desafiei, com raiva — Me fazendo sofrer por aquilo que não posso ter?

— Salvando sua vida — Pharos disse, com a voz e o rosto endurecendo.

Eu recuei, chocado com a declaração dele. Embora Ceifadores e Anjos da Morte não fossem presos à verdade como doppelgangers e lobos demônios, Pharos nunca foi de mentir ou propenso a exageros. Ele sempre falava a sério. E, desta vez, eu não duvidava que ele falasse.

— Você estava trilhando um caminho sombrio, Lyall — ele continuou impiedosamente — Lembre-se de que eu consigo ver o fio da vida de todos. Você, irmãozinho, estava caminhando para uma morte prematura. Amara lhe deu a oportunidade de escolher um caminho diferente. Felizmente, você o escolheu. Sua linha de vida não está mais atrofiada.

Dizer que essas palavras me atingiram duramente seria o eufemismo do milênio. Eu podia ser arrogante e convencido a ponto de, às vezes, me achar invencível. Como tão poucas coisas podem me prejudicar, muitas vezes eu agi de forma imprudente. Minha própria mortalidade nunca foi algo que eu sequer contemplasse.

— Talvez isso tivesse sido uma bênção — eu murmurei, surpreso — Qual o sentido de uma vida vazia depois que você já provou a felicidade? Há um motivo para ela não querer viver se ele não viver.

— Eu quero te dar um tapa forte agora — Pharos disse com uma irritação que me deixou atordoado — Pare de ser mimado. Você não tem ideia de quantos caminhos maravilhosos se abriram para você nas últimas semanas. E um deles guarda o seu final feliz. Mas você precisa manter o rumo. Mamãe te deu exatamente o que você precisava ao enviar Amara para cá.

— Mas manter o curso por quanto tempo? — eu perguntei, irritado com o quão chorão eu soava ao fazer a pergunta.

— Não importa o tempo que leve — ele disse, dando de ombros.

— Eu já esperei duzentos e cinquenta anos! Quanto tempo mais terei que esperar?! — eu exclamei.

Meu irmão revirou os olhos, o efeito ficou ainda mais estranho em seu rosto parcialmente esquelético.

— Eu já esperei duzentos e cinquenta anos! — ele repetiu com uma voz arrogante — E daí? Você chama o Remus de filhote, mas parece esquecer que você também é. Lembre-se de que eu tenho três vezes a sua idade. Eu fiquei preso no inferno puro da mente de Cornelius pelo dobro da sua vida antes da mamãe me libertar. E você tem a cara de pau de reclamar da solidão enquanto aproveita a liberdade?

Eu franzi o rosto, devidamente repreendido.

— Supere isso e conte suas bênçãos — ele concluiu severamente.

Eu murmurei um pedido de desculpas – outra ocorrência rara para mim. De todos os meus irmãos – e eu tinha tantos que nem consigo contar, todos filhos de pais diferentes – Pharos era um dos poucos com quem eu tinha um relacionamento mais próximo. Ranael costumava ser minha consciência até ser tirado de mim.

Pharos colocou a mão no meu ombro e deu um aperto reconfortante.

— Coragem, irmão. Mamãe matou dois coelhos com uma cajadada só. Ninguém melhor do que você para ajudar a salvar Amara. Ao salvá-la, você aproxima nosso irmão Ranael da própria liberdade. Mamãe deu um grande passo com você. E você se destacou por todos nós, incluindo nosso irmão. Eu estou orgulhoso de você.

"Eu estou orgulhoso de você..."

Essas não eram palavras ditas com frequência sobre mim, se é que alguma vez foram ditas. Eu bufei e dei de ombros para esconder o quanto suas palavras me tocaram. Nem um pouco enganado, o sorriso do meu irmão se alargou, o que me irritou ainda mais.

Eu estava procurando um comentário sarcástico apropriado quando senti um arrepio na nuca. Eu levei um segundo para perceber que Remus havia escapado da minha ilusão. Normalmente, isso seria quase impossível para qualquer um, até mesmo semideuses como eu. Mas havia uma das poucas coisas que superavam meus poderes.

Eu olhei pela janela para a lua cheia. Ao mesmo tempo, um uivo assustador se elevou a uma distância muito curta.

— Você tem uma das decisões mais importantes da sua vida para tomar, meu irmão — Pharos disse em voz baixa — Mantenha o curso.

Ele apertou meu ombro de leve e caminhou até um canto escuro da sala, com um andar tão fluido que parecia deslizar sobre o piso de madeira, como minha mãe costumava fazer quando se deslocava da roca para a mesa. Ele então desapareceu nas sombras, tornando-se completamente invisível. Embora eu não pudesse vê-lo, nosso laço de sangue me permitiu continuar a sentir sua presença. Ele permaneceria um observador silencioso até chegar a hora de ceifar a alma de Amara.

Minhas costas enrijeceram ao ouvir o som estrondoso de uma porta se abrindo. Silenciosamente, eu fui para o canto oposto do quarto, mais perto da cabeceira da cama, e me transformei parcialmente para também me misturar às sombras.

Meu peito se apertou enquanto eu contemplava o rosto sereno de Amara. Mesmo com as veias escuras marcando seu corpo e a cor agora acinzentada de sua pele, ela permanecia de uma beleza de tirar o fôlego. Eu não podia fazer muito contra o que aconteceria a seguir, mas poderia poupá-la da dor da morte. Mantendo-a na ilusão atual, ela não sofreria com sua morte.

Meu pulso acelerou e minha coluna ficou tensa enquanto o som de garras se aproximava. Um rosnado ameaçador ressoou do lado de fora do quarto antes que a porta se abrisse de repente. Eu precisei de todas as minhas forças para não atacar a criatura que entrou.

Em pé sobre duas pernas, garras para fora e presas ferozes à mostra, o lobisomem estava parado na porta, com espuma branca grudada no canto da mandíbula. Ao contrário de quando um Lycan se transformava parcialmente, o lobisomem não tinha um rosto humano reconhecível. Ele tinha uma cabeça de lobo completa, com uma mandíbula muito maior, olhos vermelhos brilhantes e braços alongados. A única coisa que ele ainda tinha em comum com o filhote era a cor do pelo curto que cobria seu corpo e sua longa cauda fofa.

Além disso, Remus não estava em lugar nenhum nesta fera.

CAPÍTULO 20

REMUS

E u saí de um lugar que eu não entendia direito e voltei para o meu corpo. A dor me envolveu enquanto eu evoluía da minha forma fraca para um predador de topo. Eu a acolhi. Em breve, ela me permitiria saciar a sede de sangue sem fim que me açoitava.

Antes mesmo de terminar de me transformar, com o som dos meus ossos estalando e se remodelando ainda ecoando em meus ouvidos, eu manquei em direção à porta, endireitando o passo à medida que completava minha transformação. Todos os pensamentos de correr solto e caçar as inúmeras presas implorando para serem atacadas por mim cessaram no momento em que eu abri a frágil porta que buscava me manter aprisionado naquele quarto.

O aroma mais irresistível me atraiu para um quarto a poucos passos de distância. Uma fome sem igual imediatamente me revirou por dentro. A saliva inundou minha boca e o sangue bombeou em minhas veias enquanto a expectativa acelerava meus batimentos cardíacos.

Eu levei a mão à maçaneta. Minha necessidade de violência foi frustrada quando a encontrei destrancada. Isso não me impediu de abri-la com força. Ela se espatifou contra a parede com um estalo, enquanto parte da madeira se estilhaçava com a força do impacto.

Eu fiquei satisfeito.

Eu quase usei minhas garras para despedaçá-la, mas o aroma irresistível da minha presa adormecida me atraiu. Embora feliz com a refeição fácil que me foi oferecida, mais uma vez eu me senti enganado, mas desta vez pela emoção da caçada, pelo cheiro inebriante do medo e pelos gritos de terror e dor enquanto dizimava minha presa.

No entanto, o cheiro de morte que pairava sobre a mulher quase me paralisou. Sua carne estava podre, envenenada e em decomposição. Surpreendentemente, isso não me causou a mesma repulsa que deveria. O veneno que a percorria me era familiar. Ele era meu, mas não exatamente.

Mesmo assim, o cheiro subjacente da mulher ainda me dava água na boca e me dava um nó nas entranhas. Mas não foi a fome que desencadeou essa reação. Havia algo nela que não me fazia querer me alimentar ou mutilar... Eu queria reivindicá-la.

Mas por quê?

A mulher era uma criatura fraca e indefesa, visivelmente à beira da morte. Matá-la seria uma misericórdia. Matá-la me daria o prazer da destruição que eu ansiava. E, no entanto, minha pele esquentava de uma forma anormal, enquanto meu sangue fervia e meu pau inchava, ficando gradualmente ereto.

Certamente, a doença que a acometia estava mexendo com a minha cabeça.

Com um pulo poderoso, eu saltei para a cama, aterrissando sobre as patas traseiras aos seus pés. Eu caí de joelhos, com as mãos em cada lado das suas panturrilhas. Uma onda de fúria me percorreu quando o impacto não a acordou, mesmo que o colchão tremesse sob o meu peso repentino. A infeliz mulher estava me negando o terror que era meu por direito antes que eu lhe tirasse a vida.

Mas esse cheiro...

Eu puxei o cobertor fino que a cobria e cheirei suas pernas até a virilha. O sangue correu para o meu pau, que endureceu dolorosamente enquanto uma necessidade poderosa incendiava minhas entranhas. Com um único golpe de minhas garras, eu rasguei seu vestido fino em pedaços, arranhando sua pele no processo. Algumas gotas de sangue escorreram de um corte superficial logo acima do umbigo. Um rosnado doloroso retumbou da minha garganta enquanto outra onda de desejo ardente retorcia minhas entranhas.

Por instinto, eu lambi o sangue e quase derramei meu sêmen. Eu soltei um uivo poderoso e esfreguei meu focinho em toda a sua pele enquanto inalava seu cheiro, sem me importar com o fedor de morte que não conseguia esconder seu aroma mais sedutor. Eu me demorei por um breve instante entre seus seios, onde era um pouco mais forte, antes de farejar um caminho até seu pescoço.

Uma enxurrada de imagens sem sentido começou a passar diante dos meus olhos. A mulher sorria para mim com uma expressão terna. Na imagem seguinte, ela me beijava. Eu quase conseguia sentir o gosto dela na língua. Então, ela estava nua, com as costas arqueadas, e seu rosto se dissolvendo em um ar de puro êxtase enquanto ela gritava de prazer. A mulher se enrolou no flanco do meu lobo, esfregando o rosto no meu pelo. E então ela riu enquanto jogava um pedaço de pau.

Eu balancei a cabeça, enfurecido com o que devia ser algum tipo de truque mental. Minha presa estava criando algum tipo de distração enquanto fingia dormir. Eu bati com as duas mãos no colchão, uma de cada lado da cabeça dela, para acordá-la. Ela permaneceu imóvel. A raiva me invadiu por ser ignorado. Eu agarrei seus ombros com as duas mãos, minhas garras cravando-se em sua carne enquanto a sacudia.

Nenhuma reação.

No entanto, o cheiro do sangue dela me chamava. Eu me

inclinei para lambê-lo. Mas um movimento no canto da minha visão me fez virar a cabeça para a esquerda. A visão de sua artéria palpitante incitou a necessidade ardente em minhas entranhas a um frenesi. Seu cheiro – mais potente na curva do pescoço – acabou com o controle que me restava.

O lado selvagem à espreita na borda da minha consciência assumiu o controle. Eu só percebi que a havia mordido quando o gosto divino de sangue explodiu em minhas papilas gustativas – embora contaminado. Qualquer pensamento racional fugiu da minha mente enquanto eu me rendia ao meu lado selvagem. Eu soltei um rosnado enfurecido, furioso por ter sido privado do seu terror. Mas eu a puniria a despedaçando. Abrindo bem a boca, eu me lancei para arrancar sua garganta, mas uma luz ofuscante irrompeu do seu peito.

Eu gritei de dor e pulei para trás da cama, para longe da luz sobrenatural que atingia meus olhos. Com o braço erguido diante do rosto como proteção, eu pisquei e tentei avaliar a fonte da ameaça.

Para meu choque, uma silhueta alta se aproximou da cama, vinda da direita. Eu não consegui distinguir claramente a quem pertencia sob a luz ofuscante. Então, de repente, ela se dissipou em um brilho fraco no peito da mulher. Só então eu percebi que ele emanava de um colar de ouro que eu havia ignorado anteriormente. Mas eu também afastei isso dos meus pensamentos. O homem ocupou todo o meu foco.

De onde ele veio? Não havia outras entradas para aquele espaço. Ele estava ali o tempo todo? Se sim, como eu não percebi?

Ele não tem cheiro...

Essa percepção repentina me pegou de surpresa. Tudo tinha um cheiro.

Na fração de segundo que eu levei para registrar todas essas informações, o homem se sentou na cama ao lado da mulher. Ele inclinou a cabeça enquanto examinava a ferida mutilada que minha primeira mordida havia deixado na parte carnuda do ombro da mulher, logo acima da clavícula esquerda. Parecendo completamente imperturbável e despreocupado com a minha presença, ele me olhou com uma expressão nada impressionada.

— Tsk, tsk. Que bagunça! Isso não é jeito de tratar uma dama — ele disse em tom de conversa.

A falta de medo dele na minha presença me enfureceu. Mas vê-lo se inclinar e beijar os lábios da mulher despedaçou algo dentro de mim. Uma única palavra explodiu na minha mente.

"MINHA!"

Uma fúria cega tomou conta de mim. Eu me lancei contra o homem, que se afastou a uma velocidade impossível, me fazendo bater contra a cabeceira da cama. Ele estava a apenas alguns metros à minha direita. Eu saltei para a frente e o golpeei com as garras, mas, mais uma vez, ele se moveu a uma velocidade tão vertiginosa que quase parecia ter desaparecido e reaparecido perto da janela. Ele ergueu uma sobrancelha e sorriu provocativamente.

Eu rugi de raiva e pulei em sua direção, na esperança de prendê-lo no chão antes de me banquetear em seu rosto para apagar aquele sorriso zombeteiro. Desta vez, ele não apenas se esquivou do meu ataque, como também girou em direção à porta. Eu bati com força na cômoda, meus dentes se chocando enquanto eu caía no chão. A dor irradiava para o meu ombro direito, que havia se fixado firmemente no canto da cômoda. Eu pulei de pé apenas para encontrar o homem encostado no batente da porta, de pernas e braços cruzados.

— Isso doeu, filhote? Que violência desnecessária — ele disse com o ar mais dissimulado de compaixão misturado a uma pitada de desaprovação — Você precisa controlar esse temperamento, ou Amara vai me escolher em vez de um animal irracional como você.

Amara!

Eu conhecia aquele nome. Ele despertava um desejo poderoso e uma possessividade raivosa. Enfurecido, eu bati na cômoda, arrancando parte da madeira e mandando o abajur em cima voando em direção ao homem imundo. Ele se esquivou sem esforço e recuou rapidamente quando eu comecei a correr em sua direção. Um zumbido ressoou atrás dele enquanto ele parecia ser puxado para fora do quarto. Só quando ele virou a esquina é que eu percebi que um par de asas de inseto pendia em suas costas.

Eu não tive tempo de tentar entender como aqueles apêndices apareceram de repente nele. Em vez disso, eu saí correndo para o corredor e o encontrei a apenas alguns metros de mim. Minha boca se encheu de água ao pensar em seu sangue escorrendo pela minha garganta e no som de seus ossos se estilhaçando entre meus dentes enquanto ele gritava por uma misericórdia que nunca viria. Para minha consternação, bem quando eu ia pegá-lo, as listras sob sua pele azul brilharam intensamente, me cegando. No segundo seguinte, ele havia desaparecido, substituído por um morcego gigante que voou até o fim do corredor. Se não fosse por ele ter retornado à sua forma humana estranhamente pintada, eu não teria acreditado que era realmente ele quem havia se transformado em uma forma diferente.

Desta vez, ele se encostou no corrimão da escada, cruzou as pernas novamente e começou a tirar uma sujeira inexistente debaixo das unhas.

— Lute comigo, seu covarde! — eu rosnei, minhas palavras quase ininteligíveis para meus próprios ouvidos.

Eu não me lembrava de ter precisado usar a fala com uma presa. Mas também não me lembrava de poder me entregar à caça. A vaga lembrança que eu tinha dos meus despertares passados envolvia uma espécie de gaiola que me impedia de atender ao chamado da lua.

Mas eu tinha certeza de que nunca tinha experimentado essa provocação antes.

— Você não vale o meu tempo — ele respondeu com desdém — Eu já esmaguei feras maiores que você sem nem suar. *Você vai pagar caro por essa falta de respeito.* Rosnando, com as presas à mostra, eu fiquei de quatro e corri em sua direção. Sua postura relaxada, enquanto me observava calmamente, fez com que uma névoa vermelha de raiva se abatesse sobre meus olhos.

— Sabe, talvez eu te mate afinal e transforme sua pele em um tapete decorativo — ele disse pensativo enquanto me observava correndo em sua direção.

Momentos antes de eu alcançá-lo, ele jogou as pernas sobre o corrimão da escada e deslizou casualmente até o andar térreo.

Eu rosnei de frustração antes de descer correndo as escadas atrás dele.

— Sim, eu farei amor com Amara com sua pele, em frente à fogueira — ele provocou, com o cotovelo apoiado no corrimão na base da escada.

Imagens dele acasalando com a minha mulher me deixaram espumando pela boca. Eu soltei um rugido selvagem e golpeei o rosto do homem, que ainda estava casualmente encostado na rampa. Para meu espanto, minhas garras passaram por uma miragem que se desvaneceu em fumaça. Então, eu vi o morcego novamente, voando por metade do corredor antes de virar à direita em uma porta aberta.

Meu coração disparou, percebendo que o homem tolo logo ficaria sem lugar para fugir. Ele devia ter saído da casa em vez de buscar refúgio em suas entranhas. Um único pensamento dominava minha mente: capturar e eviscerar minha presa. Eu me banharia em seu sangue e me banquetearia com seu coração.

O covarde continuou a fugir, me levando ao andar mais baixo da casa. Eu não conseguia nem aproveitar a emoção da persegui-ção. Ele me deixou furioso demais, e a ausência do cheiro do medo me privou daquela descarga extra de adrenalina. O miserável não tinha cheiro algum. Ele não gritava, apenas zombava e ria de mim.

Um rugido triunfante escapou de mim quando o tolo correu por todo o andar inferior até uma sala escura no final. Não haveria saída, nem escapatória para ele. Agora era a hora da retribuição.

Eu corri de quatro até a entrada da sala e me levantei sobre as patas traseiras enquanto cobria o batente da porta. O homem estava de costas para a parede, com um brilho desafiador nos olhos vermelhos. Só então eu finalmente percebi que ele não era um feiticeiro poderoso com runas brilhantes no corpo. Ele era algo diferente, a julgar pelos olhos vermelhos e pupilas verticais. Mas, fosse o que fosse, sua morte viria pelas minhas mãos.

— Eu vou me banquetear com suas entranhas! — eu sibilei antes de correr para frente.

O homem permaneceu imóvel em vez de tentar fugir. Uma sensação de condenação me atingiu quando ele me lançou um sorriso ansioso, quase vitorioso. Algo estava errado, mas eu já estava no meio do salto.

Então eu senti.

Uma sensação de formigamento me invadiu enquanto eu atravessava um campo de magia. Poucos metros antes de cair em cima da minha presa, eu bati em uma parede invisível e caí no chão de pedra com um baque alto. Meio atordoado, eu balancei a cabeça e pulei de pé, apenas para ver o temido círculo familiar se iluminar ao meu redor enquanto símbolos mágicos ganhavam vida.

— Não, Remus. Você não vai — o homem disse, parecendo quase entediado — Aproveite seu tempo livre, filhote.

Sem dizer mais nada, ele saiu da sala com um ar despreocupado, circulando a jaula mágica que me mantinha presa. Eu gritei, uivei e me esforcei inutilmente contra ela. Eu conhecia essa magia. Eu não conseguia me lembrar de quando ou como, mas já havia sido confinado por ela antes. Não importava o quão violentamente eu batesse na parede invisível, ela não cedia.

Eu estava preso.

～

E u me mexi, sentindo como se a morte tivesse me levado, deitado no chão frio e duro, com a bochecha pressionada contra a pedra inflexível. Todos os meus músculos doíam, e as pontas dos meus dedos ardiam como se alguém tivesse tentado arrancar minhas unhas. Minhas pálpebras tremeram enquanto eu me levantava, grogue. Conforme a névoa que nublava minha mente se dissipava, eu olhei ao redor do cômodo.

Meu círculo mágico!

Eu não conseguia me lembrar do evento da noite anterior. Mas gritei de alegria ao perceber que, de alguma forma, eu havia encontrado o caminho de volta para o círculo de contenção. Eu me levantei com um pulo, mas minha alegria se desfez instantaneamente. O gosto de ferro persistia em minha língua, e manchas de sangue haviam secado em volta de minhas garras e dedos.

Sangue humano.

O sangue de Amara.

— Minha Chama — eu sussurrei, horrorizado.

Eu saí correndo do cômodo, com as proteções me deixando passar, pois eu não representava mais uma ameaça. Eu subi as escadas correndo, quase perdendo o equilíbrio na pressa de alcançar minha mulher. Eu gritei seu nome, com o medo me revirando por dentro ao ver o estrago que as garras do meu lobisomem haviam deixado no corrimão da escada que levava ao segundo andar. Eu irrompi no quarto de Amara, ainda mais perturbado pela destruição de sua cômoda, antes que meu olhar finalmente pousasse em minha mulher.

Um som abafado de alívio escapou de mim quando a encontrei deitada pacificamente na cama. Ela estava usando uma camisola diferente da última que eu havia vestido. Aquela agora jazia em uma pilha de farrapos ao lado da cômoda. Eu bufei com emoções conflitantes ao ver uma calça cuidadosamente dobrada em cima dela.

Eu agradeci silenciosamente a Lyall enquanto me aproximava de Amara. Meu peito se apertou ao perceber que sua pele estava completamente fria. Ela não respirava e não tinha pulso.

Minha companheira estava morta.

Mas o mais importante é que ela ainda estava inteira. A cicatriz horrível da minha mordida em seu pescoço havia sido devidamente limpa. Eu não precisei perguntar quem havia feito aquilo. Até os lençóis haviam sido trocados para que ela não se deitasse em cobertores manchados de sangue.

Mais uma vez, eu agradeci silenciosamente ao doppelganger. Eu não me lembrava do que aconteceu na noite anterior, mas os vestígios de garras na cômoda e a camisola lacerada da minha Chama indicavam o quão selvagem eu havia me tornado. Eu não sabia como Lyall conseguiu me prender na minha jaula e, ao mesmo tempo, garantir que eu não mutilasse Amara a ponto de impossibilitar o renascimento. Mas eu estava grato por ela estar viva.

Eu beijei delicadamente os lábios frios da minha companheira, peguei as calças e as vesti, e então comecei a longa espera até seu renascimento.

CAPÍTULO 21

AMARA

Eu emergi do sono mais maravilhoso da minha vida. Uma energia incomum percorreu meu corpo. Eu me sentia forte, incrivelmente descansada e rejuvenescida. O brilho intenso que atingiu meus olhos me obrigou a piscar algumas vezes antes que eles se adaptassem. Embora eu tivesse morado naquela casa por mais de um mês antes de embarcar nesta aventura tão improvável, parecia que eu a estava vendo pela primeira vez.

O mundo parecia mais brilhante, as cores mais vívidas, com nuances que eu nunca havia notado antes. Cada detalhe se destacava ainda mais para mim, desde os padrões da madeira no chão até a textura delicada do gesso nas molduras nos cantos do teto. A acuidade da minha audição também me impressionava, como captar o farfalhar suave das cortinas transparentes balançando, a corrente de ar quase imperceptível que entrava pela janela e os passos que se aproximavam rapidamente do lado de fora do quarto, embora o som fosse abafado.

Mas a maior diferença tinha que ser como eu conseguia detectar as nuances sutis de cada aroma. E naquele momento, o mais amado de todos os aromas chegava até mim através da porta fechada, revelando a identidade do recém-chegado antes mesmo que ele entrasse no ambiente.

Após uma batida discreta, a porta se abriu para Remus. A onda de emoção que me invadiu fez minha garganta ficar tão apertada que eu não consegui falar.

— Minha Chama! — Remus sussurrou.

Seu rosto se contraiu de uma forma que tornava difícil dizer se ele queria sorrir ou chorar. Mas, em alguns passos largos, Remus correu para o meu lado e me puxou para seu abraço. Ele esmagou meus lábios com um beijo desesperado, no qual despejou todo o amor, angústia, tristeza, esperança e alegria que havia suportado nas últimas semanas.

Eu o abracei com força, correspondendo à altura com todo o amor e devoção que ele me inspirava. Ali, agora mesmo, nos braços daquele homem, eu me sentia em casa. Ele interrompeu o beijo e eu enterrei meu rosto em seu pescoço, inalando seu aroma profundamente. Nove Infernos! Ele era tão inebriante. Era além do agradável aroma picante. Era a emoção que seu cheiro despertava em mim, como a que sentimos ao sermos enrolados em um cobertor quentinho, devorando um pãozinho de canela recém-saído do forno ou voltando para casa durante uma tempestade de inverno com uma xícara de chocolate quente. Remus personificava calor, conforto, segurança e amor.

Ele se inclinou gentilmente para trás para poder me olhar, com ternura e um toque de preocupação em seu rosto bonito.

— Como você se sente? — ele perguntou.

— Incrível! — eu disse, entusiasmada, antes de me sentir repentinamente constrangida — Como estou?

— De tirar o fôlego, como sempre — Remus respondeu com uma sinceridade inegável na voz.

Embora tranquilizada, eu não resisti a pular da cama para ir até o espelho no canto do quarto. Uma simples olhada no espelho confirmou a veracidade de suas palavras. Eu estava de tirar o fôlego, embora tecnicamente permanecesse "idêntica" à Amara original. No entanto, havia algo mais em mim agora.

Minha pele havia recuperado a tez morena, sem o tom acinzentado que a manchava nos últimos estágios da minha doença. Ela tinha um brilho hipnotizante, como se tivesse sido beijada pelo sol com reflexos dourados. Um anel prateado agora circundava minhas íris, dando-me uma aparência sobrenatural. Meus seios pareciam um pouco mais cheios, mas definitivamente mais empinados, orgulhosos sob o tecido fino da minha camisola. Minha cintura parecia mais fina e meus quadris mais arredondados, me abençoando com a silhueta perfeita de ampulheta que deixaria qualquer mulher babando de inveja. Embora meu corpo permanecesse totalmente feminino, os músculos dos meus braços e pernas estavam muito mais definidos e insinuavam uma força muito maior do que minha aparência, de outra forma delicada, sugeria.

Eu penteei meu cabelo cacheado para trás – que estava mais longo e cheio do que antes – para expor minhas orelhas. Eu não sabia como me sentir ao encontrá-las ainda quase inteiramente humanas. Olhando mais de perto, era possível ver que a ponta arredondada estava um pouco mais pontuda do que antes. No entanto, permanecia sutil o suficiente para que ninguém suspeitasse que eu agora era um lobisomem. Felizmente, minha transformação não me deixou peluda. Eu não teria gostado muito dessa parte.

— Eu pareço bem — eu disse timidamente.

— Mais do que bem, meu amor — Remus disse com ternura, me envolvendo com os braços, seu peito largo pressionando minhas costas — Nos próximos dias, teremos que ensiná-la a usar seus novos talentos.

— Na verdade, devíamos começar agora. Eu estou me sentindo incrivelmente inquieta, como se estivesse a ponto de explodir.

Remus riu.

— Nossos filhotes são assim, sempre transbordando energia e correndo por toda a criação. É exaustivo só de olhar para eles.

— Imagino — eu disse, rindo baixinho, antes de me soltar do abraço dele e encará-lo — Se eles sentem algo parecido com o que estou sentindo agora, devem ser selvagens.

Ele riu baixinho — Podem ser. Mas precisamos te alimentar primeiro. Você está doente há dias e não come nem bebe nada há muito tempo. Deve estar faminta!

Eu parei para me avaliar por um momento e, quase imediatamente, balancei a cabeça. Claro, eu não me importaria de comer, mas não podia dizer que estava com fome.

— Sinceramente, o que eu realmente preciso agora é me mexer. Eu estou me sentindo tão incrivelmente ansiosa que posso começar a escalar as paredes — eu disse, timidamente, antes de perceber que estava me mexendo inquieta — Parece que renascer zera o medidor de fome.

Remus hesitou por mais um segundo antes de abaixar a cabeça em sinal de concessão.

— Tudo bem, minha Chama. Vamos queimar esse seu excesso de energia — ele disse com indulgência.

Eu dei um gritinho e quase corri escada abaixo antes de sair correndo. Ao passar, eu percebi distraidamente que a cômoda do meu quarto havia sido trocada e que partes do batente da porta e do corrimão da escada pareciam ser de madeira mais nova. Eu conseguia imaginar o que poderia ter causado a necessidade de fazer essas mudanças, mas haveria tempo para discutir o assunto mais tarde. Por enquanto, eu queria abraçar esse novo corpo e como ele me permitiria vivenciar o mundo de uma maneira completamente diferente.

Eu quase pulei escada abaixo da varanda da frente, dei alguns passos à frente e parei na calçada que levava à ponte. Com os braços abertos, o rosto erguido em direção à cálida carícia do sol do fim da manhã, eu inspirei profundamente. Era como soprar a própria vida para dentro dos meus pulmões, saturando cada célula do meu corpo com uma energia que beirava o divino. Até as pedras frias sob meus pés descalços pareciam querer se comunicar comigo. Pela primeira vez na vida, eu senti uma forma de comunhão com o mundo natural ao meu redor que transcendia o reino físico.

Então, sem motivo aparente, eu comecei a correr em direção à mata que cercava a propriedade. Eu deveria estar estremecendo a cada passo, enquanto meus pés descalços batiam no chão coberto de grama, galhos caídos e pedras. Mas era como correr com os tênis de caminhada mais confortáveis. A saia curta da minha camisola leve chicoteava minhas coxas enquanto eu corria como o vento.

Passos atrás de mim rapidamente me alcançaram enquanto Remus corria ao meu lado, também descalço, vestindo apenas uma calça. O ar de pura alegria em seu rosto refletia aquela que encheu meu coração a ponto de explodir. Eu estava curada, livre e compartilhando uma experiência única enquanto abraçava o despertar do meu novo e verdadeiro eu.

Árvores passavam por nós a uma velocidade vertiginosa enquanto corríamos pela floresta. Em pouco tempo, a atitude do meu companheiro mudou sutilmente. Eu levei um momento para perceber que ele não estava mais correndo ao meu lado, mas sim me perseguindo. Eu entrei imediatamente na brincadeira, adorando o fato de que agora eu era sua presa. Uma presa muito disposta que queria ser capturada, mas que precisava merecer.

Algo despertou dentro de mim. Com a adrenalina a mil, eu redobrei a velocidade da corrida, ziguezagueando entre as árvores, montes aleatórios e pedras no caminho para dificultar a vida dele. Para meu choque, garras se projetaram dos meus dedos dos pés e das mãos. Elas se cravavam no chão, me impulsionando mais longe a cada passo. Uma vozinha no fundo da minha cabeça gritava que eu estava indo rápido demais e que logo acabaria batendo em uma árvore ou me machucando de alguma outra forma. Mas eu não conseguia parar. Meu corpo parecia saber instintivamente o que fazer.

Mais de uma vez, Remus quase me pegou, com a mão roçando meu quadril ou braço. A cada vez, isso me dava uma explosão instantânea de energia que me fazia correr ainda mais rápido. Para minha surpresa, enquanto ele se aproximava rápido demais para que eu tivesse a chance de contornar uma árvore enorme, eu me peguei pulando nela. As garras das minhas mãos se agarraram à casca, mas eu não me segurei. Em vez disso, eu usei a sola dos pés para me chutar para fora do tronco e dei um salto mortal para trás sobre Remus meio segundo antes que ele me agarrasse.

Eu girei meu corpo no ar para ficar de frente para o chão e aterrissei sobre as mãos. Eu me empurrei para a frente para correr de quatro. No entanto, meus movimentos eram desajeitados e eu me vi caindo de barriga. Meu corpo sabia que eu conseguia, mas estava simplesmente fazendo errado. Infelizmente, eu ainda não sabia como corrigir isso.

Antes que eu pudesse me levantar para retomar a fuga, o corpo quente do meu companheiro pousou em cima de mim, me prendendo ao chão. Eu tentei derrubá-lo, mas seus dentes se fechando na minha nuca foram como se um raio tivesse atingido minha espinha. Na verdade, ele não tinha feito isso nem causado dor, mas meu corpo imediatamente ficou mole com uma necessidade avassaladora de me submeter ao domínio do meu alfa. Um gemido choroso escapou da minha garganta com vontade própria. Parecia estranho, mas eu entendia que algumas características de lobo agora eram parte integrante de mim e estavam instintivamente se manifestando.

Remus me virou de costas. Sua esclera negra como breu, seus olhos dourados brilhando de forma exótica e suas presas à mostra em um rosnado ameaçador fizeram uma onda de luxúria explodir em meu âmago. Algo primitivo estalou dentro de mim. Eu agarrei seu rosto com as duas mãos e esmaguei seus lábios com os meus. Remus emitiu outro rosnado, desta vez mais profundo, mais faminto, que ressoou diretamente em meu clitóris.

O cheiro da sua excitação me atingiu com força, agindo como um afrodisíaco potente que fez a umidade se acumular instantaneamente entre minhas coxas. Eu não sabia dizer se minha forte reação se devia à novidade de poder senti-la agora. De qualquer forma, isso fez minhas paredes internas palpitarem com a necessidade de serem preenchidas.

Remus interrompeu o beijo, suas presas roçando suavemente minha pele em um caminho até meu pescoço. Suas mãos acariciavam meu corpo com ousadia. Enquanto seus lábios vagavam em direção ao meu peito, meu parceiro emitiu um rosnado frustrado. O som da minha camisola rasgando sob um golpe decisivo de suas garras me fez perceber que o tecido que obstruía sua exploração havia provocado essa resposta destrutiva.

Longe de me perturbar, isso aumentou minha própria excitação. Havia algo incrivelmente erótico na maneira quase selvagem com que meu homem agia. Essa sugestão de perigo, de estar à mercê da fera que teria dado a vida por mim, era o que mais me excitava.

Eu arqueei as costas e gemi quando sua boca se fechou em volta do meu mamilo esquerdo. A sensibilidade daquele novo corpo era fora de série, cada toque e sensação intensificados mil vezes. A textura áspera da língua de Remus no meu pequeno e tenso mamilo fez meus dedos dos pés se curvarem. Eu afundei meus dedos em sua juba sedosa e levantei o peito para maior contato enquanto ele lambia e chupava meu mamilo.

Sua mão esquerda deslizou pela minha cintura e pela minha pélvis antes de deslizar entre minhas coxas. Eu abri as pernas para lhe dar melhor acesso. Minha calcinha teve o mesmo destino que minha camisola. Mas tudo o que me importava eram seus dedos grossos provocando minha fenda e meu clitóris antes de afundar dentro de mim. Minhas paredes internas se contraíram instantaneamente ao redor deles, avidamente puxando-os para mais fundo para preencher o vazio infinito que clamava por ele.

O cheiro da minha própria excitação, combinada com a dele, atiçou ainda mais o fogo que ardia na boca do meu estômago, em um ciclo vicioso que crescia exponencialmente em intensidade. Eu apertei meu sexo contra a mão dele, buscando maior contato enquanto ele curvava os dedos e começava a esfregar habilmente meu feixe de nervos sensíveis a cada movimento.

Meu clímax chegou forte e rápido. Eu gritei o nome do meu companheiro enquanto ondas de prazer me inundavam. Um gemido estrangulado escapou de mim quando o calor escaldante de sua boca se instalou no meu clitóris. Não deveria ser possível, mas o inferno que ardia dentro de mim queimava ainda mais intensamente. Eu cheguei ao clímax até que um segundo orgasmo me atingiu antes que eu me recuperasse do primeiro.

Meu corpo inteiro vibrava de êxtase enquanto meu companheiro continuava a me devorar, sua mão livre me acariciando enquanto eu lentamente voltava à realidade. Ele me beijou de volta, recuperando minha boca com uma possessividade que me fez formigar em todos os lugares certos. Eu abri mais as pernas, deixando meus desejos claros.

Ele não resistiu.

Remus se acomodou entre minhas coxas e se penetrou. A primeira estocada deixou claro que meu renascimento havia reiniciado tudo. Eu quase rosnei de frustração enquanto meu corpo resistia a ele. Protetor como sempre, meu companheiro começou a se inserir com movimentos lentos e cuidadosos. Mas eu queria que ele jogasse toda a cautela ao vento e soltasse sua fera em mim.

Eu cravei minhas garras em suas costas. Por um breve instante, eu temi ter rompido a pele, o que não era minha intenção. Felizmente, a ausência do cheiro de sangue me tranquilizou. No entanto, isso teve o efeito desejado. Remus rosnou contra meus lábios e começou a me penetrar com um pouco mais de força até meu corpo ceder.

Nós dois sibilamos com a queimação da sua invasão repentina, mas acolhíamos com satisfação o prazer e a dor que ela nos proporcionava. Remus não parou para me deixar me ajustar à sua circunferência e continuou seu movimento de balanço, aumentando gradualmente a velocidade. Para minha consternação, assim que eu comecei a girar sob ele, querendo mais, meu homem de repente se retirou e me virou de bruços.

Imediatamente eu me apoiei em quatro patas. A poça de lava que rodopiava na boca do meu estômago irrompeu em poderosos jatos de chamas líquidas que inundaram minhas veias. Minha ardente expectativa foi rapidamente saciada quando meu parceiro se penetrou com um único movimento poderoso. Um rosnado de êxtase vibrou em minha garganta enquanto eu começava a balançar para frente e para trás, encontrando-o, estocada por estocada. Aquele mesmo instinto primitivo ressurgiu quando Remus começou a me penetrar mais fundo c com mais força.

Eu mergulhei em um vórtice de êxtase, cada estocada do seu pau, cada carícia do seu nó contra o meu ponto sensível, disparando faíscas elétricas nas minhas terminações nervosas. Suas garras cravando-se na minha pele enquanto ele agarrava meus quadris com firmeza, fizeram as minhas próprias garras se projetarem ainda mais, cravando-se no chão. A brisa leve acariciava nossos corpos febris, enquanto carregava o som dos nossos gemidos e rosnados voluptuosos.

À medida que o prazer se aproximava de mais um ápice, algo se moveu dentro de mim. Uma pressão estranha na parte inferior do meu rosto finalmente assumiu seu pleno significado quando uma ferroada aguda perfurou minhas gengivas antes de um par de presas descer. Minha espinha pareceu se expandir e meus músculos se tensionaram. Mas os dedos de Remus esfregando meu clitóris no momento em que seu pau atingia meu ponto ideal no ângulo perfeito frustraram qualquer fenômeno que tentasse ocorrer.

Eu joguei a cabeça para trás e gritei enquanto o êxtase me dominava pela terceira vez. O som que saiu de mim foi uma estranha mistura de grito e uivo. Remus emitiu um rugido selvagem, apertando meus quadris com força e dor. A princípio, eu pensei que ele também tivesse se rendido ao êxtase, mas ele continuou a se movimentar para dentro e para fora de mim, com movimentos erráticos, até que ele recuperou o controle das emoções.

Desta vez, assim que eu recuperei a compostura, o "fenômeno" que começou a se manifestar antes de eu cair da borda voltou com força total. Minhas presas doíam, minha pele queimava e algo na minha garganta inchava. Parecia ser algum tipo de glândula. Mas meus músculos também se juntaram à luta, enquanto uma onda de energia os percorria.

De repente, eu me afastei de Remus, no meio de uma estocada. Ele pareceu atordoado quando eu me virei, ainda ajoelhada, e mostrei minhas presas para ele com um rosnado ameaçador. Seu estupor deu lugar a um ar de pura luxúria que fez meus mamilos endurecerem dolorosamente enquanto mais umidade escorria pela parte interna das minhas coxas. Eu me lancei contra ele, prendendo-o de costas no chão. Ele não resistiu nem revidou, seus lábios se esticando em um sorriso selvagem, expondo as pontas afiadas de seu intimidador conjunto de presas duplas.

Ainda movida pelo instinto, eu apoiei as duas palmas em seu peito largo, minhas garras perfurando sua pele, e me empalei em seu pau em um movimento rápido. Ele jogou a cabeça para trás, seu rosto se dissolvendo em um ar de puro êxtase enquanto rosnava de prazer. Minha boca se encheu de água, e a sensação de dor em minhas presas aumentou ainda mais enquanto eu olhava para sua garganta exposta.

Eu comecei a cavalgá-lo de modo desenfreado. Pelos deuses,

ele era lindo e todo meu. O mundo ao nosso redor deixou de existir. Tudo o que importava era o homem perfeito embaixo de mim, suas mãos em meus quadris me segurando como se temesse que eu desaparecesse, seu pau me preenchendo até a borda enquanto ele se movia para cima em contraponto aos meus próprios movimentos, o som de nossas vozes se misturando em um canto voluptuoso e o amor infinito que queimava em seus olhos fixos nos meus.

Uma sensação de formigamento na nuca quase quebrou o transe lascivo que me envolvia. Eu quase a expulsei para me concentrar no intenso prazer que crescia dentro de mim. Mas ela persistiu, me cutucando como um mosquito zumbindo no ouvido. Só quando eu lhe concedi minha atenção é que uma porta que eu jamais imaginaria se abriu. Não era algo que eu pudesse descrever fisicamente. Era como se um novo canal de comunicação ou nível de consciência tivesse sido estabelecido.

E então eu ouvi sua amada voz em minha mente.

— *Ligue-se a mim, minha Chama* — Remus disse telepaticamente.

Meus olhos se arregalaram, e a dor em minhas presas se intensificou exponencialmente, a níveis quase dolorosos. Minhas glândulas incharam ainda mais. E um líquido frio pingou da ponta das minhas presas. Eu não sabia como retribuir, mas nunca tive a chance.

Antes que eu pudesse responder, meu companheiro deslizou a mão direita entre minhas pernas e esfregou meu clitóris com o polegar. Minha espinha se contraiu e meu orgasmo me atingiu com a violência de um tsunami. Eu não gritei. Eu rugi e, guiada pelo instinto, disparei para frente, enterrando minhas presas em seu pescoço. Através da minha névoa voluptuosa, eu ouvi Remus rugir ainda mais selvagem do que eu, ao mesmo tempo em que sua semente explodiu dentro de mim, me preenchendo até a borda. Simultaneamente, minhas próprias glândulas se esvaziaram enquanto minha essência fluía através das minhas presas para dentro dele.

Ainda voando alto nas asas do êxtase, eu senti vagamente que ele puxava minha cabeça para trás, removendo minhas presas de seu pescoço. Então, a ardência de sua mordida em meu próprio pescoço desapareceu rapidamente, substituída por um êxtase líquido inundando minhas veias. Isso desencadeou outro clímax que me deixou destruída e sem ossos enquanto eu desabava em seu peito, destruída.

— Eu te amo, minha Chama — Remus sussurrou, com os braços firmemente em volta de mim — Bem-vinda de volta.

Com a cabeça apoiada em seu peito, eu sorri e apertei meu abraço — Eu também te amo, Remus. Obrigada por me trazer de volta e por nunca desistir de mim.

Nós permanecemos abraçados, presos pelo seu nó e unidos para a eternidade, de corpo e alma, pelo nosso laço. Com o Destino, os Deuses e a natureza como testemunhas, nós éramos um.

EPÍLOGO

AMARA

Na semana que se seguiu ao meu renascimento e à minha ligação com minha alma gêmea, Remus e eu dividimos nosso tempo entre longas sessões de amor, ele me observando devorar quantidades obscenas de comida – já que meu corpo aparentemente precisava de combustível para finalizar as mudanças pelas quais estava passando – e então treinando minhas novas habilidades.

No início, nós acreditávamos que eu teria apenas a forma de lobisomem, que parecia semi-humana. Para nossa alegria mútua, nós descobrimos que eu também tinha a forma completa de lobo. Eu ainda tinha dificuldades com as duas, principalmente quando se tratava de correr de quatro. Meu cérebro idiota queria manter minhas patas traseiras retas demais naquela posição. Isso me fazia andar por aí com o bumbum empinado. Remus me provocava sistematicamente, dizendo que eu só precisava pedir se quisesse umas palmadas, que não havia necessidade de exibir meu traseiro daquele jeito.

Ele então saía correndo antes que eu pudesse pegá-lo para lhe dar uma surra. O desgraçado era rápido demais para mim. Ele não só era mais forte, como também dominava seu corpo em todas as suas formas. Mesmo assim, eu o alcançava aos poucos e não duvidava que fosse apenas uma questão de tempo até que estivéssemos empatados.

No entanto, com minhas habilidades de metamorfose ainda atrofiadas, nós dois achamos mais sensato cavalgar até a casa da Tecelã. Por um motivo que eu não sabia explicar, uma onda repentina de apreensão tomou conta de mim quando seus portões se abriram silenciosamente ao nos aproximarmos. Eu queria acreditar que eram apenas os diabinhos guardiões sentados nos pilares dos portões que me enervavam. Seus olhos de coruja brilhavam amarelos enquanto nos observavam entrar, o peso de seus olhares persistindo enquanto cavalgávamos pela trilha até a humilde cabana onde a Tecelã morava.

Nós desmontamos dos cavalos – Remus correu para me ajudar a descer, na mais adorável demonstração de cavalheirismo – e caminhamos até a porta, de mãos dadas. Ela se abriu diante de nós, revelando mais uma vez a Tecelã já sentada à mesa bem em frente, claramente nos esperando. Um sorriso misterioso se abriu em seus lábios enquanto seus olhos roxos brilhavam com um brilho travesso ou provocador. Mas, com ela, provavelmente era uma mistura dos dois.

Eu fiquei sem fôlego quando o som de cadeiras deslizando em direção à mesa dela me assustou. Eu esperava a cadeira à esquerda da porta, pois ela também tinha feito o mesmo quando a vi pela primeira vez. Mas não esperava a presença da segunda cadeira escondida atrás da porta aberta, que também deslizou sobre o piso de madeira e parou bem em frente à mesa, ao lado da primeira.

Eu franzi o rosto quando seu sorriso irônico se alargou, confirmando que ela estava gostando de brincar com seus convidados... ou pelo menos comigo. Nós dois nos sentamos em frente a ela.

— Orelhinhas fofas, Amara — a Tecelã disse com uma voz divertida.

Minhas bochechas esquentaram imediatamente. Como parte dos meus problemas de transformação, eu ocasionalmente acabava com as orelhas pontudas em vez delas retomarem a forma humana arredondada normal. Depois de tentar por quase meia hora alternando entre as formas de lobo e lobisomem, e de volta à humana, sem sucesso, eu finalmente desisti. Eu esperava que meu cabelo as cobrisse o suficiente para que ela não notasse. Mas, obviamente, não se podia esconder nada de Cliona Nox.

— Mas estou surpresa que vocês dois vieram montados a cavalo — ela continuou com o mesmo sorriso irônico.

— Eu ainda sou desajeitada em me transformar e correr como um lobo — eu murmurei, envergonhada.

— Você está aprendendo muito rápido, meu amor — Remus interrompeu com um tom de proteção que me fez derreter por dentro.

Eu dei-lhe um sorriso agradecido, que ele retribuiu com um sorriso terno.

A Tecelã riu baixinho — Sim, as habilidades de metamorfose podem levar um tempo para serem dominadas. Mas vejo que vocês dois estão ligados. Muito bem — ela disse, gesticulando com o queixo para a marca de mordida no meu ombro, quase invisível na borda da minha gola.

— Sim, estamos, obrigada — eu respondi timidamente — Como você pode imaginar, estamos aqui para que eu pague minha dívida, mas também para perguntar sobre Remus.

Ela inclinou a cabeça para o lado e levantou uma sobrancelha curiosa.

— O que tem o Remus? — ela perguntou.

Eu me mexi na cadeira e lambi os lábios, nervosa — É sobre o veneno no sangue dele.

— Você já cuidou disso com a mordida de ligação — ela

disse com um gesto de desdém, voltando a atenção para o meu companheiro — Seus fluidos agora são seguros para os outros, a menos que você determine o contrário.

— Como? — Remus perguntou, sua confusão refletindo a minha.

— Da mesma forma que você injeta veneno através das presas, você pode inundá-las com sua corrente sanguínea como mecanismo de defesa. Dessa forma, você continuará a se beneficiar da proteção que ele lhe proporciona ao explorar locais perigosos, pois ele repele naturalmente predadores em potencial.

— Isso é... isso é fantástico — Remus disse, atordoado.

A Tecelã assentiu — Mas cuidado. Os anticorpos que Amara lhe deu neutralizarão o veneno em poucas horas, ou até menos, dependendo da quantidade que você injetou.

— Devidamente anotado — ele respondeu com uma expressão séria.

— E a lua cheia? — eu insisti, nervosa — Ainda vai afetá-lo... e a mim, aliás?

Ela sorriu — Vocês dois são lobisomens. A vontade de se transformar permanecerá quando a lua cheia surgir. Isso não vai mudar. Eu não posso dizer se vocês conseguirão resistir. Só o tempo dirá. Eu só posso dizer que será extremamente difícil. Dito isso, nenhum de vocês será uma fera irracional e raivosa. Vocês manterão o controle de suas faculdades mentais, que é tudo o que importa.

Meu suspiro de alívio morreu na garganta, e meu peito se apertou ao ver Remus piscar rapidamente para conter as lágrimas que claramente lhe ardiam os olhos. Naquele instante, eu percebi que a maldição que o atormentou por toda a vida finalmente havia sido quebrada. Pela primeira vez, ele não era mais uma aberração, uma ameaça, o bicho-papão contra o qual as mães alertavam seus filhos.

Eu peguei a mão dele e a apertei delicadamente. Ele olhou

para ela antes de me encarar novamente. A profundidade de gratidão e adoração em seus olhos me destruiu.

— Obrigado, minha Chama — ele sussurrou.

Eu dei-lhe um sorriso trêmulo, tomada pela emoção — Não, meu amor. Sou eu quem te agradece. Nada disso estaria acontecendo se você não tivesse concordado em embarcar nessa jornada comigo e levá-la até o amargo fim.

Ele se inclinou e me beijou. Foi breve, mas expressou tudo o que jamais poderia ser expresso em palavras. Ele pressionou a testa contra a minha, e eu silenciosamente agradeci aos deuses e a todas as pessoas que contribuíram, mesmo que minimamente, para que isso acontecesse. E pensar que tudo começou com uma sugestão da adorável Ronika de procurar a Tecelã. Eu mal podia esperar para contar a ela as boas novas.

Um clique nos arrancou daquele momento de ternura. Envergonhados, nós viramos a cabeça em direção à Tecelã e a vimos retirando um estilete estranho de uma caixa de joias intrincadamente esculpida. Ela era feita de madeira, adornada com ouro e pedras preciosas. O estilete em si também parecia ser feito de ouro. Da mesma caixa, Cliona retirou uma ampola de vidro com uma abertura que parecia caber perfeitamente na extremidade oca do estilete.

Ela estendeu a mão para mim. Compreendendo imediatamente seu pedido silencioso, eu coloquei minha mão esquerda na dela. Um arrepio percorreu meu corpo ao sentir a incrível maciez e o calor de sua palma contra minha pele. Por uma razão que eu não sabia explicar, eu esperava que seu toque fosse frio e desagradável, como se o menor contato com ela drenasse toda a sua força vital. Em vez disso, isso me fez desejar ser atraída para seu abraço, que provavelmente me faria sentir como se estivesse envolta na luz divina dos deuses.

Embora ela mantivesse os olhos fixos no meu braço, o sorriso presunçoso nos lábios sensuais da Tecelã e sua risada discreta pareciam indicar que ela sabia exatamente quais pensamentos estavam passando pela minha cabeça. Minhas bochechas esquentaram, mas eu fiquei em silêncio. Cliona virou minha mão, com a palma para cima, e a parte interna do meu pulso exposta. Ela passou o dedo pela veia quase invisível do meu pulso. Meu queixo caiu quando ela imediatamente se projetou. Uma sensação fria se espalhou por um pequeno raio ao redor da veia. Eu suspeitei que ela também tivesse desinfetado a área com o toque.

Cliona habilmente enfiou a ponta afiada do estilete na minha veia. Para minha agradável surpresa, não doeu, a sensação de picada era quase inexistente. Ela colocou a ampola de vidro na ponta do estilete, e ela imediatamente começou a se encher com meu sangue. Eu observei fascinada enquanto os padrões gravados no estilete dourado subitamente se iluminavam, revelando uma série de runas mágicas. Para meu choque, elas se moveram, formando novas runas algumas vezes, enquanto meu sangue na ampola parecia iluminado por dentro. Quando as runas desapareceram, meu sangue havia se transformado em um líquido transparente.

Uma onda de inquietação me percorreu o corpo enquanto eu observava a Tecelã retirar a ampola do estilete e segurá-la diante dos olhos com uma expressão triunfante. As fendas verticais de suas pupilas dilataram-se, quase engolindo suas íris roxas. Seu olhar de repente se voltou para mim, suas pupilas se estreitando de volta ao tamanho normal. Ela inclinou a cabeça, uma expressão quase predatória percorrendo seu rosto enquanto abaixava a mão e colocava a ampola dentro da caixa sem desviar o olhar de mim.

— Não tenha medo, pequena Amara. Eu prometi que nenhum mal lhe aconteceria e que só usaria isso para fazer o bem. Isso não mudou e nunca mudará — ela disse em voz baixa, embora eu não tenha deixado de perceber o toque de dureza subjacente.

— Eu não quis ofendê-la — eu disse, me desculpando.

Seu rosto se suavizou e ela me assentiu com firmeza — Só um tolo não se preocuparia em dar uma parte deles que poderia ser usada de forma devastadora contra eles, especialmente por alguém como eu. Mas nosso caso está encerrado.

— Obrigada por salvar nossas vidas — eu disse timidamente.

— Não, criança. Obrigada por salvar muito mais vidas do que você imagina — ela disse em um tom misterioso.

Minha língua ardia de vontade de investigar mais a fundo a quem ela se referia. No entanto, Remus se dirigiu à Tecelã, me lembrando do último tópico importante que eu havia esquecido de abordar.

— Antes de irmos, eu encontrei a Praga do Amante que estava escondida na oficina da Amara. Mas não temos ideia de quem a trouxe para lá, como encontrá-la ou quão vulnerável minha companheira pode ser a outro ataque semelhante — ele disse com a voz preocupada.

A Tecelã sorriu passou a mão distraidamente sobre sua longa trança.

— Você conheceu a suposta assassina do lado de fora da Floresta Assombrada — ela disse, com naturalidade.

— Então era ela! — Remus exclamou, com raiva transparecendo em sua voz.

— Mmhmm — Cliona disse com uma expressão misteriosa — Ela queria impedi-lo de salvar Amara.

— Mas por quê? — eu exclamei, perplexa.

— E onde eu posso encontrá-la? — Remus perguntou.

—Para evitar que você me desse este soro — a Tecelã disse, dando de ombros enquanto acenava para a ampola na caixa. Ela então voltou sua atenção para meu companheiro — Quanto a você, não vai conseguir encontrá-la.

— O QUÊ?! Mas...

— Não, Remus Beltaine! — Cliona disse em um tom imperioso que me fez querer definhar na cadeira — Sua parte nesta história acabou. A bruxa não é mais problema seu. Você teve uma chance de derrotá-la na floresta. Como era extremamente escassa, você fez a escolha certa ao ir embora. Agora, cabe a outra pessoa fazê-la pagar por seus muitos crimes.

— Mas ela ameaçou minha companheira! — ele exclamou, indignado — Eu não vou ficar parado, temendo o dia em que ela atacará novamente!

Ela fez um gesto de desdém — A ameaça à sua companheira já passou. Matar Amara antes de seu renascimento teria me impedido de obter este soro. Se o pai de Amara tivesse sobrevivido, as Rodas do Destino provavelmente o teriam feito fornecer este soro. A bruxa não tem nada contra você ou sua linhagem, Amara. Você foi apenas uma baixa em uma guerra maior. Sua parte está cumprida.

— Então nós nunca mais a veremos? — eu perguntei, abalada e furiosa com a insensibilidade com que aquela estranha havia destruído nossas vidas inocentes.

Cliona balançou a cabeça — Ela já mudou o foco para outra coisa, em uma tentativa vã de evitar o inevitável.

— Só me prometa que você não vai deixá-la escapar impune — eu disse com uma dureza que me surpreendeu até a mim.

Eu nunca fui do tipo vingativo. Mas aquela mulher causou tanto mal que não dava para ela simplesmente escapar impune e não enfrentar a retribuição que merecia. A expressão maliciosa, quase maligna, que se instalou no rosto da Tecelã me fez sentir um arrepio na espinha. Naquele instante, eu quase senti uma pontada de pena da bruxa.

Quase...

— Não tenha medo, criança — a Tecelã disse com uma voz arrepiante, cheia das promessas mais letais — Ela pagará mil vezes mais. Até a Morte sentirá pena dela.

Eu engoli em seco, feliz por não ter entrado na lista de inimigos dela.

— Obrigada, Tecelã. Obrigada por tudo — eu disse, me levantando da cadeira.

— Sim, obrigado — Remus ecoou.

Seu rosto assumiu uma expressão extremamente suave que eu jamais imaginei ser possível em uma mulher tão intimidadora. Era quase maternal.

— Pode me chamar de Cliona — ela disse com uma expressão estranha, me deixando sem palavras — Seja feliz, Amara. Cuide bem de seu companheiro.

Algo nela me incomodava. Eu não conseguia identificar exatamente o quê. Eu sorri para ela, dei a mão para Remus e me virei para sair. Quando a porta se abriu diante de nós, eu congelei e me virei para olhá-la, chocada com a minha compreensão repentina.

— Seus olhos — eu sussurrei, atordoada — São iguais aos dele!

— De quem? — ela perguntou, com o rosto subitamente fechado.

— Lyall — eu respondi, estudando sua reação.

Remus recuou e olhou para mim confuso.

— Não, meu amor — ele disse suavemente, com um toque de preocupação na voz — Lyall tem esclera vermelha sem íris. A única coisa que eles têm em comum são as pupilas verticais.

Eu coloquei minha mão em seu ombro em um gesto apaziguador enquanto balançava a cabeça, meu olhar ainda fixo no da Tecelã.

— Era assim que eles eram por padrão — eu admiti — Mas quando ele está feliz, quando mostra seu lado mais vulnerável, eles mudam para ficar exatamente iguais aos dela, com a esclera branca, íris roxas e pupilas verticais.

Uma expressão estranha cruzou o rosto de Cliona.

— Lyall mostrou a você seu verdadeiro eu?

Embora ela tenha formulado isso como uma pergunta, era

mais como uma declaração para si mesma, como se estivesse tentando digerir informações que nunca esperava.

— Acredito que sim — eu respondi cautelosamente — Ele era lindo, com uma aura divina e asas etéreas... ou pelo menos formas luminosas atrás dele que me lembravam asas.

— O menino bobo realmente te ama a ponto de se revelar — ela disse pensativamente.

— Então você o conhece! Ele é seu irmão? — eu perguntei.

Ela bufou, sua expressão melancólica desaparecendo para ser substituída por seu comportamento zombeteiro de sempre — Meu irmão? Ah, como você me bajula, criança! Não, Lyall não é meu irmão.

— Você sabe do paradeiro dele? — Remus perguntou — Nós não o vimos nem ouvimos falar dele desde a noite de lua cheia. Eu só quero ter certeza de que ele está bem e ileso.

Cliona olhou para meu companheiro como se o visse pela primeira vez — Você é realmente único, Remus Beltaine. Seja qual for o ressentimento que você possa ter por Ranael, ele lhe transmitiu seu coração protetor e bondoso. A maioria dos outros homens desejaria o mal a alguém que cobiçasse sua mulher.

— Nós devemos muito a ele. Sem ele, provavelmente não estaríamos aqui — Remus disse.

Ela sorriu — Não, Remus. Sem ele, vocês dois estariam mortos — ela disse com uma finalidade enervante — Mas sim, Lyall está bem. Não havia sentido em ficar se torturando olhando para o que não pode ter. Mas não fique triste por ele. Você o ajudou a fazer as escolhas certas — ela olhou para uma parte nua da parede atrás da roca e pareceu examinar algo antes de voltar a atenção para nós — Graças a vocês, o caminho para sua felicidade agora está diante dele.

Eu pisquei, confusa, antes de olhar para a parede. Assim como na minha visita anterior, ela estava completamente vazia. Mas isso confirmou que ela conseguia ver algo ali que permanecia invisível aos nossos olhos.

— Boa viagem para vocês dois, e aproveite sua nova vida prolongada, Amara — disse a Tecelã.

Com isso, ela se virou de costas para nós, e o banco em que estava sentada deslizou silenciosamente de volta para a sua roca. Eu balancei a cabeça, sem saber o que sentia por Cliona. Ela despertou em mim uma mistura de medo, admiração, respeito, mas também uma afeição inexplicável.

Remus puxou minha mão delicadamente, me tirando dos meus pensamentos errantes. De mãos dadas, nós saímos da sala em direção à liberdade e a uma nova vida repleta de possibilidades.

~

REMUS

Com o coração disparado, eu empurrei as pesadas portas da Estalagem Uivante. As vozes barulhentas lá dentro silenciaram no momento em que me viram ali com minha companheira ao meu lado. Mais de oito semanas haviam se passado desde que eu saí dali com Amara, a caminho do que era considerado não apenas impossível, mas também completamente suicida.

Embora estivéssemos voltando vitoriosos, durante todo o caminho até aqui, eu temia o tipo de recepção que receberíamos. Depois de anos sendo tratado como um pária, eu já tinha me conformado com o fato de que nunca seria realmente bem-vindo. Mas agora que eu tinha uma companheira, as coisas não eram mais as mesmas. Eu não me importava com o desrespeito para comigo, mas não toleraria que ninguém tratasse minha alma gêmea do jeito que me trataram.

É verdade que o veneno dela nunca representou uma ameaça

para os outros, mas eles podiam ser cruéis com ela simplesmente por causa da sua associação comigo. Minhas costas ficaram tensas quando entramos no salão, todos os olhares voltados para nós. Para minha surpresa, eles estavam curiosos, não hostis como antes.

— Remus! — Misty exclamou, correndo de trás do balcão em nossa direção.

Nós sorrimos, sua alegria contagiante afetando a todos. Ela nos puxou para seu abraço, beijando nossas bochechas, uma de cada vez, antes de nos dar um abraço apertado e devastador. Amara riu da demonstração excessiva de afeto da mulher mais velha.

Ela segurou minha companheira pelos ombros, examinando-a da cabeça aos pés antes de se inclinar e cheirar profundamente. Em outras circunstâncias, isso teria sido considerado um comportamento extremamente rude. Mas, por toda a sala, todos os outros faziam o mesmo, só que de forma mais sutil.

— Eu sabia que você voltaria! Eu sabia que você superaria isso — Misty disse, com a voz subitamente carregada de emoção — Não há mais doença em você! Não há mais doença em nenhum de vocês!

Ao mesmo tempo, todos começaram a murmurar seu choque e descrença.

— Sim, Misty. Nós dois estamos curados — eu respondi, surpreso por ainda conseguir falar sem que minha voz falhasse.

— E a lua cheia não o deixará mais raivoso — Amara disse orgulhosamente, passando um braço em volta da minha cintura enquanto se inclinava contra mim.

Os murmúrios aumentaram ainda mais, pois a mesma expressão incrédula podia ser vista em todos os rostos.

— Tudo graças a você, meu amor — eu disse, a adoração que sentia por ela era audível em minha voz.

Então eu me virei para a multidão e meus olhos se fixaram

no homem que tinha sido meu irmão por muitos anos antes das coisas azedarem.

— E a você, Ulric. Eu não teria voltado a tempo sem a sua ajuda. Eu sou eternamente grato a você — eu disse.

Uma emoção estranha cruzou seu rosto antes que ele levantasse o queixo com uma expressão presunçosa.

— A matilha sempre defende seus membros — ele disse com naturalidade.

— Ouçam, ouçam! — todos responderam em uníssono.

Eu fiquei paralisado, atordoado demais para encontrar palavras. Seu sorriso gentil, quase de desculpas, me tirou do meu transe. Eu pisquei para conter as lágrimas que brotavam em meus olhos. Com aquela única frase, ele me readmitiu como membro pleno da matilha, não mais como um pária. Como futuro líder da matilha, sua palavra pesava muito. Mas, mais importante, os outros expressaram em voz alta sua concordância com sua declaração.

Muito rápido...

Normalmente, alguém teria questionado, contestado ou se recusado a aceitar sua afirmação. Ninguém o fez. Naquele instante, eu percebi que Ulric provavelmente já havia começado a preparar o caminho para o meu retorno no mesmo dia em que me escoltou de volta à Tecelã.

— Então venham — Rolf disse em um tom meio mal-humorado, gesticulando para que nos sentássemos à mesa — Apresente sua companheira de ligação ao resto da matilha e depois compartilhem a história daquela aventura selvagem em que embarcaram.

— Pelo menos, essa será uma história maluca que provavelmente conterá mais verdade do que as histórias fantásticas que Ludvic adora nos enfiar goela abaixo a todo momento — Ulric disse ironicamente, olhando para um membro mais velho do bando, conhecido por seus exageros.

Seus protestos foram abafados pela enxurrada de zombarias amigáveis e provocações dos outros.

Eu troquei um olhar com minha companheira, meu coração se enchendo de amor pela mulher que me deu tudo.

— *Eu te amo, minha Chama* — eu sussurrei telepaticamente.

— *Eu também te amo, Remus* — ela respondeu.

De mãos dadas, nós nos juntamos novamente à nossa matilha.

FIM.

AEGARIM

ARRAPHILON

RANAEL

GHARLAKAN

TENTRIAN

PRAGA DO AMANTE

Escapando do Destino
Destino Cego
Criando Amalia
Revés do Destino
Mãos do Destino
Desafiando o Destino
Destino Imperial

BRAXIANOS
Anton's Grace
Ravik's Mercy
Krygor's Hope
Keran's Hope

O NEVOEIRO
Nevonauta
Pesadelo

OS REINOS DAS SOMBRAS
Destinada ao Espectro
Destinada Ao Ceifador
Destinada ao Lycan
Destinada ao Doppelganger

VALOS DE SONHADRA
Cidade de Gelo
Prisão de Gelo

DONZELAS DE SANGUE DE KARTHIA
Seduzindo Thalia

CONTOS SOMBRIOS
A Maldição do Barba Azul
O Corcunda

OUTROS LIVROS
Homem de Aço
Um Alienígena para o Natal

SOBRE O AUTOR

A autora bestseller do *USA Today*, Regine Abel, é uma viciada em fantasia, paranormal e ficção científica. Qualquer coisa com um pouco de magia, um toque de inusitado e muito romance a fará pular de alegria. Ela adora criar guerreiros alienígenas gostosos e heroínas radicais que evoluem em novos mundos fantásticos enquanto embarcam em aventuras repletas de mistério e reviravoltas que você nunca imaginou.

Antes de se dedicar como escritora em tempo integral, Regine havia se entregado a outras paixões: a música e os videogames! Depois de uma década trabalhando como Engenheira de Som em dublagem de filmes e shows, Regine tornou-se Designer de Jogos Profissional e Diretora Criativa, uma carreira que a levou de sua casa no Canadá para os EUA e vários países da Europa e Ásia.

Facebook
https://www.facebook.com/regine.abel.author/

Website

https://regineabel.com

Grupo de leitura *Regine's Rebels*
https://www.facebook.com/groups/ReginesRebels/

Newsletter
http://smarturl.it/RA_Newsletter

Goodreads
http://smarturl.it/RA_Goodreads

Bookbub
https://www.bookbub.com/profile/regine-abel

Amazon
http://smarturl.it/AuthorAMS

Loja Etsy
http://rapublishing.etsy.com